한국 현대시 사상 연구

저자 약력

▎김윤정(金玧政)

인천에서 태어나 서울대학교 국어국문학과 및 같은 대학원을 졸업했다.

문학평론가로 활동 중이며 현재 강릉원주대학교 국어국문학과 교수로 재직하고 있다.

주요 저서로는『김기림과 그의 세계』,『한국 모더니즘 문학의 지형도』,『언어의 진화를 향한 꿈』,『한국 현대시와 구원의 담론』,『문학비평과 시대정신』,『불확정성의 시학』,『기억을 위한 기록의 비평』 등이 있다.

한국 현대시 사상 연구

초판인쇄 2018년 02월 07일
초판발행 2018년 02월 26일

저　　자 김 윤 정
발 행 인 윤 석 현
발 행 처 도서출판 박문사
책임편집 최 인 노
등록번호 제2009-11호

우편주소 서울시 도봉구 우이천로 353 성주빌딩 3층
대표전화 02) 992 / 3253
전　　송 02) 991 / 1285
홈페이지 http://www.jncbms.co.kr
전자우편 bakmunsa@hanmail.net

ISBN 979-11-87425-75-5 93810 정가 30,000원

한국 현대시 사상 연구

김윤정(金玧政)

머리말

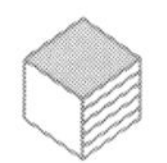

이 책에 수록된 글들은 지난 5년여에 걸쳐 학회지에 발표된 논문들이다. 그때그때의 형편에 따라 선택된 대상들이어서 논문들 사이에 일관된 관점이라든가 통일성이 약한 것이 사실이다. 그러나 이 중 서로 다른 대상과 서로 다른 방법들을 관통하는 공통점이 있다고 한다면 대상에 다가가는 자세와 태도에 있을 것이다. 대상으로서의 시인을 선택하고 그들의 시를 통해 내면과 정신을 탐색하며 그에 합당한 연구 방법의 틀을 마련하는 일련의 과정들이 이들 논문들의 일관성이 될 것이다.

그동안 한국 현대시를 탐색하기 위하여 도입되었던 여러 이론들, 모더니즘과 리얼리즘 혹은 여러 해체주의자의 이론들이 훑고 지나간 자리에서 결국 남은 것은 우리의 현재성이다. 우리의 역사, 우리의 사회, 우리의 정치, 우리의 언어, 우리의 실존. 그 어떤 서양의 철학도 이론도 대신해주지 않을 우리의 문제와 갈등과 삶의 실재는 우리가 스스로 응시하고 풀어나갈 때 비로소 바른 모습으로 정립될 것이다. 결국 우리가 돌아와야 할 자리는 우리들의 현존인 것이다.

논문들에서 시도한 해석의 지평들은 어쩌면 주관적일 수도 무가치할 수도 있겠다. 그러나 이 책에 수록된 논문들이, 한 시인의 여러 면면들이 서로 모순되지 않고 통합될 수 있는 지점과 그것들이 그들

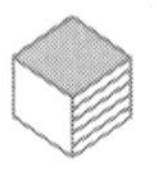

자체에서 끝나는 것이 아니라 나의 실존 및 지향성과 만나는 지점, 그리고 또한 그것들이 과거의 시인들에게서 혹은 연구자인 나에게서 멈추는 것이 아니라 지금 여기라는 우리 사회의 현재성과 이어지는 지점을 찾으려는 치열한 노력 속에서 발생한 것이라는 점을 정직하게 고백한다.

이에 따라 나는 우리의 시인들과 더불어 우리의 언어와 우리의 제도와 우리의 정치를 논하고 그와 함께 우리의 구원을 이야기해보고 싶었다. 시인들이 살았던 시대적 삶의 질곡 속에서 시인들의 몸부림을 읽어내고 그들이 추구하였던 삶의 구원을 이야기하는 것은 지금까지도 유효한 나와 우리의 문제들이라고 생각했다. 그리고 이러한 문제들은 문학이 응당 짊어져야 하는 몫이라고 여긴다. 문학은 역사와 사회가 질풍노도처럼 휩쓸리며 펼쳐지는 한가운데에서도 고요한 정신을 잃지 않은 채 이를 응시하고 감당해야 한다. 문학은 광포하게 휘몰아치는 삶의 현재 속에서 우리가 진정으로 자유로울 수 있는 길을 모색해야 하는 것이다. 그의 언어와 정신을 동원하여 구하는 이러한 자유에의 의지로 인해 시인은 사상가가 된다.

사상가의 측면에서 볼 때 한용운은 물론이고 이장희, 김명순, 김달진, 유치환은 식민지시대를 살면서 자아와 민중의 해방을 꿈꾸었

던 예언가이자 실천가였다. 한용운의 실천불교, 이장희의 영적세계, 김명순의 여성해방, 김달진의 구도의식, 유치환의 인간주의는 식민 시기의 핍박 속에서 일궈낸 시의 창조적 지평들이다. 또한 기실 일제강점이 원인이 되었을 전쟁과 분단은 김종삼과 김동명 같은 시인을 탄생시켰다. 김종삼의 새로운 미학은 전쟁 극복의 의식 속에서 피어난 예술의 정체이자 김동명의 사상 역시 우리의 근현대사 속에 깊이 뿌리내리고 있다. 더욱이 오세영과 김춘수의 시론에는 현상적인 세계를 넘어서 삶의 본질과 진리에 닿고자 하는 지극한 열망이 가로놓여 있다. 나는 이들이 전개한 사상이 우리의 현재성을 통찰케 하며 나아가 우리의 미래를 보다 환하게 밝혀줄 것이라 기대한다.

끝으로 어려운 시기와 바쁜 일정에도 불구하고 투박한 글들을 꼼꼼히 책으로 엮어주신 박문사의 여러 분들께 깊은 감사의 말씀을 올리고자 한다.

2017년 겨울

저자 김윤정

차례

한국 현대시 사상 연구

제1장

한용운 문학에서의 '님'과 '마음'의 상관성

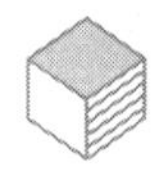

1. 한용운 문학에서의 '님'의 의미

우리 시사에서 한용운은 여러 측면에서 특이한 위치를 차지하고 있다. 우선 승려라는 신분으로 시작 활동을 함으로써 우리에게 불교적 세계의 깊이 있는 체험을 제공한다는 점에서 그러하고, 3.1운동의 핵심 인물로 참여하면서 「조선 독립의 서」를 작성하고 이후 광복을 맞이할 때까지 일제에 결연히 저항한 시인이었다는 점에서 그러하다. 또한 그가 주로 시를 썼던 1920년대 당시, 문단의 특정 그룹에 속하지 않았으면서도 시의 미학적 측면에서나 주제, 사상적 측면에서 뚜렷한 종적을 남겼다는 점은 문학사에서 차지하는 그의 문학적 위치를 확인케 하는 부분이다. 그는 불교시인이었을 뿐만 아니라 저항시인이었고 또한 문학적 측면에서도 결코 낮지 않은 수준을 보여준 시인이다.

이러한 그의 이력 때문에 지금까지 이루어져 온 한용운에 대한 연구는 시 작품 및 논설에 나타난 불교적 세계관을 조명하는 연구[1], 독립사상가로서의 면모를 고찰한 연구[2], 주제적 측면에서 '님'의 의미를 해명하는 연구[3], 형식미학적 측면에 대한 연구[4] 등이 있다. 이들은 대부분 한용운의 전기적 사실을 바탕으로 해서 그의 정신적 면모를 탐색한 것으로, 한용운이 전생애를 통해 보여주었던 실천적 활동의 면면들을 반영하고 있다.

그러나 한용운에 대한 연구가 그의 생애 및 실천적 활동과 관련되어 이루어져 온 점은 실증적 차원에서 유의미한 성과를 나타내는 것이 사실이지만 해석학적 거리가 확보되지 않은 채 이루어짐으로써 몇 가지 문제점을 노정한다. 그것은 한용운 문학에 대한 연구 방법을 일정한 틀

1 인권환, 「만해의 불교적 이론과 그 공적-한용운 연구」, 『고대문화』 2집, 1960.8.
김운학, 「한국현대시에 나타난 불교사상」, 『현대문학』 118호, 1964.10.
송혁, 「만해의 불교사상과 시세계」, 『현대문학』 268-9호, 1977.4-5.
서경수, 「한용운과 불교사상」, 『한용운사상연구』 1집, 민족사, 1980.9.
______, 「만해의 불교유신론」, 『한용운사상연구』 2집, 민족사, 1981.9.
김인환, 「한용운의 문학과 불교사상」, 『한용운 연구』, 김학동 편, 새문사, 1982.
허우성, 「만해의 불교이해」, 『만해학보』 1호, 1992.6.
전보삼, 「한용운 화엄사상의 일고찰」, 『만해학보』 1호, 1992.6.

2 안병직, 「만해 한용운의 독립사상」, 『창작과 비평』 5권 4호, 1970.12.
홍이섭, 「한용운의 민족정신」, 『한용운사상연구』 1집, 민족사, 1980.9.
김상현, 「한용운의 독립사상」, 『한용운사상연구』 2집, 민족사, 1981.9.
______, 「3.1운동에서의 한용운의 역할」, 『한용운사상연구』 3집, 민족사, 1994.
전보삼, 「한용운의 3.1독립정신에 관한 일고찰」, 『한용운사상연구』 3집, 1994.

3 신용협, 「만해시에 나타난 '님'의 전통적 의미」, 『덕성여대논문집』 9집, 1980.12.
김준오, 「총체화된 자아와 '나-님'의 세계」, 『한국문학논총』 6-7집, 1984.10.
조동일, 「김소월, 이상화, 한용운의 님」, 『우리 문학과의 만남』, 기린원, 1986.
조동민, 「만해시에 나타난 '님'의 상징」, 『학술원연구 학술지』 39집, 1987.5.
이병석, 「만해시의 '님'에 대한 고찰」, 『동아어문논집』, 1993.

4 김병택, 「한용운 시의 수사적 경향」, 『한국시가연구』, 태학사, 1983.
윤재근, 「만해시의 운율적 시상」, 『현대문학』343호, 1983.7.
정효구, 「만해시의 구조고찰」, 『정신문화연구』 19집, 1984.1.

로 고정시키는 한계를 지닐 뿐 아니라 문학 작품이 작가 그 자체가 아니라는 매우 당연한 사실을 외면한 것에 해당한다. 지금까지 한용운에 대한 연구가 양적으로 비대했지만 질적 측면에서 큰 발전을 보이지 못한 것은 한용운 문학에 대한 연구가 지나치게 전기적 사실에 기대어 이루어진 나머지 연구자의 다양한 해석학적 방법이 적용될 여지가 없었기 때문이라 판단된다.

이에 대한 성찰을 토대로 한용운의 '님'에 접근하는 경로의 획일성을 탈피하고 이에 대한 해석학적 접근을 시도하고자 한다. 가령 지금까지 연구되어 왔듯 한용운 문학세계에서 핵심에 놓여있는 '님'의 의미는 무엇일까를 논하며 그것이 내포하는 다양성을 고찰하는 접근은 과연 정당할까? 한용운이 「군말」에서 제시하고 있는 '기룬 것은 다 님이다'라는 언술과 그의 생애를 근거로 한 '님'의 다양성이란 어찌 보면 '님'에 대한 한용운의 '마음'의 분열성을 나타내는 것이 아닐까? 추구하는 '님'이 누구인가에 따라 그려지는 세계는 달라질 수밖에 없는데 이 미묘한 부분에 대한 탐구 없이 작가를 이해했다고 말할 수 있을까?

이러한 문제의식을 지닌다면 지금까지 '님'을 중심으로 한용운 이해를 위해 밟아갔던 경로가 처음부터 잘못된 것이었음을 알 수 있다. 사실상 한용운 문학에서 '님'의 다양성은, 그 의미가 조국이나 연인으로 이해될 경우, 한용운의 승려라는 정체성의 관점에서 볼 때 조화롭지 않다. 특히 한용운이 보여주듯 '님'에의 지향성이 강하여 거의 집착의 경향으로까지 나타난다면 이는 불교적 세계관과 모순되는 것이라고도 말할 수 있다. 불가에서 집착과 애탐愛貪은 마음수련의 과정에서 항상 배척하고 경계해야 할 태도이기 때문이다. 즉 한용운 문학에서 볼 수 있는 '님'에의 강한 지향은 그 대상이 누가 되었든 불가의 관점에서 보면 이치에 맞지 않는 행위라 볼 수 있다. 승려로서 불교적 세계에 깊이 뿌리내리고 있었던 한용운에게 시는 불교적 세계와 배리되는 형국을 보여주는 것이다. 그렇다면 한용운이 붓다를 지향하면서도 시작품에서 붓다의 가르침에 위배되는 행위의 면들을 드러내는 것은 무엇 때문일까? 이러한 모순된 행위에서 일정한 의미가 구해질 수 있을까? 구해질 수 있다면 그것은 무엇일까?

'님'에 대한 한용운의 태도는 그 열정과 강렬함에 있어서 문제적이다. 그러한 태도 자체가 한용운의 순수성을 말해주지만 다른 한편으로 승려로서의 그의 정체성을 모호하게 하는 것이다. 이러한 모순을 해명하기 위해 '마음'을 중심으로 한 해석의 틀을 마련해보고자 한다. '마음'은 불가에서 인간의 정신 영역 가운데 가장 중요하고 본질적인 것으로 여기는 것으로서 외적 세계에 나타나는 모든 사물과 현상들의 원인이자 본체에 해당한다. 불가에서 '마음'은 윤리체계의 핵심일 뿐만 아니라 불교적 진리와 가치의 핵심이다. 이러한 '마음'이 모든 개인에게 있으므로 불교에서는 개인을 만유의 본체를 지닌 존재로 인정하며, 따라서 깨달음을 위한 수행의 과정을 요구하게 된다.[5] '마음'이 현상 세계 너머에서

5 서양에서 '마음'은 지(知), 정(情), 의(意)가 복합된 인간의 정신작용의 총체로 간주된다. 때문에 마음은 '정신'과 동의어로 사용되는 경우도 있지만 '정신'이 로고스(이성)을 체현하는 고차적인 심적능력으로 개인을 초월하는 의미를 가진다고 한다면 '마음'은 파토스(정념)를 체현하는 개인적·주관적인 의미를 지닌다. 서양에서는 로고스의 초월적인 성격을 강조하면서 '마음'을 신체나 물질과 대립시키고 결국 영육이원론의 종교적·철학적 전통을 형성하는데 이는 '마음'을 몸이나 물체와의 연속이나 친화의 관계로 보는 또 하나의 경향과 대립하는 것이다. 전자를 중심으로 플라톤과 아리스토텔레스, 유대교와 기독교, 데카르트와 칸트 등 서양철학을 대표하는 계보가 형성된다면 후자에는 심리현상을 유물론적으로 설명하는 실증주의나 과학주의가 속하며 대표적 인물로서 의식의 현상들을 신체라는 존재세계에 대한 관련으로 해석한 메를로 퐁티, '언어게임'을 통해 현실세계의 경험으로 되돌아가서 개념들을 다시 파악하고자 했던 비트겐슈타인 등이 있다(『세계철

현상 세계를 결정짓는 다양한 가능성들의 생기生起의 장이라는 점은 불가에서 '마음'의 수양과 연마를 강조하는 이유이다. '마음'의 이러한 성격에 주목하면 한용운에게 '마음'이란 가장 본질적인 영역이면서 그의 정체성을 형성하는 장場에 해당한다. 즉 한용운에게 '마음'은 자신의 세계를 만들어 갔던 터전이자 요인이다. 한용운은 '마음'을 통해 자신의 세계를 형성해갔고 이 결과에 따라 현상 세계를 구현한 셈이다.

이러한 관점에서 볼 때 '마음'을 중심으로 한용운 문학에 대한 이해는 그 자체로 주목을 요하는바, 이를 고찰함으로써 한용운의 내면에서 길항했던 갈등과 분열의 양상 및 그의 사회 참여가 지니는 함의가 보다 분명하게 드러날 것이라 판단된다.

2. 불교적 세계관에서의 '해탈'의 원리

불교에서는 자아를 자기동일적 실체로 보지 않는다. 불교는 인간을 '그것이 나다'라고 할 만한 고정불변의 존재로 보지 않는다는 것이다. 대신 자아는 인연과 업력業力에 따라 화합 형성되었다가 흩어지고 멸하는 화합물에 불과하다. 인간은 단일한 존재인 순수한 개체로 있는 것이 아니라 다양한 타자들의 연기緣起적 집적물일 따름이

학대사전』,고려출판사, 1996, pp.336-7 참조). 이러한 서양 철학의 갈래에서 보면 불교의 '마음'은 이성의 초월성을 강조하며 영육이원론을 주장한 계보에 가까울 것이나 그렇다고 '마음'이 서양의 '정신'이나 '영혼'과 같은 것은 아니다. 순수한 고양과 초월을 추구한다는 점에서 '마음'은 이들과 유사하지만 불교 및 동양에서 '마음'은 무형의 것이라기보다 유무형을 넘어선 것이며 물리적인 것이며 실제적인 것이다.

다. 불교는 이를 가리켜 '오온화합물'이라 일컫는다. 오온五蘊이란 색色, 수受, 상想, 행行, 식識의 다섯 가지 무더기로서, 색은 물질적인 것을, 그 외의 것들은 그와 관련되되 비가시적이고 심리적인 마음 작용을 가리킨다. 가령 수受는 물질적 대상에 의해 촉발되는 '느낌'을, 상想은 그에 따라 떠올리는 '표상'을, 행行은 생각, 망상 등의 의지의 작동을, 식識은 인식작용을 의미한다.[6] 이들의 다기한 이합집산에 따른 일시적 형성물로 본다는 점에서 불교의 자아관은 '무아론無我論'이 된다. '무아'란 더 이상 분할되거나 환원될 수 있는 자아란 없다는 의미로서 '무상無常', '공空'이라 일컬어지기도 한다.

자아를 동일적 실체가 아닌 오온화합물이라 규정함으로써 불교는 해탈의 가능성을 열어놓게 된다. 나의 몸(색), 나의 느낌(수), 나의 상상(상), 나의 생각(행), 나의 인식(식) 등 어떤 것도 고정불변의 것이 아니라면 이들에 대한 주장이나 집착은 의미가 없다. 이들은 모두 일순간 있다가 사라지는 가假의 흔적들이므로 이들의 무상성을 깨닫고 이들에 머물기를 부정한다면 자아는 자유를 얻을 수 있을 것이라는 관점이다. 이러한 버림과 자유의 길에 번뇌나 집착이 끼어들 여지가 없다는 것이 불교에서의 주장이다.

그러나 무명無明에 휩싸인 인간은 대상의 세계, 즉 색의 세계에 끊임없이 집착하면서 생각과 망상, 거짓 인식에 사로잡혀 근심하고 괴로워한다. 이와 관련하여 『잡아함경』은 "만일 집착된 것을 따라 맛들여 집착하며 돌아보고 생각하여 마음을 묶으면 그 마음(식)이 휘몰아 달리면서 명색을 좇아 다닌다"[7], "만약 사량하거나 망상하면 그

6 불교에서의 자아관에 관해서는 『불교의 무아론』(한자경, 이화여대출판부, 2006, pp.17-20) 참조.

것이 반연케 하여 식을 머물게 하며, 반연하여 식이 머무르기 때문에 명색에 들어가고, 명색에 들어가기 때문에 미래세의 생로병사와 근심, 슬픔, 번민, 괴로움이 있다"[8]고 말한다.

인용된 『잡아함경』의 구절에 따르면 생각과 망상, 즉 행行이 식識을 이끌어내는데 이때의 식識이란 '마음'을 의미하는 것으로서, 이 '마음'에 의해 일체의 현상들이 만들어진다는 것이다. 즉 '공空'에 불과한 '마음'은 거짓에 불과한, 즉 가假한 현상들을 이끌어내는 원인에 해당된다. 더욱이 불교적 세계관은 '식(識, 마음)'이 현생과 미래생의 경계에 처한 채 현생의 업業과 보報를 결정화시켜 이를 내생으로까지 이어지게 하는 요인이라 한다.[9] 그런 점에서 '식'은 미래세를 현상시키는 힘을 지닌 업력덩어리[10]라 할 수 있다. 『잡아함경』의 인용글에서 말하고 있는 '생로병사와 근심, 슬픔, 번민, 괴로움'이 발생하는 것도 '공'을 받아들이지 못한 '식'의 집착에 따른 결과인 셈이다. 이러한 과정, 생각과 망상, 집착이 '마음'의 체體가 되어 생을 계속해서 이어지게 하는 과정이 곧 윤회를 의미하는 것이며 이것이 해탈을 방해하는 것에 해당한다.

불교의 핵심 사상인 무아론, 심체론, 12연기緣起설, 윤회와 해탈론

7 『雜阿含經』, 권12, 284, 한자경의 위의 책 p.90에서 재인용.

8 『잡아함경』, 권14, 360, 한자경의 위의 책 p.91에서 재인용.

9 한자경은 이러한 관점을 바탕으로 12연기의 과정을 상세히 제시하고 있다. 전생의 오온이 지닌 무명에 의해 '행'(사량, 망상, 집착)이 생겨나고 이것이 '식'(마음)을 형성하여 후생으로까지 이어지는 업력이 된다는 것이다. 이로부터 전생의 업이 이어지는 새로운 생이 생겨나고 이것은 또다시 후생의 색수상행식이라는 오온을 형성하는데 이러한 방식의 과정이 곧 윤회의 수레바퀴에 해당한다고 본다. 한자경, 위의 책, pp.99-102.

10 위의 책, p.98.

은 일련의 완결된 전제와 추론을 따르는 것이다. 자아가 곧 무아인 까닭에 이것의 수용과 실천은 해탈로 귀결된다. 이 가운데 식識, 즉 마음은 생生들의 경계에 있으면서 인간으로 하여금 윤회의 굴레에 묶어두는 작용을 하는 존재이자 힘이 된다는 것을 알 수 있다. 불교에서 '마음'을 가장 중요한 논제로 다루는 까닭도 여기에 있다. 미래생의 성질을 결정짓는 '마음'에 의해 인간은 해탈에 이를 수도 영겁의 세월을 두고 육도(六道-천상, 인간, 아수라, 축생, 아귀, 지옥계)를 윤회할 수도 있기 때문이다. 불교에서는 또 다른 전락의 윤회도 가능하기 때문에 천상계조차 부정한다. 이에 비해 해탈은 어떠한 전락이나 허상도 허용하지 않는다는 점에서 궁극의 세계이고 일체의 마음, 번뇌와 슬픔, 괴로움은 물론 즐거움과 기쁨 등의 모든 현상적인 것들이 소멸된다는 점에서 완전한 자유에 해당한다.

3. 한용운의 세계에서 '마음'의 의미

한용운은 시집 『님의 침묵』 외에도 300여 편에 달하는 시조 및 한시를 지었고 1905년 백담사에서 전영제에 의해 계戒를 받아 승려가 된 이후 1944년 66세로 입적하기까지 불가에서 생을 보내게 된다. 그의 『조선불교유신론』, 『불교대전』, 『유마힐소설경강의』, 『십현담주해』 등 불교에 관한 저술들은 그가 불교적 세계에 얼마나 깊이 밀착되어 있었는지 짐작하게 해준다. 이중 『조선불교유신론』은 주체소멸과 현실 문제의 초월적 해결이라는 종래 불교가 견지해 온 소극적 태도를 비판하고 불교의 대중화, 현실화를 통해 사회실천을 강조하는 이른바 불교개혁론을 그 내용으로 하고 있는데, 이것이 불교의 초월 및 해탈의 이념과 일정정도 거리를 보이는 것이 사실이라 해도 대장경에 대한 해석서라 할 수 있는 『불교대전』과 선사상에 입각하여 쓰여진 『십현담주해』는 불교 본래의 정신을 그대로 담아내고 있다고 할 수 있다.

『불교대전』에 수록되어 있는 열반과 해탈에 관한 입론이나 『십현담주해』에 나타난 깨달음의 의미에 대한 논설은 한용운의 불교사상이 피상적이거나 편의적인 것이 아니라 정통적이고 본질적인 것이었음을 말해준다. 사회참여적이고 대중화된 불교를 주창했지만 한용운은 불교의 궁극적 지향과 핵심 원리에 대해 결코 무관심하지 않았던 것이다. 다시 말해 한용운은 무아론이라고 하는 불교적 자아의 존재론에 입각하여 열반에 이르는 것을 이념으로 하는 불교의 정통적 세계관의 큰 틀에서 자신의 사상을 구축하고 있다고 해도 틀리지 않을 것이다. 특히 한용운이 잡지 『惟心』을 창간하면서 '마음'의 중요성을 강조한 것[11]은 객관 대상보다 주관적 마음을 우선으로 여기는 불교적 인식론, 즉 유식唯識철학을 전제로 하고 있는 것이라는 점에서 한용운 사상에서 불교적 세계관이 얼마나 깊이 있게 뿌리내리고 있는지를 확인케 해준다. 유식철학에서도 제시하듯 한용운 역시 공이자 무명인 '마음'을 잘 다스리고 관리해야 한다는 사실에 인식을 같이 하였던 것이다.

한용운의 불자로서의 정체성과 사상이 이러하다면 이러한 성격은 시에 어떻게 반영이 되어 있는가? 흔히 선시의 경지에 이르고 있

11 『惟心』 창간호에 실린 표제시 격인 시 「心」를 통해 나타남.

다고 평가되는 한용운의 시들은 실제로 '마음' 다스리기와 깨달음의 측면에서 볼 때 어느 정도의 성과와 의미를 보여주고 있는가?

3.1. '마음'의 초점화로서의 '님'

한용운은 『惟心』 창간호에서 '마음'의 중요성을 설파하는 자유시 「心」을 수록한다. 이 시를 통해 한용운 사상에서 '마음'이 차지하는 비중을 짐작할 수 있다.

> 心은 心이니라.
> 心만 心이 아니라 非心도 心이니 心外에는 何物도 無하니라.
> 生도 心이오 死도 心이니라.
> 無窮花도 心이고 薔薇花도 心이니라.
> 好漢도 심이오 賤丈夫도 心이니라.
> (중략)
> 心이 生하면 萬有가 起하고 心이 息하면 一空도 無하니라.
> 心은 無의 實在오, 有의 眞空이니라.
> (중략)
> 心의 墟에는 天堂의 棟樑도 有하고 地獄의 基礎도 有하니라.
> 心의 野에는 成功의 頌德碑도 立하고 退敗의 紀念品도 陳列하나니라.
> 心은 自然戰爭의 總司令官이며 講和使니라.
> (중략)
> 心은 何時라도 何事何物에라도 心 자체뿐이니라.

心은 絕對며 自由며 萬能이니라.

「心」[12] 부분

어떠한 미학적 장치도 없이 직설적 자유시의 형식으로 기술되어 있는 위의 시에서 한용운 사상의 핵심이자 원리를 발견할 수 있다. 한용운은 위의 시를 통해 그의 세계가 '마음'에 기반하여 이루어지고 있음을 명백히 한다. 잡지 창간호의 표제시로 실린 「心」의 '마음'론은 세계를 향한 한용운 자신의 결연한 선언이라 할 만하다. 그것은 '마음'을 매개로 세계를 인식하고 세계와 대결하겠다는 의지의 표명이라 할 수 있다.

'마음'이 세계와 대면하는 매개가 될 수 있는 까닭은 시에서 언급했듯 '마음'이 모든 현상들의 원인이 된다는 관점 때문이다. '마음'은 모든 물질의 근원으로 물질에 형태와 기능을 부여하는 실체가 된다. 또한 그것은 현상하는 모든 것들, 사태의 전개, 성공과 실패, 생과 사의 구분, 천국과 지옥의 결정에도 그 힘이 미친다. 이런 점에서 '마음'은 '만유'의 본질이자 '자연전쟁의 총사령관'이며 나아가 '절대'와 '만능'의 경지에 놓이게 된다.

'마음'의 이와 같은 성격은 그것이 세계의 핵이 된다는 점에서 세계와의 대결이 이루어지는 지점이라 할 수 있다. '마음'은 세계 내 본질의 차원에 해당됨으로써 세계를 형성하고 구성하는 에너지로 기능한다. 한용운은 불교적 세계에 힘입어 '마음'의 본질적 성격을 지정하고 '마음'을 통해 세계에 대한 투쟁과 실천을 행할 것임을 널리

12 『님의 침묵』, 한계전 편저, 서울대출판부, 1996, p.221. 이후 시는 한용운의 시를 현대어로 번역한 이 책에서 인용할 것임.

알린다.

'마음'에 관한 한용운의 이와 같은 인식은 이후 그가 그의 세계를 형성하는 데 있어 가장 중점적으로 탐구하고 다루어나갈 주제가 곧 '마음'임을 알게 해준다. '마음'이 세계의 핵이자 에너지라면 그것이 어떤 에너지가 되도록 하는가가 세계를 창출하는 관건이 되기 때문이다. 실제로 이 점은 한용운의 시에서 선명하게 드러난다. 한용운은 『님의 침묵』 전편에서 '마음'을 주제로 삼은 시편들을 쓰게 된다. 그의 시편들은 대상에 대한 감각이나 인식, 혹은 이념이나 사유를 중심으로 이루어지지 않는다. 한용운은 이들 각각의 차원을 넘어서는 곳에서 이들을 종합하고 총괄하는 응집체를 제시한다. 그것이 '마음'이고 의식 전체의 근본적 상像이라 할 수 있다.

한용운이 '마음'을 그가 다루어나가는 중심 주제로 삼고 있다는 점은 한용운 문학을 이해하는 데 있어 핵심적 요소라 할 만하다. 문학사적으로 볼 때 이는 매우 특수한 영역이기 때문이다. 이것은 1930년대 주지주의 및 이념 중심의 프로문학과 구별됨은 물론이고 동시대인 1920년대 여타 낭만주의자들의 퇴폐적이고 감상적인 '마음'과도 질적으로 차별된다. 30년대 모더니스트들이 감각과 인식을 중심으로 작품을 써나갔고 프로문학자들이 이념과 사유를 제시하였다면, 또한 20년대 퇴폐주의자들이 즉자적 마음을 토로하는 것으로 시를 썼다면 한용운은 '마음'을 대자화시켜 그것이 건전한 에너지로 기능할 수 있도록 다스려나갔다. 이 점은 한용운을 문학사적으로나 문단의 측면에서 볼 때 매우 독자적이고 의미있는 인물로 자리매김하는 요인이 된다.

그렇다면 한용운이 시에서 제시하고 있는 '마음'은 무엇인가? 이

때 한용운은 그의 특유의 대자화된 '마음'을 '님'에 대한 지향성으로 초점화하여 제시하고 있는바, 여기에서 확인해야 할 점은 한용운에게 '님'이란 특정 대상이기 이전에 그가 다스리고 가꾸어나가야 하는 '마음'에 형태를 부여해주는 통로이자 계기였다는 사실이다. 즉 한용운은 '님'에의 초점화를 통해 '마음'을 응집시키고 이것이 긍정적인 에너지로 기능할 수 있도록 가꾸어나갔음을 알 수 있다. 그가 『님의침묵』의 시론격에 해당되는 「군말」에서 "기룬 것은 다 님이다"며 그 대상의 폭을 다양하게 칭한 것도 이에서 비롯된다. 그에게 중요했던 것은 '님'이 무엇이냐가 아니라 '님'을 '어떻게 기르느냐' 하는 점이다. '님'에 대한 접근의 '방법'이야말로 '마음'의 형태이자 에너지의 기능태이기 때문이다. 이런 관점은 시 「군말」에 그대로 나타나 있다.

> '님'만 님이 아니라 기룬 것은 다 님이다. 중생이 석가의 님이라면 철학은 칸트의 님이다. 장미화의 님이 봄비라면 마치니의 님은 이탈리아이다. 님은 내가 사랑할 뿐 아니라 나를 사랑하느니라.
>
> 연애가 자유라면 님도 자유일 것이다. 그러나 너희는 이름 좋은 자유에 알뜰한 구속을 받지 않느냐. 너에게도 님이 있느냐. 있다면 님이 아니라 너의 그림자니라.
>
> 나는 해 저문 벌판에서 돌아가는 길을 잃고 헤매는 어린 양이 기루어서 이 시를 쓴다.
>
> 「군말」 전문

'님'이 무엇인가 하는 객관적 대상이 아니라 '님'을 어떻게 '기루는가' 하는 주관적 마음이 더욱 문제가 된다는 한용운의 관점은 둘째 문단에 직접적으로 드러나 있다. 둘째 문단의 "연애가 자유라면 님도 자유일 것이다"는 진술은 진정 중요한 것이 대상과 만나는 방법의 양상에 있음을 말하는 것에 다름 아니다. 만남의 방식을 '자유'로 설정할 경우 대상도 '자유'가 된다는 것은 '마음'이 대상을 만드는 근본 원인이자 '마음'이야말로 세계를 빚어내는 에너지에 해당됨을 적시하는 것이다.

'마음'에 대한 논설은 여기에서 그치지 않는다. 곧이어 한용운은 "그러나 너희는 이름 좋은 자유에 알뜰한 구속을 받지 않느냐" 하는데 이것은 에너지의 형태로서의 '마음'에 대한 규정을 넘어서 있는 발언으로서 곧 '마음'의 무상함에 대해 설파하는 부분이다. 설령 마음 자체가 '자유'일지라도 그것이 '이름名'으로 고정된다면 '구속'이 된다는 것이다. "너에게도 님이 있다면 님이 아니라 너의 그림자니라" 하는 구절 역시 대상이란 '나'의 마음이 일으킨 현상이자 결과임을 강조하는 동시에 그러한 현상 자체가 '그림자'에 불과하다는 것을 말하는 것이다. 즉 이 부분에서 한용운은 '마음'의 에너지원으로서의 중요성을 강조하는 데서 그치지 않고 그것의 무상성, 공空에 대해 서술하고 있다. 여기에는 '마음'은 모든 물질과 현상의 원인이되 그 '마음'조차가 고정불변하는 실체가 아니라는 불교적 세계관이 가로놓여 있음이 확인된다.

한편 마지막 문단에서 한용운은 그의 시 창작의 동기에 대해 적고 있다. "해 저문 벌판에서 돌아가는 길을 잃고 헤매는 어린 양이 기루어서" 시를 쓴다는 것이다. 이 부분은 한용운이 대상으로 하는 '님'

이 무엇인지를 밝히는 대목인데, 이로써 한용운은 그가 어떤 마음으로 이 대상에게 다가갈 것인가 하는 마음의 형태까지도 암시하고 있다. 즉 '길을 잃고 헤매는 어린 양'이란 사회적 약자이자 소외된 인물임은 물론이므로 이에 대한 '마음'이란 짐작컨대 이처럼 약한 존재에게 힘을 주고 길을 제시해주며 보듬어주는 형태의 것이 될 터이다. 또한 여기에서 고백하였듯 한용운의 '님'이 이러한 존재임이 확실하다면 『님의 침묵』에서의 '님'은 적어도 '붓다'는 아닐 것임을 추측할 수 있다. 붓다는 결코 '길을 잃고 헤매는 어린 양'이 될 수는 없을 것이기 때문이다.

지금까지의 고찰은 「군말」이 간략하면서도 많은 내용을 압축적으로 담고 있는 시임을 말해준다. 「군말」은 한용운의 시창작의 동기 및 '님'의 대상에 대해 말해주고 있는 동시에 '님'을 '기루는' '마음'의 방법적 중요성에 대해 언급하고 있다. 뿐만 아니라 그러한 마음의 허상성에 대해서도 지적한다. 그런데 여기에서 간과해선 안 될 점은 이들 내용들이 일관된 것이라기보다는 모순되고 충돌한다는 것이다. 시의 각 구절들은 한용운의 일정한 관점에 따라 논리적이고 체계적으로 제시되어 있다기보다 비논리적으로 병치되어 있는 형국을 띤다. 가령 '마음'의 근원성을 인식하여 이것의 기능태를 의식한다는 점, 이에 따라 '님'을 대상으로 하여 인연을 맺어나가겠다는 다짐은 다른 한편으로 제시되어 있는 불교적 세계관인 '무상성', '공空' 사상과 충돌한다. 한용운은 서로 모순되는 이 두 가지 관점을 시에서 질서없이 동시적으로 제시하고 있다. 다시 말하면 이는 '님'을 향해 마음을 고정시키겠다는 의지를 표명함과 동시에 그것이 '그림자'이자 허상이므로 이에 구속되지 말고 자유롭고자 한다는 양가성을 나타내는 것이다.

한 편에는 집착이 있고 다른 한 편에는 해탈이 있는 이 양가성은 한용운이 지니고 있는 분열적 면모가 아닐 수 없다. 한용운은 불가에 귀의한 승려로서의 정체성을 보여주고 있는 것인가? 혹은 '님'에 대한 고정된 지향성을 견지하며 해탈에 역행하는 태도를 보여주고 있는 것인가? '마음'의 무상성에 따라 그는 완전한 자유를 추구하는가 아니면 오히려 반대로 '마음'을 응집시켜 이로부터 허상에 불과한 무엇을 창조하고자 하는가?

이 분열된 관점과 모순의 논리를 해명하는 것은 한용운의 세계를 이해하는 데 필수적인 일에 해당한다. 그것은 그가 정립하고자 했던 종교적 입장의 측면에서도 그러하고 그가 문학을 통해 실현하고자 했던 바가 무엇이었는가를 파악하는 측면에서도 그러하다. 반면 이를 명확히 하지 않을 경우 한용운이 '마음'에 대해 정확히 어떤 입장을 지니고 있었는지에 대한 파악이 불가능해진다. 결국 그는 유식철학의 가르침에 충실히 따른 불자였는가, 아니면 '마음'의 원리를 이성적 지략으로써 이용한 반불자였는가 하는, 정체성에 대해서도 모호해질 수밖에 없다.

3.2. 애탐愛貪과 집착의 '마음'

'마음'의 근원성을 이해하되 이것의 무상성에 입각한 버림과 비움의 세계를 향해나갔는가 혹은 '마음'의 근원성을 이용하여 대상을 고정시키고 현상을 창출하는 세계를 향해나갔는가 하는 한용운의 입장을 구명하기 위해서는 그가 '마음'을 어떻게 다스리고 가꾸어나갔는지를 확인해보아야 할 것이다. 구체적 시편들을 통해 그가 다룬 '마음'들이 어떤 성질을 지니는지를 확인할 때 그의 세계관과 입지가 명확해질 것이다. 또한 이러한 절차를 충실히 따를 경우 그가 추구했던 '님'이 무엇인지가 심증적으로서가 아니라 논리적으로 밝혀질 것이다.

'마음'의 근원성에 대한 인식을 출발로 해서 한용운이 가장 먼저 보여준 것은 '님'에 대한 초점화이다. 앞서 「心」에서 살펴보았듯이 한용운은 '마음'이 '자연전쟁의 총사령관'이라는 인식 아래 '마음'을 집중시키고 그것의 현상창조의 힘을 끌어내고자 한다. '마음'을 대자적 차원으로 상승시키는 이러한 행위를 위해 한용운에게 지향의 초점으로서의 '님'이 필요했음은 쉽게 짐작할 수 있다. '님'이 애초에 존재했던 것이 아니라 '마음'의 필요성에 의해 호출된 것인 만큼 '님'은 '마음'의 결과이자 마음과의 동일자이다. 한용운의 시에서 '마음'의 이러한 방향성이 잘 드러나 있는 것으로 「꿈이라면」을 들 수 있다.

> 사랑의 속박이 꿈이라면
> 출세의 해탈도 꿈입니다.
> 웃음과 눈물이 꿈이라면
> 무심의 광명도 꿈입니다.
> 일체만법一切萬法이 꿈이라면
> 사랑의 꿈에서 불멸을 얻겠습니다.
>
> 「꿈이라면」 전문

위의 시에서 한용운은 무명無明과 진리를 대비시키며 반불교적 세계와 불교적 세계, 색의 세계와 공의 세계를 충돌시키고 있다. '사랑', '웃음과 눈물'이 무명에 의해 비롯된 일시적이고 무상한 것이라면 '해탈', '무심의 광명'은 불가에서 지향하는 궁극의 상태를 가리킨다. 불가에서 전자를 고苦의 원인이자 허상이라 하여 배척하는 것은 물론이다. 그러나 한용운은 이와 같은 상식을 뒤집는다. 그는 '해탈'과 '무심의 광명'조차도 일 현상이라 보면서 이를 세속의 무명 상태의 그것과 등가의 것으로 취급하는 역설적 태도를 보이는 것이다. 한용운은 이것 역시 허상에 속하는 '일체만법' 중 하나라고 말한다. 이에 따라 해탈은 궁극의 목적이 아니라 하나의 상대적인 대상이 되는바, 이 중 한용운이 선택하는 것은 세속의 '사랑'이다.

'사랑'을 선택한다는 것은 마음의 자유가 아니라 구속과 집착을 옹호하겠다는 뜻을 내포한다. 그것은 마음을 비우고 소멸시키는 대신 응집시키고 고정시키겠다는 것으로서 기꺼이 무명의 상태를 수용하고자 하는 의지를 표하는 것이다. 한용운은 오히려 이를 견고하게 밀고나감으로써 '불멸'을 구하고자 한다. 이는 명백한 반불교적 세계이자 해탈을 부정하는 주장에 해당한다. 응집된 마음을 통한 불멸이란 현세에 영구히 존재하겠다고 하는 영겁회귀의 관점과 다르지 않기 때문이다. 결국 시에서 드러난 한용운의 '마음'은 현상을 일으킬 뿐만 아니라 이렇게 탄생한 현상을 지속적으로 이끌어가는 힘의 실체가 될 것을 요구받는다. 이후 한용운은 고정되지 않고 무쌍한 변화선상에 있는 '마음'이 지속적인 힘을 발휘하는 실체가 되게 하기 위해 '마음'을 절대 긍정하는 태도를 견지해 나간다. 그것이 곧 '님'에 대한 지극한 정성과 사랑으로 표출된다.

남들은 자유를 사랑한다지마는, 나는 복종을 좋아해요.
자유를 모르는 것은 아니지만, 당신에게는 복종만 하고 싶어요.
복종하고 싶은데 복종하는 것은 아름다운 자유보다도 달콤합니다. 그것이 나의 행복입니다.

「복종」 부분

님이여, 나의 마음을 가져가려거든 마음을 가진 나한지 가져가셔요. 그리하여 나로 하여금 님에게서 하나가 되게 하셔요.
그렇지 아니하거든 나에게 고통만을 주지 마시고, 님의 마음을 다 주셔요. 그리고 마음을 가진 님한지 나에게 주셔요. 그래서 님으로 하여금 나에게서 하나가 되게 하셔요.

「하나가 되어 주셔요」 부분

인용시들은 '님'과의 일치를 통해 고정되고 불변하는 마음을 만들기 위한 화자의 간곡한 마음을 그리고 있다. 쉽게 흩어져 소멸되어 버리고 마는 변덕스런 마음이 세계를 창출할 수 있는 에너지원이 되도록 하기 위해서는 '마음'을 붙잡아 두는 일이 필요한데 이를 위해서 가장 먼저 꾀할 수 있는 일은 '나'와 '마음'을 일치시키는 일이다. '님'에 대한 절대적 복종은 이러한 관점에서의 일치를 도모하기 위한 행위라고 할 수 있다. '복종'이 흩어짐, 소멸을 의미하는 '자유'와 대립어로 등장한 것도 이 때문이다. 한용운에게 '복종'은 '마음'의 응집화를 위한 일 방편에 속한다. 「하나가 되어 주셔요」 역시 '님의 마음'과 '나의 마음'을 하나로 결합시키고자 하는 의지를 표명함으로써 '마음'이 더욱 굳건히 응결되기를 바라는 한용운의 관점을 잘 나타내고 있다.

님과의 일치를 꾀하는 마음은 한용운의 『님의 침묵』 전체 시편을 구성하고 있다고 해도 과언이 아니다. 『님의 침묵』에 수록된 90여편의 시들은 불교적, 민족적, 여성주의적 사상[13]이라는 다양한 관점에서 해석되곤 했지만 엄밀히 말해 대부분 연애시 이상이 아닌 것들이다. 시적 소재는 천편일률적으로 '님'에 한정되어 있고 주제 역시 남녀간의 어지러운 애정이야기 일색이다. 시들에 나타나 있는 내용전개를 보면 '님'이 연인으로서의 님이 아니라고 자신있게 말할 수 있는 사람들은 별로 많지 않을 것이다.

> 당신이 아니더면 포시럽고 매끄럽던 얼굴이 왜 주름살이 잡혀요.
> 당신이 기룹지만 않다면 언제까지라도 나는 늙지 아니할 터여요.
> 맨 첨에 당신에게 안기던 그때대로 있을 터여요
>
> 「당신이 아니더면」 부분

> "그러면 어찌하여야 이별한 님을 만나보겠습니까."
> "네게 너를 가져다가 너의 가려는 길에 주어라. 그리하여 쉬지 말고 가거라."

13 이혜원, 「한용운 시에 나타나는 자연과 여성의 재해석-에코페미니즘적 관점을 중심으로」(『한국문학이론과 비평』31집, 2006.6, pp.13-32), 이민호, 「만해 한용운 시의 탈식민주의 여성성 연구」(『한국문학이론과 비평』31집,pp.57-79) 등

"그리할 마음은 있지마는 그 길에는 고개도 많고 물도 많습니다. 갈 수가 없습니다."

꿈은 『그러면 너의 님을 너의 가슴에 안겨주마』 하고 나의 님을 나에게 안겨 주었습니다.

「잠 없는 꿈」 부분

가을 바람과 아침볕에 마치맞게 익은 향기로운 포도를 따서 술을 빚었습니다. 그 술 고이는 향기는 가을 하늘을 물들입니다.

님이여, 그 술을 연잎 잔에 가득히 부어서 님에게 드리겠습니다.

님이여, 떨리는 손을 거쳐서 타오르는 입술을 축이셔요.

「포도주」 부분

위 시들은 한용운 시편들에서 '님'이 연인으로서의 님임을 극명하게 보여주는 것들이다. 여성화자 설정이라는 시적 장치는 시에 제시되어 있는 '마음'들이 애인을 향한 사랑 그것임을 강조한다. 더욱이 시들에 그려진 사랑의 마음들은 매우 구체적이고 현실감있게 다가온다. 애태우는 마음으로 늘어나는 주름살 걱정을 하는 여성 화자(「당신이 아니더면」)의 모습이라든가 좋은 술을 빚어 님에게 주고 싶어하는 여성 화자(「포도주」)의 모습은 연인을 그리는 여인의 마음을 디테일하게 묘사하고 있는 부분들이다. 또한 위 시편들에 나타난 사랑의 마음들은 육체적 관능성을 동반하기까지 하고 있다.

한용운의 시들에서 이 같은 육체적이고 관능적인 묘사가 이루어지는 시편들은 적지 않은데 이는 대단히 당혹스러운 대목이 아닐 수 없다. 그것은 한용운이 승려이기 때문이다. 일반적으로 불가에서 애욕을 가장 멀리해야 하는 감정 중의 하나로 여긴다는 점을 고려하면 한용운 시에 등장하는 님에 대한 애정의 표현은 지나치게 느껴지는 것이 사실이다. 애욕을 당당히 표현하는 한용운은 파계승이라 할 만한 것이 아닌가? 이는 한용운의 정체성이 더욱 모호해지는 부분이 아닐 수 없다. 한용운은 마음의 허상성을 긍정하는 데서 더 나아가 욕계에 깊이 발을 들여놓고 있기 때문이다. 애인으로서의 '님'은 한용운의 세계를 더욱 분열적으로 만들고 있을 뿐이다.

그러나 육체성을 동반한 님에 대한 애정의 표현이 세속의 현상세계에 자신을 묶어두기 위한 방법적 행위에 해당된다면 이야기는 달라진다. 무명에 의해 비롯된 공허한 세계임을 아는 까닭에 자유와 초월의 삶에 익숙해있던 자아의 경우 세속은 쉽게 인연을 맺기가 힘든 세계가 될 것인데 이때 사랑하는 대상과의 일치는 초월적 자아를 현실에 정위시키는 기제로 작용할 수 있기 때문이다. 특히 육체성은 물질세계의 중심에 해당되므로 육체성을 통한 애정은 자아를 현상세계에 더욱 견고하게 뿌리내리게 하는 방편이 된다. 실제로 위 시편들에서 표현되고 있는 육체적 관능성은 '님'과의 합일을 추구하는 한용운의 의도를 일관성 있게 드러내고 있는 것이라 할 수 있다. 이는 한용운이 굳이 여성화자를 설정한 이유와도 관련시킬 수 있다. 즉 여성화자란 사랑을 담론화하기 위한 하나의 기제로 파악되는 것이다.

이러한 관점에서 보면 한용운의 연애시가 단순히 자신의 즉자적 감정을 토로하기 위한 시가 아니라 한용운의 세계 속에서 일정한 전략을 위해 마련된 실천적 담론임을 알 수 있다. 그것은 현실세계로부터의 초월에 역행하여 현실세계에의 정주를 위해 제시된 것이다. 한용운은 '님'을 통해 마음을 고정시키고 또한 자신의 세계를 현실세계내로 위치시킨다. 이를 행하는 한용운의 태도는 거의 편집증적인 집착에 가깝다 할 것인데, 이렇게 하지 않는다면 마음의 에너지화와 이에 따른 세계내적 창조가 이루어지는 것은 불가능하기 때문이다. 요컨대 한용운 시에 나타나 있는 반불교적 애탐과 집착의 양상은 그 자체로 보기보다는 맥락화시켜 이해할 필요가 있다. 그것은 단순히 님의 다양성을 예증하는 논거로서 기능하는 것이 아니라 불자로서의 한용운이 취한 현실과의 관계성 속에서 의미를 획득한다. 다시 말해 이들 시의 양상들은 자체로서 의미를 지닌다기보다 한용운의 불교적 세계와 현실주의적 세계와의 대립과 긴장 속에서 산출되는 것이다.

4. 통합적 성격으로서의 '마음'

불자로서의 정체성과 반불교적 현실주의자 사이의 대립과 긴장 속에서 한용운의 세계를 이해할 경우 그의 대표작 「님의침묵」은 그 의미가 더욱 잘 드러난다.

> 님은 갔습니다. 아아 사랑하는 나의 님은 갔습니다.
>
> 푸른 산빛을 깨치고 단풍나무숲을 향하여 난, 작은 길을 걸어서 차마 떨치고 갔습니다.

황금의 꽃같이 굳고 빛나던 옛 맹서는 차디찬 띠끌이 되어서, 한숨의 미풍에 날아갔습니다.

날카로운 첫'키스'의 추억은 나의 운명의 지침을 돌려놓고, 뒷걸음쳐서 사라졌습니다.

나는 향기로운 님의 말소리에 귀먹고, 꽃다운 님의 얼굴에 눈멀었습니다.

사랑도 사람의 일이라, 만날 때에 미리 떠날 것을 염려하고 경계하지 아니한 것은 아니지만, 이별은 뜻밖의 일이 되고 놀란 가슴은 새로운 슬픔에 터집니다.

그러나 이별을 쓸데없는 눈물의 원천을 만들고 마는 것은 스스로 사랑을 깨뜨리는 것인 줄 아는 까닭에, 걷잡을 수 없는 슬픔의 힘을 옮겨서 새 희망의 정수박이에 들이부었습니다.

우리는 만날 때에 떠날 것을 염려하는 것과 같이, 떠날 때에 다시 만날 것을 믿습니다.

아아 님은 갔지마는 나는 님을 보내지 아니하였습니다.

제 곡조를 못 이기는 사랑의 노래는 님의 침묵을 휩싸고 돕니다.

「님의 침묵」 전문

한용운 시에서 '이별'의 상황이 묘사되어 있는 시들은 「님의 침묵」 외에도 「이별은 미의 창조」, 「가지 마셔요」, 「이별」, 「참아주셔요」, 「그는 간다」, 「거짓 이별」 등 다수가 있다. 비단 이별하는 상황의 설정이 아니라 하더라도 한용운 시에서 님과의 분리가 전제되어 있지 않은 시는 거의 없다는 것을 알 수 있다. 대부분 시적 화자는 부재하거나 분리되어 있는 대상을 향해 합일을 호소하고 있는 것이다. 즉 화자는 부재와 분리 속에서의 존재함과 일치를 갈망한다.

화자가 님과의 일치를 호소하는 것의 의미에 대해 이미 고찰하였듯이 「님의 침묵」 또한 현실 세계내에 정주하려는 시적 자아의 실천적 태도를 함축하고 있다. 시에서 시적 화자는 결코 자신의 자리를 버리지 않은 굳건한 자세를 바탕으로 '님'과의 결합을 추구한다. 변화무쌍하고 고정되어 있지 않은 만유의 한 개체에 불과한 '님'은 시에서와 같은 이별의 상황에서 더욱 절박하게 부재감을 드러낸다. 무량광대한 우주에서 소멸해가는 '님'을 잡는 일이란 아련하고 절망적일 수밖에 없다.

첫행의 '님은 갔습니다'라는 탄식은 이후 제시되는 색色의 세계를 배경으로 할 때 더욱 안타깝게 들린다. 색色, 즉 물질의 세계가 엄연히 존재함에도 불구하고 '님'이 부재하다는 사실은 사태를 더욱 비관적으로 만든다. 한용운은 둘째 문장부터 색의 세계를 구성하는 지수화풍地水火風의 요소들[14]을 하나하나씩 섬세하게 그려내면서 공空으로 화한 님과 대비시킨다. 즉 '단풍나무숲을 향하여 난 작은 길'(地), '한숨의 미풍'(風), '날카로운 첫키스'(火), '눈물'(水) 등으로 이루어진 색色의 세계는 소멸한 '님'(空)을 존재를 부각시키는 배경이 되는데, 그 두 세계의 간격이란 하늘과 땅 사이의 거리만큼이나 아득하다. 이러한 아득한 공허 앞에서 시적 자아가 할 수 있는 일이란 '마음'의 힘을 통해 대상을 만드는 것이다. '님'은 시적 자아의 마음에 의해 색

14 불교에서는 물질(色)은 사대, 즉 땅, 물, 불, 바람이라는 요소들로 구성된다고 말한다(김종욱 편, 『몸, 마음공부의 기반인가 장애인가』, 밝은사람들, 2009, p.43).

色의 세계내에서 창조된다. 시적 자아는 색의 세계에 굳건히 발디딘 채 공空적 존재를 색의 세계로 편입시킨다. 그리고 이처럼 창조된 '님'을 중심으로 심적 에너지를 집중시킬 수 있게 된다. "아아 님은 갔지마는 나는 님을 보내지 아니하였습니다"의 구절이 강한 울림으로 다가오는 것은 이와 같은 과정에서 드러나는 한용운의 세계의 역동성과 진정성에 기인한다.

흔히 색즉시공 공즉시색이라는 상투어로 규정되곤 하는 부분이지만 이 시는 한용운의 세계를 구성하는 불가적 세계관과 현실주의적 세계관 사이의 모순이 첨예하게 부딪히며 빚어진 결과라 할 수 있다. 상반되는 두 세계는 이 시에 이르러 역동적인 전회와 통합을 이루어낸다. 즉 「님의 침묵」은 불자이자 현실주의자였던 한용운의 내면을 있는 그대로 반영하고 있다. 해탈과 자유를 지향하는 불교적 세계와 세간世間에의 정주를 추구하는 현실주의적 세계와의 대립과 갈등은 「님의 침묵」에서 비로소 통합됨으로써 현실내에서 새로운 의미를 산출하는 창조력으로 작용한다.

그렇다면 한용운은 여느 불자가 그러하듯 왜 해탈의 길을 단선적으로 좇아가지 않았을까? 수행자라면 누구든지 받아들이는 선험적 명제인 해탈을 통한 완전한 자유의 길에 대해 그가 질문을 던진 까닭은 무엇일까? 그것은 「군말」에서 이미 고백한 바 있듯 "해 저문 벌판에서 돌아가는 길을 잃고 헤매는 어린 양" 때문이었을 것이다. 자신의 해탈이 '소외되고 약한 어린 양'을 구원하는 데 아무런 역할을 하지 못한다는 인식이 한용운으로 하여금 소승적 해탈이 아니라 대승적 참여에로 기울어지게 한 것이다. 불가적 세계와 현실주의적 세계 사이의 갈등, 그리고 '님'을 통한 '마음'의 집중, 공空과 색色의 통합을 통한 새로운 가치의 창조는 모두 중생을 '기루어' 한 한용운의 대자대비大慈大悲한 마음에서 비롯된 것이다.

불가적 세계와 현실세계간의 모순을 겪으면서 한용운은 그의 논술에서 이들의 통합이야말로 진정한 중생구제의 길임을 주장한 바 있다.

> 불교가 출세간의 도가 아닌 것은 아니나. 세간을 버리고 세간에 나는 것이 아니라 세간에 들어서 세간에 나는 것이니, 비유컨대 연蓮이 비습오니卑濕汚泥에 나되 비습오니에 물들지 아니하는 것과 같은 것이다. 그러므로 불교는 염세적으로 고립독행孤立獨行하는 것이 아니요, 구세적救世的으로 입니입수入泥入水하는 것이다. (중략) '산간에서 가두로' '승려로서 대중에'가 현금 조선 불교의 슬로건이 되지 않으면 안 될 것이다. 대심보살大心菩薩은 일체 중생을 제도하기 위하여 먼저 성불하지 않는다는 것이 그들의 서원이다.[15]

『조선불교유신론』을 통해 불교의 대중화 및 현실주의화를 주창했던 한용운은 중생구제 문제에 대해서도 대중 중심적인 시각을 보여주고 있다. 위의 글에서 알 수 있듯 한용운은 불교가 '出世間의 道'임을 인정하면서도 출세간에 국한된 수도修道에 대해 경계하고 있다. 그것은 평등주의와 구세주의를 본질로 하는 불교의 정신[16]에도 위배

15 한용운, 「조선불교 개혁안」, 『만해 한용운 논설집』, 도서출판 장승, 2000, p.156.
16 한용운, 「조선불교유신론」, 위의 책, p.28.

되는 것이다. 승려만이 아니라 중생 모두에게 불성이 있다고 주장하며 이들 중생을 널리 구제하는 것을 목표로 삼는 불교적 정신에 비추어 볼 때 불자의 수행은 중생들의 한가운데에서 이루어져야 한다. 이를 한용운은 '세간世間에 들어서 세간世間에 나는 것'이라 말한다. 이에 따라 수행자는 "지옥 중생을 제도하기 위하여 지옥에 들어가며 아귀를 제도하기 위하여 아귀도에 들어가며 일체중생을 제도하기 위하여 고해화택告解火宅에"[17] 들어가야 한다는 것이다. 또한 중생이 구제되지 않았다면 자신의 성불 또한 진정한 성불이 아니라는 입장이다. 이는 모두 대중과 유리된 불교의 무의미성을 역설하는 것으로 불교와 현실주의간의 통합의 필연성을 보여준다.

실제로 출세간과 세간, 색과 공, 불교와 현실주의의 통합은 한용운의 세계의 틀 속에서 가능한 최선의 방향이 될 것이다. 대중이 거하는 색의 세계에 발딛고 공의 세계를 지향하는 일은 한용운의 말대로 '거룩한' 일이 될 것이다. 그리고 한용운은 그의 문학작품을 통해 이러한 지향에 대한 훌륭한 성취를 보여주고 있다.

그러나 이들간의 통합이란 현실적 차원에서는 쉽게 납득되나 논리적으로는 여전히 모순으로 남아있는 것이 사실이다. 그것은 앞서 전개하였던 추론 과정에서도 나타나는 문제로서 여전히 미해결된 채로 남아있다. 가령 '마음'은 버려야 하는가 응집시켜야 하는가? 마음은 무상성이 본위인가 현실화된 힘이 본질인가? 중생들에게 '마음'은 비우라고 해야 하나 채우라고 해야 하나? '마음'을 중심 주제로 삼았던 한용운도 이러한 모순을 의식해서 다음과 같이 말한 바 있다.

17 한용운, 앞의 글, p.156.

> 마음은 본래 형체가 없는 것이라 모양도 여의고 자취도 끊어졌다. 마음이라는 것부터가 거짓 이름인데 다시 인印이라는 말을 덧붙여 쓸 수 있으리오. 그러나 만법은 이것으로 기준을 삼고 모든 부처는 이것으로 증명을 하였다. 그러므로 이것을 心印이라 한다.[18]

인용글은 마음의 거짓됨, 즉 무상성과 인印으로 표현되는 실체성 사이의 모순에 대해 언급하고 있다. 즉 '마음이라는 것부터가 거짓'인데 '심인心印'이라고 하는 에너지화가 과연 가당한 것인가 하고 질문하는 것이다. 이는 지금까지 자신이 걸어왔던 '마음'에 대한 사유가 진정한 것인가를 묻는 것이기도 하다.[19] 이에 한용운은 '모든 부처는 이것으로 증명을 하였다'고 대답함으로써 이것의 정당성을 주장하지만, 곧이어 "마음을 둔 자는 마음을 두려고 하는 데에 걸리고 마음을 없이한 자는 마음을 없게 하려고 하는 데에 막힘이 있으니 있고 없는 것을 둘 다 잊어버려야만 도에 가까워진다"[20]고 덧붙인다. 한용운은 마음이 없음과 있음, 무상성無常性과 유성有性이 모두 통일되어 있으면서 또한 모두 초월되어 있는 역설적 관계에 놓이는 것이라 여긴다.

18 한용운, 「십현담주해」, 『한용운전집』, 신구문화사, 1973.

19 본래 유심철학에서의 유심(唯心)이 한용운이 창간한 잡지 이름으로 그대로 사용되지 않는다는 점에 주목해 보자. 한용운은 그의 잡지명을 유심(唯心)이 아닌 유심(惟心)으로 변형하였던바, 이는 한용운이 불교에서 말하는 '마음의 무상성'을 대자적으로 인식하였음을 암시해준다. 한용운은 '마음'의 성질을 즉자적으로 수용하는 대신 마음'에 대해' 사유함으로써 '마음'의 자유자재한 경지를 열어두게 된다.

20 한용운, 앞의 글.

그러나 실은 마음의 무상성과 실체성 사이의 모순을 논하는 일은 오류이다. 이들은 서로 다른 범주에서 성립하는 개념들이기 때문이다. 이들은 같은 범주에서 만나는 것이 아니라 서로 다른 범주에서 교차되며 있을 뿐이다. 가령 '무상성'이 마음의 존재론에 해당되는 것이라면 '실체성'은 마음에 대한 인식론과 관련되고 또 '실체성'이 마음을 존재시키는 것이라면 무상성은 또다시 그에 대한 인식을 유발하는 식이다. 마음의 이 두가지 성질은 서로 차원을 달리하면서 교차되며 성립가능한 것이고 또한 그러할 때 삶에서의 지혜로운 생활과 현실에서의 의미있는 창조가 가능해진다. 한용운이 "그러나 만법은 이것으로 기준을 삼고 모든 부처는 이것으로 증명을 하였다"고 말한 것도 이 때문일 것이다. '마음'을 주제로 삼고 마음에 대해 사유한惟心 한용운은 마음의 두 가지 성질의 역설적이고도 교차적인 활용을 통해 시대를 구원하는 실천을 해내었다. 마음의 비움과 채움, 무와 유 사이의 역설적이고 지혜로운 전개는 한용운으로 하여금 "마음을 깨달아 투철하고 막힘이 없어서 모르는 것이 없이 없는 일체종지一切鍾智"[21]의 경지에까지 오르게 한 것으로 보인다. 마음을 알고 마음을 행함으로써 뜻에 막힘이 없고 모든 일에 자유자재, 사사무애事事無碍한 경지에 오르는 일, 그것이야말로 무명을 넘어선 진여眞如의 세계라 할 수 있을 것인바, 한용운의 종교와 문학을 중심으로 한 시대적 실천은 곧 그러한 차원에서 이루어진 것이라 할 수 있을 터이다.

시와 논설을 바탕으로 한 이러한 고찰은 한용운의 세계에서 가장 중심에 놓인 것이 다름 아닌 '마음'임을 확인하게 해준다. '마음'은

21 한용운, 「조선 불교 유신론」, 앞의 책, p.20.

현상 세계를 넘어 존재하는 상위 영역에서의 힘이자 에너지로서 물리적이고 실제적인 성격을 지니며 이 점 때문에 한용운에 의해 집중적으로 추구된 것이다. 한용운은 일관되게 '마음'의 중요성을 강조하였고 그가 다루어나가야 할 유일한 대상임을 인식했다. 특히 단순히 불자로서가 아니라 시대를 대면하고 이끌어가야 했던 그에게 '마음'은 존재론적 차원에서의 '해탈'을 단선적으로 추구하는 계제에 놓여 있는 것이 아니었다. 그는 '마음'을 시대적 특수성에 맞게 형성하고 빚어나가야 했던 것이다. 결국 그의 시는 시대에 합당한 '마음'을 빚기 위한 방법적 도구에 해당되었던 셈이다.

'마음'을 둘러싼 이러한 그의 입장은 매우 윤리적이고 합당하다. 그러나 불교적 세계관과 모순된다는 것은 쉽게 알 수 있는데 이러한 모순을 한용운은 결코 가볍게 보지 않았다. 그의 논술들은 한용운이 오히려 이에 대해 대단히 자각적이고 민감했음을 보여준다. 그는 '마음'의 무상성과 실체성 사이의 논리적 해결을 위해 끊임없이 고찰하고 논증했음을 알 수 있다. 그는 불자로서의 정체성과 조국에 대한 신념이라는 두 차원의 세계가 결코 단순하게 화합할 수 있는 것이 아니라는 것을 인식하고 있었다. 그리고 이들 양 차원을 통합하는 그의 탐구가 결국 조선불교유신론佛敎維新論이라는 독특한 불교사상을 창출하기에 이르는 것이다. 일제강점기라는 민족적 위기 속에서 시대적 요청에 응하는 불교의 쇄신론인 조선불교유신론은 한용운의 '마음'을 중심으로 한 집요한 고찰에 의해 탄생한 새로운 논리이다.

이때 한용운은 '마음'이 모든 현상의 근원이자 본질로 인식하는 데서 그치지 않고 이에 대해 대자적 태도를 취함으로써 '마음'이 현상적 세계 구현의 근원적 힘이 될 수 있도록 길을 열어놓는다. 이로써 '마음'은 초월성과 현실성이라는 대립적인 어느 한 지점에 경직되게 방향지워지는 것이 아니라 이 두 차원을 가로지르는 역동적 힘의 실체가 된다. '마음'은 실체가 되는 동시에 초월을 향한 운동성 또한 지니는 것이다. 때문에 이러한 '마음'에 의해 실체는 초월적 방향에 의해 고양되고 초월의 정신은 실체를 다스리고 포용하는 통합의 관계를 형성한다. 한용운의 '마음'이 서양의 영혼이나 정신과 달리 유무형을 넘어서서 사회적이고 윤리적인 실제성을 지닐 수 있는 것도 이 때문이다. 한용운의 '마음'은 서양 정신사에서 나타나는 영육이원론의 단선적이고 경직된 성질과 달리 보다 총체적이고 역동적임을 알 수 있다. 현실의 실재성과 초월성의 양 축을 아우른다는 점에서 그것은 보다 생생하게 살아있는 것이다. 다시말해 그것은 '살아있는 정신'이 된다. 그리고 이러한 '살아있는 정신'으로서의 '마음' 이야말로 불교에서 말하는 모든 것을 통찰하고一切鍾智 막힘없이 행할 수 있는事事無碍 진여眞如의 상태라 할 것이다.

5. 한용운의 '세계 내'적 불교

한용운의 문학적 세계에 다다르기 위한 바른 경로는 무엇일까? 지금까지 이루어진 대부분의 연구는 한용운이 승려이자 독립운동가라는 전기적 사실을 작품에 직접적으로 대응시킴으로써 한용운의 문학세계를 이해하려 하였고 이로써 그의 시에 나타난 '님'의 의미가 무엇인지를 따지는 방식으로 이루어졌으나 이러한 연구는 한용운의 전체적 정신세계를 파악하는 데 기여하는 바가 적을 뿐 아니라 사실상 한용운의 문학적 세계가 놓인 지점과 의미에 대해 해명하는 데도 무력하다. 이에 비해 '마음'을 중심으로 한 해석학적 고찰의 시도는 불자이자 독립운동가이며 시인이었던 한용운의 다양한 면모들을 총체적으로 살필 수 있는 유리한 입지점을 제공함으로써 한용운이 일구었던 정신적 세계 및 형성해갔던 정체성의 실체를 파악하는 데 도움을 준다.

특히 '마음'은 불교적 세계관의 핵심적 요소라 할 수 있으므로 실제로 승려였던 한용운이 중점적으로 성찰하고 다스리고자 했던 부분임을 알 수 있다. 그러나 한용운은 불교적 세계에서 추구하는 초월과 해탈에의 지향성 대신 현실에의 정착과 사회에의 참여를 추구하는데 여기에서 나타나는 갈등과 모순을 통해 결국 자신의 세계를 형성해간다는 것을 알 수 있다. 한용운은 불자로서의 정체성과 조국에의 신념 어느 한 편도 중요하지 않다고 여기지 않았는데 이때 '마음'은 이 두 세계간의 긴장과 통합을 이루어내는 장場에 해당되었다. 한용운은 '마음'의 무상성과 실체성 간의 모순을 논리적으로 해명하려고 노력하는 한편 이를 실천을 통해 통합하고자 함으로써 실제로 유의미한 창조적 성과를 발휘한다. '조선불교유신론'이 논리적 차원의 해명이라 한다면 시 「님의 침묵」은 현실에서 일구어낸 새로운 창조에 해당한다. '조선불교유신론'의 획기적 성격과 「님의 침묵」의 강한 감동은 우연이나 관념에 의한 것이 아니라 '마음'을 통해 자신의 정체성을 구축해 가려했던 한용운의 치열한 삶에 의해 빚어진 결과였음을 알 수 있다.

이러한 관점에서 볼 때 그의 시에 나타난 '님'은 단순한 대상에서 그치는 것이 아니라 '마음'을 다루기 위한 방법적 역할을 하는 것임을 확인할 수 있다. 한용운의 시에서 열렬한 사랑의 대상으로 나타나는 '님'은 한용운이 단지 맹목적으로 추구한 자였음을 의미하는 것이 아니라 유의미한 '마음'을 도출하기 위한 전략적 담론의 계기에 해당했다는 것이다. 한용운은 '님'을 통해 '마음'을 초점화하고 '님'에 의해 '마음'을 형성해나갔다. 이로써 '마음'은 초월이 아닌 '세계 내'의 것이 될 수 있었고 나아가 일제 식민지라는 조건에 대응해 나갈 수 있게 된 것이다. 즉 한용운의 시는 불자로서의 정체성과 독립운동가로서의 정체성이 상호 긴장하고 교차하는 지점에서 탄생한 것이며 '마음'의 불교적 무상성과 현실적 실체성이 결합된 성질의 것임을 의미한다.

제2장

이장희 시의 신비주의적 미의식

1. 이장희의 시사적 위치

이장희는 1924년 『금성金星』 3호에 시 「실바람 지나간 뒤」, 「새한 머리」, 「불노리」, 「무대舞臺」, 「봄은 고양이로다」 등 5편을 발표하면서 문단에 등장한다. 양주동, 유엽, 백기만과 함께 문예지 『금성』에 관여하면서 이장희는 당대의 시단이 사회적, 현실적 경향으로 흐르는 데 반대하는 유미적, 심미적 경향의 시를 쓰게 된다.[1] 외부적 조건에서가 아니라 철저하게 자신이 지녔던 예술적 지향에 기대어 시를 지었던 이장희는 40여 편이라는 적은 수의 시만을 우리에게 남겨두고 있다. 극히 寡作의 시인이라 할 수 있는 그는 시 창작에서나 교우 관계, 인생의 태도에 있어서 결벽에 가까울 만큼의 완벽주의적 성향

1 양주동은 당시 이장희와 자신이 모두 예술지상주의적, 상징주의적 예술관을 지녔었다고 말한다. 양주동, 「落月哀想」, 『상화와 고월』, 청구출판사, 1951, p.97.

을 나타낸 것으로 알려져 있다. 28세의 나이로 스스로 목숨을 끊었던 이장희에게 당시 주변에는 『금성』동인 몇몇만이 친분을 유지하고 있었다고 한다.[2]

지극히 적은 시편만이 있는 데다가 이른 나이에 생을 마감한 까닭에 문단에 알려진 정도나 시사에 미친 영향력에 비해 이장희에 관한 연구는 제대로 이루어지지 못하였다. 이장희에 관한 후대의 인식은 현실과의 연관성을 일체 개의치 않고 내적 세계만을 응시했던 오티즘적 인물, 세상 사람들을 모두 속물이라 배타시하면서 자기중심적 태도를 보였던 나르시시즘적 인물, 자신만의 세계 속에서 우수에 찬 노래를 부르던 병적 인물 등으로 이루어져 있다.[3] 실제로 이장희는 성격적 측면에서 독특한 기질을 드러내는 것으로 보인다. 이장희에 관한 주변 문인들의 증언은 모두 이장희의 편벽된 성향과 완고한 기질을 확인해준다. 그에 관한 알려진 사실은 이장희가 자기만의 내적 세계에 유폐된 채 극도로 고독하고 외로운 삶을 살았다는 점이다. 한 가지만을 집요하게 파고드는 외골수적 장인의 모습이 이장희의 삶이었던바, 이장희는 그 속에서 예술의 절대적인 경지를 추구해갔다. 이장희의 짧은 생은 예술을 위해 존재했음을 알 수 있다.

예술을 향한 이장희의 철저한 태도는 1920년대 시단에 만연하고 있던 감상적이고 퇴폐적인 풍조에 휘말리지 않고 초연히 '예리한 감각과 상징적 수법'으로 특유의 시적 경지를 개척하는 요인[4]이 되었을지도 모른다. 또한 그것은 이장희의 시세계가 식민지 현실이라는

2 백기만, 「상화와 고월의 회상」, 위의 책, pp.120-1.

3 김재홍, 「이장희평전」, 『이장희』, 문학세계사, 1993, pp.71-104.

4 김학동, 「사계의 감각과 우수성의 시학」, 『현대시인연구1』, 새문사, 1995, p.388.

당대 사회와의 관계망 속에서 벗어나 철저한 자신만의 세계로 침잠하였음도 말해준다.[5]

실제로 이장희의 시는 어느 정도 1920년대 당시 우리 문단을 지배하고 있던 감상적, 퇴폐적 경향의 낭만주의 시풍을 지니고 있으면서도 여기에 함몰되지 않고 시의 감각화에도 충실하였음을 알 수 있다. 이장희는 시의 주제나 내용 면뿐만 아니라 형식을 존중하여 시어 선택 및 기교에 주력하였다.[6] 말하자면 이장희는 1920년대 심정시가 표방하였던 무엇을 쓸 것인가에 대해서보다는 어떻게 쓸 것인가를 고민함으로써 모더니즘적 감각시의 경향을 시도하였음을 알 수 있다.[7]

이 시기 이장희가 시의 표현성에 주력하였음은 시사에서 큰 의미를 지닌다. 그것은 낭만주의의 종말과 모더니즘의 시작을 알리는 지점에 놓여 있기 때문이다. 정서를 있는 그대로가 아니라 외적 대상에 의지하여 표현하는 기교의 계발은 낭만주의를 넘어서서 시의 현대화에 이르는 주요 계기에 해당한다. 그러나 분명 도시적 모더니즘에 귀결되지 않은 채 여전히 우울한 낭만주의적 성향을 지니고 있는 이장희의 시적 특질을 어떻게 규정할 수 있는가? 시 전편에서 일관되게 형식에의 지향성을 보이지만 이장희의 시세계는 도시문명과의 관련 속에서 이를 비판적으로 전유하는 모더니스트와 차별성을 드러내는 것이다.

이러한 이장희의 시세계를 이해하기 위해서는 형식적 특징과 함

5 김은철, 『한국근대시연구』, 국학자료원, 2000, p.187.

6 백기만, 앞의 글, p.122.

7 김재홍, 앞의 글, p.94.

께 그의 시에 나타나 있는 정신적 특질들을 살펴보아야 할 것이다. 그러한 정신적 특질들은 이장희가 추구해갔던 삶의 궤적을 면밀히 탐구할 때 드러날 것으로서, 이러한 탐구는 이장희의 세계를 형식미의 지향성, 즉 외적 사물을 통한 내적 정서의 표출, 대상의 예리한 감각화, 형식의 완성미의 추구라는 측면에서 규정하는 것으로부터 이장희에 관한 보다 본질적이고 깊이있는 탐색으로 나아가게 할 것이다.

2. 이장희 시의 낭만성과 형식성

2.1. 여성성을 향한 낭만적 세계

이장희에게 여성성은 매우 내밀한 의미를 지닌다. 그것은 여성성이 이장희의 생애 가운데 항상적인 결핍의 요소로 남아있었다는 점에서 그러하다. 이장희는 5세에 어머니의 죽음을 맞게 되는데 이후 그에게 모성의 빈자리를 채워줄 수 있는 어떤 요소도 없었음을 짐작할 수 있다. 그의 아버지는 그의 어머니 외에도 2번의 결혼을 하였으므로 이장희는 12남 9녀나 되는 형제들 틈 속에서 살아가게 된다. 이러한 가정 환경은 이장희와 같이 섬세한 감수성을 지닌 이에게 외로움과 열패감을 안겨줄 수 있는 조건이 되었을 터이다. 그러나 당시 중추원 참의를 지내 큰 부를 소유하고 있던 그의 아버지는 이장희의 심리적 상황에 대해서 배려할 만큼 살뜰한 사람이 아니었다. 오히려 그의 아버지는 자신의 뜻에 복종하지 않은 이장희를 골방에 방치할

정도로 가혹한 성격의 인물이었다.[8]

가족은 넘쳐나지만 어느 한 사람에게도 마음 붙일 수 없던 이장희는 시에서 종종 여성적 세계, 모성적 이미지를 구현하게 된다.

어머니 어머니라고
어린마음으로가만히부르고십흔
푸른하늘에
다스한봄이흐르고
또 흰볏을노으며
불눅한乳房이달녀잇서
이슬매친포도송이보다더아름다워라
탐스러운乳房을볼지어다
아아 乳房으로서달콤한젓이방울지려하누나
이때야말노哀求의情이눈물겨우고
주린食慾이입을벌이도다
이무심한食慾
이복스러운乳房……
쓸쓸한심령이여 쏜살가티날러지어다
푸른하늘에날러지어다.

「靑天의 乳房」[9] 전문

8 이장희의 전기적 사실에 대해서는 김재홍의 앞의 글(pp.67-92) 참조.

9 이장희, 『이장희-이장희시전집』, 김재홍편, 문학세계사, 1993, p.26. 앞으로 인용된 시들은 모두 이 책에 수록된 것들임.

하늘에 구름이 떠있는 모습을 보면서 지은 시로서, 뭉게뭉게 피어 있는 구름에서 '어머니의 유방'을 연상하고 있다. 관능적 감각으로 형상화되고 있는 '구름'은 시적 자아에게 '어머니'의 따스함과 포근함을 환기시킨다. 모성 이미지는 대단히 구체적이고 생생하게 묘사되고 있음을 알 수 있는데, 관능적 이미지를 통해 이장희는 모성적 세계가 지니는 풍요의 이미지를 형상화하고 있다. 그에게 모성적 세계는 마음 놓고 기대고 싶은 너른 품에 해당한다. 모성 이미지에 의해 시적 자아는 '어린마음으로가만히부르고십흔' 마음이 인다. 현실이 결핍과 부재로 다가오는 만큼 모성의 세계는 강한 동경과 '애구'의 대상이 된다.[10]

시에서 자아는 모성적 이미지의 '복스러움'에 의해 '쓸쓸한 심령이 날아갈 것'을 소망한다. 이는 곧 고독하고 우울한 현실적 자아의 상황으로부터 벗어나고자 하는 시인의 욕망을 표현한다. 모성적 세계 안에서 시적 자아는 천진한 어린 아이가 되어 충만한 행복감을 느끼게 됨을 알 수 있다. 모성의 이미지는 시적 자아에게 구원의 세계가 되는 것이다. 이처럼 이장희에게 모성의 세계는 '푸른 하늘'과 같은 무한한 세계, 따스한 안식의 세계로 자리한다.

부재하는 세계이므로 동경의 대상이 되는 아이러니적 상황은 낭만주의의 기본적인 모티브가 되는바, 실제로 이장희는 「동경」, 「봄하늘에눈물이돌다」 등의 시에서 모성적 세계에 대한 동경을 직접적

10 인용시 「靑天의 乳房」은 이장희의 대표시로서 대부분의 논자들에 의해 모성과의 관련하에 논의되고 있음을 알 수 있다. 김은철은 모정결핍에 의해 쓰여진 위의 시가 이장희의 시를 이해하는 데 있어 가장 중요한 단서를 제공한다고 본다. 김은철, 앞의 책, p.190.

으로 표현하고 있다.

> 그러면 님이어,
> 或시 그대의 門을 두다리거든
> 졂어서 시들은 나의 魂을
> 끗업는 安息에 멱감게하소서.
>
> 아, 저두던에 울리도다,
> 마리아의 은은한 쇠북소래,
> 저녁은 갈사록 한숨지어라.
>
> 「憧憬」 부분

> 憧憬의비들키를놉히날녀라.
> 흰구름조으는하눌깁히에
> 마리아의빗나는가삼이잠겨잇나니.
> 크달은사랑을늣기는봄이되어도
> 봄은나를버리고곗길로돌아가다,
> 밝은웃음과강한빗갈이거리에찻것만
> 나의행복과자랑은微風에녹어사라젓도다.
>
> 「봄하눌에눈물이돌다」 부분

위의 시들에서 이장희가 지향하던 모성의 세계는 '마리아'라는 종교적 대상으로 표현되어 있다. 시들에서 '마리아'를 1920년대 낭만주의 시들에서 사용되던 '님'을 대변하는 일반 명사로서가 아니라 종교적 신이라 간주할 수 있는 것은 시에 나타나는 숭앙의 이미지에 기인한다. 시적 자아는 '마리아'를 연인이라거나 보통의 한 여성으로서가 아니라 구원의 여상女像으로 여기고 있음을 알 수 있다. '마리아'는 궁극의 세계라 할 수 있는 '하눌깁히에' '잠겨잇는' 존재이자 '나의 魂을 끗업는 안식에 몀감게' 할 수 있는 존재이다. 시에서 '마리아'는 초월적인 차원으로까지 격상되어 있는 것이다.[11]

시에서 화자가 '마리아'를 동경하는 것은 이장희가 추구하던 모성적 세계와 관련된 것임은 물론이다. 공허한 그리움으로 자리하던 '모성'에의 기억은 '마리아'라는 종교적 신에 이르러 그 성격과 위상이 보다 구체화된다는 것을 알 수 있다. '마리아'는 이장희에게 여성적 세계가 지닌 구원의 의미를 확인케 해주는 것이다. '마리아'를 통해 이장희의 여성은 막연한 그리움의 대상으로서가 아니라 구원을 가져다 주는 초월자로 자리하게 된다.

이는 「동경」에서 '흐르는 구름에 실려서라도/ 나는 가련다, 가지안코 어이하리, ……水國의 꼿숩으로 돌아가버린/ 그러나 그리운 녯님을 뵈올가하야'라는 강한 의지를 피력하는 구절이 등장하는 것과도 무관하지 않다. 그것은 '저두던에 울리는 마리아의 은은한 쇠북소래'에 비롯되는 것으로서 '마리아'는 저 너머의 세계에서 자아에게 힘과 방향을 부여하는 구원의 실체로 기능하고 있다.

모성의 세계 및 종교적 신으로서의 여성 신에 대한 지향은 이장희가 보여준 영원성의 함의가 여성성을 중심으로 형성되어 있음을 말해준다. 이장희에게 모성은 '마리아'라는 성모와 더불어 현실의 결

11 실제로 고월은 그의 시 「夕陽丘」에서 '聖마리아'라는 어휘를 사용하고 있다.

핍과 모순을 너머에 존재하는 낭만주의적 이상의 세계에 해당하는 것이다. 그것들은 초월적 경지에서 자아를 위로하고 안식을 주는 유토피아의 계기가 됨을 알 수 있다.

2.2. 자연에 의한 영원성의 세계

낭만주의적 이상의 세계는 자아에게 위무와 안식을 부여하지만 역설적이게도 이상의 세계를 추구한다는 것 자체는 현실의 결여와 불완전을 증명하는 계기가 된다. 결핍되어 있는 현실을 살아가는 자아에게 이상적 세계는 오히려 현실적 자아를 찢고 분열시키는 이유가 될 수 있다. 이상적 세계를 추구하면 할수록 자아는 더욱 분명하게 현실의 결핍을 확인해야 한다. 현실과 이상의 간격은 자아에게 해소하기 힘든 모순이 된다. 유토피아를 꿈꾸지만 유토피아라는 용어 자체가 '현실에 없음'을 의미하는 것임을 인식할 때 겪는 아이러니적 상황은 낭만주의자들이라면 보편적으로 겪어야 하는 아픔이다.

이장희에게 모성의 세계가 동경과 구원의 이상이 된다 할지라도 그것은 지속적인 구원의 자장을 발휘하지 못한다. 여성성의 세계에 의해 지속적인 충일감을 경험하기에는 이장희는 너무도 공허하고 어두웠다. 이장희에게 '초월'이라는 말은 현실 '극복'의 내포보다는 현실 '너머'의 의미가 더욱 강하게 작용한다. 이장희의 모성적 세계는 비어있는 현실 너머의 아련한 이미지로서, 그 이상도 이하도 아닌 것임을 알 수 있다. 모성적 세계로부터 주어지는 실질적인 구원과 안식의 체험이 그에게는 없었다. 모성을 동경하는 순간에조차 시적 자아들은 고독과 우울을 호소하는 것이다. 실제적인 모성체험이 결여되어 있던 이장희에게 모성의 이미지는 공허한 환상에 해당되는 것이었다.

이장희의 시편들 가운데 대부분이 구체적인 자연물을 대상으로 하여 쓰여지고 있는 것은 우연이 아니다. 모성에 대한 기억이 결여되어 있는 그에게 여성의 이미지는 공허함에 그치는 반면 자연물은 대지의 모성적 온기를 느낄 수 있게 해주는 실제적인 매개로 작용할 수 있기 때문이다.

> 고맙어라
> 눈은 따우에 액김업시 오도다
> 배꼿보다 희도다
> 너무나 아름다운 눈이길래
> 멀니 신성한것을 이마에 늣기노라
> 아아 더러운 이몸을 어이하랴
> 고요한 속에
> 뉘우침만이 타오르다 타오르다
>
> 「눈」 전문

위의 시는 눈 내리는 풍경이 주는 서정적 아름다움을 잘 드러내고 있다. 이장희의 많은 시편들이 우울과 애수의 정서를 바탕으로 쓰여진 것에 비해 위의 시는 이러한 정서가 상당히 순화되어 있음을 알 수 있다. '눈' 내리는 풍경 속에서 시적 자아가 느끼는 정서는 비탄이나 고독이 아니라 따스함과 순수함과 신성함 등의 긍정적 성질의 것임을 알 수 있다. 시적 자아의 시각에서 '눈'은 '따우에 액김업시 오는', 풍요롭고 포근한 것이다. 그가 '고맙어라'라고 말한 것도 이 때문이다. '땅'을 감싸고 안아주는 '눈'은 대지의 포용력을 증대시켜준다. 이때의 자연은 고독하고 공허한 시적 자아가 이를 잊을 만큼 충만한 것이다. 시적 자아는 '눈'을 통해 '멀니 신성한것을 이마에 늣긴다'고 하는데, 이는 이상의 세계가 현실 '너머'에 아득하게 존재하는 것 대신 지상에 실질적이고 구체적으로 실현되고 있음을 말하는 것에 다름 아니다. '눈'에 의해 현실적 자아와 이상적 자아 사이의 간격이 일거에 사라지고 있음을 위의 시는 보여주고 있다.

부재하는 '어머니'보다 더욱 강한 실감으로 느껴진다는 점은 이장희가 대지적 자연에 가까이 다가가는 이유의 일단을 암시해준다. 그는 고요하고 포근한 자연으로부터 실질적인 모성을 경험하는 것이다. 생명을 잉태하고 길러낸다는 점에서 대지가 곧 모성이라는 명제는 이장희의 경우 더욱 분명해진다. 이장희의 대표작이라 할 수 있는 「봄은고양이로다」 역시 자연의 모성성에 관한 직접적이고 감각적인 증거임을 확인할 수 있다.

> 꼿가루와가티 부드러운 고양이의털에
> 고흔봄의 香氣가 어리우도다
>
> 금방울과가티 호동그란 고양이의눈에
> 밋친봄의 불길이 흐르도다.
>
> 고요히 다물은 고양이의입술에
> 폭은한 봄졸음이 떠돌아라.

날카롭게 쭉뻐든 고양이의수염에
푸른봄의 生氣가 뛰놀아라.
「봄은고양이로다」 전문

'봄'을 '고양이'와 병치시킨 비유적 발상은 낯설 정도로 참신하다. '고양이'는 이장희의 시에 자주 등장하는 소재 중 하나로서 이장희의 여성지향성에 대한 논거가 되기도 하고 보들레르의 영향에 대한 논거로 기능하기도 한다.[12] 특히 '고양이'가 고요히 대상을 관조하는 존재라는 점을 떠올린다면 내면적 자아에 대한 상징적 매체가 되기도 한다. 이장희의 경우 '고양이'에 관한 이와 같은 접근은 모두 타당성을 지닌다.

이와 함께 '봄은고양이로다'에 구현되어 있는 감각성은 다름 아니라 '봄'의, 즉 대지가 지닌 모성적 성질을 나타내주는 것이다. '봄'은 더욱이 이장희에게 생명을 기르는 대지의 다른 이름이다. 마치 어머니처럼 그것은 '부드럽고', '곱고', '고요하고', '폭은하고', '봄졸음'이 오게 할 만큼 '여유롭게' 하고, 어린 아이가 그러하듯 '생기'로 '뛰놀'게 한다. '봄'은 곧 어머니와 동일한 성질과 기능을 지니는 것이다. 시의 초점은 무엇보다 '모성성'에 있다는 점인데, 이러한 관점에 설 때 '고양이'는 곧 여성성에 대한 감각적 표현이 된다. '고양이'는 고월이 전하고 있듯 '꽃가루와가티 부드럽고', '호동그란 눈'을 가지고 있으며 '고요히 다물은 입술'을 지니고 있기 때문이다. 이들은 모두 여성을 감각적으로 이미지화한 것에 속한다. 말하자면 이장희는

12 김학동, 앞의 책, p.396.

'모성성'에 대한 매체가 되는 두 대상을 동시적으로 묶어내고 있는 바, 이를 통해 모성 이미지를 더욱 강화시키고 구체화시킨다는 것을 알 수 있다. 그리고 이것은 자연을 통해 결여된 모성성을 채우고자 하는 이장희의 욕망을 단적으로 보여주는 대목이다.

'고양이'가 지니는 이미지와 그것에서 느낄 수 있는 감각은 이장희의 비어있는 모성경험에 대한 상당히 강한 대리충족으로 기능한다. 모성에의 그리움이 공허함으로 다가올수록 이장희는 자연물들에 더욱 밀착된 애착을 보이게 된다. 위의 시에서처럼 '고양이'의 이미지가 그토록 감각화될 수 있던 것도 모성을 향한 이장희의 지향에 기인함을 짐작할 수 있다. 말하자면 이장희는 자연을 통해 그가 지향하던 구원의 세계를 만나고자 하였던바, 이것은 단순히 '저 너머'에의 유토피아를 구하는 것이 아닌, 바로 '여기'의 감각의 세계에서 이상 세계를 구현하려 했음을 의미한다. 즉 이장희의 시적 작업은 막연히 동경하는 낭만주의를 제시하는 것이라기보다 상대적인 세계 속에서 절대적인 것을 찾아내고 일시적인 것과 영원한 것을 결합시키는 매개적 낭만주의를 구현하는 것에 바쳐진다. 절대적이고 영원한 세계는 현실적 대상에 의해 체현됨으로써 부재를 강조하는 대신 실재화된다. '일시적인 것과 영원한 것의 결합'이라는 시적 기획은 낭만주의를 실현불가능한 아이러니로 귀결되도록 하지 않고 실현가능한 역설이 되도록 하는 것이다. 이장희에게 이는 자연의 감각화를 통해 이루어짐을 살펴볼 수 있었던 것이다.

한편 자연에서 모성을 구하던 이장희는 점차 자연에 깊이 몰입되어 가는 경향을 보이게 된다. 그는 자연을 보다 감각적으로 담아내려 하게 되는데 이러한 그의 의도는 눈에 보이는 대상뿐만 아니라 그것을 에워싸는 분위기까지를 묘사해냄으로써 신비스럽고 독특한 느낌을 자아내게 됨을 알 수 있다.

> 갈대 그림자 고요히 흐터진 물가의 모래를
> 사박 사박 사박 사박 건일다가
> 나는 보앗습니다 아아 모래우에
> 잣버진 청개고리의 불눅하고 하이안 배를
> 그와함끠 나는 맛텃습니다
> 야릇하고 은은한 죽음의 비린내를
>
> 슬퍼하는 이마는 하늘을 우르르고
> 푸른 달의 속색임을 들으랴는듯
> 나는 모래우에 말업시 섯더이다
>
> 「달밤모래우에서」 전문

위 시의 시적 자아는 '고양이'를 연상시키는 시선과 동작을 지니고서 고요한 대지를 관조하고 또 그 위를 걷고 있다. '사박 사박'하는 걸음걷는 소리의 감각적 표현은 그가 처한 곳의 지극한 고요함을, 그가 바라보는 시선의 정밀함을 말해준다. 위의 시는 시적 자아가 자연에 더욱 밀착되어 있으며 자연의 내밀한 소리에 더욱 가까이 귀 기울이려 하고 있음을 잘 보여주고 있다. 그것은 지금까지의 자아가 그러했던 것처럼 자연을 통해 이상적이고 영원한 세계를 조우하고자 하는 욕망에서 비롯되는 것이다. 그는 '하늘을 우르르고/ 푸른 달의 속색임을 듣'고자 하는 것이다.

그러나 이러한 시적 자아가 마주한 것은 '죽음'이었다, '야릇하고 은은한 죽음의 비린내'였던 것이다. 이것은 자연에 관한 매우 다른 국면이 아닐 수 없다. 이때 풍요로움과 따스함이 아닌 서늘함과 적막함이 시적 자아를 에워싼다. '내'가 '모래우에 말업시 섯'던 것도 이 때문이다. 이 구절은 '자연'의 양면성 앞에서 좌절하는 시적 자아의 내면을 암시해준다. 이 경우 '자연'은 이면에 음산하고 위험한 다른 세계를 포괄하고 있음을 암시하게 된다. 자연은 생명을 낳는 더없이 따스함과 포근함을 지니고 있는 반면, 그 이면에 또한 생명을 삼키고 무화시키는 또 다른 성질을 내포하고 있는 것이다. 요컨대 예민한 감수성으로 자연을 감각화시키던 이장희 앞에 자연은 그의 전체적 모습을 드러낸다. 이러한 자연의 양면성은 자연의 이상적 모습도 은유화된 모습도 아닌, 실제적이고 사실적인 모습에 해당한다.

이후 이장희는 대상을 묘사하되 그 배면에 놓인 느낌까지를 묘사하게 된다. 자연은 더 이상 모성적 이상의 매개로서가 아니라 사실 그대로의 모습으로 그려지는 것이다. 그리고 이러할 때 이장희가 그린 자연의 시는 아우라가 깃든 신비로운 모습으로 현상하게 됨을 알 수 있다. 그것은 미화되거나 이상화된 자연의 모습이 아니라 인간이 흔히 경험하는 사실적 형상으로서의 자연, 신비로우면서도 공포감을 자아내기도 하는 양가적인 자연의 모습이다. 이를 표현하는 감각은 보통의 사람들이 지니기 힘든 매우 예외적이었던 것으로 보인다.

> 눈 비는 개였으나
> 흰 바람은 보이듯하고
> 싸늘한 등불은 거리에 흘러

거리는 푸르른 琉璃창
검은 銳角이 미끄러 간다.

고드름 매달린
저기 저 처마 밑에
서울의 亡靈이 떨고 있다.
풍지같이 떨고 있다.
「겨울밤」 전문

단순한 이미지즘적 기법의 묘사로 보이지만 위의 시에는 눈에 보이는 것 이상의 것이 그려져 있다. '흰 바람', '싸늘한 등불', '푸르른 琉璃창', '검은 銳角' 등은 표면적으로 시적 자아의 주관적 정서가 투영된 것으로 이해되면서도 다른 한 편으로 그것 이상의 사실적 묘사로도 다가온다. 특히 시각적으로 볼 수 없는 '바람'을 두고 '흰 바람은 보이듯하고'라고 말하는 부분은 인간의 감각을 초월하고 있는 대상을 포함하여 감각화하고자 하는 이장희의 태도를 보여준다. 이장희는 보이는 대상뿐만 아니라 대상을 감싸는 아우라를 함께 묘사하고자 하였던 것이다. '검은 예각이 미끄러 간다'에 이르면 그의 묘사 범위가 단순히 시각의 한계를 넘어서 있음을 알 수 있다. '검은 예각'이 가리키는 것은 눈에 보이는 사물이 아니라 시적 자아의 상상 체계 속에 포착된 다른 것, 대상을 에워싸는 분위기 혹은 아우라에 해당한다.[13]

13 김학동은 이장희의 시작 전반에 언어성, 즉 섬세한 감각과 사물에 대한 관조적 태도가 일관되게 나타난다고 전제하고, 특히 「실바람 지나간 뒤」의 '실바람'에서 불가시적인 '바람'에 '실'을 연결시킴으로써 시각적 효과를 거두고 있는 것이라든가

이러한 이장희의 태도는 다음 연에서 등장하는 초현실적 존재에 의해 더욱 선명해진다. 합리적이고 근대적 자아의 시선 혹은 의식체계에 의해 전유될 수 없는 '亡靈'의 존재는 근대시에서는 매우 낯선 것이다. 더욱이 '서울'이라는 가장 근대화된 공간을 초현실적 이미지와 결합시키고 있는 것, 그리고 전근대적 소재인 '고드름 매달린 처마'를 초근대적 소재인 '서울'과 관련시키는 이 부분은 아이러니적이지 않을 수 없다. 여기에는 전근대와 근대, 근대와 초근대가 서로 엇갈리며 가로지르는 형국이 나타나고 있다.

이와 같은 초현실적 소재를 사용하고 있는 시는 이 외에도 「비오는 날」, 「겨울의 暮景」, 「비인집」 등이 있는데, 이들 시에 그려진 몽환적이고 기괴한 분위기는 특정한 효과를 나타내기 위해 의도적으로 기획된 것이라기보다 자연에 다가가는 고월의 고유한 세계에서 비롯된다는 것임을 짐작할 수 있다.[14]

2.3. 시적 언어의 상징성

눈에 보이는 시각적 현상만이 아니라 그것을 둘러싸는 아우라를

「舞臺」에서의 '거미줄-사나희'와 '배암-시악시'의 비유적 부분이 '환상'의 세계로 이어지는 시적 전개를 보여주고 있는데 이러한 대목들이 이장희만이 갖는 특유의 경지라 지적하고 있다. 김학동, 위의 책, p.394.

14 양주동은 이러한 고월의 시적 성향에 언급한 바 있다. "滔滔한 時代적 傾向이나 現實的 立場으로 보아서는 君의 藝術--그 **超現實的 詩風**(강조-인용자)(그렇다. 군은 自己藝術의 現實遊離를 조금도 介意치 않았고, 예술은 現實以外의, 아니 그以上의 背後의 '그무엇'을 要求하는것이라는 超現實的 입장을 把持하였었다)은 하나의 시대적 '孤獨'일는지 모른다. 그러나 나는 敢히 말하노니, 이 詩人의 作은 그 純粹 때문에, 그 自己에의 充實 때문에 오래도록 뒤에 남으리라고." 양주동, 「落月哀想」, 『尙火와 古月』, 청구출판사, 1951, p.106.

드러내고 있는 이장희의 시는 양주동 또한 언급했던 초현실주의적 시풍이라 할 만하다. 이장희는 근대적 의식 체계를 웃도는 범위의 의식체계를 가지고 있었는데, 그것은 그의 과도한 감수성, 섬세하고 예민한 감각에서 가능했음을 알 수 있다. 이러한 감수성을 바탕으로 이장희는 현상과 현상 이면을 동시에 표출하는 시적 세계를 펼치고 있다. 이때 '자연'의 공간은 이 두 세계를 이어주는 통로에 해당한다. 이는 이장희의 시세계가 '일시적인 것과 영원한 것의 결합'이라는 성질을 지니는 것으로서 이때 그가 추구했던 영원성의 지대가 곧 자연을 통로로 하는 초자연적 세계임을 짐작할 수 있다. 그것은 이상적인 모성의 세계에 국한되는 것이 아니라 동시에 공포스러움도 포함하는 자연의 양면성의 세계이다. 곧 이장희가 그의 시에서 구현한 '영원성'의 지평이란 현실주의적 시각으로 확보할 수 없는 거대한 우주의 세계가 된다.

한편 비가시적인 상상적이고 환상적인 세계를 감각적 이미지로 구체화시킨다는 측면에서 볼 때, 이장희의 시에서 대상의 아우라를 드러내는 데 있어 가장 주요하게 작용하는 요소 중 하나로 '시적 형식' 또한 들 수 있다. 이장희 시에 드러나는 표현상의 기교들은 '일시적인 것과 영원한 것을 결합'시키는 계기가 되었던 것으로서 여기에는 이장희가 추구했던 시의 형식미학적 측면, 이미지는 물론이고 리듬·호흡 등의 음향적 요인 등이 포함된다. 이장희의 지인들이 증언하고 있듯 어휘 선택은 물론이고 글자 하나하나, 선이나 점 하나하나에 대해서도 매우 고투하였던 이장희의 태도는 그의 시에서 주요한 특질을 형성할 것임을 알 수 있다.

풀은 잘어
머리털가티잘어 향긔롭고,
나무닙헤, 나무닙헤
등불은 기름가티 흘러잇소.

噴水는 잇기 도든
돌우에 빗납니다,
저긔, 푸른 안개넘어로
뻰취에 슬어진 사람은 누구임닛가.

「녀름ㅅ밤 公園에서」 전문

이장희가 유념했던 시적 감각은 시각적 이미지를 포함한 총체적 공감각이다. 그는 그의 시에 시각, 청각, 후각, 촉각 등의 모든 감각이 살아있기를 꾀했다. 이러한 총체적 감각화가 대상을 사실적으로 그리는 데 기여함은 물론이다. 또한 이장희는 이러한 감각들이 일정한 음악적 리듬에 의해 형상화될 수 있도록 하였다. 음악성과 어우러진 감각성은 대상을 더욱 실감있게 드러낼 수 있었다. 음악성에 대한 지향과 의도는 때로 띄어쓰기가 되지 않은 채로 혹은 문법적인 띄어쓰기가 된 채로 표출되었는데, 이는 이장희가 띄어쓰기를 맺고 끊는 호흡을 빚어내는 데 사용하였음을 말해준다. 띄어쓰기의 적극적 활용을 통해 호흡을 형성하고자 했던 이장희의 태도는 리듬, 음률, 호흡, 어조 등의 음향적 요인을 통해 몽환적 세계를 창조하고자 했던 프랑스 상징주의자들의 태도를 연상시킨다.[15]

이장희의 시에 쓰인 진술법이나 어투, 어휘들은 유형화가 되지 않을 정도로 다채롭다. 그는 때로 사상事象에 맞도록 어휘를 변형시키거나 문법을 왜곡시키는 경우도 있다. 어조의 변화나 어휘의 반복, 변화 등도 그가 사용한 기법들이다. 이러한 기법들의 창조적 사용을 통해 그가 지향했던 것은 한 가지다. 그것은 대상을 생생하게 드러내는 것, 대상에서 풍기는 분위기까지 드러내는 것, 그것을 통해 사물의 울림이 가능해지도록 하는 것이다. 그러한 과정은 대상의 이면에 놓인 아우라를 함께 드러내는 길이었고 대상을 감싸는 영원한 세계를 동시적으로 드러내는 방편이었다. 그의 시에서 '형식성'은 단순히 기법을 위한 기법이 아니라 세계의 신비로움을 밝히기 위한 일 과정이자 방법이었던 것을 알 수 있다.

室內를떠도는그윽한냄새
좀먹은緋緞의쓸쓸한냄새
눈물에더럽힌夢幻의寢臺
낡은壁을의지한피아노
크달은말러버린따리아
파랏게숭업게여윈고양이
언재든지暮色을띄인숍속에
코기리가튼古風의비인집이잇다

「비인집」 전문

15 상징주의는 시각, 청각 등의 모든 감각을 동원하여 새로운 정신 세계를 창조하는 것을 목표로 하는 것으로서, 여기에서 언어는 풍부한 상징의 숲을 만들어내게 된다. 상징주의에서 빚어내는 신비롭고 몽환적인 언어의 연금술은 곧 '혼의 울림'과도 통하게 된다. 문충성, 『프랑스의 상징주의 시와 한국의 현대시』, 제주대 출판부, 2000, p.25.

위의 시를 통해 사실적인 '비인집'을 상상하는 일은 어렵지 않다. 이장희의 세밀한 감각은 '비인집'의 형상, 냄새, 고요함은 물론이고 '비인집'을 관통하고 있는 기억, 꿈, 정서 등을 모두 함께 그리고 있다. 그의 감수성은 '비인집'의 현재와 과거를, 보이는 모습과 배면의 아우라를 동시에 형상화한다. 이장희의 시적 형상화에 의해 '비인집'은 신비롭게 다가온다. 이장희의 섬세한 다가감에 의해 '비인집'은 '그윽하'기도 하고 '쓸쓸하'기도 하고 '우울하'기도 한 자신의 내면과 역사를 고스란히 드러내고 있음을 알 수 있다.

이러한 대상의 분위기는 시의 음향성을 통해 더욱 고조된다. 띄어쓰기를 배제한 표현은 모든 경계와 구획이 무화된 상태를 체험케 해주는데, 가령 '떠도는그윽한냄새'에 사용된 이 기법은 분절 없이 스미는 '냄새'의 성질을 있는그대로 표현해주는 계기가 된다. '크달은말러버린따리아'에서의 띄어쓰기 및 어휘 역시 시간의 경과로 바싹 '말러버린' 구겨진 '따리아'를 연상시키는 데 효과적이다.

상징주의적 언어기법을 통해 대상을 생생하게 드러냄으로써 이장희는 대상과 자아 사이의 합일과 그 둘 사이의 울림을 형성하고자 한다. 이것은 근대인의 의식체험 안에서처럼 대상에 대한 합리적이고 이성적인 시각화에 의해 가능하지 않다. 대신 그것은 대상의 내면으로까지 다가가는 섬세한 감수성에 의해 이루어지는 것이다. 상징주의의 언어가 혼의 울림으로 이어지는 것도 이와 관련된다.[16]

16 이장희를 상징주의와 연관 시킨 연구로는 김은전의 『한국 상징주의시 연구』(한샘출판, 1991, pp.271-6)가 있다. 김은전은 "「靑天의 乳房」같은 시에서는 애정결핍증세 같은 것을, 「동경」, 「방랑의 혼」 같은 작품에서는 염세적, 현실도피적 성향을 읽을 수 있다고 하면서 이장희가 상징주의에 기울어지게 된 것도 상징파 시의 고고하고 우울하고 염세적이며 초월적 세계에 대한 어떤 목마름 같은 것에 공감했기

이장희의 시는 부드럽게 흐르는 음조처럼 그윽하고 나직하게 우리의 영혼에 울려퍼진다. 그의 시가 이와 같은 음악성을 보여주고 있는 것은 그가 곧 상징주의적 언어 감각을 지니고 있었기에 가능한 것이었다. 이장희의 문체는 소리는 물론이고 정신의 영역에서까지 울림을 일으키고 있는바, 이처럼 간단間斷 없고 막힘없이 스미는 언어는 현상하는 세계와 이면의 세계 사이에 놓인 경계마저도 뚫고 지나감으로써 의식이 현실 '저 너머'의 영원성의 세계에까지 이르도록 하는 기제가 된다.

3. 이장희 시의 시적 좌표

음률, 어조, 리듬, 호흡 등의 수법 외에도 이장희가 자신의 어둡고 우울한 정서를 직접적으로 표출하기보다 이를 외적 사물에 기대어 감각화하는 경향은, 즉 낭만주의적 성향으로부터 시의 감각화로 나아가는 과정은 프랑스 상징주의 시가 감상적 낭만주의시를 지양하며 등장하는 과정에 비견할 만하다. 그것은 보들레르가 낭만주의에 비평적 태도를 취함으로써 낭만주의를 넘어선 과정, 즉 감정의 진정성보다는 시의 형식 구조에 중요성을 부여하던 과정과 일치하는 것이다.[17]

그러나 보들레르가 형식을 배타적으로 추구하는 고전주의에 빠지는 대신 낭만주의와 형식주의, '감동과 언어'를 결합하는 제3의 길

때문일 것"(p.272)이라고 해석하고 있다.

17 도미니크 랭세, 김기봉·채기병 역, 『보들레르와 시의 현대성』, 탐구당, 1995, pp.27-8.

로서 '현대성'을 추구하였던 것처럼,[18] 이장희 역시 어느 한 쪽으로 귀속되지 않는 자기만의 독자적인 예술세계를 보여준다. 양주동의 술회처럼 이장희의 시는 '一字 一句가 精鍊과 彫琢으로 된 完璧한 시였으나 그러면서도 그는 결코 末梢의 技巧나 遊戱에 시종하지 않은',[19] 소위 낭만주의와 고전주의 양면이 지양되고 결합된 제3의 시적 행보를 나타내고 있는 것이다. 말하자면 이장희의 시는 모더니즘으로 나간 것도 아니고 낭만주의에 머문 것도 아닌 중간 지점에 놓여 있는 시임을 알 수 있다.

이장희가 낭만주의에 발을 디딘 채 모더니즘으로 귀결되지 않았던 점은 단순히 시사의 교량 역할을 했다는 점에서만 의미를 지니지 않는다. 그것은 모더니즘으로 나아갔을 경우 겪게 되는 정신적 세계란 현실 세계 내에 국한된 채 인간의 제한된 능력과 감각에 의지하는 건조하고 차가운 이성의 세계에 다름 아니라는 점을 떠올릴 때 그 의미가 규명된다. 모더니스트들이 구현하는 이미지는 객관적 상관물로 대표되는 세계 외적 실체일 뿐이고 이러한 이미지를 통해 얻을 수 있는 것은 소외된 현대인의 소극적이고 차가운 시각적 감각일 따름이다. 모더

18 보들레르가 낭만주의에 대해 비판하고 예술의 형식성을 강조하던 것과 때를 같이하여 프랑스에서는 고띠에를 중심으로 한 '예술을 위한 예술' 이론이 대두한다. 그러나 감동이 없는 형식주의가 경직될 위험을 안고 있다는 사실을 알았던 보들레르는 이에 대해 뚜렷한 거리를 취하면서 자신만의 독자적인 세계로 나아간다. 보들레르는 그 둘을 결합한 제3의 선택을 하게 되는 것이다. 이때 보들레르는 이른바 현대성(Modernité) 개념을 주창하는데 '일시적인 것과 영원한 것의 결합'을 의미하는 그것은 보들레르가 추구했던 제어된 낭만주의, 과도한 감정의 인습화된 낭만주의를 벗어난 새로운 낭만주의, 역사의 현재 속에 뿌리박는 낭만주의의 의미를 띠게 된다. 상징주의는 보들레르의 '현대성'의 구현 과정에서, 상상력이 빚어내는 영원함과 아름다움의 이미지로부터 비롯된 것이다. 위의 책, pp.27-9.

19 양주동, 앞의 글, pp.104-5.

니즘이란 이미 근대의 한가운데에서 근대의 도구적 이성에 길들여진 상실된 내면의 소유자가 보여주는 메마른 언표에 해당하는 것이다.

이 점에서 형식과 기교를 중시하면서도 그에 함몰되지 않았던 이장희의 시적 방향성은 시의 본질적인 측면에서 시사하는 바가 크다. 예술의 형식미에 주력하는 동시에 낭만주의적 열정을 포기하지 않았던 이장희의 경우 그는 보들레르가 걸었던 상징주의의 길을 그대로 온전히 걷게 된다.[20] 보들레르의 상징주의가 '순간적이고 일시적이며 덧없고 상대적인' 현실 세계 속에서 '영원하고 고귀하며 신비롭고 아름다운'[21] 미의 절대성을 발견하는 과정에서 구현되었던 것처럼 이장희의 시 역시 이와 같은 도정을 거치게 되는 것이다. 낭만주의적 열정을 유지하고 있던 이장희는 보들레르가 '현대성' 개념을 통해 비루한 현실로부터 영원한 아름다움을 발견하려고 했던 것처럼, 현실의 유한하고 제한된 세계에 매몰되지 않는 그 이상의 세계, 그 너머에 존재하는 미지의 비전을 추구하고자 하였음을 알 수 있다.

유한하고 속박된 현실을 넘어서 새로운 이상 세계를 구현하겠다고 하는 이러한 정신이야말로 시가 존재하는 이유이자 본질이다. 이러한

20 김은전은 이장희의 시세계를 상징주의의 범주에서 규명하고 있다. 김은전은 이장희가 동인으로 참여했던 『금성』이 표면상 사조와 유파 의식에서 초월한 것으로 되어 있지만 실제로 프랑스 상징주의의 잡지라고 보고 있다. 그것은 이 잡지를 주도한 양주동이 프랑스 상징주의에 심취해 있었던 점, 『금성』 창간호의 권두시가 양주동의 「記夢」으로서 그것은 지극히 보들레르의 몽환적, 괴기적 시풍을 닮은 것이라는 점에서 논거를 찾을 수 있다는 것이다. 이에 따라 김은전은 양주동은 국민문학의 주창자이기에 앞서서 프랑스 상징주의의 중개자로서 검토되고 평가되어야 한다고 주장한다. 『금성』에 관한 이러한 고찰은 이장희의 사적 위치에 관한 한 관점을 시사한다. 김은전, 앞의 책, p.248.

21 이성복, 「보들레르에서의 대립적 세계의 갈등과 화해」, 『상징주의 문학론』, 민음사, 1982, pp.325-31.

낭만주의적 정신은 모더니즘을 계기로 사라지게 되는 근대의 마지막 시적 비전이 아닐 수 없다. 말하자면 이장희의 시 세계는 낭만주의에 비평적 거리를 두면서 이를 지속시켜 나가는 동시에 이 속에서 미적 이상을 실현하려 했던 보들레르적 의미의 상징주의와 유사한 측면이 있다. 양주동이 이장희의 시를 가리켜 '예술지상주의적이고 상징적 귀족적 예술'[22]이라고 칭한 것이나 '幽顯하고도 精妙한 경지에 도달'[23] 했다고 하는 것은 이장희 시의 이러한 특징에서 비롯되는 것이다.

이장희는 물론 보들레르처럼 비속한 도시적 일상에서 '일시적이고 덧없는 세계'의 소재를 구하지는 않는다. 가령 보들레르가 현대성, 낭만성, 형식성이라는 세 축을 계기로 그의 독자적인 상징주의적 세계를 구축한다면 이에 비해 이장희의 상징주의는 낭만성과 형식성 두 가지 축을 기본으로 하여 형성된다. 이장희는 형식성을 기본 축으로 삼되 자신의 고유한 이상세계를 추구해 감으로써 낭만적 태도를 보인다. 그리고 그 속에서 이장희는 자신이 체험하는 감각의 세계를 바탕으로 영원성과 미의 절대성을 추구한다는 것을 알 수 있다.

여기에서 이장희 세계의 시적 특수성 및 시사적 좌표를 설정할 수 있게 된다. 그는 기존의 낭만주의자들처럼 외적 세계와 유리된 주관적 정서에의 탐닉에 기울어지지 않는다. 또한 모더니스트들처럼 내면적 이상을 외면한 채 외적 세계의 감각적 재현에 귀속되지도 않는다. 그는 외적 세계를 자신의 내면적 이상과 결합시키는 작업을 하게 된다. 이장희는 외적 세계를 구현하되 주체와 대립되고 분리된

22 양주동, 앞의 글, p.104.
23 위의 글, p.105.

객체로써가 아니고 주체·객체의 거리를 무화시키고 동화시킨 양태로써 실천한다. 이장희는 근대의 기획과 더불어 형성된 주체·객체의 분열과 간격을 자신의 시적 기획 속에서 자신의 비전을 통해 극복하고 있는 것이다. 즉 이장희의 시세계는 주관적 정서에의 함몰과 근대라는 현실적 조건을 동시에 넘어서는 이상주의적 세계로 향해있으며 이장희는 그것을 자신의 상징주의를 통해 이루고자 하였다. 특히 이장희의 경우 상징주의는 주어진 세계의 '일시적이고 순간적이며 상대적인 세계'에의 천착을 통해 이루어진다는 점에서 절대적 세계와의 관련 속에서 고찰될 수 있다.[24]

그렇다면 이장희가 추구했던 절대적 세계란 구체적으로 무엇인가? 이장희가 내면적 이상으로 제시하고 주체·객체의 혼연일체된 상태로 구현하고자 했던 세계는 어떤 세계일까? 그것은 흔히 종교적 세계로 대표되는 절대주의와 연관성을 지니는가? 이장희가 도달했던 '幽顯하고 精妙한 경지'는 예술지상주의적 상징주의로 설명될 수 있는 것인가?

4. 절대적 세계와 신비주의

이장희는 유토피아적 세계를 꿈꾸는 낭만주의적 태도를 지녔으며, 처음에는 이를 모성에의 지향을 통해 추구하다가 대지적 자연에

24 이장희의 시가 감각화된 특징을 지니면서 낭만적 절대성을 추구하고 있음은 백기만의 "그의 시는 섬세하고 청초하며 靜寂하면서도 祈願과 哀求의 정이 흐르는 것이 특질이다"라는 진술(앞의 글, p.122)과도 관련된다.

로 그 대상을 옮기게 됨을 알 수 있었다. 대지적 자연이라는 현실적 대상을 감각화하는 이장희는 그러나 그러한 작업을 현실적 차원에서 행하지 않는다. 그렇다면 그의 정신적 세계는 어디에 놓여있고 어디를 향해 있는 것인가? 그가 닿아있던 영원성의 세계를 모성적 세계 내에서 설명하는 것이 가능한가?

본래 상징주의는 일시적인 것을 넘어서는 영원함의 세계를 구현하는 것을 목적으로 한다. 낭만주의에 뿌리를 두고 있는 상징주의는 현실의 유한성을 극복하고 궁극의 유현하고 아름다운 세계를 현현시키고자 하는 의도로 탄생하였다. 그러한 과정에서 혼의 울림을 일으키는 언어 상징이 요구되었던 것도 주지의 사실이다. 현실 너머의 궁극의 영원한 세계를 구현하고자 하는 상징주의는 따라서 신비주의적 속성을 지니게 된다. 상징주의의 분위기가 신비스럽고 몽환적이고 환상적인 경향으로 나타나는 것도 이와 관련된다. 이 속에는 꿈과 몽상과 신화와 같은 초현실적인 세계가 넘쳐난다. 인류의 무의식적 기억을 저장하는 저장소이기도 하여 우주에 대한 통찰을 가져다주는 이러한 세계는 때로는 유령들이 살고 있는 위험한 장소이기도 하고 천상으로 향해있는 입구이기도 하다[25]

일반적 의미에서 신비주의는 신과의 합일을 전제로 하는 개념이다. 신인합일의 체험은 모든 신비주의에 공통적이면서 핵심적인 요소가 된다.[26] 그러한 점에서 신비주의는 종교적 차원에서 논의된다. 여기에는 동양의 불교사상을 포함한 기독교 신비주의, 유대교 및 이

25 알베르 배갱, 이상해 역, 『낭만적 영혼과 꿈』, 문학동네, 2001, p.21.

26 금인숙, 앞의 책, p.7.

슬람 신비주의 등이 포함된다. 그러나 이러한 종교적 신비주의 외에도 신비주의에는 범신론적 신비주의, 시적 신비주의 또한 포함된다.[27] 여기에서 범신론적 신비주의가 만물에 신이 깃들어 있다는 우주적 관점에서 비롯되는 것이라면 시적 신비주의는 시적 상상력이 제공하는 영적靈的 실체에 대한 이해와 관련된다.[28]

모성적 세계에의 동경으로부터 출발한 고월의 낭만주의는 '聖마리아'를 매개로 설정하였음에도 불구하고 초월적이고 절대적인 신에 대한 믿음으로까지 나아가지는 못하였음을 알 수 있다. 대신 그는 대지적 모성에 주의를 기울이게 되고 그 속에서 모성과 신성성을 구하고자 한다. 그러나 그 역시 이장희에게 이상적인 안식을 주지 못한다. 심연으로 다가오는 자연은 평화와 안식 이면의 공포와 환멸의 세계 또한 놓여있음이 발견되기 때문이다. 죽음과 어둠을 포지하는 세계는 두렵고 위험하다.

그러나 이장희는 이 세계를 떠나지 않는다. 공포와 두려움을 주는, 따라서 위험한 세계이지만 이장희는 이 지대에서 발을 떼지 않는다는 것을 알 수 있다. 그는 그 세계에 오히려 더 깊이 더 가까이 다가간다. 이와 함께 그의 시는 더욱 강한 환상성으로 나타난다. 그곳으로부터 벗어나기에는 이장희는 이미 깊은 우울에 빠져 있었던 것이다. 또한 그 지대는 그의 어머니가 돌아간 곳이기도 하다. 이장희에게 그곳은 여전히 모성을 품고 있는 영원한 세계였을 터이다. 그가 추구했던 영원성의 세계는 빛으로만 가득한 세계가 아니었음

27 허태화, 『William Blake의 신비주의』, 형설출판사, 1986, pp.6-39.
28 위의 책, p.26.

을 확인할 수 있다. 그곳은 밝음과 어둠, 삶과 죽음, 안식과 공포, 선과 악의 양면성이 공존하는 세계에 해당한다.

현실 너머의 미지의 세계로 향해있다는 점에서 이장희의 시적 태도는 신비주의적 성격을 띤다. 민감한 감수성을 지녔던 이장희는 미지의 세계의 맨얼굴을 만나게 되는데, 그러할수록 그는 그 세계의 사태를 있는 그대로 제시하고자 한다. 이장희에 의해 그 세계는 범신론적 세계로 현상한다. 이장희는 그의 시적 특질들을 통해 종교적 신을 떠난 우주적 범신의 형태를 펼쳐놓는다. 이장희의 낭만주의와 형식주의의 결합, 즉 그의 상징주의는 자연을 매개로 한 신비적 범신주의로 그 모습을 드러내는 것이다. 이에 따라 이를 드러내는 이장희의 시적 상상력은 우주적 세계를 포회한 영적인 성질을 띠게 된다. 이장희의 예민한 감각에 힘입어 신비적 범신주의로 구현되는 우주는 종교적 신이 추구하듯 밝고 낙관적이지 않다. 그것은 안정과 공포, 밝음과 어둠, 온화함과 음울함을 동시에 포함하는 양가적인 것이다. 자연이 안식의 이미지를 지니고 있지만 때로 두려움의 대상이기도 한 것도 이와 관련되거니와 우리는 이장희의 신비적 상징주의에 의해 이같은 세계의 실재적 민낯에 대면하게 된다는 것을 알 수 있다.

5. 이장희의 범신론적 자연

우리 시사에서 낭만주의와 모더니즘을 연결해주는 역할을 하며 자기 나름의 독자적 세계를 구축한 이장희는 프랑스 상징주의의 개념에 충실한 시를 쓰고 있다. 그는 보들레르가 상징주의를 통해 낭만주의의 지양과 형식주의의 모색, 그리고 현대성의 구현이라는 세 가지 목적을 동시적으로 추구했던 것처럼, 동일하게 주관적 낭만주의를 경계하고 형식주의를 도입한다. 그러나 '현대성'의 지점에서 이장희는 자신의 고유한 세계를 따르게 된다. 이장희는 모성 지향으로 나타나는 낭만적 성향을 지니고 있었으며 이를 미학적 형식에 따라 표현하였음을 알 수 있다. 그러나 '현대성'에 발을 디디는 대신 자연의 현상학적 세계에 몰입함에 따라 이장희는 더욱 강하게 신비주의적 영원성의 세계로 나아간다. 이장희는 그의 예민한 감수성과 상상력에 의해 자연의 범신론적인 우주의 형상을 그려나간다.

이장희가 신비주의적 태도를 통해 그려낸 자연은 일반적 의미에서 긍정적이고 이상적이기만 한 것은 아니다. 그것은 양면성을 지닌 것이며 고요와 안식과 함께 두려움과 공포의 아우라를 포괄하는 것이다. 그 세계는 한편으로는 찬란한 구원을 주지만 다른 한편으로 어둡고 위험하다. 이장희는 양면성을 지닌 이 세계를 경계하지 않고 더욱 몰입해 들어간다. 우울한 정서를 지니고 있던 그에겐 어쩌면 이러한 세계의 어두운 면이 더욱 강한 흡입력으로 작용했을 것이다.

이장희가 보여준 세계는 어떠한 특정의 지대이다. 그것은 현실과 초현실의 경계이자 현상 세계와 그 너머의 세계를 이어주는 통로에 해당한다. 어쩌면 그곳은 삶과 죽음이라는 양차원의 비틀림이 일어나는 지점이자 그 두 세계를 연결해주는 구멍이다. 짧은 생애 동안 고월이 처해 있던 지대가 바로 이곳이 아닐까. 이곳은 모든 생명에 보편적으로 적용되는 세계이므로 상대성이 소거된 절대성의 세계이기도 하다. 이장희는 일관되게 이 지대에 놓여 있음으로써 매우 고독한 삶을 살았던 것으로 짐작된다. 결국 이곳에서 이장희의 신비주의적인 시세계가 도출되었으며 환상적이고 초현실적인 분위기의 시적 형상 역시 이러한 세계를 기반으로 하여 이루어질 수 있었다.

한국 현대시 사상 연구

제3장

김명순의 시에서의 '사랑'과 신여성 의식

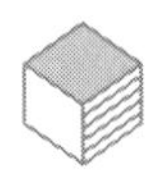

1. 1920년대의 신여성

1896년 평양에서 태어나 경성과 일본에서 수학한 김명순은 1917년 『청춘』의 현상문예 응모를 통해 등단한 우리나라 최초의 여성 작가이자 1925년에 여성으로서는 최초로 창작집 『생명의 과실』을 상재한 탁월한 문인이다. 그녀는 이광수가 『무정』을 쓰던 시기와 엇비슷한 때에 「의심의 소녀」라는 단편소설을 발표하였으며, 우리나라 근대 문학을 이끌었던 잡지 『창조』의 동인으로 활동하기도 한다. 또한 김명순은 시, 소설, 희곡 등의 부문에서 170여 편의 작품을 남겼을 정도로[1] 남성 작가 누구에게도 뒤지지 않는 창작활동을 했다는 것을 알 수 있다. 김명순의 이와 같은 이력은 우리 문단의 주목을 끌어내

1 서정자, 「디아스포라 김명순의 삶과 문학」, 『김명순 문학 전집』(서정자, 남은혜 공저), 푸른사상, 2010, p.31.

기에 부족하지 않은 것이다.

그러나 김명순은 당대의 문단으로부터, 나아가 오늘의 문학사 속에서 소외된 인물일 뿐이다. 당대의 문단은 서정자의 연구에 의하면 김명순에게 발표할 지면조차 차단할 정도로 그를 배타시하였음을 알 수 있고,[2] 오늘날 문학사의 관점 역시 김명순의 문학이 민족 문제나 계급 문제와 같은 보편적 주제를 다루는 대신 여성의 사적 자의식의 세계에 매몰되어 있다는 이유로 주변적인 것으로 치부하는 경향이 강하다. 이는 당대의 상황에서 신여성의 급진적인 주장들이 사회에 받아들여질 수 없었던 정황을 짐작케 하는 동시에 오늘의 문학사가 지니는 해석의 편향성을 노정시키는 것으로 볼 수 있다.[3]

여성의 문제는 비단 여성만의 문제에 국한되는 것이 아니라 사회 전체의 문제에 해당되는 것이다. 여성은 사회를 지탱하는 주된 인자이며 특히 신여성의 문제는 우리 사회의 근대성의 양상을 가늠하는 한 기준이 된다. 때문에 여성의 문제를 외면하는 일은 우리 사회의 한 주요 부분에 대해 이해를 가로막는 것이다. 특정 주체의 목소리가 과격하고 급진적임은 그것이 비정상적임을 말해주는 것이 아니라 그 주체가 겪는 억압과 핍박의 정도가 과중함을 말해주는 것인바,

2 서정자는 당시 김명순이 창작집을 발간한 것이 발표할 지면을 허용받지 못한 데 따른 것으로 보고 있다. 남성 중심의 문단 내에서 여성의 해방을 부르짖었던 김명순은 심한 인신 공격과 비방을 견디지 못하고 축출되었으며 급기야 일본으로 추방되다시피 하였다는 것이다. 이런 점에서 서정자는 김명순의 문학이 대부분 자신을 배제한 사회를 향한 대항 문학의 성격을 띠고 있음을 말하고 있다. 위의 글, p.35.

3 여성의 자아 각성과 여성 해방 사상의 형성이라는 점에서 역사적으로 커다란 의의를 가지면서도, 민족보다 개인의 자유나 해방을 중요시하고 남성 지식인들에게 '이탈, 방종, 허영, 사치'라는 이미지를 부여받았던 신여성은 연구 주제로서 충분한 가치를 인정받지 못하였다. 이노우에 가즈에, 「조선 '신여성'의 연애관과 결혼관의 변혁」, 『신여성』, 청년사, 2003, p.158.

이러한 역학에 대한 고찰이 전제되지 않은 문제에의 접근은 필연적으로 문제의 핵심을 파악하는 일을 방해한다. 1920년대 신여성들의 과도한 주장들은 남성 작가들에 의해 매도될 성질의 것이기 이전에 우리 사회에서 여성들이 처한 입지의 중압감을 읽기 위한 지표로서 해독되어야 했던 것들이 아닐 수 없다. 뿐만 아니라 그것은 우리 사회에 밀어 닥친 근대의 패러다임의 양태와 그 혼란상을 반영하는 것들이라 할 수 있다.

신여성과 근대성을 연관지우는 이러한 관점은 김명순의 작품이 우리에게 어떤 의미를 지니는 것이며 또한 어떻게 접근되어야 하는가에 관한 시사점을 제공한다. 김명순의 작품은 여느 남성 작가들의 그것과 마찬가지로 시대와 사회를 읽기 위한 바탕을 마련하는 것이다. 김명순은 여성이기 이전에 한 인간이자 자아로서 자신의 내면을 작품을 통해 드러내고자 했던 작가였던바, 그의 작품을 해석하는 일은 작가의 내면세계를 파악하는 길이자 그가 제시한 사회의 이상에 대해 탐색하는 방편이다. 김명순의 왕성하고 적극적인 작품활동은 여느 남성 작가들의 작품과 다르지 않게 우리 문학의 영토에 한 자양분을 제공하는 것이다. 김명순이라는 작가의 특수한 세계에 의해 우리는 다른 주체가 보지 못한 사회의 이면을 보는 기회를 얻게 된다.

김명순을 논하는 자리에서 작품에 접근하는 매우 일반적인 이유와 방법을 강조하는 것은 이 당연한 점들이 김명순과 같은 여성 작가들의 경우 지금까지 제대로 적용되지 않았기 때문이다. 김명순의 작품량이 여느 남성 작가들에게 결코 뒤지지 않았으며 그가 추구했던 이상이 뚜렷이 존재했음에도 불구하고 그가 문단에서 소외되었던 점은 이러한 사정을 잘 반영한다. 특히 김동인, 김기진 등 당시 문단 권력자들에 의해 자행되었던 김명순 등 신여성에 대한 마녀사냥식 매도[4]는 오늘날까지도 김명순의 작품을 객관적으로 이해하는 데 커다란 걸림돌로 작용하였음을 부인할 수 없다.

이러한 문제 인식에 따라 본고에서는 김명순의 시 작품을 면밀하게 살핌으로써 김명순의 내면 의식의 성격을 규명하고 그것이 지닌 시대적, 사회적 의미망을 고찰하고자 한다. 다른 문학 작품도 예외는 아니겠지만 특히 시는 작가의 내면을 가장 직접적으로 반영하는 장르이므로 김명순의 시 작품에 대한 탐색은 김명순의 의식 세계를 보다 선명하고 총체적으로 드러낼 것으로 판단된다. 이는 김명순을 보다 객관적으로 이해함으로써 그의 실존이 놓여있는 보편적 관계망을 해명케 해줄 것으로 보인다.

2. 신여성으로서의 김명순과 근대성

김명순은 나혜석, 김일엽과 더불어 1920년대의 신여성을 대표하는 인물이다. 주지하듯 '신여성'이란 개화기 서구화에 힘입어 근대 교육을 받으며 성장한 여성군으로서 전통 사회에 저항하여 여성의

4 김동인은 「김연실전」, 「선구녀」, 「집주름」의 제목으로 「김연실전」을 발표하는데 이것들은 김명순, 김일엽, 나혜석을 모델로 쓰여진 것들이다. 김동인은 여기에서 이 세 여성을 성적으로 방종하며 타락한 인물들로 묘사하고 있다(이덕화, 『여성문학에 나타난 근대체험과 타자의식』, 예림기획, 2005, pp.65-6). 김기진 역시 「김명순 씨에 대한 공개장」에서 김명순의 성적 방종이 기생 어머니의 핏줄 탓이라고 하면서 김명순이 '나쁜 피'의 소유자라는 식의 인신공격을 서슴지 않았다(서정자, 앞의 글, p.45).

새로운 자아정체성을 정립하고자 하였던 이들을 가리킨다.[5] 이들은 조선의 근대화 물결에 따라 신교육, 신풍습을 주창하였으며, 여성도 교육을 받아야 한다는 점과 함께 자유연애, 근대적 결혼을 내세웠다.

신여성이 문화의 중요한 현상으로 등장함으로써 여성들은 교육이 여성에게 전통적인 사회에서 지닐 수 없던 자의식과 상대적으로 자유로운 삶을 가져다 줄 것이라는 환상을 지니게 되었으며, 우리 사회는 개화기 근대주의자들에 의해 전파되기 시작하였던 자유연애 사상이 사회의 실체로 현상하게 됨을 목도하게 되었다.[6] 신여성들은 편리하고 세련된 복장으로 자신의 개성을 드러내면서 전통적 여성과 달리 스스로를 집안 내부에 유폐시키는 존재이기를 거부하였다. 근대 개인주의와 자유주의 교육의 세례를 받은 만큼 그들은 과거 여성을 억압하였던 유교적 덕목들을 부정하고 새로운 사회의 온전한 주체로 설 것을 꿈꾸었던 것이다.

물론 신여성의 이상이 당시 공고했던 봉건 질서의 해체에 어느 정도로 실질적인 기여를 했는가에 관한 공과의 문제는 보다 면밀한 고구를 필요로 하는 것이다. 흔히 우리 문단에서 페미니스트 1세대라 알려져 있는 김명순, 나혜석, 김일엽의 삶의 궤적을 고찰해본다면[7]

5 '신여성'이라는 용어는 1920년 여성지 『신여자』가 창간되면서 유행한 것으로, 『신여자』 이외에도 『신가정』, 『신여성』, 『여성』, 『부녀세계』, 『현대부인』 등 1920년대의 잡지에서 신여성에 대한 정의를 빈번하게 실었다. '신여성'에 대한 명확한 범주 규정은 쉬운 일이 아니지만 대체로 1920년대 여성 교육의 진전으로 부각된 여성 지식인층을 가리킨다. 당시의 잡지는 '신여성'을 '자신의 존재 가치와 여자로서의 시대적 사명을 인식하고 실천하는 여성'이라 하였다. 이배용, 「일제 시기 신여성의 역사적 성격」, 『신여성』, 청년사, 2003, pp.21-2.

6 연구공간 수유+너머 근대매체연구팀, 『신여성』, 한겨레신문사, pp.13-26.

신여성의 주장들이 우리 사회에서 절대로 액면 그대로 받아들여지지 않았으리라는 사실을 확인할 수 있다. 뿌리 깊은 봉건적 습속을 지니고 있던 우리 사회에서 여성의 자유와 해방을 내걸었던 신여성들의 이상은 헛소리에 불과했을 것이며, 남성들에게 신여성은 단지 호기심의 차원에 놓이는 존재 이상이 아니었을 터이다. 그러나 신여성의 등장은 당시 우리 사회에 문화적 충격이라 할 만큼 새로운 것이었으며 당시의 근대적 패러다임이 일으켰던 변화만큼 혼돈스러운 것이었다. 신여성은 그들이 그들의 이상을 실현하였건 그러지 않았건 간에 당시 우리 사회의 중요한 문화적 코드가 되었던 것이다. 즉 신여성은 조선의 근대화에 있어 주된 문화적 축 가운데 하나였던 셈이다.

당시 신여성들에 관한 이해의 수준이 일천하였으며 이와 같은 맥락에서 당시 여성 작가들의 작품에 대한 폄훼의 경향에도 불구하고 신여성에 관한 논의는 우리 사회의 근대성의 범주 속에서 심도있게 고찰되어야 할 것이다.[8] 신여성은 우리 사회의 근대화와 더불어 등장하였던 문화의 코드이자 필연적인 현상이었기 때문이다. 가령 근

7 우리 나라에서 최초로 남성과 대등한 교육을 받은 여성 신교육 1세대들은 뛰어난 재능에도 불구하고 불행하게 생을 마감한다. 김명순은 고국에서 축출되어 일본의 정신병원에서 알려지지 않은 채 생을 마감하게 되며 나혜석 역시 행려병자로 떠돌다 비참하게 죽게 된다. 김일엽은 불가에 귀의하는 도피의 길을 선택하게 된다는 것을 알 수 있다.

8 이덕화는 근대성이라는 주제가 한국문학의 성격을 규명하는 중요한 문제인바, 신여성문학에 대한 연구는 근대성이라는 화두를 중심으로 새롭게 조명되어야 한다고 주장하고 있다. 또한 이덕화는 여성문학을 근대성과의 연관 속에서 논의해야 한다는 주장이 최혜실의 「신여성의 '고백'과 근대성」(『신여성들은 무엇을 꿈꾸었는가』, 생각하는 나무, 2000)에서 이미 제기되고 있다고 밝히고 있다. 이덕화, 『여성문학에 나타난 근대체험과 타자의식』, 예림기획, 2005, p.59.

대화와 더불어 점차 정립되기 시작하였던 새로운 풍속과 결혼 제도를 고려할 때 신여성은 논의에서 제외시킬 수 없는 논제에 해당된다. 과거 부로父老 중심의 대가족 제도로부터 부부 중심의 핵가족 제도로의 변화[9]의 한가운데엔 신여성이라는 코드가 놓여있던바, 신여성은 변화하는 시대의 흐름 속에서 보다 당당하게 자신들의 입지와 존재를 드러냈던 자들에 해당한다. 즉 신여성은 당시 도래했던 근대적 문화의 주체이자 과거 봉건적 풍습을 해체하는 중심인물이었다고 해도 과언이 아니다.

근대적 풍습을 만들면서 당시의 문화 흐름을 이끌어갔던 신여성으로서 김명순 등 여성들이 가장 중점적으로 내걸었던 것은 결혼의 성격에 관한 것이었다. 이들은 과거 봉건 시대의 결혼이 개인의 자유의사에 상관없이 부모의 결정으로 이루어지는 형태라는 점이 가장 부조리한 것이라 보고 개인의 자기 결정권에 의한 결혼을 강조하였다. 자유연애는 자기에 의해 결정되는 근대적 결혼을 위한 필수적인 과정이 된다. 이러한 자기 결정에 의한 결혼이 성립되기 위해서 고려되는 요건은 따라서 과거 봉건제에서와 달리 가문의 지위가 아니라 개인의 취향이 된다. 개인의 취향을 반영하는 '사랑'이 근대적 결혼에서 결정을 위한 핵심 근거가 되는 사정도 여기에서 설명이 된다.[10] 김명순을 비롯한 신여성들이 자유연애에 열광적으로 매달렸던

9 1920년대 초 자신감에 차 있던 신여성들의 자유연애와 자기 의지에 따른 결혼을 주장한 것은 봉건적인 '부로(父老)' 중심의 가족 제도를 비판함과 동시에 이루어졌다. 이들은 과거의 부자중심의 가족제도로부터 부부 중심의 '단가(單家, 핵가족)' 가족제도로의 변화를 통해 새로운 문화 생활을 누리기를 희구하였다. 박용옥, 「신여성에 대한 사회적 수용과 비판」, 『신여성』, 청년사, 2003, pp.51-2.

10 자유연애, 자기의지에 의한 결혼을 둘러싸고 가장 중요한 개념으로 등장하게 된 것은 '사랑'이다. 이때 '사랑'은 단순히 낭만적인 감정의 문제에 해당되는 것이 아

것은 '사랑'을 바탕으로 이루어지는 연애야말로 새로운 결혼 풍습을 성립시키는 가장 결정적인 요건이었기 때문이다.

신여성들의 주장대로 결혼을 위한 새로운 풍습의 요건으로 자유연애가 상정되는 일은 상당히 논리적으로 보인다. 신여성들이, 특히 나혜석, 김명순, 김일엽이 '연애론', '정조관', '결혼관' 등에 관한 평문을 써가며 열렬히 개인주의적 자유연애 사상을 전파하였고 실제 자신들의 삶 속에서 이를 실천하고자 하였던 정황은 자유연애가 결혼의 근대화에 있어 결정적 중요성을 지닌다는 점을 말해준다. 이들은 과거 부조리한 결혼 풍습을 파기한다는 점에서 자유연애를 부르짖는다. 물론 신여성들의 이러한 행태는 남성들의 눈에 미친 짓으로 보였을 것이다. 여성들이 외치는 자유연애와 결혼 및 이혼의 자유에 대한 주장은 성적으로 문란하고 가정에 대해 무책임한 태도로 간주되었을 것이고 결혼의 풍습 자체를 위협하는 것으로 보였을 것이기 때문이다. 김명순 등을 향한 남성 작가들의 역시 분노도 여기에서 비롯한다.

신여성들의 자유연애 주장이 표면적으로 성적 방종의 양태로 나타났음에도 불구하고 그 이면에 결혼 제도에 의한 미시적 권력 쟁투의 장場 속에서 더 이상 고정된 노예 역할을 떠안기를 거부하는 자기 생존의 몸부림으로서의 의미망이 가로지르고 있음을 간과해서는 안 된다. 여성들에게 부로父老 중심의 가족 제도란 곧 생존을 위협하

니라 새로운 근대적 결혼제도를 위한 매개였던 셈이다. '사랑'은 가문을 중시하는 봉건적 신분질서가 해체되는 과정에서 혼인 제도의 유지를 위해 제도적으로 적극 권장되어야 했던 요소였다. 김윤정, 「1920년대 신여성의 '사랑'과 근대적 결혼 제도의 함수관계」, 『한국언어문학』 62집, 2007, p.362.

는 억압과 핍박의 족쇄에 다름 아니다. 부조리한 가족 제도 속에서 여성의 지위는 노예의 그것과 하등 다르지 않다.[11] 여성의 몸은 전체 가족을 부양하기 위한 희생의 도구에 해당한다. 여성들은 살아있는 가족은 물론이고 죽은 가족 또한 봉양해야 하는 존재인 것이다. 전통적으로 결혼 제도는 여성으로 하여금 그가 처한 이러한 지위를 수용하도록 하기 위한 복합적 장치들을 마련해왔으므로 여성이 스스로 노예적 지위를 떨쳐내는 일은 거의 불가능했다. 이러한 결혼 제도의 역학 구조를 볼 때 신여성들에게 자유연애가 차지하는 위상은 짐작이 가고도 남는다. 그것은 단순히 성적 자유를 위한 것이 아니라 부조리한 결혼제도를 해체하기 위한 투쟁의 일환이었던 것이다.

그러나 자유연애는 새로운 결혼제도 정립을 위한 논리적 매개였음에도 불구하고 그것이 근대적 결혼 제도 내 미시 권력 형성의 거점이 되지는 않는다는 점을 인식하지 못했던 점은 신여성들의 한계에 해당한다.[12] 근대적 결혼 제도는 당사자들의 자유연애에 의한 자기 결정권을 부여함으로써 과거 봉건적 결혼 제도에 비해 여성에게

11 부자관계를 중심으로 하는 대가족 제도는 여성의 인간성을 착취하는 제도라는 측면에서 개선 내지 폐지되어야 할 제도로서 거론되었다. 대가족 제도 하에서 여성은 결혼을 하면 며느리요 아내라는 그럴듯한 이름의 순종자로 위치지워져 가장 참담한 고통을 내색하지 않고 참아야 하는 노예로 전락하고 말았다는 것이다. 더구나 남성들이 가정을 파괴하고 축첩을 하여도 여성은 이를 인내해야 하는 상황에 처하며 자신의 의사를 내세우지도 못하고 자식에 대한 권리마저 행사할 수 없는 지경에 이르고 있다는 것이다. 이 모든 것이 부로(父老) 중심의 대가족 제도에 의해 빚어진 부조리였다. 이배용, 앞의 글, p.40.

12 사랑과 연애가 근대적 결혼 제도의 매개가 되었지만 결혼 제도의 유지를 위해 섹슈얼리티는 철저히 억압되고 관리되어야 하는 성격의 것이 됨으로써 '사랑'과 결혼제도 사이에는 불일치의 관계가 성립된다. 김윤정, 앞의 글, pp.370-1.

상대적으로 향상된 지위를 보장한 것이 사실이지만 자유연애를 통해 형성되었던 '사랑'이 가족 내 여성의 권력을 보장하는 기제가 되지는 않는다. 신여성들이 자부했던 '교육'이나 '재능' 역시 사정은 마찬가지다. 남성 중심의 가부장적 제도가 있는 한 여성은 필연적으로 권력의 불모지인 것이다. 자신의 권위 향상을 위해 신교육, 자유연애에만 매달렸던 신여성들의 패착이 여기에서 드러난다.

신여성들의 자유연애와 결혼제도의 근대성에 관한 논의는 여성들이 정작 얻고자 했던 본질이 무엇이며 이를 실현하기 위한 실질적인 방법이 무엇인지에 관해 고구하게 한다. 남성 위주의 사회 속에서 여성에게 가해지는 이중삼중의 거시적 억압과 복잡다단한 일상의 미시적 장치들을 모조리 파악하고 해소하는 일은 한순간에 이루어지는 일이 아니다. 여성 작가들의 작품을 통해 그들의 내면세계를 드러내고 이것들이 지닌 사회적 관계망을 파악하는 일이 요구되는 것도 이 지점이다. 작품, 곧 작가의 내면은 개인의 실존적 욕망과 사회의 권력화된 욕망들이 종횡무진으로 가로지르는 암중모색의 지대이기 때문이다.

3. 김명순의 내면 의식 양상

신여성의 등장은 근대 교육으로 인한 여성의 자의식 강화에서 비롯된 현상이다. 근대 교육의 결과 여성이 접하게 된 자유, 평등사상은 여성으로 하여금 교육과 인권의 면에서 남성과 차별받지 않아야 한다는 의식을 키우도록 하였다. 이 시기 교육받은 여성은 직업 등을 통해 여성도 사회 활동을 함으로써 여성의 우수성과 주체성을 발휘함은 물론 가정과 사회에서 평등하게 대우받아야 한다는 진보적 의식을 지니고 있었다. 그러나 이러한 여성의 성장하는 진보적 의식은 여전히 여성들에게 부과되었던 인습들과 충돌하였다. 여성의 늘어나는 교육 기회와 성장하는 의식에도 불구하고 여성을 남성과 가부장의 종속적 존재로 여기는 사회적 풍습은 자아를 실현하고 자신의 정체성을 확립하고자 하는 여성에게 이중 삼중의 굴레로 작용하였다.

신여성으로서의 자기 정체성 확보의 문제를 대전제로 삼는 일은 김명순의 내면세계를 이해하는 데 있어서 가장 우선시 되어야 한다. 자기 정체성은 자아의 존엄성과 권리를 확보하고 억압과 소외의 사태를 타개함으로써 형성되는 독립된 존재감을 가리키는바, 뿌리 깊은 전통에 의해 여성에게 가해진 불편부당한 지위를 고려할 때 자기 정체성 확보는 온전한 인격체의 실현에 있어서 가장 일차적인 요인에 해당한다. 이러한 정체성 확보의 문제는 우리 역사상 거의 최초로 사회 전면에 등장한 신여성들에게 가장 우선적이고 중점적으로 해결해야 했던 문제로 여겨졌다. 교육은 받았으되 생물학적, 사회학적 억압의 제도 속에 놓여 있던 여성들에게 정체성을 확립하는 일은 존엄성 확인은 물론 생존의 차원의 문제였으며 따라서 신여성들의 과제는 일차적으로 여성이 겪어야 했던 이중삼중의 억압을 타개하는 일이었다. 우리 사회의 교육받은 여성 1세대인 김명순의 내면 의식은 이처럼 여성에게 가해졌던 억압과 신여성으로서 추구했던 이상 사이의 길항 작용 속에서 해명될 수 있다.

3.1. 여성으로서의 피해의식

1920년대 대표 신여성 3인 가운데에서 김명순은 누구보다도 시를 중점적으로 창작한 작가이다. 김명순은 시, 소설, 희곡, 수필, 평론 등 170여 편의 작품들 가운데 개고改稿를 포함하여 100여 편의 시를 창작하였다.[13] 문예 작품들은 작가의 분신이라는 점에서 모두가 작가의 세계관을 반영하지만 그 중에서도 시는 작가의 감정을 가장 직접적으로 표출한다는 점에서 작가의 실질적인 내면을 밝히는 데 가장 중요한 자료가 된다. 실제로 김명순은 그의 시편들을 통해 당시 그가 겪었을 개인적, 사회적 경험들과 관련한 선명한 반응들을 표출하고 있음을 알 수 있다. 이 중 김명순의 시편들에 등장하는 대표적인 정서로 '분노', '설움', '아픔' 등을 발견할 수 있는데 이들 정서가 1920년대 당시 우리 민족의 보편적인 정서와 유사하면서도 가해자가 전제된 채 더욱더 절망적이고 처절하게 표현되어 있다는 점에서 이를 신여성으로서의 김명순의 고유한 정서이자 사회에 대한 여성의 '피해의식'이라 말할 수 있다.

> 셰상이여내가당신을써날때
> 개천가에누엇거나들에누엇거나
> 죽은시톄에게라도더학대하시오
> 그래도부족하거든
> 이다음에나가튼사람이잇드래도

13 이같은 사실은 서정자·남은혜 편 『김명순 문학전집』(푸른사상, 2010)에 의거함.

할수만잇는대로쏘학대하시오
그러면나는세상에다신안오리다
그래서우리는아주작별합시다.

「遺言」 전문[14]

'유언'이라는 극단적인 제목을 통해 위 시의 시적 자아가 표명하는 의식은 단연 '피해의식'이다. 시적 자아는 자신이 '학대' 받았음을 서슴없이 진술하면서 가해자의 '학대'가 상황과 대상을 불문하고 무차별적으로 이루어졌으며 그 정도에 있어서도 한정이 없음을 암시하고 있다. '개천가에누엇거나들에누엇거나/죽은시톄에게라도더학대하시오', '할수만잇는대로쏘학대하시오'에 쓰인 반어적 어법은 가해자의 학대가 끝도 없고 합당한 이유도 없이 자행됨을 폭로하는 대목이다. 아무리 '학대'해도 부족하다고 여기거나 '시체'에게까지 '학대'를 가하는 것으로 묘사되는 가해자는 상대를 학대함으로써 만족을 얻는 비뚤어진 새디스트의 모습과 다르지 않다. 가해자에 관한 이같은 극단적인 형상화는, 당시의 시적 경향이 울분의 심정을 절제없이 드러내는 감상적 성향을 띠고 있었던 점을 감안하더라도 매우 강렬한 것으로서 시적 자아가 경험했을 전폭적인 핍박이 전제되지 않고서는 쉽게 이루어질 수 있는 것이 아니다. 시는 시적 자아가 겪었을 불합리한 억압의 상황을 담아내고 있는 것이다.

시에서 가해자는 '세상'이라 표현되어 있을 뿐 정확한 인물로 제시되지 않고 있다. 대신 같은 제목의 '개고改稿'의 시에서는 '조선'으

14 위의 책, p.118. 본 논문에서의 시 인용은 별도 인용 페이지 없이 이 책을 활용함.

로 설정되어 있다. 또한 개고의 글에서 화자는 '조선'을 '사나운곳' 으로 칭하고 있다. 이런 점들은 시적 자아의 상처가 한 사람이 아니라 상황에 의해서 이루어진 것이며 그것이 자아 한 사람으로서 감당할 수 없는 전면적인 것이었음을 시사한다. 물론 시에 구체적인 갈등의 내용이 나타나 있지 않는 점은 시적 자아의 진정성을 판단할 근거를 약화시킬 것이다. 그러나 시적 자아의 정서에 관한 뚜렷한 언급은 시적 자아가 겪었을 외로움과 소외감을 충분히 드러낸다. 시적 자아의 강한 피해의식은 가해자에 의해 지속적이고 과도하게 '학대'를 받았을 시 지니게 되는 감정이라 할 수 있는 것이다.

김명순은 문필활동을 하던 조선을 떠나 일본으로 망명하게 되고 그곳에서 삶을 마감한다. 문필활동을 하는 작가로서 김명순은 조선을 계몽시켜야 한다고 하는 지도자 의식을 드러낸다.[15] 김명순에게 조선은 여느 사람들에게와 마찬가지로 모국이자 고향이었던 것이다. 이 당연한 사실 앞에서 그러나 김명순이 '사나운 곳'이라는 피해의식을 드러내며 조국을 떠난다는 것은 김명순이 조국에서 받았던 상처가 상당히 컸음을 말해준다.[16] 더욱이 김명순이 일본에서 영화를 누리기 위해 망명을 한 것이 아니고 평소 여성의 권익을 내세우는 인물이었음을 볼 때 가해의 주체는 추상적 조국이 아니라 구체적

15 김명순의 사회의식이 잘 드러나 있는 글에 수필 「父親보다母親을尊崇하고녀자에게정치사회문뎨를맛기겠다」, 「同人記」등이 있다. 특히 「同人記」에서는 "自己가남들과가티賣名心이읍스며 志操가놉다고 글가튼것이라도 잘내지안흐랴하지말고 우리는한거름더나가서 사러져가는싹을 북도다이르키랴는熱誠을가져야할것이안닌가?" 함으로써 문필가들의 사회에 대한 사명감을 강조하고 있다.

16 서정자는 김명순의 삶을 '디아스포라'의 그것으로 보고 있는바, 서정자는 김명순의 망명을 1924년 후반부터 글을 발표할 지면을 얻지 못하고 문단으로부터 배척당하던 정황과 연관시킨다. 서정자, 앞의 글, pp.51-6.

으로 물리력을 행사한 권력화된 남성이었음을 알 수 있다.

김명순의 경우 위의 시 외에도 피해의식이 강하게 드러나는 시로 「내가삼에」가 있다.

검고붉은적은그림자들,
번개치고羊떼몰든내마음에눈와셔,
쬬각쬬각찌여진붉은꼿닙들갓치도,
회오리바람에 올낫다써러지듯,
내어두운무대우에한숨짓다.
나는무수한검붉은아해들에게뭇노라.
오오虛空을잡으려든서름들아,
憤怒에매마저부셔진거울쬬각들아,
피마자피에저즌아해들아,
너희들은아직쌋뜻한피를求하는가.
아아너히들은내마음의압흔아해들,
그럿틋이내마음은피마저쌔젓노라.
내아해들아너희는어름에셔 살몸,
눈내려녹지말고北으로 北行하여,
어러서 붓허셔 맷치고또맷치라.

「내가삼에」 전문

위 시의 시적 자아가 마음의 상처를 입었음을 알 수 있는 것은 '번개치고羊떼몰든내마음에눈와셔,/ 쬬각쬬각찌여진붉은꼿닙들갓치도,/ 회오리바람에 올낫다써러지듯,/ 내어두운무대우에한숨짓다.'라는 진술을 통해서이다. 그에게 상처는 열정을 품었으나 그것이 사회에서 외면당했을 때 겪게 되는 좌절감에서 비롯된다. 시적 자아는 열정을 품었던 때의 순수했던 심정을 '羊㥘몰든내마음'이라 표현하고 있거니와 이어지는 '虛空을잡으려든서름'은 이러한 정서의 무상감을 나타내는 대목이다. 더욱이 '죠각죠각씨여진붉은꼿닙들', '憤怒에매마저부셔진거울죠각들'은 순수했던 마음의 상실이 자아를 얼마나 심각하게 붕괴시키는지 암시해준다. 이밖에도 '피마자피에저즌아해들', '피마저깨진 내마음' 등은 시적 자아의 절망감을 매우 강렬하고도 처절하게 표현하고자 하는 구절들이다.

한편 위 시의 시적 자아가 느끼는 좌절과 상실감은 단순히 자기 자신의 내적인 문제로 국한되는 것이 아니라 가해자에 대한 피해의식으로까지 나타나고 있다. 그것은 시적 화자가 '아해'를 청자로 하여 '아해'에게 당부하는 형식으로 시를 이끌어가는 데에서 드러난다. 화자는 '아해'에게 '너희들은아직뜻뜻한피를求하는가', '너희는 어름에셔 살몸'이라 하고 있는바, 소중한 '내아해들'에게 이처럼 반어적 수사를 동원하여 긍정적 가치를 부정하고 있는 점은 시적 자아가 자신의 좌절이 타인에 의한 것이라 여긴다는 것을 방증한다. 즉 시적 자아는 자신의 좌절과 관련하여 피해의식을 지니고 있음을 알 수 있다. 그것은 가해자를 전제로 하는 의식이다.

김명순의 시편들에는 위 시에서처럼 '설움', '분노', '괴로움'(「유리관 속에서」), '아픔'(「불꼿」) 등의 정서가 빈번하게 나타나 있다. 이러한 정서들은 일견 1920년대 낭만주의적 성향과 유사하여 김명순의 시적 특성을 이들과의 보편성 속에 자리매김할 수도 있을 것으로 보인다. 그러나 김명순의 정서는 악惡의 존재인 가해자를 상정하고 그로 인한 피해의식을 드러내고 있다는 점에서 당대 유행했던 '님' 지향의 일반적인 낭만주의 정서와 다르다. 김명순의 내적 의식에는 상황과의 투쟁의 자세가 포함되어 있었다. 김명순의 좌절감과 피해의식도 그 결과 얻게 된 감정이었다. 또한 김명순의 투쟁의 자세는 김명순이 이미 이상 실현을 향한 의지를 품고 있었음을 말해준다.

3.2. 사회에 대한 비판 의식

김명순이 내면에 피해의식을 지니고 있었다는 점은 당시 그를 지배하던 설움과 분노 등의 감정이 외적 세계와의 관련 속에 형성된 것임을 짐작케 한다. 설움과 분노, 고통과 괴로움 등의 정서가 그것으로 그치는 것이 아니라 가해자와의 관계 속에서 더욱더 증폭되는 것이라 할 수 있는 피해의식은 그것이 순전히 내향적인 성질을 띠는 것이 아니라 외부 지향적 성질을 띤다는 것을 알 수 있다. 피해의식은 세계와의 교섭이 전제될 때 발생하는 감정인 것이다. 따라서 피해의식의 이면에는 사회에 대한 적극적인 교응이 가로놓여 있음을 알 수 있다. 즉 피해의식은 대사회적 의식과 동전의 양면을 이루는 것이다. 김명순의 자의식을 고구할 때 그가 견지했던 사회의식을 살펴보는 까닭도 여기에 있다. 요컨대 김명순이 강한 피해의식을 지녔었다는 것은 다른 말로 하면 그가 강한 사회의식을 가지고 있었음을 말해주는바, 김명순이 가졌던 사회의식의 내용이 무엇이었는가를 확인하는 일은 김명순의 자의식을 규명하는 데 기여할 것이다.

人工의드놉흔城으로둘러쌔인못물에

銀杏色의苔族은자라서느러서
은은히힘길너서는…………
동녹의 時代에 挑戰하다

사람들은다못가에아득거려
피를일코넘어질때
風浪은모든령혼을사라처가고
腐敗는모든肉體를占領하다

하날우에는 오히려 밋친바람
싸우에는아즉腐敗긋치지안엇슬때
한돌노비즌사람이낫하나서
자줏빗의 幻想으로왼세상을 싸덥다

여기새로운세상에 봄이오다
女人은낫치안코 男人은기르지안코
遠近 善惡 美醜를폐지한때가
우리들의마음속으로붓허오다

여기새로운봄의깃거운때가오다
洞窟의暗流가太陽을向해노래하고
시내물이종달의노래를어으를때가
우리들의마음속으로붓허오다

「幻想」 전문

상징주의적 어법으로 쓰여진 위 시는 1920년대 당시 상징주의가 유행하던 정황을 상기시킨다. 위 시에서 '못'은 전반적으로 암울한 어조 속에서 사람들이 모여 살고 있는 특수한 장소를 상징하고 있다. '못'은 부패하고 암담한 주변과 대비되어 '은은히 힘을 기르는··········' 장소를 의미한다. '못'을 중심으로 주변에서 '사람들이 피를 잃고 넘어진'다면, 또한 '못' 주변에 '인공의 드높은 성'이 있어 '못'을 압박하는 부정적인 세력으로 존재한다면, '못'은 '도전'이 이루어지는 환상과 희망의 장소가 된다는 것을 알 수 있다. '은행색의 苔族'은 힘겨운 환경 속에서 어렵게 싹을 틔우는 '은은한 힘'에 해당한다.

한편 '못'과 그 주변을 대비시키고 주어진 환경을 '부패 그치지 않는 곳'이라 보는 점에서 시인이 지닌 사회에 관한 관점을 읽을 수 있다. 시의 화자에 의하면 지상의 부패함은 '風浪'처럼 '영혼'과 '육체'를 '점령한다'. 부패함으로 인식되는 지상은 '동굴의 암류'로 표현되고 있다. 지상을 에워싸고 있는 '暗流'가 억압적인 것은 그것이 '인공의 드높은 城으로 둘러싸여' 있다는 데에서 잘 드러난다. 부패한 사회는 넘기 힘든 '높은 성'으로 상징화되어 나타나 있는 것이다. 지상에 관한 일련의 이와 같은 상징들은 시인이 견지하고 있는 사회에 관한 의식을 잘 반영하고 있음을 알 수 있다. 위 시에서 화자는 단지 절망과 암담함을 노래하는 것이 아니라 그러한 정서를 일으키는 근원에 대해서 인식의 시선을 넓히고 있는바, 그 근원은 곧 '부패한 사회'인 것이다. 모순과 부조리로 가득 차 있는 '부패한 사회'에서 '영혼'과 '육체'가 파괴되어 감을 시의 화자는 말하고 있다.

상징 어법을 통해 자신의 감정을 절제없이 드러내는 수법은 1920년대 낭만주의 사조의 경향 속에서 익숙한 것이다. 위 시에서처럼 상황에 의한 절망감과 암담함의 정서를 표출하는 일 역시 당시로서는 흔한 것이었다. 그러나 위의 시는 보다 명확한 세계인식을 드러내고 있는데, 그것은 '땅'을 '부패가 그치지 않는 곳'으로 규정하는 데서 알 수 있다. 그것은 곧 사회를 초점화시켜 그에 대한 비판적 시각을 보여주는 부분인 것이다. 더욱이 위 시의 화자는 당대의 낭만주의자들과 달리 단지 좌절과 설움에 매몰당하는 것이 아니라 '은은히 힘을 길러' 상황을 타개해 나가고자 하는 의지를 보여주고 있다. '銀杏色의苔族', '한돌노비즌사람', '자줏빗의 幻想', '새로운봄' '종달의노래' 등은 모두 화자가 지닌 적극적인 현실 투쟁의 자세를 반영하고 있다. 즉 화자는 '못'을 중심으로 '동녹의 時代에 挑戰하'고자 하는 것이다. 이처럼 사회를 뚜렷이 인식하고 이에 대항하려는 적극적인 자세를 드러내 보이는 것은 여성 시인으로서의 김명순이 지니고 있던 특수한 부분으로서 당대 여타의 낭만주의자들과도 구별되는 대목이다.

그렇다면 시의 화자가 상정하고 있는 이상적 사회는 어떤 모습의 그것일까? '지상의 부패함'이 극복된 세상은 무엇을 가리키는가? 한마디로 그곳은 '드높은' 억압이 사라지는 때이자 '새로운 세상의 봄'에 해당하는 때인바, 시인은 그곳을 '女人은낫치안코 男人은기르지안코/ 遠近 善惡 美醜를폐지한째'라고 말하고 있다. 즉 여성과 남성이 차별되지 않고 원근, 선악, 미추로 상징되는 이분법적 질서가 사라지는 세상, 중심과 주변의 구별이 와해되어 모든 존재가 대등하게 어우러질 수 있는 세상이 그것이 아닐 수 없다. 요컨대 위의 시에는 낭만적 색채를 띠고 있으되 일반적인 낭만주의 풍조와 구별되는 뚜렷한 사회 인식이 놓여 있으며 그 또한 남성과 여성 등의 이분법적 구도를 부정하는 진보적인 의식의 성격을 지니는 것이었다. 이는 곧 김명순이 가졌던 신여성으로서의 자의식을 드러내고 있는 부분이다.

사회를 부패한 곳이자 '늘 싸움이 있는 곳'(「싸홈」), '끓는 가마속의 지옥과 같은 곳'(「沈黙」), '진흙의 바다'(「빗흘바래고」) 등으로 묘사하는 구절들은 모두 시인의 사회에 대한 비판의식을 나타내고 있는 것이다. 특히 「석공의 노래」에는 여성으로서 바라본 사회 현상에 대해 구체적으로 제시되어 있어 주목을 요한다.

> -필경 내生前부터저러케-
> 그이가穩健히이야기한다
> 저돌을실어다가 가온대븕은彩色으로
> 솜씨있게우리집무덤을빛내주서요-
> 七歲로부터婦道를닦어오든朝鮮處女
> 자러지도 않어서 七惡을徵게받엇다
> 淑女二軍을섬기지말것이라고
> 秋霜같은家風에는順從만이婦道니
> 節操높은 士夫의 家門을辱안뵈이려고
> 誓約의劍을가삼에안든 것이다.
> 나열두살에 눈을감고
> 가마타고
> 시집 갓더라오
> 연지곤지로 丹粧한 얼골을
> 눈물로 적시면서 親庭을떠낫지오

그花冠이야말로 무거웁디다
그稱讚이 더무서웁디다
나열여섯에 處女寡婦 되엇지요
罪人의 베옷을입고 집행이집고
喪輿뒤를 걸어서 걸어서
멀리멀리 무덤까지 갓엇지오,
그리고
산각시의相對役이든 이름뿐인郎君을
깊이깊이 묻어버리엇지오.

「석공의 노래」 부분

위 시는 '석공' 화자의 목소리로 죽은 남편의 묘에 세울 비석을 새기러 온 손님인 '얌전한 아씨'에 관한 이야기를 담아내고 있다. '얌전한 아씨'는 16세에 죽은 자신의 남편을 위해 '돌'을 엄선하여 비석을 새기고자 한다. 위 인용은 "저 돌을 실어다가 가운데 붉은 채색으로 솜씨있게 우리집 무덤을 빛내주세요"로 시작하고 있으며 '아씨'는 곧이어 자신의 한스런 일생에 대해 '穩健히이야기'를 풀어내고 있다.

7세 때 '婦道'를 익혀오던 시절부터 16세에 처녀과부가 되기까지의 '아씨'의 이야기는 설움과 한으로 점철되어 있는, 전통적으로 전혀 새로울 것도 없는 내용을 지니고 있다. 아기 때부터 진리로 섬겨오던 '婦道' 속엔 여자로서 경계해야 할 '七惡'은 물론 '不事二軍'의 규범이 법도로서 굳게 놓여 있다. 또한 여성은 가문을 위해 존재하며 가문의 명예를 훼손시키지 않기 위해 무조건적인 '順從'만을 행동 양식으로 삼아야 함을 '婦道'는 가르치고 있다. 이들 행동 양식들은 '서약의 검'으로서 가슴 깊이 새겨야 하는 것들이다. '아씨'는 12살에 시집을 온 것으로 보아 조혼의 풍습대로 결혼한 여성이다. '아씨'는 어린 나이에 '친정을 떠났'던 일을 매우 폭력적인 일로서 기억하고 있다. '단장한 얼굴을 눈물로 적시던 일', '화관이 무겁디무겁'게 느껴지던 일, '그칭찬이 더무서웁디다' 하는 말들은 조혼이 어린 여성에게 가했던 억압과 두려움의 심정을 잘 전달해주고 있다. 그리고 그녀는 16살에 과부가 되어 남편의 상을 치르는 운명을 겪어야 한다.

조선 시대를 배경으로 하는 드라마 속에서 종종 접할 수 있는 이와 같은 '아씨'의 이야기는 1920년대 당시만 하더라도 전혀 낯설지 않은 여성의 삶에 해당한다. 조혼과 과부 재가 금지의 풍습은 조선 시대의 국법으로서 전해오던 오랜 제도였던 것이다. 물론 이러한 풍습은 갑오경장에 이르러 법적 규제가 풀리게 되지만 여전히 이들 제도가 관습으로 남아있었음은 잘 알려진 사실이다. 조선시대 '婦道'라는 이름으로 규범화되었던 여성에 대한 법제들은 전 역사시대를 통해 있어왔던 여성 억압적 지위를 더욱 철저하고 확고히 규정하는 역할을 하여 왔음 또한 주지의 사실이다. 500여 년간의 조선의 유교적 풍습으로 인해 여성은 헤어나올 수 없는 핍박의 나락으로 떨어지게 된다. '婦道'라는 아름다운 이름은 그 이면에서 여성의 의식은 물론 영혼까지 파괴하는 사나운 '칼'에 다름 아니었다.

여성을 억압하는 결혼 제도는 조혼이라든가 재가를 금기시 하는 관습에서만 드러나지 않는다. 남성 중심적 결혼 제도가 남아 있는 한 여성은 '가문'과 '부도'의 굴레로부터 자유로워질 수 없다. 여성은 출가외인이라는 남성주의적 결혼관은 여성을 결혼과 더불어 친정인 본가로부터 뿌리를 뽑아내는 일에 해당한다. 남성중심의 제도 속에서 여성은 영원한 이방인이 되어 '부도'에 의해 '가문'을 섬겨야 하는 존재가 된다. 이 속에서 여성의 자의식과 정체성은 온데간데없이 상실된다. 여성은 죽을 때까지 남성 중심의 가족 제도 속에서 굴레를 쓴 채 살아가야 하는 절망적인 삶을 살게 된다. 남성 중심의 가족 제도는 여성에게 실존을 위협하는 폭력에 해당한다.

전통적 유교 사회가 무너지고 근대 사회가 성립하면서 나타난 법적 차원에서의 결혼 제도의 변화는 사회 풍습을 바꾸는 것은 물론 여성의 의식을 각성시켰다. 개화기에 이르러 자유연애, 연애결혼 사상이 확산되고 여성 교육이 강조되던 것은 단순한 문화 운동의 차원에서 이루어진 것이 아니다. 교육받은 여성 1세대 중심으로 신여성이 등장한 것도 이와 관련되고 여성이 전통적 유교사상을 사회의 저변에까지 무너뜨리려 했던 것도 이의 연장에 놓인다.

문제는 법이 바뀌고 근대화가 이루어지고 있음에도 불구하고 사회의 중심 세력이었던 남성이 자신의 의식을 바꾸려 하지 않는다는 데 있었다. 남성은 여전히 여성이 남성의 이해에 맞게 '부도'를 따라주기를 바랐고 여성이 여성 자신을 위해서가 자기의 가족 전체와 자기의 가문을 위해 희생하는 존재로 남으리라 믿었다. 오랜 세월 지탱해오던 남성 중심적 사회 속에서 길들여진 남성의 의식 속에 여성은 자아를 내세우는 온전한 인격체라기보다 자신의 종속물에 불과한 것으로 여겨졌던 것이다. 남성에게 여성은 근대화가 진행되고 인간의 주체성이 성장함에도 불구하고 열외로 남는 특수한 지대에 속하는 것으로 간주된다. 남성에게 여성은 근대화의 예외적인 영역인 것이다. 이런 상황 속에서 1920년대 신여성들이 자아를 주장하고 자유 연애 사상을 말하며 새로운 정조관을 내밀었을 때 남성들이 패닉에 빠졌던 것은 이상한 일이 아니다.

3.3. 사랑에 대한 이상주의

여성은 남성과 같은 공간에 살아가고 있지만 여성과 남성은 이해관계에서 판이하게 다르다. 그것은 사회의 대부분의 제도가 남성 중심으로 이루어졌다는 데 기인하지만 이 점은 그러한 남성중심적 제도가 보편적인 것이라 여기는 남성들에 의해서는 인식될 수 없다. 그 가운데 남성과 여성의 이해관계가 가장 첨예하게 부딪히는 영역은 결혼 제도이다. 결혼은 남성과 여성의 결합으로 형성되는 제도이기 때문이다.

500여 년 간 유교 사상에 의해 통치되던 조선 사회를 거치면서 여성이 남성에 대한 종속적 지위를 공고히 해왔음은 앞서 언급한 대로이다. 이때 결혼은 여성에게 피할 수 없는 가혹한 지대인 것이다. 사정이 이러하므로 1920년대 신여성이 결혼제도의 변화를 환영했음은 물론이고 자유연애를 부르짖었던 정황은 납득될 수 있는 것이다. 신여성들에게 자유연애와 새로운 결혼제도는 여성 해방을 위한 지름길과도 같은 것이었다.

그러나 자유연애와 결혼제도는 당시의 신여성들이 생각했던 것처럼 양면이 부합했던 것은 아니다. 자유연애는 새로운 결혼 제도의 매개가 된 것이 사실이지만 제도에 의해 성립되는 결혼의 영역이란 신여성들이 생각했던 것처럼 자유연애와 등가의 것이 아니었다. 성립된 결혼은 더 이상 자유연애와 병립될 수 있는 것이 아니었다. 결혼은 성립되는 순간 별개의 제도의 규범을 요구하는 지대이다. 또한 결혼이 제도라는 점은 그 영역이 미시적 권력 투쟁의 장이 됨을 의미한다. 여기에서 남성들은 대부분 관습이 보장하는 남성중심적 의식을 지니게 된다. 여성과의 미시적 권력투쟁이 일어나는 것도 이 지점에서이다. 이 때 자유연애는 결혼이라는 제도 속에서 여성의 권력을 지지해주는 요인이 될 수 없었는데, 자유연애 의식을 지니고 있던 여성들이 이 변화된 장場의 차원을 빠르게 인지하지 못하였던 데에서 갈등이 발생하였다. 나혜석과 같은 신여성들이 결혼 제도 속에서 배척되었던 것도 이러한 관점에서 이해될 수 있다.

그렇다면 김명순에게 자유연애는 어떻게 다가왔을까? 그가 생각했던 '사랑'은 어떤 성격의 것이었고 그것이 근대적 결혼 제도와는 어떻게 관련되었을까?

> 숨나라의愛人이시어
> 只今이세상안닌甘美의노래에
> 고요히잠든귀를기울엿나이다
>
> 얼마나自由로운調律이오리까
> 몸은淨化되어날개를달고
> 꼿피운空間을날으려나이다
>
> 浮世를운들그대와나
> 내압헤大路를것지안코

그대압헤洞窟을찻지안핫도다

그러나눌리엇든우리들을
解放하는노래가들려지오니
우리는숢길을버립시다

愛人이시어愛人이시어
여긔幽玄境의길에
길이잇스니이리오십쇼

愛人이시어愛人이시어
사람모르는그곳에
길잇스니날개를펴십소

「蠱惑」 전문

1920년대 낭만주의 시단에서 '님'에의 지향의식은 일종의 시적 규범이었다. '님'의 상실과 '님'에의 그리움의 정서는 이 시기 대부분의 시인들이 보편적으로 드러냈던 양상이다. 김명순의 위 시에서 등장하는 '愛人' 역시 그와 같은 큰 범주에서 바라볼 수 있을 것이다. 위 시의 화자 역시 '愛人'에 대한 갈망을 영탄의 어조로 표현하고 있기 때문이다. 그러나 위 시에는 당시 여타의 낭만주의자들에 비해 '님'에 관한 보다 명확한 관점이 드러나고 있음을 알 수 있다. 가령 '얼마나 자유로운 조율이오리까', '몸은 정화되어 날개를 달고', '눌리엇든 우리들을 해방하는 노래' 등의 구절들은 김명순의 지향의식이 막연한 것이 아니라는 사실을 말해준다. '자유', '정화', '해방'의 의미소들은 억압에 대한 분명한 인식과 이것의 극복 의지를 뚜렷하게 나타내는 것이다. 시적 자아는 자유와 해방을 위한 '길'에 대해 명확한 의식을 지니고 있다. 시적 자아에게 그 '길'은 자유와 해방을 위한 구체적인 방법이 됨을 알 수 있다. 그것은 모호한 '꿈길'이 아니며 '幽玄境'에 놓인 것이고 '사람 모르는 그곳'에 있는 '길'인 것이다. 화자는 '애인'과 함께 하는 그것이 자유의 '날개'를 펼 수 있는 '길'이자 방법임을 제시하고 있다.

시인이 자유와 해방을 위해 '애인'과 함께 만드는 그 '길'이란 무엇이겠는가. 그것은 다름 아니라 '사랑'이다. 말하자면 '사랑'은 억눌린 자아를 해방시켜주는 이상理想이 되는 것이다. 더욱이 시에서 '사랑'은 단순히 낭만적인 감정에서 그치는 것이 아니라 '大路'도 아니고 '洞窟'도 아닌 구체적인 내포를 지니는 것이다. 그것은 누구에게나 흔히 주어지는 편리한 길도 아니고 어둡고 음습한 도피의 길도 아니다. 시인에게 '사랑'은 숭고한 이상으로서의 의미를 지니는 것이며 힘겹게 추구해야 하는 가치에 해당한다.

'사랑'을 숭고한 이상理想으로 여기는 김명순의 의식은 자유연애를 추구하는 신여성들을 방탕하고 문란하다고 간주하는 남성들의 시각과 차원을 달리 하는 것이다. 김명순에게 '사랑'은 여성들의 억압과 질곡을 해소시켜 주는 탈출구에 해당된다고 여겨졌던바, 이는 단순한 낭만적인 감정을 넘어서는 것으로서의 절실함을 지니는 것이었다. 실제로 김명순은 자신의 수필 「理想的戀愛」에서 비연애非戀愛와 연애戀愛를 구별하면서 전자가 '상대방을 욕되게 하고' '상대방을 거짓으로 대하는 것'이라면, 후자는 '법칙法則과 도덕률道德律을 무시하지 않'으며 '남자와 여자가 같은 이상을 품고 결합하려는 친화한 태도'를 지니는 것이라 규정하고 있다.[17] 이처럼 김명순에게 사랑은 곧 이상의 수준에 놓이는 것이었으므로, 그는 이상적 사랑을 추구함으로써 여성의 자유와 해방을 실현코자 하였다.

김명순이 사랑을 이상의 수준으로 여기고 있음은 「우리의理想」, 「외로움의부름」, 「오오 봄!」, 「위로」 등에도 잘 나타나 있다.

오오 우리의理想-
이는우리의님이로라
그이는 그발등의불을끄지안코
남의발등의불을끄려하지안는다

오오우리의평안한사랑?
그는괴로움가운데선사라지리라
누구라서 나무에서생선을구하랴
우리는이답답한괴로움을더못참겠다

17 김명순의 연애와 비연애에 관한 생각은 "모-든男子와女子의 가튼理想을품고結合하려는 親和한狀態또 未及한憧憬을 理想的戀愛라핫다. 하지난 우리의 戀愛는 同志두사람이 宗教的으로 敬虔하며 가튼信念으로 共鳴하는데起因해서 가튼目標를向하고 前進하는歸一點에서 完成하겟다고 讚美치안을수업스리라한다.……그러나 이 社會에서 頻煩히 演出되는 몃가지를드러 非戀愛라함은 一, 그의다른사람과의 戀愛告白을無視하고 그相對者를 辱되게하며, 戀愛한다고 淫行을꿈꾸는것 二, 술醉하야 그집門을두다리며 그相對者를辱되게하는것, 亂雜히事實업는일을 글을써내이는것 三, 너무空想한結果 戀愛라고 업는肉的關係를詐稱해서 相對者를 거즛더럽히는것 四, 亦是空想의結果로 他人압헤서 그憧憬하는 對象을맛나서 狎한반말로 남의거짓感情을사는것 五 어느對象에게 戀愛를告白하다가 拒絶을當하고一時間이지나지못해서 辱하는 것"에 나타나 있다. 김명순, 「理想的戀愛」, 『김명순 문학전집』, 푸른사상, 2010, p.654.

그러면우리의님아
그러면우리의理想아
아즉우리는戰線에잇다
아즉우리는死境에잇다

「우리의理想」 전문

'사랑'이 단순한 낭만적 감상이 아니라 삶의 가치를 구하는 이상인 한 그것은 쉽게 주어지는 것이 아니라 고된 투쟁을 통해 어렵게 획득되는 것이다. 이상적 의미를 띠는 사랑은 삶의 질곡을 타개해 주는 것이지 유희에 머무는 것이 아니라는 점이다. 위의 시는 김명순이 '사랑'을 바라보는 관점을 잘 보여주고 있다. 가령 위의 시에서 '님'은 '理想'과 동격으로 제시되어 있으며 그것은 '우리의 답답한 괴로움'을 '사라지'게 하는 역할을 하는 것이다. 또한 '우리가 전선에, 사경에 있다' 함은 '님'과의 사랑이 그저 달콤하고 '평안한' 낭만성을 띠는 것이 아니라 이상을 실현하기 위한 투쟁의 과정 중에 놓이는 것임을 명확히 하고 있다. 시의 화자는 '사랑'을 통해, 또한 '사랑'을 향해 자신의 가치관을 실현하고자 하는 것이다. 시인에게 사랑은 단순히 추상적인 감정 속에 놓이는 것이 아니라 시대와 현실과의 관련 속에 놓이는 구체적인 것이다.

모-든 불상한우리의긔도가
그이를 우리들의안으로모서오다
오오봄! 모-든산생명을꼿피울봄
우리들이 새로히닥는길을바라고

뎌산기슭등색이에파릇파릇
뎌바위패이곳에도을도을

봄은 왓느냐? 왓느냐? 하고
모-든생명은그싹을내뵈인다

모-든행복된 희망이
괴로움업시는이루어지지안는다
오오苦痛! 이야말로우리를아는사랑
우리들이 닥가가는길가운데
괭이삿마다맛부드치는돌뎅이
맥히고또맥힌 벼랑과벼랑

苦痛은더잇는냐? 더잇는냐?고
모-든길가는이들은 그열성을다한다

모-든행복된 생활의시초가
우리의歷史 우리의年代를뫼서오다
오오봄! 모-든生命을살려내인봄
우리들이 부르짓는人道를기다려
사람들의얼골마다버룩버룩
사람들의마음마다 반듯반 듯

罪惡은더잇느냐? 더잇느냐?고

모-든착한이들이 참되게우스리라

「오오 봄!」 전문

위의 시에서 '봄'으로 묘사되는 대상은 다름 아닌 '사랑'이다. '사랑'은 '모든 산 생명을 꽃피우'고 '모든 생명이 싹을 내뵈이는' '봄'의 생명력에 비유되고 있다. '봄'을 맞이하며 시의 화자는 희망과 설렘으로 고무되어 있다. '사랑'은 '봄'과 같은 활기를 가져다 준다. 그런데 이때의 '사랑'에는 '고통'이 내재되어 있다. 시의 화자는 '모든 행복된 희망이 괴로움 없이는 이루어지지 않는다'고 말함으로써 '사랑'이 단순히 환희로서만 다가오는 것이 아니라 그러한 결과에 이르기 위한 '고통'과 '열성'을 요구함을 제시하고 있다. 화자는 '사랑'에 이르기 위해서 '괭이 끝마다 맞부딪히는 돌뎅이', '맥히고 또 맥힌 벼랑과 벼랑'의 길을 거쳐야 한다고 말하는데, 이는 '사랑'이 유희의 차원에 놓이는 것이 아니라 인내와 숭고의 차원에 놓이는 것임을 의미하는 것이다. 시의 화자는 '사랑'을 '모든 생명을 살려내인' '人道'라고까지 말하고 있다. 그것은 '사랑'이 '모든 행복된 생활의 시초'이자 '역사'와 '시대'를 아우르는 것이기에 그러하다.

위 시에서 나타나는 '사랑'의 의미를 살펴볼 때 김명순에게 '사랑'이 세속적인 의미를 띠는 감정적인 성질의 것이 아님을 확인할 수 있다. 그것은 신여성들의 자유연애가 성적 방종으로 여겨지던 세태와 정면으로 부딪히는 것이기도 하다. 신여성으로서의 김명순의 연애에 관한 내면적 이해에는 그것을 숭고한 것으로 높이고자 하는 의지가 엿보인다. 김명순에게 '사랑'은 인간이 추구할 수 있는 가장 높은 경지, 즉 이상理想의 차원으로 의미화되고 있는 것이다. '사랑'은 곧 '人道'인 것이다.

'사랑'에 관한 김명순의 이와 같은 인식은 매우 성찰적인 것이다. 그는 당시의 낭만주의자들이 시대의 좌절에 의한 슬픔과 한의 정서에 몰입되어 있을 때 자신의 고유한 세계관과 가치관을 뚜렷이 정립해 나가고 있었음을 보여주고 있다. 김명순이 보여주고 있는 '사랑'에 관한 이상주의적 태도는 그것이 인내와 생명을 포지한다는 점에서 사회와 인간을 다스리는 최고의 이법理法이 될 수도 있을 것이다. 그러나 김명순이 견지하고 있던 '사랑'의 성질은 신여성들의 이상이 될 수는 있었을지 몰라도 그것이 자유연애를 통한 결혼제도 내로 실현될 때엔 곧 처참하게 왜곡되고 만다. 현실의 남성중심적이고 가부장적인 결혼제도 내에서 신여성들이 추구했던 이상적 '사랑'은 도구적으로 변질된다. 인간의 이기성이 지배하는 세계에서 순수한 이상은 허약하기 그지없다. 그것이 '인내'와 '고통'으로 지탱된다는 사실 또한 이상적 사랑을 더욱 심각하게 부패시키는 것일 뿐이다. 도구화된 사랑은 곧 김명순이 경계했던 '비연애非戀愛'[18]로 전락할 운명에 놓인다.

이러한 상황 속에서 신여성들이 끊임없이 이상적 '사랑'을 찾아나갈 때 그들은 자유라는 미망에 사로잡힌 방종한 자들로 낙인찍히게 될 것이다. 신여성들이 말한 이상적 '사랑'은 결혼제도라는 현실적 세계 속에서가 아니라 종교와 같은 관념적 세계 속에서나 그 성질을 유지할 수 있는 것이 되는 것이다. 요컨대 자유연애는 근대적 결혼제도의 성립을 가져왔지만 자유연애가 핵심으로 내포하던 '사랑'은

18 각주 10)참조.

결혼의 근대성을 유지시키는 데 그다지 크게 기여하지 못하였다. 제도의 근대성이 구성원들의 평등과 존엄성이 보장되는 것을 의미한다면, 권력의 불평등관계로 이루어진 가부장제가 존속하는 한 결혼제도의 근대성은 이루어지기 힘들다는 것이다. 이 속에서 '사랑'은 그것이 지닌 이상적 성격을 실현하는 대신 부조리한 제도를 유지하기 위한 도구로서 변질, 왜곡될 뿐이다. 여기에서 '사랑'과 관련되는 한 결혼제도의 근대성은 구성원 일방이 아닌 상호간의 합의와 신뢰가 핵심요건이 됨을 알 수 있다. 실질적인 근대적 결혼제도란 김명순이 말한 바 '비연애'가 아닌 '연애'의 조건이 성립되어야 하는 것이다.

4. 여성을 위한 문화의 근대성

김명순의 시에 나타난 내면 의식은 주로 강한 피해의식, 사회에 대한 비판적 의식, 사랑에 대한 이상주의적 태도 등으로 이루어져 있다. 이들은 모두 신여성으로서의 김명순의 자의식을 나타내는 요소들이라 할 수 있다. 이들 의식은 사회 속에서 당당하게 자신을 정립하려 했던 김명순의 면모를 잘 보여준다. 김명순은 교육받은 여성 1세대답게 자신의 지식과 재능을 사회 속에서 실현하고 사회의 진보에 이바지하고자 하였던 것이다.

김명순이 근대 교육을 받은 여성 1세대로서 사회에 등장할 때 그는 무엇보다 여성의 위상에 관한 문제의식을 드러내게 된다. 그것은 근대 여성의 지위 및 역할과 전근대의 여성의 삶을 비교하는 데서부터 형성되었다. 이 시기 교육받은 여성들은 전통적 사회에서 여성들에게 가해졌던 부당한 억압들을 근대적 의식을 통해 극복하고자 하였다. 이때 가장 중점적으로 추구되던 것이 자유연애와 연애결혼이다. 연애와 결혼은 여성들의 삶을 이루는 가장 기초적이고 핵심적인 요소에 해당하였기 때문이다. 김명순은 신여성의 대표자로서 여성으로서의 자의식을 충분히 드러내고 있다.

자유연애와 연애결혼을 추구하는 과정에서 신여성들은 사회로부터 많은 비난과 멸시를 받게 된다. 전근대의 전통이 강하게 남아있는 남성 중심의 사회는 신여성들의 자기해방적 주장을 허용하지 못했다. 김명순의 강한 피해의식은 이러한 과정 속에서 겪게 되었던 사회와의 충돌을 배경으로 한다. 자유와 평등을 위한 여성주의적 주장들은 남성 권력에 의해 배척되어 김명순은 결국 일본으로 망명하기에 이른다.

피해의식은 가해자와의 갈등을 전제로 하는 의식이다. 신여성 김명순이 갈등을 겪었던 대상은 곧 남성중심적 사회였다. 이 점은 김명순이 매우 뚜렷한 세계관과 사회에 대한 날카로운 비판의식을 지니게 한 계기가 되었다. 김명순의 시적 스타일은 당시 유행하던 낭만주의 사조로부터 크게 벗어나지 않지만 그의 의식은 당시 낭만주의자들이 지녔던 것과 달리 매우 분명하고 적극적이었다는 것을 알 수 있다. 김명순은 사회가 모순과 부조리로 부패하였다는 시각을 지니고 있었고, 특히 그러한 사회가 여성을 도구화시키는 폭력적 제도로 지탱되고 있다고 생각했다.

사회의 부패를 정화시키고 억압당한 여성을 해방시키는 방법으로 김명순은 '이상적 사랑'을 제시한다. 김명순은 '사랑'이 단순한 유희와 방종이 아니라 철학과 도리를 지닌 것으로 본다. 김명순에게 이러한 사랑은 쉽게 얻어지는 것이 아니라 인내와 고통에 의해 어렵게 구해지는 것으로 인간이 마땅히 따라야 하는 숭고한 것에 해당하였다. 김명순은 '사랑'을 '人道'에 값하는 최고 수준의 것으로 보았다. 즉 김명순에게 사랑은 이상주의적 관점의 그것이었다.

사랑에 대한 이상주의적 시각은 비단 김명순에게만 국한된 것이 아니라 신여성 전체의 관점이었을 것이다. 신여성들에게 사랑은 결혼을 포함한 사회의 여성 억압적인 제반 제도로부터 여성을 해방시켜 줄 것이라는 환상으로 다가왔기 때문이다. 그러나 이러한 믿음은 신여성들의 불행하고 파행적인 삶을 돌아볼 때 잘못된 것이었음을 알 수 있다. 신여성들이 꿈꾸었던 이상적 사랑은 이상에 해당될 뿐 현실에서는 실현되기 힘든 것에 해당하였다. 근대의 결혼제도에서 역시 여전히 가부장제가 존속되었고 자유연애의 이상 속에서도 여전히 여성은 종속적 위치에 놓여 있었다. 결국 신여성들이 추구했던 여성의 자유와 결혼 제도의 근대성은 미해결의 문제로 남게 되었다. 그러나 김명순의 경우에서처럼 당시 여성 작가들의 작품에 대한 면밀한 탐색을 통해 당대 신여성들의 내면과 사회의식을 확인하는 일은 사회의 근대성과 여성 문제 해결을 위한 실마리를 얻게 할 것이다.

제4장

김달진의 금욕주의적 마음수련과 도道의 길

1. 김달진의 시사적 위치

김달진은 1929년 『문예공론文藝公論』에 시 「잡영수곡雜詠數曲」이 실리면서 문단에 모습을 드러냈고, 1936년 서정주, 김동리, 오장환, 함형수 등과 함께 『시인부락』을 창간한다. 또한 1940년에는 개인 시집 『청시靑柿』를 발간하였고, 1934년엔 『시원詩苑』 동인으로, 1947년엔 『죽순竹筍』 동인으로 참여하는 등 문단에서 결코 소홀히 여길 수 없는 활동을 하였음을 알 수 있다.[1] 특히 서정주, 김동리 등과 함께 했던 동인 결성은 김달진이 당시 유행하던 이념 문학이나 서구 풍의 모더니즘 문학으로부터 거리를 둔 채 시 본연의 의미와 역할을 추구해갔음을 말해준다 하겠다. 김달진이 보여주었던 시창작의 수준이라든가

1 김달진의 연보에 관해서는 『김달진 전집1』, 문학동네, 1997, pp.585-6참조

미학적 성취의 측면에서 볼 때 김달진은 자신의 고유한 세계를 바탕으로 문학사의 한 흐름을 담당하였던 시인이었음을 알 수 있다.

사정이 그러함에도 불구하고 김달진의 문학세계는 크게 조명되지 못하였다. 그것은 그가 시인으로서의 활동을 하였음에도 다른 한편 시 창작 이외의 영역에 깊이 몰두하였다는 점에 기인할 것이다. 실제로 김달진은 1934년 금강산 유점사에서 출가를 하였으며 해방 후에는 교편생활을 하기도 하였고 시집 『청시靑柹』를 발간한 이후로는 별다른 시작 활동 없이 고전 번 역 및 불교 서적 편찬 사업에 주력했던 것이다. 1954년에 이루어진 『손오병서孫吳兵書』 출간을 비롯하여 고려대장경 역경 사업이라든가 『장자莊子』, 『법구경法句經』, 『대각국사문집』, 『보조국사법어』, 『해동고승전』, 『금강삼매경론』 등의 번역과 출간 사업은 김달진이 몰두하였던 세계가 얼마나 방대하고 깊은 것인지 짐작케 해주는바, 김달진은 시인으로서라기보다 오히려 고전철학가로서의 입지가 더욱 확고했던 자임을 알 수 있다. 김달진의 세계에서 시 창작은 빙산의 일각에 해당하는 것으로서, 시는 그의 전체 활동 영역에 비해 볼 때 한 일면에 불과하다.

시인으로서의 김달진의 면모를 재조명하고 관심이 모이게 된 데에는 1997년부터 이루어진 20여권이 넘는 전집발간이 계기가 된다. 불교 경전 및 중국 고전, 한시 등으로 구성된 그의 전집은 80여년에 걸쳐 이루어진 역작들로 편집되어 편집자의 말대로 장관을 이루고 있다. 이 가운데 『청시靑柹』와 『올빼미의 노래』 등으로 묶인 시전집은 김달진의 시세계를 조망하는 데 도움이 된다. 김달진의 시는 평생을 승려와 한학자로서 살아왔던 그의 고매하고 청징한 정신세계를 담고 있을 것으로 생각되는바, 그럼에도 그의 내면에서 오갔던 갈등과 지향들이 고스란히 수놓여 있을 것이라는 점에서 관심을 끌기에 충분하다.

김달진에 관한 연구는 본격적으로 이루어지지는 못하였지만 김인환, 김재홍, 최동호, 조정권 등의 몇몇의 학자들에 의해 핵심적인 면모들이 밝혀진 바 있다. 김인환은 동양정신의 관점에서 사물을 다루고 있다는 점에 주목하여 『청시靑柹』의 작품론을 쓰고 있으며[2] 김재홍은 김달진의 정신을 노장적 관점에서의 무위자연, 허정虛靜과 은일의 성격으로 탐색하고 있다.[3] 최동호 역시 세속의 명성을 추구하지 않았던 김달진을 '무위자연의 시학'을 펼친 시인으로서 규정하였고,[4] 조정권은 김달진의 금욕주의적 자세에 초점을 두고 시 작품을 분석하고 있다.[5]

이들 연구에서 밝혀진 바대로 김달진은 주로 자연을 소재로 취하면서 금욕적이고 은일적인 태도를 우리에게 보여주고 있다. 또한 그 속에서 보여준 초탈과 달관의 세계는 자연을 통해 성취하고자 하였던 무위와 허정의 세계관을 보여주는 것이 사실이다. 게다가 김달진이 『장자莊子』를 번역하였던 사실은 김달진이 노장적 세계관을 내면화하고 있음을 짐작케도 해준다. 그러나 김달진의 세계를 단지 특정한 세계관, 특정한 하나의 종교적 관점에서 이해할 수 있을까? 비단 노장의 세계에뿐만 아니라 불교적 세계에 심취되어 있었고 다양하고 폭넓은 한학에의 교양과 조예를 볼 때 김달진의 세계를 노장 사

2 김인환,「청결하고 맑은 곳」, 위의 책, pp.499-510.

3 김재홍,「김달진, 무위자연과 은자의 정신」, 위의 책, pp.523-50.

4 최동호, 「김달진 시와 무위자연의 시학」, 위의 책, pp.551-70.

5 조정권, 「욕망의 극소화와 자기무화(自己無化)의 세계」, 위의 책, pp.571-83.

상이라든가 불교 사상에 국한시켜 파악하는 것은 김달진 정신의 본질을 이해하는 데 부족할 것이다. 김달진이 여러 다양한 사상과 세계를 섭렵했다는 것은 그의 내면에 더욱 근본적인 지향과 흐름이 존재함을 의미하고 이 점을 드러낼 때 김달진의 내면 세계가 더욱 선명하게 드러날 것임은 물론이다. 즉 김달진은 더욱 근원적인 지대에서 지향하는 바가 있었을 것이고 이에 따라 여러 활동들을 전개한 것이라 볼 수 있다. 우리가 시에 주목하는 이유도 여기에 있다. 시는 시인의 내면세계를 있는 그대로 드러내주는 지대로서 이를 면밀히 살펴본다면 노장 사상이라든가 불교 세계가 흐르는 내면의 원류를 우리에게 올곧게 제시해 줄 것이기 때문이다.

2. 김달진 시의 시적 특징

2.1. '자연'에의 관조

김달진의 초기작에 해당하는 『청시』의 시편들은 대부분 자연을 소재로 하고 있다. 나무, 숲, 뜰, 햇살, 물, 달, 꽃 등이 그것이다. 이것들은 시각, 촉각 등의 다양한 감각의 이미지를 띠고 시에 등장하고 있는데, 이를 다루는 시인의 태도가 매우 섬세하고 정밀하다는 것을 알 수 있다. 김달진의 시에서 자연물들은 마치 한 폭의 완벽한 풍경화를 연상시키듯 신비롭게 채색되어 있다. 특히 시인은 이들을 지극한 정밀靜謐함 가운데서 자신의 주관적 정서의 절제를 통해 제시함으로써 흔히 근대시에서 이야기되는 주체와 객체 사이의 이분법적 인식의 틀을 비껴가고 있다. 그것은 근대인들이 갖게 되는 대상의 주관적 전유 및 자아의 대상과의 동일시의 차원을 넘어서 있는 것으로서, '자연'과 관련된 시인의 특수한 세계관을 표출하는 것으로 이해될 수 있다.[6]

유월의 꿈이 빛나는 작은 뜰을
이제 미풍이 지나간 뒤
감나무 가지가 흔들리우고
살찐 암록색 잎새 속으로
보이는 열매는 아직 푸르다

「扉詩」[7] 전문

보슬비 그윽히 나리는 어둔 밤
람푸ㅅ불 한 줄기 나직히 비쳐 나간 좁은 뜰 우에
어린 벚나무 가지에 남은 잎새 하나

6 김달진의 시에 소재로서 등장하고 있는 '자연'과 관련하여 최동호는 '자연'이 단지 고정되어 있는 사물이 아니라 인위적 힘이 가해지지 않은 상태에서 스스로 되어 가는 무위의 과정을 보여준다는 점에 주목하고 있다. 그는 자연현상이 보이는 대로 있는 것이 아니라 그 이면에 놓인 무위의 과정과 함께 있다는 점에서, 자연이란 일개 사물이 아닌 우주적 이법에 해당함을 말한다. 따라서 자연을 주된 소재로 사용하는 김달진의 경우, 그는 스스로 무위자연의 섭리를 체현하는 사상적 은둔자에 해당함을 최동호는 역설한다. 최동호 앞의 글, pp.566-7.
김재홍 역시 '자연'을 인위적이고 의식적인 모든 것으로부터 완전히 벗어난 상태를 의미하는 것으로 보고, 무위, 무욕, 무사, 무아의 상태에서 자연과의 조화를 이루는 것이야말로 완전한 자유를 누릴 수 있게 되는 경지라고 덧붙인다. 김재홍, 앞의 글, p.538.

7 인용되는 시들은 모두 『김달진 전집1』에 수록된 것들로서 인용면수는 생략하기로 한다.

조록이 젖어 빛나는 것 보인다.

「山房」 전문

위의 시들은 '자연'을 소재로 하고 있는 김달진의 대표적 시들로서, 이러한 대상을 그리는 김달진의 태도가 어떠한가를 잘 보여주고 있다. 흔히 인위성으로부터 벗어난 채 스스로 우주적 순환의 과정에 순응하는 것처럼 위의 자연은 인간의 흔적이 묻어나지 않은 상태에서 스스로 변화와 추이를 밟아가고 있다. '미풍이 지나간 뒤 흔들리는 감나무 가지', '푸르른 열매', '남은 잎새 조록이 젖어 빛나는 모습' 등은 자연이 저 혼자 흐르고 살아가는 양상으로서, 자연이 인간세계와 무관한 위치에 있음을 말해준다. 즉 위의 시에서 '자연'은 인간에 의해 지배되고 활용되는 도구로서 존재하는 것이 아니라 인간손을 타지 않는 순수한 모습으로서 존재하고 있다는 것을 알 수 있다. 이때 인간의 손을 타지 않는 자리에서 스스로 생명의 빛을 발하며 아름다움을 발산하는 자연이란 곧 그것이 완전한 것이라는 사실을 말해준다.

자연이 지닌 무위無爲적 속성을 받아들이는 듯 실제로 시적 자아는 '자연'을 어떻게 다루어보겠다는 의식을 전혀 가지고 있지 않다. 시적 자아는 그저 자기의 자리에서 '자연'을 관조하고 있을 뿐이다. 시적 자아는 대상을 향한 어떠한 욕망이나 의지를 버린 채 고요히 자연을 보고 있다. 자아의 시선은 예컨대 근대의 이미지스트들처럼 주관의 객관적 상관물을 찾기 위해 분주한 것이 아니라 고요한 자리에서 자연의 흐름을 따라간다. 시에서 자아는 지극히 축소된 편에 속하고 자연을 자기화하겠다는 서구적 근대인의 모습을 전혀 보이고 있지 않다. 주체적 의지와 욕망을 소거한 시적 자아의 시선 앞에서 자연은 비로소 스스로 있고 '저절로 되어 가는' 무위자연의 존재로서 현상하게 된다.

주체로서의 입지를 축소한 채 대상을 관조하는 자아에게 자연은 있는 그대로의 흐름, 즉 자연이 처해있는 시간과 공간성을 함께 드러낸다. 자연은 시선이 포착하는 어느 한 순간에 정지된 채 있는 것이 아니라 자신이 놓인 시간과 공간성을 배경으로 하여 생멸하는 과정 전체를 펼쳐보이는 것이다.

> 白晝와 함께 작은 뜰을 지키는
> 얌전한 배나무 한 그루 있다
>
> 쏟아 내리는 황금 오월 햇볕 아래
> 빛나는 잎새잎새마다 脂肪을 퉁긴다
>
> 나직한 담 안에 벌을 불러 圓光에 조을고
> 드문 손님의 꽃이야기를 이끌어주던 하얀 꽃 핀 몇 날
>
> 그도 벌써 어제 아래
> 가는 봄이 남기고 간 새론 꿈의 하나이어니
>
> 「배나무」 부분

주관적 정서가 절제된 채 그려지고 있는 위 시의 '자연'은 그러나 사실적 그림을 그리는 듯한 객관적인 태도 역시 배제하고 있다. '오월

햇볕 아래' 서 있는 '배나무'는 시적 자아의 시선 밖 저 멀리서 정물과 같은 태도로 있는 것이 아니다. 시적 자아는 '배나무'의 객관화된 모습, 즉 일정 거리 저편에 놓인 사물의 치밀한 사실적인 모습을 그리는 데 주력하지 않는 것이다. 시적 자아와 '자연' 사이에는 애초부터 주체 객체의 구분이 가로놓여 있지 않다. '자연'은 '나'에 의해 대상화되는 객체가 아니라 자기 나름의 공간을 점유하면서 주어지는 시간에 자신을 맡기며 살아가는 존재라 할 수 있다. '쏟아 내리는 황금 오월 햇볕 아래/ 빛나는 잎새잎새마다 脂肪을 퉁기'며 생명을 길어올리는 모습도 자연의 이러한 성격에 말미암은 것이다. 또한 '白晝와 함께 작은 뜰을 지키'며 '나직한 담 안에 벌을 불러 원광에 조'는 '배나무'의 한가하고 호젓한 분위기 역시 자연이 지닌 자체의 생명성에 기인하는 것이라 할 수 있다. 말하자면 위 시의 시적 자아는 자연을 외부적 대상으로서가 아니라 스스로의 시공간을 지닌 자체적으로 살아있는 생명체로서 전유하고 있음을 알 수 있다. 우주 전체의 시공의 흐름 가운데 한 부분에 해당하는 위 시의 '자연'은 그로 인한 유기적 생명성을 시적 자아 앞에 고스란히 드러내고 있는 형국이다. 이 속에서 '자연'은 자아와 분리되어 있지 않고 자아와의 부드러운 교융이 일어나는 가운데에 존재하게 된다. 자아 역시 날카로움이 감도는 냉철한 시선으로 자연을 바라보는 것이 아니라 긴장이 풀어진 여유있는 가운데 자연을 받아들이게 되는 것이다. 이때 자연은 자아에게 자신의 표면만이 아닌 자신을 둘러싼 공간과 시간의 흐름 전체를 보여주게 된다.

표면적인 현상만이 아니라 그 안에 점유되고 있는 시간과 공간성 전체, 즉 순환하는 자연의 섭리 및 생명성을 읽어내는 시적 자아의 시선은 어떤 성격의 것인가? 그것은 주체객체라는 의미망 속에 있는 시선은 아닐 것이다. 그것은 주체·객체라는 지배·종속의 서로 긴장, 갈등하는 가운데 놓여 있는 시선이 아닌, '자연'의 이면까지도 읽어내는 깊은 시선, 즉 직관[8]의 그것이다.

전나무 소나무
깊은 그늘 황혼의 녹은 길 우에
어인 손수건 하나 하얗게 놓여 있다
핼슥한 그의 情熱은 寂靜의 내음새다
「손수건」 전문

혼자 돌아오는 늦은 밤 산길
길가에 외로운 무덤이 하나 있고
그 위에 들국화 한 포기
이슬에 젖이우며 밤을 새인다

고독한 넋이여
오늘 밤 너는 나의 꿈의 안창을 두드리라.
「밤길」 전문

8 우암 김경탁은 우리가 사물을 바라볼 때의 두 가지 태도에 대해, 첫째는 '무엇이 존재하는가', '어떻게 존재하는가'를 묻는 존재학적 태도, 둘째는 '무엇이 생성인가', '어떻게 생성하는가'를 묻는 생성학적 태도가 있다고 말하고 있다. 전자가 개념을 통해 이루어지는 인식론적 태도에 해당하고 후자는 사물의 취상(取象)을 밝히는 직관론에 해당한다고 본 우암은 전자의 인식이 현상계에 한정되는 반면 후자의 직관은 물 자체를 인식하는 계기라고 한다. 우암에 의하면 '직관'은 감각이 제공한 자료를 종합하여 사물의 실상에 접근함으로써 소위 천인합의의 경지에 도달하는 길을 제공한다. 한국공자학회편, 『김경탁 선생의 생성철학』, 한울아카데미, 2007, pp.233-4.

'전나무 소나무' 늘어선 길 위에 객쩍게 놓여 있는 한 장의 '손수건'을 보고 있는 위의 시에서 나타나는 시선 역시 손수건에 얽힌 시간의 흔적을 읽고자 하는 깊은 직관의 그것이다. 시적 자아의 시선에 의해 '손수건'은 단순히 버려진 한 장 천 조각이 아니라 '황혼의 나무 숲'과 어우러져 있는 정념의 존재로서 전유된다. 시적 자아에게 '손수건'은 하나의 사물이 아니라 주변을 배경으로 하여 '핼슥하'게 놓여 있는 '靜寂의 내음새', 즉 아우라를 지닌 존재이다. 그 안엔 '손수건'이 지나온 시간의 흐름이 관통하고 있는바, '情熱'은 곧 '손수건'이 묻혀온 세월의 양태에 해당할 것이다. '손수건'에서 그것을 둘러싼 시간의 흔적과 공간의 어울림을 읽어내는 시인의 시선은 다름 아닌 사물의 현상 이면까지도 느끼는 직관의 그것에 다름 아니다.

시적 자아가 지닌 직관의 시선은 「밤길」에도 그대로 나타나 있다. 시에 나타나 있듯 '들국화'의 사태를 그리는 데에 드리워진 시선이 곧 직관이다. '들국화'는 그저 색채 혹은 모양의 감각적 양태로서 정물화되어 그려지는 대신 고적한 주변을 배경으로 생존을 위한 흔들림 한가운데 있는 존재로서 제시된다. '들국화'는 스스로 지닌 시간의 흐름과 공간적 배경을 터전으로 하여 살아있는 한 생물체인 것이다. '들국화'를 가리켜 시적 화자가 '고독한 넋'이라 부른 것도 이와 관련된다. 즉 '들국화'는 스스로 지닌 존재감으로 인해 시적 자아와 서로 융화하는 '자연'인바, '나의 꿈의 안창을 두드리라'는 화자의 진술은 곧 '들국화'를 생명체로 직관하는 화자의 시선에 의해 비롯되는 것임을 알 수 있다.

2.2. 금욕禁慾의 마음

인위성에 의해 왜곡되지 않은 무위의 자연을 직관을 통해 드러내고자 할 경우 자연은 이면에 놓인 생성과 변화의 섭리까지도 우리에게 내보이게 된다. 즉 자연에의 지배의 시선이 아닌 순응과 포용의 시선을 통해 자연에 다가갈 때 자연은 비로소 그가 담고 있는 생명의 본질을 열어보일 것이다. 이러한 과정 속에서 자연과 인간의 친화가 이루어질 터인데, 이를 위해서는 인간 역시 자연과 마찬가지의 무위성을 내면화해야 한다. 그것은 자연을 닮은 순수하고 청정무구한 태도[9]에 해당하며 온갖 인간적인 욕망과 고집을 버리는 무미無味, 즉 담淡의 태도를 의미하는 것이다.[10]

이러한 점은 자연의 생명성을 드러내는 일이 모든 인간이 아무런 노력없이 가능한 것이 아님을 말해준다. 자연의 무위성을 읽는 직관은 모든 인간에게 저절로 주어지는 능력이 아닌 것이다. 그것은 자아로부터 세속의 욕망과 현실적 이해관계를 끊임없이 닦아내고, 맑

9 자연을 소재로 취하면서 무위의 태도를 보이는 미의식은 노장 사상 이전에 이미 한국의 미의식과도 상통한다. 그것은 무기교의 기교에 해당하는 미의식으로서 자연에 순응하고자 하는 부드러운 태도이자 꾸밈을 배제하는 소박한 미의식이다. 여기에는 순수함과 청정무구함이 가로 놓여 있다. 권영필 외, 『韓國美學試論』, 국학자료원, 1994, pp.89-90.

10 담(淡)이란 무미함, 담백함을 의미하는 것으로서 현실에 대한 이해가 어떤 소명이나 의지로서 작용하지 않는 완전한 자연스러움의 상태, 인성이 정제되고 순화되어 맑은 상태에 해당한다. 담의 경지에 이르러 감정은 산만하지 않게 되어 자아는 비로소 사물의 근본과 뿌리를 볼 수 있다. '담'은 자아에게 무한히 풍요로운 내적 삶을 열어주는 계기로서 동양 고전철학의 관점에서 볼 때 그것은 인간의 가장 높은 품계의 자질에 해당한다. 따라서 유가에서는 '담'을 군자의 덕목으로, 도가에서는 '도(道)'에 이르는 조건으로 여긴다. 프랑수와 줄리앙, 『무미예찬』(최애리 역, 산책자, 2010) 참조.

은 내면을 향해 자아가 지속적으로 성찰하고 노력할 때 비로소 가능해지는 지혜의 상태에 해당한다. 다시 말해 인간으로서 지니게 되는 온갖 번잡스러운 욕망과 관계들을 소거할 때 현상 이면에 놓인 우주의 섭리를 직관할 수 있게 된다는 것이다.

'자연'과 관련하여 추적할 수 있는 이러한 원리는 김달진에게 어떠한 의미로서 작용하는가? '자연'을 소재로 취하면서 청징한 세계를 지향하였던 김달진에게 자연의 이법은 저절로 직관되고 통찰되는 것이었는가? 그는 생득적인 완성자이자 은둔자에 해당하였을까? 김달진의 초기시는 김달진 역시 평범한 인간에 해당하였던 자로 그 역시 맑은 정신을 향한 지속적인 노력과 성찰의 도정을 거쳐야 했음을 말해준다. 곧 자신의 정서를 다루면서 이를 제어하고자 하였던 김달진의 모습들은 밝은 지혜에 도달하고자 하였던 구도자적 면모를 보여주는 것이다. 특히 김달진은 엄격한 금욕주의적 자세를 보여주는데 이것은 단지 자아의 억압의 차원에서 이해될 수 있는 것이 아니라 구도를 향한 수련의 행보에 해당됨을 알 수 있다.

> 갑자기 추워진 이월 밤이 조각달의 눈동자조차 잃어버려 ⋯. 하얀 눈 속의 고독한 寺院은 더욱만 깊었다.
>
> 뼈를 핥는 듯 싸늘한 하늘--. 얼어붙은 뜰 우에 나서 어째 나는 혼자 이렇게도 애처로운 휘파람을 날리느뇨?
>
> 땅그랑⋯⋯ 여윈 가슴을 파고드는 애끈한 孤愁다. 바람에 살금 울린 풍경의 바늘 끝같이 날카로운 싸늘한 울림. 길게 내어뿜는 내 한숨ㅅ발이 눈앞에 창백하다.

돌같이 냉혹한 현실 앞에 돌같이 냉혹한 更生을 꿈꾸며 나그네 된 내가 아니었던가 ……
말없이 나를 노려다보고 있는 극락전 앞의 희뿌연 光明燈 --
찬 눈 우에 기다란 그림자를 그어놓았다

「漂迫者」 전문

첫시집 『靑 柿』에 수록되어 있는 위의 시는 '자연'을 소재로 단순하고 소박하게 쓰여진 김달진의 여타의 시들과 매우 다른 면모를 보여준다. 이 시기 김달진이 주로 절제된 감정을 바탕으로 안정되고 단아한 형태의 자연시를 다루었다면 위 시는 시적 자아의 내면의 풍경을 매우 솔직하고 사실적으로 그려주고 있어 이색적이다. 때문에 위의 시는 김달진의 초기의 정신적 정황을 엿보게 해주는 중요한 자료가 된다. 위의 시를 통해 김달진은 자연의 존재론을 쓰는 대신 바로 자아의 존재론에 관해 질문하고 있음을 알 수 있다.

위의 시는 시적 자아가 자연의 품에서 자유의 완전한 경지를 체험할 것이라는 생각을 일거에 깨뜨릴 정도로 시적 자아의 강한 고독의 의식을 생생하게 그려내고 있다. 시적 자아는 겨울이 깊은 '사원'에서 '싸늘한 하늘'을, '돌같이 냉혹한 현실'을 체험한다. 시적 자아가 느끼는 '싸늘함'은 '뼈를 핥는' 정도로 매섭고 외로움은 '바늘끝같이 날카로와' '가슴을 파고든다'. 자신을 둘러싼 환경이 자신을 천하의 고독자로 끌고 가고 있다는 사실을 시적 자아는 숨기려 하지 않고 있다. 그는 허공과 하늘을 바라보며 '한숨을 길게 내뿜는다.' 갈 바를 잃고 부유하는 '표박자'는 시적 자아의 자화상에 해당한다.

시에서 그려지고 있는 고독한 정서는 구도의 과정 중에 놓여 있는 시인의 정황을 암시해준다. 즉 시인은 '자연'을 통해 달관의 미학을 구축하고 있었을지라도 실상의 내면에서는 초탈을 향한 수련의 외롭고도 긴 여정을 밟아가는 중이었던 것이다. 다시 말해 김달진은 '자연'의 무위함을 가장 무위한 시적 형태로 형상화하고 있었음에도 불구하고 그것은 시인의 한 지향점이었을 뿐 그 자체로 시인의 존재는 아니었다는 점이다. 시인은 자연과 일치하는 존재가 아니라 단지 일치하기 위해 나아가는 과정 속에 있던 것이다. 이는 지극히 당연한 사실이다. 그러나 지극히 당연한 이 점을 떠올리게 함은 역설적으로 시인의 무위와 초월을 향한 노정이 매우 실질적이라는 것을 말해준다 하겠다. 시인은 그저 관념적으로 무위 자연을 노래했던 것이 아니라 스스로 무위의 존재가 되기 위한 실제적인 삶의 과정을 살아왔던 것이다. 위 시의 시적 자아가 겪었던 고독과 회의, 그리고 추위와 갈등은 바로 구도의 과정 중에 놓여 있는 시인 자신의 힘겨운 수도의 양태에 해당한다. 이러한 수도의 과정 속에서 시적 자아는 두텁게 에워싸는 고독감과 수도 없이 찾아드는 회의와 싸워야 했다. 스스로를 '돌같이 냉혹한 현실 앞에 돌같이 냉혹한 更生을 꿈꾸며 나그네 된 나'로 자기 위로하는 것도 결국 수련의 고독을 극복하는 한 모습이라 할 수 있다.

한편 시인이 여기에서 '냉혹한 현실', '냉혹한 갱생'이라 제시한 이유는 무엇일까? 무엇이 시적 자아의 '현실과 갱생'을 냉혹함으로 인지하게끔 하였는가? 여기에는 적어도 시인이 겪어야 했을 수련의 혹독함이 놓여 있는 것일 텐데, 그것이 곧 김달진의 시에 나타나 있는 금욕주의적 태도와 관련이 있는 것이다. 즉 김달진은 시에서 갖은 욕망은 물론이고 모든 감정의 색깔들을 지우려 하는 범상치 않은 모습을 보여주는데, 이러한 금욕주의적 태도야말로 시인이 의식한 '냉혹한 현실, 냉혹한 갱생'에 기인하는 것이라는 점이다.

> 먼 북국의
> 별 하나 떨어지는 하늘 저쪽--
>
> 목마른 憧憬
> 戀慕가 그만
> 머리를 쩔레쩔레 한숨에 흔들다
>
> 애인아 이 밤의 春愁는 오직
> 애끊게도 肥滿한 내 마음의 고뇌의 이 뜰에 깊었습니다
>
> 불순한 끓는 피에 우주가 좁아라...... 신음에 지쳐
> 지친 나머지......
>
> 그러기에 나는 차라리 요카낭의 肋骨과 같이 여윈 저 조각 달빛을 내 심장으로 하고 싶다
>
> 「戀慕」 전문

종교인 혹은 구도자에게 '戀情'은 흔히 배제되고 억압되어야 할 감정에 해당한다. 특히 결혼을 금하는 불가의 경우 이성과의 '사랑'은 가장 세속적인 감정 중 하나로서 정신과 마음을 흐리게 하는 해악에 속한다. 기독교 역시 오랜 역사 동안 여성을 유혹의 주체이자

악의 근원으로 간주해 왔음을 이브를 둘러싼 창세기 신화를 통해 짐작할 수 있다. 창세기 신화는 모든 여성의 어머니인 이브의 어리석음으로 인류가 에덴동산에서 추방되었음을 상기시킨다. 말하자면 구도자에게 여성은, 여성을 향한 연모의 마음은 자아를 파멸에 이르게 하는 가장 강한 요인으로 간주된다.

이러한 사정에 비추어 본다면 위 시에 나타나 있는 정황이 시적 자아에게 결코 허용적이지 않다는 점을 짐작할 수 있다. 시에서 '연모'의 정으로 인해 찾아든 '春愁'는 근심과 '한숨'을 낳고 갈증과 '고뇌'를 낳는다. 이에 부대끼는 시적 자아는 자신의 '마음'이 '肥滿'하다고 말한다. 뿐만 아니라 자아는 그러한 자신의 상태를 '불순한 끓는 피'라 말한다. 이는 '연모'가 결코 용납될 수 없는 '더러운' 것이라는 점을 말해주는 것이며 그것이 죄의식의 수준에서까지 부정되고 있음을 의미하는 것이다. 부대끼는 이 마음을 두고 화자가 '우주가 좁아라......' 하며 괴로워하는 것은 '연모'의 마음이 현실의 차원에 국한된 것이 아니라 우주적 차원에서까지 경계되어야 할 감정임을 암시한다. 즉 '연모'의 감정은 우주적 자아를 지향하는 구도자에게 매우 치명적인 요인에 해당함을 알 수 있다. 결국 시적 자아는 '요카낭의 肋骨과 같이 여윈 저 조각 달빛을 내 심장으로 하고 싶다'고 말하는데, 이는 곧 시적 자아가 차갑고 이지적인 마음, 감정이 드나들지 않는 부동하는 마음을 간구하는 것이라 할 수 있다.

'연모'를 대하는 자아의 태도를 보면 일반인의 시각에서 볼 때 매우 가혹하다고 느껴진다. '연모'에 대한 자아의 모습은 심지어 자학적이기까지 하다고 생각된다. 더욱이 '사랑'을 대개 낭만적이고 순수한 감정으로 여기는 세태와 비교해보면 시에서 보여지는 태도는 매우 냉혹한 것이 아닐 수 없다. 그것은 어쩌면 자연스러울 수 있는 감정을 억압하는 것이고 인간적일 수 있는 면을 외면하는 것이다.

그러나 이러한 관점은 물론 세속적 현실 속에서 뒤엉켜 살아가는 일반인의 그것일 뿐 세속의 때를 씻어내 정결함을 추구하는 구도자에게는 허용되지 않는 것이다. 구도자에게 세속의 온갖 감정들은 번뇌의 씨앗일 뿐이다. 구도자란 '갱생'을 구하는 자라는 점에서 그러하다. 그것이 새롭고 순수한 생명인 까닭에 갱생은 그저 저절로 주어질 리 없고 '냉혹'한 현실 인식 하에 가혹하리만큼의 마음 단련에 의해 이루어지는 것이다. 「漂迫者」에서 시적 자아가 자신을 가리켜 '돌같이 냉혹한 현실 앞에 돌같이 냉혹한 更生을 꿈꾸며 나그네 된 나'라고 말한 이유도 여기에 있다.

3. '비움'을 향한 마음 수련

위에서 살펴보았듯 갱생을 향한 금욕적인 태도는 세속인의 그것과 매우 다른 것이자 저절로 행해지는 것이 아니라 과도한 노력에 의해 비로소 가능해지는 것이다. 또한 그것은 단지 아무런 이유 없이 욕망과 감정을 억압하는 것이 아니라 '갱생'이라는 명확한 목적의식 하에 행하는 것이라 할 수 있다. 그것은 속인의 모습을 넘어서는 것이자 우주적 차원을 열기 위한 것에 해당한다. 뿐만 아니라 그것은 자연의 무위와 허정함과 닮아가기 위한 것이다. 무미무색의 자연의 깊이에 더욱 다가가기 위해 자아는 더욱 치열하게 자신의 색깔과 성격을 지워가야 한다. 금욕주의가 요구되는 것도 이 지점에서이다. 물론 여기에는 역설이 가로놓여 있다. 자아는 무위의 존재가 되기 위해서 과도하게 욕망을 다스려나가야 한다는 점에서 그러하다. 과도하게 감정을 다스려나가는 것이야말로 인위이지 무위가 아닌 것이다.

이러한 관점에서 시인은 더욱 주도면밀하게 마음을 단련하고 감정들을 다스려 나간다는 것을 알 수 있다. 실제로 김달진 시의 많은 부분들은 마음을 다루면서 이들을 제어하고 정화시켜 나가는 데 할애되어 있다. 시적 자아에게 드나드는 정서들은 매우 세밀한 부분에까지 의식되고 다듬어진다. 김달진이 보여주는 이러한 태도는 일반적 시들에서 보이는 것과 매우 다른 것이다. 일반적 의미에서 시는 곧 정서를 부정하기보다는 긍정하면서 그것을 표현하고 강조하는 데 주력하기 때문이다.

> 가슴에 쌓인
> 의혹, 불만, 우울……
>
> 천대받는 마음이 주위를 둘러보았다.
> 어디 무슨 원인이 있는가 하고.
>
> 그러나 미워해야 할 아무도 없었다.
> 갚아야 할 원수도 없었다.
>
> 모두들 부지런히 일하고 있었다.
> 명랑하게 담소하고 있었다.

늦겨울 황혼이 어른거리는 음울한 창 앞,
한 모퉁이 걸상에 기대앉아
나는 쓸쓸히 내 자신을 바라보고 있다

「천대받는 마음이」 전문

많은 경우 시들은 자아의 감정을 보다 극화시켜 표현하는 데 힘쓰기 마련이다. 자아의 특정한 감정들은 시인에 의해 옹호되고 초점화되고 형상화된다. 대부분의 근대적 개념의 시들은 감정을 극대화시켜 드러내기 마련이다. 이에 비하면 '의혹, 불만, 우울' 등의 감정들을 가리켜 '천대받는 마음'이라 규정하며 이를 외화시키기보다는 다스려 나가는 과정을 보여주는 위 시의 관점은 매우 다른 자리에 있다. '의혹, 불만, 우울' 등은 언제나 인간을 넘나들면서 휘둘게 된다. 자아는 이러한 마음들이 부침하며 드나들 때 불안하고 초조해지며 동요하게 된다. 때문에 이러한 감정들이 침투하는 경우를 '천대받는 마음'이라 일컫는 것은 적절한 관점이라 할 수 있다. 시인은 결코 감정 앞에서 과장하거나 호들갑을 떨지 않는다. 시인은 그것을 곧 다스려야 하는 요소로 여긴다. 화자가 '어디 무슨 원인이 있는가 하고 주위를 둘러본' 것도 이 때문이다. 그리고 곧이어 화자는 "그러나 미워해야 할 아무도 없었다/ 갚아야 할 원수도 없었다"고 말하거니와, 이는 자아가 자신을 괴롭히는 마음을 어느덧 다스리고 해소하고 있음을 암시하는 대목이 된다. 자아는 자신의 마음 속에 '미움'도 '분노'도 깃들지 않게 하면서, 또한 주위 사람들의 '성실'과 '명랑'을 바라보면서 '천대받는 마음'을 성찰하고 치유하고 있는 것이다. 이처럼 김달진에게 '마음'은 확대하고 과장하며 극적으로 표출하는 것이 아니라 성찰하고 비워가며 조용히 다스려가는 것에 속한다.

나를 세우는 곳에는
우주도 굴 속처럼 좁고
나를 비우는 곳에는
한 간 협실도 하늘처럼 넓다

나에의 집착을 여의는 곳에
그 말은 바르고,
그 행은 자유롭고,
그 마음은 무위의 열락에 잠긴다.

「나」 전문

죄업이 두려워
고뇌는 벗어나려
산 속으로 바닷가로
공중으로 가보려므나.

그러나, 方所는
바이없을 것이다.
먼저 네 마음에서 벗어나라!
마음에서!

「마음」 전문

위의 시들은 모두 '마음'을 대하는 김달진의 시각을 잘 보여주고 있다. '나'를 내세우는 일이란 일반인들에겐 절대적인 명제라면 시인에겐 오히려 그 반대가 된다는 사실이 위의 시에 드러나 있다. 화자는 '나를 세우려' 한다면 그것은 우주까지도 막을 것이고 반면 '나를 비우'려 한다면 그것은 '협소한 공간'도 '하늘'로 통할 수 있다 말하고 있다. 또한 그는 모든 사람들이 행하는 '나에의 집착'을 벗어던질 수 있을 때 '무위의 열락에 잠길' 것이라 말한다. 여기에서 보면 '나'는 곧 '마음'을 결정짓는 근거임을 알 수 있다. '나'에의 고집과 집착이 '마음'을 어둡게 한다면 '나'의 비움은 '마음'을 '열락'에 들게 할 것이라는 점에서 그러하다. 여기엔 고집하고 집착하는 마음이야말로 마음을 응어리지게 하는 것으로서 결국 마음을 좁은 곳에 가두는 일이라는 인식이 깔려 있다. 더욱이 '나'라는 존재가 허상이자 불순不純의 것이라면 '나'를 고집하는 일이란 해소되지 못하는 악의 응집체가 될 것임이 자명하다. 시는 '바르고 자유로운 마음'이 되기 위해 자아가 어떻게 해야 하는지 그 행行의 방법을 단적으로 보여주고 있다.

'마음'이 무엇인가를 제시하고 있다는 점에서는 시 「마음」도 마찬가지다. '마음'은 곧 '죄업'과 '고뇌'의 터가 된다는 것이 그것이다. '죄업'과 '고뇌'에서 벗어나려 '산'이고 '바다'고 아무리 어떤 곳을 헤매고 다녀도 그것이 해소되지 않는 대신 '마음에서 벗어날 때' 가능해진다는 인식은 곧 '죄업과 고뇌'가 '마음' 속에 거하는 것임을 말해준다. 다시 말해 '죄업과 고뇌'는 다른 곳이 아닌 '마음' 속에 똬리를 틀고 앉아 있는 것이 아니겠는가. 그 속에서 자아의 의식을 끌어당기고 집착하게 함으로써 자아를 좁은 곳에 가두고 응어리지게 하는 것이다. 따라서 비로소 '마음'에 시선을 돌리고 '마음'으로부터 그 안에 있는 것을 하나씩 버리고 비워나갈 때 '죄업과 고뇌'가 소멸되는 것은 물론 그 때의 응어리졌던 마음이 풀리면서 '하늘'과 '우주'로 통하는 넓은 마음이 되는 것일 터이다. 즉 '마음'을 다스려야 하는 일은 결코 자아를 억압하기 위한 것이 아니라 그것이 넓고 자유로운 자아, 바르고 맑은 자아가 되기 위한 불가결한 요인이 된다. '마음'을 비우고 다스리는 일은 단지 종교에서 제시하는 관습적인 수칙이 아니라 세속의 현실 속에서 자유로운 자아가 되기 위한 필수적인 방법이 된다. '현실' 속에서 '갱생'을 이루고자 했던 김달진이 '마음'을 다스리는 일에 그토록 치열하게 매진했던 까닭도 이와 관련된다. 그것이 김달진이 걸어왔던 구도의 과정이거니와 김달진은 자신의 '마음'을 단련시킴으로써 가장 맑고 푸른 자아를 빚어내고자 하였다.

> 청자기, 청자기, 청자기처럼 살거나. 땅 속에 묻혀 있는 청자기처럼 살꺼나. 이슬 내린 아침 화원의 찬란한 영화는 모란이 받게 하라. 비갠 가을 하늘 경쾌한 방랑은 흰 구름에 맡겨두라. 이름은 얻어 무엇하리, 이 위에 零을 보태지 말자. 기림은 좇아 무엇하리, 입술 따라 오르나리는 하나의 장난감. 饒舌은 愚痴, 毒蛇, 다시 일으키랴!
> 청자기처럼 살꺼나. 땅 속에 묻혀 있는 청자기처럼 살꺼나. 그 빛깔 그대로, 그 무늬 그대로. 내 운명 조용히 사랑하며 스스로 간직하고, 오로지 깊이 나를 지키어 청자기처럼 살꺼나.
> --영원히 "푸른" 慵劣, 영원히 "푸른" '침묵'
>
> 「青瓷器처럼」 전문

위의 시 「靑瓷器처럼」은 김달진의 내면의 지향성을 직접적으로 보여주고 있다. 김달진은 '청자기'를 통해 자신이 꿈꾸는 자아의 모습을 상징적으로 형상화하고 있거니와, 시에서 '청자기'는 가장 '푸르'고 '고요'한 존재, 가장 맑고 초연한 존재를 나타내 주고 있다. '청자기'는 모든 허위와 위선으로부터 자유로우며 어리석음과 독기, 변화무쌍한 부대낌이 그대로 미끄러져 침범하지 못하는 존재의 상징이 된다. 때문에 시적 자아는 '청자기'를 가리켜 '그 빛깔 그대로, 그 무늬 그대로' 닮기를 바란다. 또한 그것은 자아의 삶의 방법까지도 비추어주는 것으로서 시적 자아는 '청자기처럼' '운명을 조용히 사랑하며 스스로 간직하'고자 한다는 것을 알 수 있다.

김달진은 '청자기'외에도 '돌바위', '낙타떼' 등의 이미지를 통해 자신의 모습을 상징적으로 형상화하고 있는데, 이들은 모두 견고한 마음으로써 세속의 파도를 헤쳐나가는 자아를 빗대어 빚어진 이미지들이다. 이들 선명한 이미지들을 김달진은 숱하게 이어지는 현실의 부대낌들을 극복하는 계기들로 삼아갔던 것이다. 요컨대 김달진이 자신의 내면에 오고갔던 고뇌를 응시하며 이를 자신의 형이상학으로 다스려갔던 것이나 지속적으로 확고한 지향성을 보여주었던 사실은 김달진에게 구도가 결코 완성된 것이라거나 관념의 것이 아니라 실제적이고 내면적인 것이었음을 말해준다. 그는 그가 바라보는 세계 속에서 그가 지향하는 경지를 향해 치열하게 싸우며 나아가고 있었다.

4. 마음 수련의 구도적 의미

마음을 비우고 다스림에 따라 맑고 밝은 마음에 이른다는 것은 실재인가, 관념인가? 흔히 동양의 철학가들이 말하는 그것은 단지 오랜 경구에 속하는 허상일 뿐인가 혹은 현실인 것인가? 환幻이자 허상에 해당하는 것이 이 형이상학인가 혹은 김달진이 말하듯 '나'인가?

이러한 질문은 '마음'을 닦아나가는 일이 과연 무엇을 의미하고 어떤 효용성이 있는 것인가를 묻는 것과 다르지 않다. 더욱이 '마음'을 다스린다는 일이 대개 세속적 현실로부터 멀어진다는 것과 연관되고 또한 그것이 외부세계보다는 내면세계를 향하는 것이어서 서양인들이 신비주의적 혹은 반사회적이라 난색을 표하는 사정을 고려하면[11] 김달진이 보여주었던 것과 같은 구도의 행위는 그 효용성이 더욱 회의되기 마련이다.

도가에서는 마음을 다스리는 일을 심재心齋라 하면서, 부유, 유명, 명예, 이득, 미움, 욕망, 기쁨, 슬픔 등의 요소들을 멀리할 때 마음의 속박으로부터 벗어나 흔들림 없고 거울처럼 맑은 마음을 가질 수 있다고 말한다. 또한 마음이 고요함과 밝음을 유지하는 허정虛靜의 상태에서라야 비로소 마음은 천지를 비출 수 있고 만물과 조화를 이룰 수 있다고 말한다.[12] 예술과 관련지어 말한다면 이러한 상태는 허위, 사치 교식巧飾이 없이 체도體道에 이른 최고의 예술경지, 즉 대미大美라고 할 수 있을 것이다.[13] 자연에 나아가 정신적 자유를 구가하고逍

11 토머스 먼로,『東洋美學』, 백기수 역, 열화당, 1984, p.86.

12 서복관,『중국예술정신』, 권덕주 역, 동문선, 1990, pp.114-5.

13 위의 책, p.88.

逍遊, 물질에 생명을 부여하는 정신적 힘氣韻生動이 바로 마음의 이와 같은 상태에서 이루어질 수 있다.[14] 따라서 도가에서는 이것을 우주의 근본에 이르는 도의 경지라 말하고 있다. 심재와 허정이 결국 만물의 생명과 관련된다는 이러한 관점을 보면 도를 구현하는 것이 단순히 사변상의 문제가 아니고 삶을 살아가는 데 있어 기본이 되는 것임을 알 수 있다. 즉 '체도體道의 문제는 현실적인 인생과 관련되는 것이다.

특히 마음의 허정虛靜의 상태에서 자연을 직관함으로써 이룰 수 있는 유현幽玄의 경지는 동양에서 여백의 미학으로 구현된다. 동양미술에서 말하는 여백의 미란 허와 실이 서로 낳는다는 허실상생虛實相生의 상태를 나타내는 것으로서, 여백을 통해 현상적인 사물과 그것을 관통하는 운동의 흐름을 유기적으로 표현하는 것이라 할 수 있다. 이 흐름은 대자연의 변화의 리듬이자 대자연의 우주적 리듬을 상징하는 것으로서 사물의 정적이고 동적인 모습, 음과 양의 모습을 함께 그리는 것이다.[15] 즉 여백의 미학에는 실實을 채우는 것이 허虛이고 이것이 도道이자 무無라고 하는 노장 철학이 예술적으로 표현되어 있다.[16]

이러한 관점은 김달진이 보여주었던 자연시의 양태들 및 금욕주의에 가까울 만치의 마음 단련의 양상에 대해 설명해준다. 김달진의 자연시는 시인의 지극하고 고요한 관조의 상태에서 이루어진 것으

14 토머스 먼로는 신비롭고 유현하며 영적인 힘을 뜻하는 이것이 중국예술의 이상이라 덧붙인다. 토머느 먼로, 앞의 책, p.64.

15 조민환, 『중국철학과 예술정신』, 예문서원, 1997, pp.144-5.

16 위의 책, p.146.

로서 사물을 단지 한 시점에 고정되어 있는 정적인 양태로 묘사하지 않는 것이었다. 사물은 지금 당장의 눈에 보이는 모습만을 드러내는 것이 아니라 그것을 에워싸는 시간과 공간, 즉 흔적과 흐름을 함께 보임으로써 정靜과 동動의 어우러짐의 양태를 드러낸다. 김달진은 사물의 외면에 국한된 '인식'이 아닌, 그 내면을 관통하는 '직관'을 통해 자연의 이러한 모습을 시적으로 구현하고 있었다.

정靜과 동動 양면을 지니고 있는 것이 비단 자연에만 국한되지는 않는다. 그것은 인간과 사회를 포함하는 세계 만상, 우주 만물에 모두에 걸치는 사실이다. 세계만상, 우주만물은 모두 지금 여기에 놓인 현상적인 면과 함께 유기적 순환과 흐름의 한 와중에 놓여 있다. 인간 역시 자연의 일부라는 점에서 이러한 유기적 흐름 속에 살아가는 존재이다. 직관은 깊은 통찰력을 통해 이들 현상하는 것들 이면에 흐르는 운동의 양상을 파악한다. 직관이 생성철학과 관련있는 것도 이 때문이다.[17]

우주의 흐름을 통찰하는 시선을 갖게 되고, 나아가 자신 역시 정신의 최고 경지에 이르는 길이라면 금욕주의에 가까우리 만치의 마음 단련하기는 결코 허상에 해당되지 않을 것이다. 꾸밈과 장식, 위선과 욕망을 탈각시켜냄으로써 거울과 같은 명징한 마음을 유지하고 이를 바탕으로 사물의 생성적 차원과 조우하는 일은 곧 생명을 키우고 회복하는 일에 속한다. 또한 이때 발휘되는 기운생동, 생명

17 우암 김경탁은 동양철학이 '무엇이다'가 아니라 '어떻게 되어가고 발전하는가'를 본다는 점에서 생성철학에 속한다고 말한다. 그는 중국의 공자, 맹자, 노자, 장자, 주자, 한국의 서화담, 율곡과 퇴계 등이 모두 생성철학자들이라 하면서 이들의 사상이 기본적으로 '기(氣)', 즉 생명의 기운에 초점이 맞추어져 있다고 본다. 한국공자학회편, 앞의 책, pp.168-9.

력의 실현은 사물과 인간을 조화와 합일에 이르게 하여 우주 만물을 생명의 힘 가운데 놓게 하는 단초로 작용한다. 이것이 곧 도道에 이르는 길로서, 이는 김달진이 보여준 바와 같은 냉혹한 수련과 정진의 이유를 알게 해준다. 김달진의 구도과정은 곧 인간적 마음들을 다스림으로써 자연과 같은 청징무구한 자아, 마음의 색깔들과 형태들을 모두 지워가는 무미담백의 자아가 되기 위한 냉혹한 갱생의 길이었던 것이다.

5. 우주의 근본에 닿기 위한 도

자연을 다루는 김달진의 시는 많은 다른 시인들의 자연시들 가운데서 구별되는 면을 지닌다. 김달진의 자연시는 자연을 한 폭의 정물화로서 그리되 단지 사물의 정지된 상태만이 아닌 이면의 순환의 흐름을 함께 그린다는 것을 확인할 수 있다. 여기에는 자아의 매우 고요하고 정밀한 상태에서의 관조가 있으며 현상 이면을 통찰하는 직관의 시선이 놓여 있다. 김달진은 자신의 정적인 마음을 대상에 부여하면서 이 속에서 대상의 생동성을 이끌어내는 유현한 눈을 가진 시인에 해당한다.

많은 구도자들이 자연에 주목을 하였던 것은 자연이 지닌 무위와 허정의 성질에 기인할 것이다. 자연은 그 순수함으로 인해 구도자들의 이상이자 지향으로 존재해 왔다. 김달진이 금욕주의적 태도로 마음을 다스려갔던 것도 이와 관련된다. 김달진은 사랑을 비롯한 우울, 미움, 슬픔 등의 인간적이고 세속적인 감정들을 단호하게 기각시켜

나갔음을 알 수 있다. 범인의 시각으로는 억압이라 할 수 있을 그러한 과정들은 자신이 처한 상황을 냉혹한 것으로 여겼던 김달진의 세계인식에서 비롯된 것으로서, 이것이 곧 김달진의 구도의 과정에 해당되는 것이다. 김달진은 마음을 다스려 명징하고 청정한 경지에 도달하고자 하였던바, 이것이 동양철학에서 말하는 체도의 경지라 할 수 있다.

마음을 통해 도달하게 되는 도의 경지는 우주의 근본에 닿는 길이라 할 수 있다. 도에 이름으로써 자아는 사물을 생성의 상태에서 조우할 수 있기 때문이다. 그것은 사물의 생명성을 키우는 길이며 사물을 둘러싼 전체 우주적 순환을 통찰할 수 있는 방편이다. 동양철학가들이 이구동성으로 그토록 도의 경지를 추구했던 까닭도 여기에 있다. 이는 서양의 시선에서 볼 때 지극히 정적이고 반사회적인 것으로 보이나 체도의 경지란 자연에 국한된 일이 아니다. 그것은 자아의 통찰하는 직관의 눈을 계발하는 것이고 그러한 자아와 세계를 하나로 통합하는 길이다. 이 때 이루어지는 천인합일의 상태는 세계와 우주를 변화시켜가는 거대한 힘으로 작용할 것이다. 김달진의 냉혹한 구도과정은 곧 그의 표현대로 '냉혹한 갱생'을 실현하기 위한 것이라 할 수 있다.

제5장

유치환 시에 나타난 인간주의적 형이상학形而上學

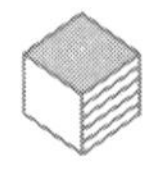

1. 유치환 연구의 관점

1931년 시 「靜寂」을 발표하며 등단한 유치환은 1967년 작고하기까지 시와 산문에 걸친 방대한 분량의 문학적 업적들을 남기고 있다. 그의 시집은 첫시집 『청마시초』(1939)를 비롯하여 『생명의 서』(1947), 『울릉도』(1948), 『보병과 더불어』(1951), 『뜨거운 노래는 땅에 묻는다』(1960), 『파도야 어쩌란 말이냐』(1965) 등 12권이 있으며, 이 가운데에는 자연 서정 및 철학적 성찰의 시와 함께 전쟁 체험 및 사회 비판을 다룬 현실 참여적 시, 여성적 어조의 연정戀情의 시들이 있어 유치환 시의 넓은 스펙트럼을 형성하고 있다. 그의 산문 역시 일상적 체험을 다룬 신변잡기적 수필뿐 아니라 사회 및 정치에 관한 비판적 논설, 신과 인간에 관한 형이상학적 사유 등의 내용을 담고 있는바, 이를 통해 그가 지닌 관심과 사유의 폭이 어떠했는가를 짐작할 수 있다. 36년간의 작품 활동을 하는 동안 그는 문학과 철학을 중심으로 하는 깊은 성찰의 삶을 살았던 것이다.

현실 참여적 시와 철학적 사유의 시 등 폭넓은 시적 성향을 지니고 있음에도 불구하고 유치환 연구는 그가 시를 통해 직접적으로 진술한 철학적 성찰들을 중심으로 제한적으로 이루어지고 있을 뿐 그의 시에 나타나는 다양한 갈래를 총체적으로 포괄하는 합당한 관점을 제시하는 데에는 미흡한 것으로 보인다. 이러한 사정은 유치환에 관한 주요 논문들이 유치환이 시에서 언급하고 있는 '허무의지'[1]라든가 '비정의 철학'[2], '생명에의 의지'[3], '절대의지'[4], '신과 종교'[5] 등의 내용에 집중되어 있다는 점에 잘 나타나 있다. 이들 주제는 유치환이 시에서 스스로 강렬하게 언표한 것으로 단연 유치환 문학 세계의 중심에 해당되는 것이 사실이다. 그러나 유치환은 이를 둘러싼 형이상학적 성향 못지않게 사회에 관한 강한 인식도 보여주었음을 외면해서는 안 된다. 6.25 전쟁 당시 종군 작가로 참가했던 경험이라든가 5,60년대의 부조리한 사회 및 소외된 민중에 대한 관심이 이를 말해준다. 그럼에도 유치환에 관한 연구는 주로 철학적이고 형이상학적인 내용에 대한 집중되어 왔었고 이는 유치환을 관념론자로 방향지움으로써 그를 현실과 유리된 현실회피적인 인물로 그려내는 결과를 가져왔던 것을 부정할 수 없다.

1 김윤식, 「허무의지와 수사학」, 『청마유치환전집』, 정음사, 1985, p.357.
2 김종길, 「비정의 철학」, 『다시 읽는 유치환』, 시문학사, 2008.
3 문덕수, 「생명의 의지」, 위의 책.
4 김용직, 「절대의지의 미학」, 위의 책.
5 신종호, 「청마문학의 종교성 연구」, 『한국언어문학』49, 2002.

유치환에 관한 연구들이 주로 형이상학적 언술들에 국한됨으로써 노정된 문제점은 여기에서 그치지 않는다. 연구자들은 유치환의 직접적인 철학적 언표들을 탐구의 내용으로 삼으면서 이에 대한 해석학적 거리를 확보하지 못하였고, 그에 따라 서로 모순 상충되는 유치환의 진술들 간에 합당한 논리적 해석을 내리지 못한 결과를 빚기도 하였다. 가령 유치환이 그의 텍스트에서 보여주었던 '허무의지'와 '생명의지' 간의 모순, '비정非情'과 '연정戀情'의 상충되는 양상들, '절대자'에 관한 지향과 '신'의 부정 등은 유치환 스스로 보인 모순이면서 연구자들이 총체적인 논리 하에 해명하지 못한 모순이기도 하다.

이와 함께 유치환의 철학적 성찰에 관한 연구는 유치환의 작품 가운데 주로 직접적 진술로 이루어진 시를 중심으로 삼음으로써 그 외 다수를 차지하고 있는 이미지와 서정 중심의 시를 논외로 하게 되었고, 이에 따라 유치환의 시적 기법이라든가 기법적인 시에 관하여는 도외시한 결과를 가져왔다. 물론 유치환의 시의 주목할 만한 특징이 어법에 있어서의 진술[6] 및 아포리즘[7]적 경향에 있음을 부정할 수 없지만 그의 전체 시에서 더 많은 양을 차지하는 것은 서정의 시들이다.[8] 특히 시를 논함에 있어 이미지와 상징 등의 기법들은 시인의 의식을 이해하는 데 핵심적인 기제인바,[9] 이러한 만큼 유치환에 관한

6 장윤익,「관념과 감각의 거리」,『다시읽는 유치환』, 2008.

7 이새봄,「유치환의 아포리즘 연구」,『한국시학연구』22호, 한국시학회, 2008.

8 김윤정,「유치환 시에서의 '절대'의 외연과 내포에 관한 고찰」,『한국시학연구』26호, 한국시학회, 2009, p.211.

9 권영민은 시의 의미의 근거를 시인이 내세우는 주장과 견해에서 가져오는 것의 위험성에 대해 말한 바 있다. 그는 시에 대한 정당한 이해란 시인의 주장이나 태도를

연구는 관념적 진술로 이루어진 시에 국한될 것이 아니라 보다 총체적으로 이루어질 것을 요구하는 실정이라 하겠다.

유치환 연구의 편향성을 극복하고 그의 세계를 전체적으로 이해하는 동시에 유치환이 보여준 관념적 진술들간의 모순들을 해명, 이에 논리를 부여하기 위해 무엇보다 해석학적 틀을 확보하는 일이 선행되어야 한다. 유치환의 세계에서 가장 핵심적인 것은 무엇이고, 그의 사유가 이루어지는 지점은 어디이며 실제로 그가 견지하고 있던 관점은 무엇인가? 그의 모순된 시적 진술들이 비롯되는 이유는 무엇이고 그의 중요 시적 이미지들이 말하는 바는 무엇이며 그의 시적 경향들이 다양할 수 있었던 것은 어떤 논리에 기인하는 것인가?

이러한 질문들에 답하기 위한 해석학적 거점으로 유치환이 지니고 있던 '우주론'을 설정할 수 있을 것으로 보인다. 유치환은 현실 그 자체가 아닌 보이지 않는 형이상학적 세계에 관한 치열한 탐색을 보여 왔었고, 이는 그의 세계관을 형성하는 데 가장 핵심적인 역할을 하였다. 특히 유학의 문화적 전통 아래서 성장하였고 어머니를 통해 기독교에 접할 수 있었던 유치환은 '신'과 절대자에 관한 독특한 관점을 지니게 되었는데, 이는 우주에 관한 그의 특유의 인식을 이루는 계기가 된다. 그의 '우주론'은 신과 인간, 인간과 자연의 관계를 담고 있는 것으로, 이를 고찰할 경우 그가 제시하였던 진술들을 모순됨 없이 논리적으로 해명할 수 있을 것이며, 그의 형이상학적 시

재확인함으로써가 아니라 여러 가지 미적 요소들을 통해서 이루어진다고 강조한다(권영민, 「유치환과 생명의지」, 『다시 읽는 유치환』, 2008, p.15). 시가 어느 한쪽 요소에 편향되지 않고 보다 총체적으로 다루어질 때라야 시인의 세계에 대한 바른 이해가 이루어질 것임은 자명한데 유치환은 이러한 편향성이 크게 작용한 경우라 할 수 있다.

들이 현실참여적 시와 어떻게 만날 수 있게 되는지 또한 이해할 수 있을 것으로 보인다.

2. 유치환의 우주론

우주론이란 세계의 창조와 생성에 관한 관점을 담고 있는 학문의 분야다. 현대의 우주론은 지구를 포함한 천체의 발생과 구조를 다루는 것으로 되어 있지만 현대 이전의 우주론은 주로 종교와 연관되어 천지의 창조자 및 주재자에 관한 내용을 가리킨다. 여기에서 서양의 우주론과 동양의 우주론이 구별되는데, 서양의 관점이 기독교 사상으로 대변되듯 유일신이라는 인격체를 내세우는 것에 비해 동양에서는 만유를 가득 채우는 기氣가 변화 생성을 이루면서 우주의 이법에 따른 천지 자연을 창조한다는 관점을 제시하고 있다. 동양에서 말하는 기는 끊임없이 운동, 이합집산을 거듭하면서 그 성질에 따라 만유를 생성하는 것이다. 동양에서 절대자는 서양과 같은 인격신으로 등장하는 대신 만유의 이법을 다스리는 주재자에 해당한다. 동양의 신관이 불교에서는 공空사상으로, 도교에서는 도道 사상으로, 유교에서는 천天 사상으로 변용되는 것이라든가, 우주 만물에 신이 깃들어 있다는 범신론적 사상의 맥락에서 이해되는 것도 이 때문이다.

이러한 관점에서 볼 때 유교 문화권 내에서 성장한 배경과 모친으로부터 받은 기독교의 영향을 지니고 있던 유치환의 경우 우주에 관한 매우 독특한 관점을 견지하고 있었음을 알 수 있다. 유치환은 신에 대한 자신의 관점 및 자연에 관한 생각을 산문을 통해 어느 정도 분명하게 전개하고 있는데, 그의 논리는 기독교라든가 동양 사상 중 어느 한 관점에 귀속되지 않을 정도로 독창적인 것이다. 실제로 유치환의 신관을 논하면서 그것을 노장사상의 도道의 관점으로 설명하거나 범신론적 성격으로 보는 경우가 있기도 하고,[10] 오히려 범신론적 성격을 부인하면서 이신론理神論적 성격을 지닌 것으로 규정하는 경우[11]가 있는 것을 보면 신에 관한 유치환의 입장이 기존의 사상 체계에 단순히 수렴되지 않는 것임을 알 수 있다.

산문에 의하면 유치환은 신의 존재에 관해 의심을 하지 않는다. 그는 구체적인 '신'을 향하여 편지글을 쓸 정도[12]로 '신'을 일정한 대상으로 간주하고 있다. 그는 그 글에서 "당신의 의중으로서 만유를 정연한 질서 속에 존재하여 있게 함에 대하여, 더구나 그 만유 속에 나를 나무나 새처럼 한 몫 존재하여 있게 하여 주심에 대하여 무한히 감사드리는 바"[13]라고 말하고 있다. 동시에 그는 다른 글에서 "신이라 하면 우리는 누구나 얼른 종교에서 말하는 신으로 안다. 그러나 우리는 그러한 신의 인식을 종교에서 뺏아와야 한다"[14]고 하면서 "진실로 지존한 절대자는 초개草芥 같은 인간 따위의 생사나 선악의 가치를 넘어 초연히 만유 위에 군림하는 만유의 신"이자 "광대무변한 전 우주에 혼돈미만하여 있는 신"[15]이라고 말한다. 그는 "기독교

10 김은전, 「청마 유치환의 시사적 위치」, 『다시 읽는 유치환』, 시문학사, 2008, pp.114-6.

11 양은창, 「청마 시의 극한의 의미와 한계」, 『어문연구』64, 2010.6, pp.287-8.

12 유치환, 「계절의 단상-신에게」, 『유치환 전집Ⅴ』, 국학자료원, 2008, p.203.

13 위의 글, p.203.

14 유치환, 「신의 자세」, 위의 책, p.211.

15 위의 글, p.213.

가 사유하는 신처럼"[16] 인간의 행동에 "희로애락하여 보복과 포상으로 인간을 골탕먹이는 신"이라든가 "영생과 말세 의식"으로 인간을 호도하려 드는 기독교적 신을 거세게 비판하면서 "신의 형상은 오직 의사로서 만유에 표묘편재縹緲遍在하여 있는 것"이므로 "신의 존재를 구상화하는 것부터가 잘못된 것"[17]이라고 주장한다.

이들 기술을 통해 알 수 있는 것은 유치환이 신에 관한 관념을 지니고 있으되 그것이 일반적인 기독교적 신은 아니며, 신은 인간을 포함한 만물을 창조할 뿐 그 이상의 관여는 하지 않는 존재라는 점이다. 신은 우주만물 속에 편재되어 있는 만큼 구상적 존재가 아닌 우주 전체에 해당하며, 우주만물이 운위되는 데 있어서의 원리에 해당하는 것이지 선악 생사를 집행하는 존재는 아니다. 즉 신은 존재하되 인간 세상에 자신의 권력을 행사하는 가까운 존재가 아니며 인격체이기 이전에 만유 전체에 해당하는 우주 그 자체가 된다는 관점을 유치환은 보여주고 있다.

신에 관한 이러한 입장은 그의 신관이 동양적 우주론, 범신론적 사상에 가깝다는 점을 말해준다. 그러나 다른 한편 기독교적 인격신을 강하게 부정하면서 인간을 '떠난' 존재로서의 신을 강조하는 대목에서는 서양의 이신론理神論을 떠올리게 하는 것도 사실이다. 이신론은 근대 초기 등장한 계몽주의적 신학으로 인간 역사에 대한 신의 개입을 거부하고 인간의 이성적이고 합리적인 역할을 강조하는 관점을 취한다. 이신론理神論에 의하면 신은 세상을 창조하고 일정한 법

16 위의 글, p.212.
17 위의 글, p.213.

칙만을 부여하는 존재에 해당하는 것이지 인간의 삶과 더불어 존재하는 것이 아니다. 즉 신은 초월해 존재하는 것이므로 세계 내에서 인간 개개인들의 자유와 자율이 행사되어야 한다는 것이다.[18] 실제로 유치환은 니체의 "신의 죽음"을 인용하고 인간이 "적극적으로 인간의 생존을 꾸며야 된다"[19]고 함으로써 인간의 역할과 책임을 강조하고 있다. 그는 "설령 오늘 인간의 생존이 겁죄劫罪 같은 신고뿐이라 할지라도, 그것은 끝까지 인간 자신이 우매한 탓으로 자신들의 생존을 그러한 길로 인도한 것밖에 아니요, 저 절대 의사인 신의 본의는 아니"[20]라는 것이다. 이는 신과 인간의 관계에 있어서 둘 사이의 분리를 전제하고, 인간의 자율적 행동과 책임을 강조하는 이신론적 성격을 띠는 것이라 해도 틀리지 않다.

그것이 동양적 범신론적인 것인가, 서양의 이신론적인 것인가 하는 문제는 유치환이 지향한 신이 결국 기독교적인 정체성을 어느 정도 지니고 있는가에 의해 판가름될 성질의 것이다. 둘의 개념이 신의 역할을 축소시키는 점이라든가 인간의 자율성을 강조하는 점에선 동일하며 결국 '신이 무엇인가'라는 질문 앞에서 차이가 나는 것이기 때문에 그러하다. 한편 이신론 역시 기독교적 신 안에서의 인간과 신의 관계를 설정하는 것이므로 유치환을 이신론자로 보기 위해서는 그가 기독교인으로서의 정체감을 가지는 한에서 가능하다고 할 것이다.

18 이신론에 관한 이해는 김윤정, 「이신론적 기독교 신학의 관점-김현승론」, 『한국 현대시와 구원의 담론』, 박문사, 2010, p.192 참조.

19 유치환, 「신의 존재와 인간의 위치」, 앞의 책, p.236.

20 위의 글, p.235.

그러나 유치환에게 정작 중요한 것은 "무량광대하고 영원무궁한 우주 만유에 미만하여 있는 신"[21]이라는 절대적 세계에 인간이 어떻게 접근할 수 있는가의 문제였다. 보이지는 않되 인간에게 한없는 경외로 다가오는 그 '호호한 천지'가 "불가견 불가지한 것"이라 할지라도 그것의 "존재를 감득 인식하고", 인간의 "세계를 넓히는 편이 인간이 인간임으로서의 능력의 소치요 예지의 덕목에 속하는 일"[22]임을 유치환은 확신했다. 즉 유치환에겐 직관과 예지로써 감득되는 고차원적 절대의 세계가 항상 전제되어 있었던바, 이에 도달하는 일이야말로 인간의 존엄성과 고귀성을 회복하는 일이자 인간의 과제였던 것이다. 유치환은 "무량 광대한 우주와 영원한 질서와 조화"라고 하는 불가지론적 세계가 단지 불가지에 머물 경우 '신비'이지만 '예지'를 통해 구명해야 하는 세계이기도 함을 역설하고 있으며, 이러한 자세가 현대에 급속도로 확대된 "물질문명"의 병폐를 극복할 수 있는 방편이 된다는 점 또한 강조하고 있다.[23]

그렇다면 유치환에게 "무량광대한 우주와 영원한 질서와 조화"라는 세계에 도달하는 길은 무엇이었을까? 그와 같은 세계가 고차원적인 세계이자 신의 세계라고 믿었으므로 항상적으로 수직 상승에의 의지를 보였던 유치환에게 실질적인 차원상승의 방법은 무엇이 있었을까? 가령 불교나 도교 혹은 유교의 경우처럼 우주의 이법에 따르기 위해 수행이나 수련, 수양을 행한다거나 서양의 경우에서처럼 신이라는 절대적 세계에 도달하기 위해 절대선 혹은 이성을 구현하

21 유치환, 「나는 고독하지 않다」, 위의 책, p.227.

22 유치환, 「고원(高原)에서」, 위의 책, p.221.

23 유치환, 「나는 고독하지 않다 」, 위의 책, pp.229-30.

고자 하는 것들 중 그가 실제로 걸었던 길이 있는 것일까?

이와 관련하여 유치환은 동양의 사상이 "신의 기반羈絆 밖에서도 자신에게 응분한 인간 윤리를 체득함으로써 능히 절로 안심입명할 수 있다"고 한 것에 비해 "인간을 처음부터 죄인으로 규정하고 출발하는 서양의 기독교 신"은 인간으로 하여금 "끝까지 자신의 가열한 회오와 그 허무를 꿋꿋이 감당하"도록 강제한다고 여기고 있다.[24] 이를 보면 '기독교의 신'은 유치환에 의해 일관되게 거부되었던 것임을 짐작할 수 있다. 그리고 그는 "절대신과는 아예 이신異神인 인간에게 끝없이 비정준열非情峻烈하면서도 반면 인간만을 관여하여 통심痛心하는 회오신悔悟神", "동양에도 그 자세를 점차 나타내고 있는 회오신悔悟神"을 옹호하고 있거니와, 이는 유치환의 경우 고차원적 절대의 세계에 도달하기 위한 방법이 결코 기독교적인 것은 아니요, 그렇다고 동양 사상의 경우처럼 수행, 수련, 수양에 의한 것도 아니라는 것을 말해준다. 유치환은 기존의 어떤 것도 따르지 않고 있으며 자기 나름의 논리 속에서 그 방법을 구하고 있는 것이다. 결국 그것은 '비정준열한' 신의 영역에 속한 것이면서도 '인간과 통심하는' 인간적인 것에 해당하는 것임을 추론할 수 있다.

3. 우주론의 시적 구현

유치환에 의하면, "신과 만물의 중간에 위치하는 존재"로, 오직

24 유치환, 「회오의 신」, 위의 책, pp.215-9.

유일하게 "신을 생각하고 신이 존재에 관여하는"[25] 인간은 "예지로서 무량대하고 냉철한 만유 위에 임하여 거느리는 의지의 자세를 통찰함으로써 자신의 위치를 깊이 뉘우쳐 깨쳐야 한다".[26] 유치환은 이처럼 신의 영역을 설정하면서 그와 관련한 인간의 역할에 대해 강조하고 있다. 유치환에게 '비정준열한' 신의 영역과 '인간과 통심하는' 인간적인 것은 항상적인 관계 속에 놓이고 있음을 알 수 있다.

그런데 유치환에게 신의 위치에 다가가고자 노력하는 일은 영생이나 영원불멸을 위한 것이 아니라는 점에 주목할 필요가 있다. 유치환은 여느 기독교인과 달리 사후세계를 믿지 않았다. 그는 "신은 존재하되 인간의 영혼은 그 육신과 함께 멸하는 것"이라고 단정지음으로써 의식적으로 "인간들이 신봉하는 뭇 종교"[27]를 부정하였다. 따라서 그에게 신을 향한 의식은 단지 '살아 있는 인간이라는 한계'를 조건으로 삼는 것이라는 점을 알 수 있다. '살아있는 인간'을 떠난 '신'은 유치환에게 아무런 근거도 의미도 없는 것이라는 점이다. 오직 '살아있을' 때라야 '신'을 향한 의식이 유의미하였고, '초월'이라는 것도 '살아있음'의 조건을 전제로 한다. 이 점은 그의 세계가 현실과 무관하게 이루어진 '초월'이 아님을 방증하는 것이자, 그의 시적 성과들이 모두 현실과의 상관 속에서 성립된 것임을 짐작하게 한다.

25 유치환, 「신과 천지와 인간과」, 위의 책, pp.209-10.

26 유치환, 「신의 존재와 인간의 위치」, 위의 책, p.236.

27 위의 글, p.232.

3.1. 신성神性 지향의 상징

유치환의 산문에서 살펴보았던 고차원적 절대계를 향한 '안심입명安心立命' 의지는 그의 시 곳곳에서 나타나고 있다. 그는 인간의 세계를, 신이 아니므로 신에 이르기 위한 치열한 노력을 발휘해야 하는 지대로 여겼다. 그에게 신의 세계는 그것이 자연의 아우라 속에서 환기되는 만큼 감각적인 것이었으며 만유의 질서를 함의하고 있는 만큼 절대적인 것이었다. 즉 유치환에게 신의 세계는 살아있는 동안 외면할 수 없을 만큼 지속적으로 자극되는 것으로, 결코 단순한 관념의 차원에 있는 것이 아니었다. 그가 종교인도 아니고 수도하는 자도 아니면서도 '무량광대하고 영원한 조화의 세계'에 끊임없는 관심을 기울였던 것은 허황된 것이 아니라 인간이 놓인 차원을 넘어서고자 하는 향상심의 발로였음을 알 수 있다. 이러한 일관된 지향성은 그의 시에 '새'나 '나무'와 같은 수직 상승의 이미지[28]가 빈발하게 그려지고 있는 데서도 드러난다.

어디서 滄浪의 물결새에서 생겨난 것.
저 蒼穹의 깊은 藍碧이 방울저 떠러진 것.
아아 밝은 七月달 하늘에
높이 뜬 맑은 적은 넋이여.
傲慢하게도

28 권영민은 유치환의 초기시에 '날개', '깃발', '바람' 등의 동적 이미지가 자주 등장한다고 보고, 이것이 일상의 현실을 벗어나고자 하는 몸부림에 해당한다고 분석한 바 있다. 권영민, 앞의 글, p. 18.

動物性의 땅의 執念을 떠나서
모든 愛念과 因緣의 煩瑣함을 떠나서
사람이 다스리는 세계를 떠나서
그는 저만의 삼가고도 放膽한 넋을 타고
저 無邊大한 天空을 날어
거기 靜思의 닷을 고요히 놓고
恍惚한 그의 꿈을
白日의 世界우에 높이 날개 편
아아 저 소리개

「소리개」 전문

신화적 상상력 속에서 '새'가 지상과 천상을 이어주는 매개체에 해당한다는 것은 주지의 사실이다. '새'는 '날개'를 가짐으로써 지상적 존재의 한계를 벗어나 천상에로 도달할 수 있는 가능성을 지닌다. 위의 시에 등장하는 '소리개' 역시 이와 같은 의미망 속에 놓여 있다. 시에서 땅과 하늘은 '동물성'과 '신성성'으로 대립되어 있으며 '소리개'는 '창궁'의 일부임을 말하고 있다. '창궁의 깊은 藍碧이 떠러진 것'으로 묘사된 '소리개'는 '하늘'의 색채 이미지와 동일하게 푸른 빛으로 형상화되어 있는 것이다. '滄浪의 물결새에서 생겨난 것'에서 표현되는 것 역시 같은 맥락으로서, '소리개'는 하늘을 대변하는 '높고 맑은 넋'을 상징한다.

유치환에게 천상과 지상의 대립은 신과 인간의 대립 구도에 대응하는 것이다. 그는 지상적 존재로서의 인간성이 천상적 존재로서의 신성으로 차원 상승해야 한다는 명제를 정언명령처럼 견지하였다.

'愛念과 因緣의 煩瑣함'으로 가득찬 지상은 인간의 족쇄이자 굴레에 해당한다. 반면 '땅을 떠나' '無邊大한 天空을 나'는 것은 인간으로서의 '傲慢'함과 '放膽'함을 회복하는 일이다. 즉 인간은 지상의 조건을 극복할 때라야 고귀성을 회복할 수 있다고 유치환은 믿었던 것이다. 유치환은 인간이 신성을 획득하는 것이야말로 인간의 '황홀한 꿈'이라 여겼다.

유치환의 시에서 '새'를 소재로 취한 시에는 「박쥐」를 포함해서 「어느 갈매기」, 「가마귀의 노래」, 「학」, 「靑鳥의 노래」, 「飛燕의 서정」 등이 있다. 이들은 모두 지상과 천상, 현실과 이상의 선명한 대립 구도 속에서 인간의 굴레에 대한 번민과 신성을 향한 간절한 그리움을 형상화하고 있는 시들에 해당한다.

> 내 오늘 病든 즘생처럼
> 치운 十二月의 벌판으로 호올로 나온 뜻은
> 스스로 悲怒하야 갈곳 없고
> 나의 心思를 뉘게도 말하지 않으려 함이로다.
>
> 朔風에 凜冽한 하늘아래
> 가마귀떼 날러 앉은 벌은 내버린 나누어
> 大地는 얼고
> 草木은 죽고
> 온갖은 한번 가고 다시 돌아올법도 않도다.
>
> 그들은 모다 뚜쟁이처럼 眞實을 사랑하지 않고

내 또한 그 거리에 살어
汚辱을 팔어 吝嗇의 돈을 버리하려거늘
아아 내 어디메 이 卑陋한 人生을 戮屍하료.

憎惡하야 해도 나오지 않고
날새마자 叱咤하듯 치웁고 흐리건만
그 거리에는 다시 돌아가지 않으려 노니
나는 모자를 눌러쓰고 가마귀모양
이대로 荒漠한 벌 끝에 襤褸히 얼어붙으려 노라.

「가마귀의 노래」 전문

위 시에서 '가마귀'는 시적 자아의 객관적 상관물로서, 온갖 비속함으로 가득찬 일상적 삶에 번민하고 회의하는 자아의 내면을 형상화하고 있다. '가마귀'는 비루한 인간의 '거리에는 다시 돌아가지 않으려' 하면서 그대로 '황막한 벌 끝에 얼어붙'겠노라 다짐하는 결연한 시적 자아의 모습을 드러낸다. 이러한 '가마귀'의 의지는 유치환이 보여주는 의식의 구도, 즉 지상과 천상의 모순과 대립 구조를 극명하게 보여준다. '가마귀'의 눈을 통해 본 세상은 '모다 뚜쟁이처럼 眞實을 사랑하지 않고', 누구든지 '오욕을 팔어 인색의 돈'을 벌려 한다. 화자는 자기 자신도 예외가 아니라고 말한다. 진실이나 명예보다 '돈'과 이해관계에 의해 운영되는 세상은 곧 인간들의 세계에 다름 아니다. 인간들이 몸담고 사는 세상이야말로 천하고 비루할 따름이다.

시적 자아는 이러한 인간 세상에 대해 극도의 혐오를 느끼는 자이다. 그가 바라보는 세계는 암울하기 그지없다. '대지는 얼고 초목은 죽'어가는 곳, 온갖 '슬픔과 분노', '증오'가 득실거리는 악惡의 세계가 곧 인간 세상이다. 그는 '이 비루한 인생을 戮屍'하겠다는 결연함마저 보이고 있다. 화자는 자신이 몸담고 있는 지상에서 그가 '병든 즘생'에 불과하다고 말한다. 지상의 세계가 이처럼 비극적으로 묘사되는 반면 천상의 세계는 이와 뚜렷이 대조적이다. '하늘'로 상징되는 천상은 '삭풍에도 늠렬한' 모습으로 형상화되고 있다. '가마귀'는 지상에 발 디디지 못하고 '호올로' '치운 十二月의 벌판'을 헤매는 고독한 자아를 상징한다.

이들 시에서처럼 지상과 천상을 연결해주는 존재로 등장하는 '새'의 상징은 인간계와 천상계에 관한 대립 구도를 상정하는 유치환의 의식을 잘 반영해주고 있다. 유치환에게 인간 세상은 저속하여 극복해야 할 악의 범주에 속한다. 그리고 이러한 악의 세계는 '하늘'로 대변되는 절대선의 세계와 대립하여 있음으로써 유치환은 이 사이에서 항상적으로 초극의지를 보였던 것을 알 수 있다.

'새'의 상징 이외에도 '나무', '꽃'과 같은 향일성의 소재 역시 유치환이 지녔던 신성지향성을 상징화하고 있는 경우라 할 수 있다.

> 솔이 있어
> 여기 정정히 검은 솔이 있어
>
> 오랜 세월
> 瑞雲도 서리지 않고
> 白鶴도 내리지 않고

먼 人倫의 즐거운 朝夕은
오히려 무한한 밤도
등을 올려 꽃밭이언만

아아 이것 아닌 목숨
스스로 모진 꾸짖음에 눈감고
찬란히 宇宙 다를 그날을 지켜

정정히 죽지 않는 솔이 있어
마음이 있어

「老松」 전문

위 시에서 '정정히 검은 솔'로 형상화되어 등장하는 '노송'은 인간과 구별되는 강한 정신성을 상징하고 있다. '노송'은 안락을 추구하는 범속한 세계에 대립하여 오연하고 강인한 이미지를 나타내고 있다. '오랜 세월 瑞雲도 서리지 않고 백학도 내리지 않는' 장소로서의 '노송'이란 그것이 모든 유한하고 일회적인 사태와 절연한 절대 궁극의 지대에 해당함을 가리키는 것이다. 그것은 곧 절대선의 지대이자 신성한 세계를 대변하는 경지에 해당한다. '노송'의 이러한 성질은 신화적 상상력에서 '나무'가 상징하는 바 지상에서의 초월과 천상으로의 상승을 의미하는 것임을 알 수 있다.

인간계를 극복해야 하는 유한한 것으로 간주하고 절대선의 차원으로 초월코자 하는 유치환의 의지는 매우 치열하고 확고한 것이었다. 유치환에게 인간의 삶은 언제나 치열하게 경계해야 했던 부정한 것이었던 셈이다. 한편 위 시의 '노송'의 이미지를 보면 이러한 감각이 유교의 영향권 내에 있던 선비적 기질로 말미암은 것이기도 하다는 것을 알 수 있다. '스스로 모진 꾸짖음에 눈감고 찬란히 宇宙 다를 그날을 지키는' '노송'은 강한 의지와 정신력을 바탕으로 절대선의 세계로 차원 상승하고자 하는 유치환의 내면의 '마음'을 잘 드러내 주는 매개체라 할 수 있다.

3.2. 신성神性과 인간성의 양립

비루하고 저속한 것으로 상정되는 인간적 조건을 넘어서서 고고한 절대선의 경지로 상승한다는 것은 단순히 관념이나 욕망에서 그치는 성질의 것이 아니라 일상의 실천으로 현상하는 일에 속한다. 단적으로 말해 그것은 자아의 마음과 행동으로 실현되는 '安心立命'[29]의 상태, 즉 '천명天命에 따름으로써 마음에 평화와 안정이 깃드는 상태'를 가리킨다. 불교에서 말하는 '해탈', 도교의 '득도得道', 유교의 '군자君子', 서양의 '절대선' 등의 이상적 상태가 여기에 해당하는바, 이러한 이상적 경지는 인간이 몸과 마음을 다스려 인간으로서의 한계를 극복한 상황을 의미한다.

이러한 '안심입명'의 이미지를 유치환은 '광대무변'한 자연으로부터 얻었던 것으로 보이며, 이에 따라 이에 도달하기 위한 치열한 인

29 '안심입명'은 「회오의 신」을 비롯한 유치환의 산문에서 자주 등장하는 용어로서, 인간이 인간 윤리를 체득함으로써 인간 본질을 구현한 궁극적이고 이상적인 상태를 가리킨다.

간적 노력의 과정을 '바위'라든가 '깃발' 등과 같은 이미지를 통해 형상화하였음을 알 수 있다. 유치환의 사상이 직접적으로 제시되어 있는 「바위」, 「깃발」, 「생명의 서」, 「일월」 등에서 결연한 의지의 태도 및 극한적 상황 설정이 나타난 까닭도 유치환이 인간적 조건을 초극하여 '안심입명'의 경지에 다다르기 위한 것으로 볼 수 있다. 유치환에게 이러한 경지는 곧 인간으로서 신성神性을 구현한 상태에 해당한다. 유치환의 시에서 '안심입명'의 상태를 가장 잘 나타내고 있는 이미지가 '바위'다.

> 내 죽으면 한 개 바위가 되리라
> 아예 哀憐에 물들지 않고
> 喜怒에 움직이지 않고
> 비와 바람에 깎이는 대로
> 億年 非情의 緘黙에
> 안으로 안으로만 채찍질 하여
> 드디어 生命도 忘却하고
> 흐르는 구름
> 머언 遠雷
> 꿈 꾸어도 노래하지 않고
> 두쪽으로 깨뜨려 져도
> 소리 하지 않는 바위가 되리라
>
> 「바위」 전문

유치환에게 '非情'은 동양 사상에서 말하듯 '안심입명'의 경지에 도달하기 위한 수양의 방법적 의미를 지니는 동시에 유치환이 생각한 신의 성격, 즉 인간사에 개입하지 않는 理神의 초월적이고 이성적인 성격과 관련된다. 반면 '희로애락' 등의 감정은 인간계의 범주에 드는 것으로서 신성과 대립되는 성질의 것이다. 인간성과 신성의 대립 구도를 지니고 있던 유치환의 시에서 '喜怒哀樂'의 정서가 경계되고 있는 것은 지극히 자연스럽게 여겨진다. 그에게 이들 인간적인 감정들을 다스리는 것은 초월의 의지에 해당하는 것이자 강한 정신성을 의미하는 것이다. 위의 시의 '바위'는 유치환이 추구하였던 이러한 정신적 지향성을 강하게 드러내는 이미지라 할 수 있다. '비와 바람에 깎이는 대로 억년 비정의 함묵'을 보이는 '바위'는 일회성과 유한성을 초극한 절대불변의 신성을 상징한다.

그러나 주목할 점은 위 시의 화자는 이러한 '바위'와 같은 사태가 현세에서가 아니라 '죽은' 후에 벌어지기를 바라고 있다는 사실이다. '바위'가 되는 것은 지금 인간으로서의 생명이 있을 때가 아니라 사후의 일에 해당된다. 화자는 '내 죽으면 한 개 바위가 되리라' 말하고 있는 것이다. 여기에서 우리는 쉽게 종교적 관점에서의 해탈이나 영생을 떠올리게 된다. 신성을 향한 의지는 생과 사의 경계를 초탈하기 위해 벌어지는 사태이기 때문이다.

그러나 유치환이 사후 세계를 믿지 않았다는 점을 떠올린다면[30] '바위'가 지니는 의미는 달리 해석될 수 있다. 그것은 곧 해탈의 상징

30 유치환은 인간에게 있는 예지에 의해 종교가 만들어졌으며 인간이 영생불사한다는 생각 또한 인간에게 있는 예지로부터 비롯된 것이라 주장한다. 그는 이러한 예지가 인간의 신비로운 능력이면서도 인간 생리의 뇌세포의 생리에 의한 것인 만큼 뇌세포의 휴지(休止) 사멸과 더불어 사멸하는 것이라고 말한다(유치환, 「신의 존재와 인간의 위치」, 앞의 책, pp.233-4).

이 아니라 생명성의 상실이다. 그것은 '생명도 망각하고' '꿈 꾸어도 노래하지 않고' '깨뜨려 져도 소리하지 않는' 생명성의 상실, 비인간성을 의미한다. 위 시는 이 지점에서 유치환이 추구하였던 신성의 가치와 인간성의 가치가 충돌하고 있음을 보여주고 있다. '희로애락'을 벗어난 '바위'가 곧 '생명을 망각하고 꿈꾸어도 노래하지 않는' 상태가 되었다는 점은 마치 동일한 사태를 두고 모순된 인식을 하는 것과 다르지 않다. 전반부가 긍정적 가치를 지니는 것은 분명한데 그렇다고 후반부가 긍정되는 것은 아니다. 이는 일관성이 없는 인식이자 시적 자아 내부에서 두 가지의 가치가 모순을 일으키는 형국이다. 유치환에게 왜 이런 모순이 발생하였으며 유치환이 더 큰 가치를 둔 것은 무엇인가?

'바위'에서 얼굴을 드러내고 있는 모순은 그의 시에 있는 난점인 '생명에의 의지'와 '허무에의 의지' 및 '생명'과 '비정'의 대립에 그대로 이어져 있다.[31] 유치환에게 '허무에의 의지'란 일체의 인간적 감정을 초극하고 냉혹하고 비정한 인간이 되겠다는 의지를 가리킨다.[32] 그것은 지금까지 살펴본 대로 유치환이 신성神性에의 지향성을 보이는 것과 관련된다. 유치환에게 '비정'함이야말로 인간세상을 초월해 있는 만유의 신의 속성과도 같은 것이다. 그러나 다른 한편에서 그는 신의 성격과 인간적 생명을 대립시키면서[33] '생명에의 열애'

31 김윤식은 유치환의 시 도처에서 '모순'에 부딪친다고 하면서, 유치환의 생명의지와 허무의지가 만나는 곳이 '광야'와 같은 원시적 공간이라 분석하고 있다. '사막'이나 '광야'와 같은 불모지대는 가장 비생명적인 까닭에 가장 생명을 구할 수 있는 장소인 것이다. 이는 비정의 세계와 생명이 맞닿은 상황을 의미한다. 김윤식은 유치환이 이러한 지대를 찾음으로써 가열한 자기 학대를 감행하였다고 보고 있다. 김윤식, 「유치환론」, 『다시 읽는 유치환』, 시문학사, 2008, pp.73-87.

32 박철희, 「의지와 애련의 변증법」, 위의 책, p.152.

를 외치는 것이다. '생명'에의 의지는 그가 속한 유파가 생명파라는 사실에서도 알 수 있듯 유치환 시의 본질 가운데 하나다.[34] 유치환에게 '생명'은 '비정非情' 및 '허무에의 의지'에 견줄 수 있을 만큼 강력하게 주장되었던 바이다. 동시에 '생명에의 의지'는 '비정非情' 및 '허무'에의 의지와 대립되는 것으로, 신성에 대립하는 인간성에 속하는 의미항이다. 그렇다면 그의 '생명에의 의지'는 그가 그토록 갈급하였던 신성지향성을 모두 허물어뜨리는 것이라 할 수 있을까?

만일 그가 사후 세계에 대한 믿음과 함께 해탈과 영생을 추구한 자였다고 한다면 그에게 '생명'과 '비정非情'은 서로 대립항이 되지 않는다. 동양 사상의 측면에서 보았을 때 '희로애락'으로부터의 초월은 수도와 수양의 핵심 방편이기 때문이다. 동양 사상에서 감정感情의 부대낌은 '오욕칠정五慾七情'으로 일컬어지듯 항시 경계해야 하는 대상으로, 우주와의 완전한 합일을 의미하는 해탈과 도道, 영생永生이라는 신성의 측면에서 볼 때 '악惡'의 범주에 드는 것이다. 즉 동양 사상의 관점에서 영원성과 '비정非情'은 서로 대립하는 개념이 아니다. 그러나 이러한 것이 유치환에게서 충돌하고 있음은 유치환이 '생명'을 다른 관점으로 전유하는 것을 의미하는바, 그것은 유치환

33 유치환이 기독교를 부정하는 이유 가운데 하나는 기독교가 처음부터 인간을 죄인으로 규정하고 출발하는 데에 있다. 그는 기독교가 인간의 뻗어나려는 생명의 본연한 욕구를 제약하고 방해한다고 비판하고 있다. 유치환, 「회오의 신」, 앞의 책, p.217.

34 송기한은 유치환의 생명의식을 일제 억압을 견딜 수 있는 야성적 생명성이라는 사회적 맥락과 당대 문단의 지성 및 이념 중심에 대항한 존재론적 맥락, 그리고 인간의 유한성에 대한 반동으로서의 무한성에의 인식 등 세 가지 맥락에서 살핌으로써 유치환 시의 본질적 특징으로서의 생명성을 고찰하고 있다. 송기한, 「유치환 시에서의 무한의 의미 연구」, 『한국 시의 근대성과 반근대성』, 지식과 교양, 2012, p.164.

이 그의 세계를 종교인과 같은 해탈과 영생의 차원으로까지 열어두고 있지 않다는 점에서 비롯한다.

그렇다면 유치환에게 '생명'은 무엇이고 그가 추구했던 '신성神性'과는 어떤 관계가 있는가?

나의 가는곳
어디나 白日이 없을소냐.

머언 未開ㅅ적 遺風을 그대로 星辰과 더부러 잠자고

비와 바람을 더부러 근심하고

나의 生命과 生命에 屬한것을 熱愛하되 삼가 哀憐에 빠지지 않음은
-그는 恥辱임일네라.

나의 원수와
원수에게 아첨하는 者에겐
가장 옳은 憎惡를 예비하였나니

마지막 우르른 太陽이
두 瞳孔에 해바라기처럼 박힌채로
내 어는 不意에 즘생처럼 무찔리屠기로

오오 나의 세상의 거룩한 日月에
또한 무슨 悔恨인들 남길소냐.

「日月」전문

시에서 '白日', '星辰', '비와 바람'은 자연의 대유어들이다. 이들은 자아를 에워싸는 만유를 대표하는 것들로 자연 전체에 해당한다. 유치환에게 자연은 광대무변한 우주의 다른 이름이므로 유치환이 닮아가고자 하였던 신성神性에 속한다는 것을 알 수 있다. 위 시의 화자는 '나의 가는곳 어디나 白日이 없을소냐' 말함으로써 자아와 만유가 항상 공존함을 암시한다. 그에게 '신성神性'은 항시적으로 존재하는 상수常數라 할 수 있다. 여기에서 유치환은 만유의 있음이 그에게 불변하는 조건임을 강조하고 있다. '삼가 애련에 빠지지 않음'은 '비정非情'의 표현으로서 그가 지향하는 '신성神性'과 서로 모순되지 않는다.

한편 위 시에서 유치환은 '나의 생명과 생명에 속한 것을 열애하되 삼가 애련에 빠지지 않음'이라고 말함으로써 '생명에의 열애'와 '비정非情'을 서로 대립되는 의미로 상정하고 있다. 여기에 나타난 어구의 표현에 의하면 이 둘은 서로 양립하기 힘든 긴장관계 속에 놓이는 것이다. 말하자면 이 두 항 사이엔 반비례관계가 성립한다. '생명'을 추구하면 할수록 '비정'은 어려워지고 '비정'을 추구할수록 '생명'이 약해지는 관계인 셈이다. 이는 유치환의 의식에 내재한 대립구도를 그대로 보이는 것이라 할 수 있다. 그런데 시에서 유치환은 이 두 가지를 모두 동시적으로 추구하겠다고 말하고 있다. '생명에의 열애'를 보이면서도 '애련에 빠지지 않겠다'는 어구는 서로 양립하기 힘든 두 가지를 동시에 충족시키겠다는 의지를 암시한다. 여기에서 '비정非情'과 '생명'이라는 모순이 모순율을 어기고 현상할 수 있는 것은 유치환이 이들 사이에 있는 긴장을 받아들이겠다는 것을 뜻한다. 이는 신성을 따르되 인간성 또한 포기하지 않겠다는 의지를 표현한다. 그에게 신성이 상수라고 한다면 인간성은 상황에 의해 양을 달리하는 변수가 된다. 이때 유치환은 '생명에의 열애'라 함으로써 인간성의 극대화를 추구한다는 것을 알 수 있다. 더욱이 사후세계가 없어 생이 일회성으로 그친다고 여겼던 유치환에게 인간성의 극대화는 열정을 다해 추구해야 할 일이었음에 해당한다. 그가 '생명'에 대해 '열애熱愛'의 대상이라 말한 까닭도 여기에 있다. 이는 그에게 차원상승 의지가 사후세계와 상관없이 현세적 조건 속에서만 성립됨을 의미하는 것이기도 하다. 말하자면 유치환에게 '신성'은 '살아있음' 속에서만 가능한 유한한 것이자 다분히 인간중심적인 것임을 알 수 있다.

생사의 경계를 넘어서 있는 종교적 초월과 하등 상관없는 이러한 인간중심적 신성이야말로 유치환 세계의 핵심에 해당한다. 그의 인간중심적인 신성은 흔히 이야기하듯 노장사상 등의 동양적 세계와 아무런 상관이 없는 것이다. 영생과 해탈을 이야기하는 종교적 신성이 아니라는 점에서 유치환 세계의 특이성이 있다. 그의 신성은 철저히 현실 중심적인 것이자 인간 중심적인 것이다. 유치환이 위의 시에서 '마지막 우르른 태양이 두 동공에 해바라기처럼 박힌채로' '어는불의에 즘생처럼 무찔리'겠다고 말한 것도 신성의 인간화, 신성이 극대화된 인간성에로 수렴된 상태를 형상화한다. '즘생'은 유치환의 시에서 '사막'이나 '광야'와 같은 극한적 상황과 동일 맥락에 놓이는 것인바, 원시적 생명성으로 표현되는 이들은 생의 의지가 극대화된 상태, 더욱이 '태양이 동공에 해바라기처럼 박힌', 신성 내에서 인간성이 극대화된 상태를 가리킨다. 요컨대 유치환은 항상적으로 신성을 추구하되 생이 일회적이라는 인식 하에 생명의 극대화를 추구하였던 다분히 인간중심적 인물이었음을 알 수 있다. 그에게 생의 일회성은 생명의 극대화를 위해 더욱더 강조되어야 했던 성질이기도 하다. 이를 또한 '허무에의 의지'라 말할 수 있다면 '생명에의 의지'와 '허무에의 의지'는 서로 모순되지 않는 개념이 된다.

3.3. 인간주의와 현실참여

유치환의 시적 경향은 크게 존재론적 탐구의 시, 우국憂國의 현실참여적 시, 여성적 어조의 연시로 구분할 수 있다. 유치환은 등단 시기와 더불어 초기의 시적 경향이 생명성을 중심으로 하는 존재론적 탐구에 치중해 있었다면 일제말기와 해방 이후부터는 전쟁체험시를 포함해서 민족과 국가를 염려하는 현실지향적 시를 쓴다. 그는 특히 4.19 혁명과 5.16 군사 쿠데타가 있었던 1960년대에 이르러서는 작고하는 마지막 순간까지 시뿐 아니라 산문을 통해서 공동체를 위한 정치 윤리와 사회 정의를 부르짖는다. 유치환은 개인의 권익을 위해 사회질서를 훼손하는 정치가들을 맹렬히 비난하면서 문학이 가난한 이웃과 현실 정의에 민감해야 함을 역설하고 있다. 그의 문학 및 시인에 대한 관점은 흔히 그의 존재론적 시로부터 유추하는 것처럼 현실초탈적이거나 관념적이지 않다. 그가 주장하는 문학의 현실참여는 매우 적극적이었던 것임을 알 수 있다.

무릇 어떠한 主義나 流波에 속하는 作家나 詩人이고 간에 그의 作品인즉, 그가 呼吸하고 느끼며 살아가는 現實이라는 밭에서 얻은 資料를 自己의 아이디어로 빚어 具象化한 體驗의 反映이며, 그의 아이디어 역시 어디까지나 人間의 現實相을 對應으로 해서 結果된 未成의 모습인 것이므로 그들은 어떤 다른 部類에 속한 生活人과 마찬가지로 現實에서 遊離한다든지 눈을 감고서는 살아갈 수 없는 存在임은 두말할 나위도 없는 바이다. 아니 作家나 詩人일수록 現實의 氣流에 대하여 어느 누구보다도 가장 敏感하고, 또한 敏感하여야 되기 마련인 것이다.

「現實과 文學」[35] 부분

1960년 4월 3일자 『대구매일신보』에 발표된 위의 글은 '현실과 문학'의 관계에 대한 유치환의 관점을 매우 뚜렷이 보여주고 있다. 당시는 3.15 부정 선거에 따른 시민들의 민주주의 투쟁이 거세게 일어났던 시기였으므로 이같은 시대 상황 속에서 유치환이 문학의 현실참여를 말했던 것은 '현실의 기류'에 응하는 일이었다 할 수 있다. 위의 글에서 그가 강조하는 것은 '주의'나 '유파'가 아니라 문학의 원론적인 차원에서의 '현실성'인바, 그것은 문학이 초월이나 관념이 아니라 인간의 삶이 되어야 함을 명시하는 것이다. 유치환에 의하면 문학이 고고하다 여겨 그것을 생활의 다른 영역과 구별시키는 것은 문학의 본질을 잘못 헤아리는 것에 해당한다. 문학가들 역시도 삶을

35 유치환, 『청마유치환 전집VI』, pp.124-5.

살아가는 생활인인 만큼 현실과 분리되지 않는 존재인 것이다. 같은 글에서 그는 "오늘 인간이 인간 자신의 손으로 이루어 놓은 문명에 도리여 압도되어 자기 자신들의 거취를 상실하고도 어찌할 바를 모르는 막다름"에 있어 "구원은 모랄과 휴매니즘에 바랄 수밖에 없는 순간에 놓여 있다"고 말함으로써 문학의 현실성을 거듭 강조하고 있다. 그가 생각한 문학은 초월성과 전혀 무관한 자리에서 존재하는 것임을 의미한다.

심층적 존재론의 관점에서 형이상학적 물음들을 제기해왔던 유치환이 이토록 문학의 현실 참여를 주장하는 것은 해명을 요구하는 대목이다. 유치환의 초기시적 경향을 두고 대부분 시대 상황을 외면한 현실 회피적 성향이라 비판하는 까닭에 해방 후의 현실지향적 태도는 초기시와 변모와 대립의 관점에서 이해되는 것이 사실이다. 그러나 후기에 이르러 유치환이 현실을 강조하는 태도는 사실상 초기 형이상학적 시에 그 논리가 이미 내포되어 있었음을 간과해서는 안 된다. 그의 형이상학은 신성을 추구하되 살아있음을 전제로 하는, 철저히 인간중심적 성격을 지니고 있었다. 그의 형이상학은 인간주의적 신성 지향에 해당하였던 것이다. 이는 그의 형이상학이 결코 현실 초탈적 성격을 띠는 것이 아님을 의미한다. 즉 그가 존재론에 관한 치열한 탐구를 보였으면서도 동시에 현실지향적 태도를 보였던 것은 그가 지녔던 이러한 인간주의적 형이상학에 기인한다. 그의 시집 『뜨거운 노래는 땅에 묻는다』와 『미루나무와 남풍』에 집중적으로 나타나 있는 현실비판적 시들은 유치환이 추구하였던 신성이 곧 지상에서 실현되기를 바라는 심정에서 비롯된 것이라 할 수 있다. 이들 시들은 곧 사회 정의와 관련된 것인바, 유치환의 시에서 논해진 사회정의란 결국 그가 추구했던 신성의 인간화인 것이다.

그러므로 사실은 엄숙하다 어떤 국가도 대통령도 그 무엇도 도시 너희들의 것은 아닌 것
그 국가가 그 대통령이 그 질서가 그 자유평등 그 문화 그 밖에 그 무수한 어마스런 권위의 명칭들이 먼 후일 에덴 동산 같은 꽃밭사회를 이룩해 놓을 그날까지 오직 너희들은 쓰레기로 자중해야 하느니

그래서 지금도 너의 귓속엔
-이 새끼 또 밥 달라고 성화할테냐 죽여 버린다
-엄마 다시는 밥 안달라께 살려 줘, 고
저 가엾은 애걸과 발악의 비명들이 소리소리 울려 들리는데도
거룩하게도 너는 詩랍시고 문학이랍시고 이 따위를 태연히 앉아 쓴다는 말인가

「그래서 너는 시를 쓴다?」 부분

1964년에 발간된 『미루나무와 남풍』에 수록된 위의 시는 '아이가 밥 달라고 보채자 굶주린 젊은 어미가 어린 것을 독기에 받쳐 목을 졸라 죽였다'는 서울 달동네에서 벌어진 실화를 바탕으로 쓰여진 것이다. 시집에서 유치환은 가난에 시달리는 민중들의 이야기를 자주 담고 있다. '상도동 산번지'에서 있었던 이 비극적 이야기는 빈곤과 사회정의에 관한 문제의식을 바탕으로 하고 있다. 유치환은 민중의

어버이가 되어야 할 '국가와 대통령'이 실상 가난한 민중들을 '쓰레기'로 만드는 '어마스런 권위의 명칭들'에 불과함을 신랄하게 비판하고 있다. '반공', '질서', '우수운 자유평등', '문화'와 함께 그것들은 민중들을 소외시키는 허울 좋은 것들일 뿐이라고 유치환은 말한다. '국가와 대통령'이 약속하는 '에덴 동산같은 꽃밭사회'는 허구적 이데올로기에 불과하다. 이 허위적 이념을 위해 민중들은 '쓰레기로 자중해야' 하는 운명에 처한다. 군사 정권이 들어선 직후의 냉엄한 사회 현실 속에서 빈부의 격차, 가진자들의 횡포, 민중들의 극한의 삶을 예리하게 비판하는 유치환에게 현실초월이 아닌 나라를 염려하는 지사적 면모를 확인할 수 있다.

유치환의 이같은 현실참여 태도는 매우 실천적인 것이었음을 알 수 있다. 그것은 그가 시와 문학이 취해야 할 자세에 대해 일갈하는 데에서 잘 드러난다. 그는 '저 가엾은 애걸과 발악의 비명들이 소리소리 울려 들리는데도 거룩하게도' 초탈의 모습을 띠고 있는 '시와 문학'에 대해 경계하고 있는 것이다. 일반적으로 말해 시와 문학이란 현실과 거리를 둔 채 얼마든지 자율적인 영역을 구축할 수 있음에도 불구하고 이같이 말하는 것은 유치환이 자신의 생활 속에서 그의 신념을 실현하고자 함을 의미한다. 그것은 유치환이 관념적인 것이 아닌 매우 적극적이고 실천적인 인물임을 말해주는 대목이다.

유치환의 현실참여는 특정 이념을 위한 것도 권력을 위한 것도 아니었다. 그는 "문학의 사회 참여에 있어 힘의 편, 즉 권력에 가담하는 일"을 경계하였던바, "권력에 정의가 구비되어 있을 시" "문학인은 거기에 개입할 하등의 필요가 없다"고 말함으로써 그의 현실참여가 불의에 항거하는 성격을 지닌 순수한 것임을 보여주고 있다. 그가 볼 때 문학인의 정의를 위한 실천은 "그가 가진 바 휴매니즘의 체질과 성실의 열도에 따라"[36] 결정되는 것이다. 유치환은 문학의 현실참여를 통해 사회정의를 실현하고자 하였던바, 이러한 자세는 그의 세계가 철저히 인간중심적인 것이었음을 말해주는 것이다.

4. 인간적 신성神性의 의미

유치환이 보여준 신과 인간에 대한 형이상학적 사유는 외견상 현실과 유리된 매우 관념적인 것으로 인식되지만 그것은 그의 내적 논리를 파악하지 못할 때 노정하게 되는 오류에 불과하다. 유치환이 신과 자연, 그리고 인간의 운명에 대한 철저한 사유를 펼쳤던 것은 결코 지적인 호기심이라든가 철학상의 관습에 기인하는 것이 아니다. 그것은 그를 에워쌌던 세계에 관한 직관에서 비롯된 것이다. 자연과 대면했을 때의 경외감이라든가 우주적 존재에 대한 직관이 유치환으로 하여금 가시권 너머의 세계에 관해 사유하게 하였고 그에 따라 유치환은 신의 무한성과 인간의 유한성이라는 조건을 둘러싼 자신의 형이상학을 구축하기에 이르렀다. 그가 기성 철학이나 종교의 관습에 의해서가 아니라 스스로의 직관에 의해 논리를 세워나갔으며 그러한 내용들을 시에서 단편적으로 제시하였던 까닭에 유치환이 세운 고유한 형이상학은 독자에게 쉽게 해독되지 못한 경향이 강하다. 유치환의 형이상학에 대해 독자들은 흔히 기성의 종교나 철

36 유치환, 위의 글, p.126.

학에 의지하여 이해하려 하였으므로 유치환의 인식은 그 전모가 파악되기 어려웠던 것이다. 이에 따라 유치환의 시는 앞뒤가 맞지 않고 난해한 그것으로 이해되기 마련이었다.

유치환의 시를 대할 때 나타났던 이러한 문제점은 그의 형이상학이 인간성과 신성이라는 상반된 축을 통해 구축되었던 점과 이들 사이에 있던 특유의 긴장감에 그 원인이 놓여 있다고 볼 수 있다. 유치환은 매우 치열하게 신성을 추구하였는데, 이것은 유치환을 관념적이고 초탈적이라는 혐의만을 일으켰을 뿐 그 의미가 구체적으로 해명되지 못하였다. 그에게 신성은 기성 종교나 철학에서와 같은 초월성과 영원성의 함의를 지니는 것이 아니었다. 그것은 죽음이라는 인간의 조건을 넘어서서 존재하는 성격이 아니었던 것이다. 유치환에게 신성은 철두철미하게 인간이라는 축에 의해 제어를 받는 것이었다. 즉 그것은 생사의 경계를 넘어서 고려되었던 것이 아니라 철저히 생生의 조건 속에서 추구되는 신성이었다. 따라서 그것은 인간의 야만성과 비순수성을 극복하기 위한 기제였던 것이지 죽음을 극복하기 위한 것이 아니었음을 알 수 있다. 유치환에게 죽음은 회피할 수 없는 절대 명령이어서 그는 영적 영원성을 통해 이를 극복하려 하기보다는 생의 유한성 내에서 치열해지는 길을 택하였다. 그가 극한의 세계를 찾아간 것도 그 때문이고 극단적 원시성을 추구한 것도 그 때문이다. 이것이 유치환의 생명성을 이루는 근간이 된다. 이를 파악하지 못할 때 유치환에 대한 해석은 엉뚱한 방향으로 흐르기 쉽다. 또한 이 점을 간취할 때라야 유치환이 보여주었던 인간주의적 세계가 비로소 옳게 이해될 수 있다.

직관과 예지에 의해 인간중심적인 형이상학의 논리를 구축하였던 유치환은 인간이 신에 기대어 인간성을 초극, 신성을 획득하기를 소망하였다. 인간은 신에 의거하여 비정의 자세와 순수성을 구할 필요가 있다고 유치환은 판단하였다. 인간이 신성을 취하는 것이야말로 인간이 고귀해지는 방편에 해당하였던 것이다. 이것이야말로 유치환이 제시하였던 개인적 차원의 윤리라 할 수 있다. 그러나 유치환의 윤리성에 대한 인식은 이러한 개인적 차원에서 그치는 것이 아니었다. 그는 사회적 차원의 윤리도 외면하지 않았기 때문이다. 개인의 존재론적 범주만 벗어나면 유치환은 사회적 윤리를 실현하는 데 열정적인 인물이 되었음을 알 수 있다. 그가 문학의 현실참여를 외치고 사회 정의에 대해 민감했던 것은 곧 그가 보여준 사회적 차원의 윤리성에 해당한다. 유치환에게 사회적 윤리 의식은 해방 이후 일관되게 전개되었던 경향임을 알 수 있던바, 유치환이 초반에 보여주었던 존재론적 탐구는 후반에 나타났던 이러한 경향과 서로 대립하는 것이 아니라 오히려 일관성 있게 이어지는 것이다. 그것은 곧 개인적 윤리성과 사회적 윤리성이라는 맥락에서 이해될 수 있기 때문이다.

유치환이 보여주었던 존재론적 탐색에 비추어 볼 때 그의 사회적 윤리의식 역시 매우 강력하고 치열한 것이었음을 짐작할 수 있다. 유치환에게는 '신성神性'이 항상적인 상수로 존재했었던 것이다. '신성'은 개인적 차원에서뿐만 아니라 사회적 차원에서도 윤리가 실현되는 절대적인 기준에 해당되었다. 또한 유치환은 생이 일회적인 것이라 믿었기 때문에 사회 내에서 윤리성 역시 먼 미래가 아닌 지금 여기에서 실현될 것을 요구하였다. 그가 모든 지면을 통해 그토록 열정적으로 사회정의를 부르짖었던 것도 이 때문이다. 결국 초기 존재론적 탐구의 시기에 보여주었던 유치환의 치열한 생명의식은 후기의 현실참여적 경향의 시에서도 고스란히 드러났던 것임을 알 수 있다.

'신성'을 추구하되 그것을 인간성이라는 조건 속에서 이루었던 유치환은 성격상 인간주의적 면모를 보여준다 하겠다. 그가 보여주었던 사회 윤리의 실천은 신성 지향의 수직지향성이 인간세계 내에서 수평적으로 실현된 것이며, 이러한 실천은 유치환의 강한 인간주의적 관점 때문에 가능했던 것으로 보인다. 유치환은 절대적 세계를 추구하면서도 이러한 절대성이 인간 내에 그대로 구현되기를 바랐던바, 그것이 그가 지향한 개인적, 사회적 윤리성으로 나타난 것이라 할 수 있다.

5. 유치환 문학의 넓이

유치환은 방대하고 치열한 문학적 활동을 통해 작품의 크나큰 스펙트럼을 보여주고 있다. 그는 시와 산문에서 자신의 의식 세계를 가열차게 전개하였을 뿐만 아니라 그 내용에서 있어서도 존재론적 탐구에서부터 현실 참여에 이르기까지 다양한 면모를 보여주는 것이다. 그런데 이들 서로 상반된 경향들 사이엔 단순히 시기상의 구분이 놓여 있는 것이 아니라 내적인 논리 및 연관성이 흐르고 있는 것으로 보인다.

유치환의 문학세계에 견지되고 있는 일관된 논리를 파악하기 위해 우선 그가 가장 치열하게 고구하였던 우주론을 살펴볼 필요가 있다. 우주론은 신과 자연 및 인간에 관한 담론으로서 유치환이 집요하게 질문을 던졌던 형이상학적 사유에 해당한다. 신과 자연, 인간에 대한 지속적인 질문을 통해 유치환은 자신의 고유한 형이상학을 구축한다.

유치환의 형이상학은 신성神性과 인간성이 결합된 것이자 신성이 인간성 내로 수렴되는 것을 내용으로 하고 있다. 유치환은 신성이라는 절대성을 추구하면서도 이것을 기성의 종교나 철학과 같은 영적 차원의 그것으로 전개하지 않았다. 생의 일회성을 믿었던 유치환은 영적 초월성이 아닌 인간으로서의 생명성과 치열성을 제시하였다. 유치환의 초월성은 철저하게 인간적 테두리 내에서 이루어졌던 것이다.

유치환의 신성 지향이 인간주의적이라는 관점은 그간 논리가 명확하지 않았던 여러 모순들, 허무에의 의지와 생명에의 의지의 대립, 비정과 생명의 대립, 존재론적 경향과 현실참여적 경향의 대립들 간의 관계에 대해 해명할 수 있도록 해준다. 이것들은 유치환이 견지하였던 독특한 형이상학, 신성과 인간성 사이의 긴장 관계 속에서 의미를 지닌다.

또한 유치환의 인간주의적 신성 지향은 그의 현실참여적 태도의 근거를 밝혀주고 있다. 정치적 격랑기를 거치면서 유치환은 매우 적극적으로 문학의 현실참여와 사회정의를 강조하는데, 이것은 유치환이 보여주는 존재론적 경향과 서로 상치되는 것이 아니다. 그것은 유치환의 인간주의적 신성 지향이 존재론적 차원에서 구현되었던 것과 동궤에서 전개된 것이다. 유치환은 존재론적 차원에서 신성을 추구하였던 것처럼 그러한 절대성이 사회 내에서도 실현되기를 소망하였다. 그것이 곧 그가 부르짖었던 사회정의에 해당한다.

이처럼 유치환이 논리화시켰던 형이상학적 우주론은 그의 시작 경향과 밀접한 관계를 지닌다. 그의 형이상학은 매우 인간주의적이었던바, 이 점은 그의 존재론적 경향과 현실참여적 경향으로 동시에 나타났던 것임을 알 수 있다.

제6장

김종삼의 시 창작의 위상학적 성격

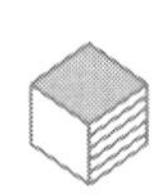

1. 김종삼 시의 환상성과 현실성

1921년 황해도 은율에서 태어나 1947년 월남한 김종삼에게 분단과 전쟁 체험은 그의 세계에게 가장 중요한 원체험을 이룬다. 분단은 그에게 고향이라는 정서적 근원지를 상실케 하였으며 월남 후 빈한한 이방인의 삶을 살게 한 직접적인 요인이 된다는 것을 알 수 있다. 실제로 김종삼은 서울이라는 낯선 도시에서 월세살이를 전전하면서 외로움과 가난을 견뎌야 했던 것으로 알려져 있다. 이방인으로서의 뿌리 뽑힌 삶을 살면서 김종삼은 유년 체험을 소재로 하는 고독한 어조의 시를 다수 쓰게 되는데, 이는 김종삼에게 분단과 전쟁이라는 비극적 체험이 그의 정신세계에서 어떤 위치를 지니는지 잘 말해준다 할 수 있다.

김종삼에게 분단과 전쟁이 비극적 원체험을 형성하고 있다고 한다면 그에게 위로와 안식을 주었던 것은 1955년 국방부 정훈국 방송과에서 음악담당으로 일하며 접하게 된 음악체험이다. 그 후로도 방송국에서 일하면서 김종삼은 음악, 특히 서양의 고전음악에 친숙해졌다. 이러한 측면 때문에 많은 연구자들은 김종삼의 시적 특성과 음악의 상관성을 중심으로 연구를 진행해왔다. 이숭원은 김종삼 시에 나타난 환상적 이미지와 대비적 구성이 음악에 의해 영향을 받은 것임을 논증하면서 이 점이 김종삼 시의 근간을 이루는 작시원리임을 밝힌 바 있다.[1] 권명옥 역시 김종삼에게 음악은 종교의식에 등가하는 것이자, 음악에의 탐닉의 시간에 의해 시의 창작 공간이 허락되었다고 함으로써 김종삼의 시와 음악의 연관성을 지적하고 있다.[2]

이들 연구들에서 확인할 수 있듯 김종삼 시에서 음악적 요소는 시의 근간을 이룰 정도로 매우 주요하게 자리잡고 있다. 김종삼 시에 미친 음악적 특질은 상당히 직접적이고 광범위하다. 이 점은 김종삼의 생활 가운데 음악에의 지향성의 정도에 기인하는 바가 크며 김종삼의 사유 활동 자체가 '음악을 들을 때에야 비로소'[3] 가능하다는 점이 적지 않게 작용했을 것이다.

그런데 김종삼의 경우 이와 같은 시와 음악과의 상관성은 보다 근본적인 질문을 안고 있다. 김종삼은 시에 대해 "나는 시에 대해 별로 진지하게 생각하지 않고 애착도 느끼지 않는다. 다만 창피 안 당할 정도로 써 갈길 뿐이다"[4]라고 한 바 있는데 이러한 진술에서 김종삼

1 이숭원,「시의 환상과 현실」,『20세기 한국시인론』, 국학자료원, 1997, pp.325-47.

2 권명옥 편,『김종삼 전집』, 나남, 2005, pp.328-32.

3 「신문기사3」, 위의 책, p.311.

4 「신문기사2」, 조선일보, 1970.5.15, 위의 책, p.308.

에게 음악이 시보다도 더욱 친연성을 지녔던 것이었음을 알게 된다. 이 점은 김종삼에게 음악이 어떤 작용을 일으킨 것이며 그의 시 창작에 있어 음악이 어떤 원리로 접근되었던 것인지 고찰하도록 한다.

2. 음악적 공간의 위상학적 성격

김종삼의 경우 한 출판사의 작품상을 수상할 때 밝힌 소감에서 "나 같은 무질서한 사고思考의 사나이에게 상을 준다니 분에 넘친다"[5]고 했던 점이나 "나는 시인이라고 자처해 본 적이 한번도 없는" "엉터리 시인" 내지 "시인의 영역에 도달하기엔 터무니없는 인간"[6]라고 진술했던 사실은 단순히 겸양의 태도에서 비롯된 것으로 보이지 않는다. 이는 말 그대로 생활 가운데서 김종삼 스스로 느꼈던 사고의 가닥 없음 내지 이 당시 김종삼이 놓여 있던 정신적인 혼란의 상황을 암시해주는 것으로 보이기 때문이다.

세계와 현실에 대해 논리적이고 체계적으로 사고하는 습성 대신 '무질서'와 혼돈을 토로하는 김종삼의 이러한 상태는 시창작의 태도에 있어서 능동적이고 적극적이기보다는 즉자적이고 소극적인 경향으로 이어졌을 것으로 보인다. 즉 김종삼에게 시는 이념이나 사상의 표현과 같은 의욕적이고 주체적인 것과는 거리가 있었던 것이며, 대신 그에게 시는 주어지는 것이었고 비의도적인 것에 해당되었다.

5 위의 글, p.307.
6 김종삼, 「먼 시인의 영역」, 권명옥 편, 위의 책, p.303.

가령 '시인'으로서의 자의식을 바탕으로 현실에 대한 응전의 태도를 보인다거나 혹은 언어의 미적 구성물로서의 시의 완성을 추구하는, 일반적으로 시인이 그 임무로서 내세우는 일들은 김종삼에게서 찾아보기 힘들다. 김종삼의 시는 그저 우연한 순간 자생적으로 도출되는 것으로서, 거의 주어지는 것에 가까웠던 것이다. 그의 시는 의식과 기법에 의해 만들어졌다기보다 그의 몸 안에서 떠돌다 외부로 표출된 것으로서의 자생성을 지닌다. 즉 그의 시는 의식적으로 구성된 것이 아니라 음악에 대한 절대적 친연성을 지녔던 자 속에 시스템처럼 내장된 감각에 의해 자동적으로 산출되는 것이라 볼 수 있다. 이를 김종삼의 시 창작 태도에 있어서의 소극성과 자생성이라 표현할 수 있는바, 김종삼이 스스로를 가리켜 '엉터리 시인'이라 칭할 정도로 시인으로서의 자의식을 내세우지 않는 것도 이와 관련된다.

김종삼이 '무질서한 사고'를 운운하며 시에 관한 소극적인 태도를 암시하는 것은 그의 정신 속에 드리워진 커다란 트라우마를 떠올리게 한다. 분단과 전쟁으로 인한 상처가 그것이다. 분단과 전쟁, 고향의 상실 체험은 김종삼의 정신적 기반을 붕괴시킬 정도로 큰 것이었을 터이다. 따라서 이후 김종삼은 이때 겪은 내면의 상처를 치유하는 데 그의 정신적 에너지의 대부분을 할애했을 것으로 짐작된다. 김종삼이 음악에 몰입했던 것도 이와 관련된다. 특히 김종삼은 대위법을 중심으로 하여 이루어진 고전주의 음악에 심취하였는데, 이는 고전주의 음악의 질서와 균형 감각이 붕괴된 그의 정신적 기반을 치유하고 조절하는 데 기능적으로 작용했기 때문으로 여겨진다. 즉 고전 음악이 지니는 안정된 구조는 김종삼에게 파괴된 정신의 원형적 틀을 이루어주는 것이었다 말할 수 있다. 이는 많은 연구자들이 김종삼과 음악의 관련성에 주목한 이유를 말해주는 대목이며 음악체험이 김종삼에게 절대적 체험의 수준에 해당하는 것이었음을 암시해준다. 음악이 현상시켰던 질서는 김종삼의 의식의 기반이자 패러다임이 되었던 것이다. 또한 음악은 카오스와 같은 내·외적 상황 가[illegible]

음악이 붕괴된 멘탈의 기반이 되어주면서 의식의 틀을 형성한 것이었다면 김종삼의 시와 음악의 상관성은 단지 소재나 운율, 구성 등의 측면에만 국한되지 않을 것이다. 김종삼에게 음악은 그의 의식 구조 및 정신 자체였던바, 이 점은 김종삼의 시가 음악과 일 부분에 국한되지 않은 전면적인 동일시를 이루고 있는 것이라는 가정을 가능케 한다. 김종삼에게 시와 음악은 같은 차원에서 같은 구조로 이루어지는 것이라는 사실이다. 그것은 김종삼의 경우 시와 음악이 정신의 동일한 공간에서 동일한 의식 구조에 의해 발생한 것이었음을 [illegible]

한편 음악은 외부 현실로부터 가져온 음의 소리를 재료로 취하되 현실 속에서 지니는 음의 의미나 크기를 사상捨象한 채 추상적인 음을 바탕으로 구성되는 매체이다. 음악은 추상화되어 순수한 음의 높낮이와 배열과 상호간의 관계를 통해 독특한 공간을 창출한다. 음악에서 사용되는 음들은 서로간 무한한 접속을 이루어내면서 복잡하고 다면성을 지닌 망을 조직한다. 음들은 접속되고 분리되는 일을 반복적으로 이루어낸다. 또한 이렇게 형성된 음악은 외부 현실과 연관되고 접속되며 외부 현실에 기능적으로 작용한다. 이러한 음악의 성질, 즉 현실과의 연접의 관계에 있으되 현실 속에서의 의미와 양적 성격이 배제된 요소들의 관계만으로 다면적인 망을 이루는 양상을 위상학적 성격이라 말한다. 음악은 특수한 위상학적 공간[7]을 구축한다.

다시 말해 음악은 현실과 이어지되 분리된 제3의 장소이자 공간으로서, 음계로 이루어진 나름의 유기적 위계질서를 포함하고 있다. 음악은 시간에 의해 음들이 발현되는 개별화된 공간으로서, 특히 음악의 가장 중요한 요소인 음높이는 외부의 공기 진동이 우리의 지각을 통해 의식 내부에 들어와야 하는 특수한 성질의 물질이다.[8] 이러한 음악이 우리의 의식 속에 들어왔을 때에도 우리의 의식은 또 하

7 '위상학'이라 말할 수 있는 것은 그것이 구조체를 지시한다는 점에서 그러하다. '위상학(topology)'이란 공간의 요소를 모양이나 크기, 거리를 사상(捨象)한 채 연속이나 불연속과 같은 위치와 구조로써 파악하는 방법론을 의미한다. 즉 그것은 공간의 구조적인 측면, 공간 내 요소들의 위치 관계들을 다루는 태도를 가리킨다. 따라서 위상학적 공간이란 다분히 구조주의적 성질을 지닌 것으로, 특정 유기체가 지니고 있는 기이적이고 변별적인 위치 체계를 가리킨다. 유기체는 필연적으로 자신에게 가장 안정되고 고유한 질서를 지향하며, 모든 사물은 다양한 방법으로 위상공간을 구축한다. 유기체가 그러한 기능 분담의 위계적 조직화를 이룰 때라야 어떤 목적성을 실현할 수 있기 때문이다(위상학에 대한 이해는 아사다 아키라, 이정우 역, 『구조주의와 포스트구조주의』, 새길, 1995, pp.10-25). 위상학의 개념을 건축에 적용하는 장용순은 근대 건축에서 현대 건축으로의 전환이 형태적 사고에서 구조적 사고로의 전환, 기하학적 구성의 사고에서 위상학적 연산의 사고로의 전환을 의미하는 것이라고 본다(장용순,『현대 건축의 철학적 모험』, 미메시스, 2010, p.44). '위상학'은 사태에 관한 구조적 인식의 결과 생겨난 개념인바, 이때 '위상공간'을 특이성(의미있는 질점, 열린집합)들 간의 관계로 볼 경우 사태의 연속과 변환, 밀도와 곡률 등의 성질을 다룰 수 있게 된다. 한편 수학에서는 '위상'의 개념을 전체와 부분간의 관계를 통해 설명한다. 가령 어떤 집합(X)이 있고, 그것의 '위상'을 규정할 때 부분집합의 모임들(T) 가운데 ①X와 공집합(∅)이 있고 ②T내에 임의의 집합들(T집합 내 원소들, 즉 열린집합) 간의 합집합이 있으며 ③임의의 집합들 간의 교집합이 포함되어 있는 부분집합군 T를 전체집합(X)의 '위상'이라 말한다(C.Wayne Patty, 『위상수학』, 허걸 역, 희중당, 1996, p.8). 위상수학의 이와 같은 개념은 부분과 전체 간의 연속적 관계틀을 확보함으로써 미분다양체에 관한 설명의 토대를 제공한다.

8 음악적 공간의 위상학적 성격에 대해서는 서우석의 『음악을 본다』(서울대출판문화원, 2009, pp.69-70) 참조.

나의 새로운 위상학적 공간을 구축하게 된다. 즉 우리의 의식은 외부 세계에 실재하는 양적 요소들을 삭제하고 생략한 채 사물을 추상적으로 인지한다. 의식은 의식 내부의 질서에 부합하는 외부의 것만을 선택적으로 수용하고, 그들 사이에 배열을 이루어 유기적 구조를 [illegible] 식으로 구성된 질서는 자의적이고 변별적이며 따라서 상대적이다.

이러한 위상학적 질서란 실재하는 외부의 양적 개념들을 사상한 것이므로 실재하지 않는 상상의 공간에 해당한다. 카오스에 던져진 인간에게 이와 같은 위상학적 질서를 정립하는 일은 자아의 존립을 위해 필수불가결한 조건인데, 그것은 질서로부터 추방된 인간이란 불완전한 존재로서, 환상, 과도, 불안정, 현실과 상상의 혼동, 착오 등 광기에 들린 존재이기 때문이다.[9] 분단과 전쟁으로 혼돈에 처한 김종삼에게 의식의 질서는 존립을 위한 절박한 것이었던바, 이때 음악은 김종삼에게 [illegible] 매체였다는 것을 알 수 있다. 카오스 속에 놓인 존재의 경우 과부족이 없는 세계, 삶이 긍정되는 세계, 선도 악도 없는 세계[10]란 필연적으로 추구하게 되는 이상적인 세계에 해당한다.

그런 한편 음악에 대한 절대적 의존을 보였던 김종삼의 경우 음악의 위상학적 성격은 김종삼에게 어떤 영향을 미쳤는가? 현실과 무관하지도 않으면서 현실에 대한 재현이나 반영이 아닌 특수한 공간을 구축하고 있는 김종삼의 시적 원리는 위상학적 성격을 지닌 음악과

9 아사다 아키라, 앞의 책, p.19.
10 위의 책, p.19.

어떤 연관을 맺고 있는 것인가? 김종삼의 의식에 미친 음악의 비중을 볼 때 음악이 지닌 위상학적 성질은 그의 시 창작에 대해서도 직접적인 이해의 방편을 제시한다. 더욱이 그의 시란 적극적이고 의식적으로 창작되었다기보다 의식의 구조에 따른 자생적이고 자동적인 것이었다는 점에 비추어보면 그의 시가 김종삼이 보여주었던 의식의 위상학적 요건을 그대로 내포하였을 것으로 보인다는 점이다.

그런 관점에서 본다면 그의 시는 현실의 구체성들을 사상捨象한 추상적 질서로 이루어진 것일 터이며 그렇게 이루어진 추상적 질서란 혼란스런 현실에 대한 기능적인 역할을 나타낼 것이다. 즉 시를 통해 새로운 구조체로서의 위상학적 공간을 창출한다는 점은 김종삼 시의 시적 원리를 이해하는 데 도움을 줄 뿐만 아니라 시가 현실 속에서 어떤 기능과 의의를 발휘하는가 및 시의 창작과 현실 사이의 모방과 창조의 함수를 해명하는 데 하나의 모델을 제시해줄 것으로 판단된다. 요컨대 음악이 지닌 위상학적 성격에 관한 논의는 김종삼 시의 구조적 원리를 해명하는 데 중요한 시사점을 제공할 것이며 시의 미학적 창작 원리에 관한 이해를 심화시키는 데에도 의미가 있을 것으로 판단된다.

3. 시 창작 상의 위상학적 공간 창출 과정

분단과 전쟁에 의한 트라우마를 원체험으로 안고 있는 김종삼이 불가불 집착하였던 세계는 혼돈과 무질서를 극복하게 해줄 안정되고 이상적인 성격의 그것이었다는 점은 그가 추구했던 음악과 시의 기능적 원리를 짐작케 해준다. 실제로 김종삼은 "나는 살아가다가 불쾌해지거나 노여움을 느낄 때 바로 시를 쓰고 싶어진다. (그러나-편집자주) 시를 일단 쓰기 시작하면 어휘 선택에서 지독하게 신경을 쓰며 골머리를 앓는다"[11]에서도 확인가능하다. 이때의 고백은 김종삼의 시 창작의 동기가 충동에 의한 것이면서 시 제작 과정에 있어서는 '어휘 선택에서'부터 치밀하였던 김종삼의 복합적 태도를 말해주고 있다. 김종삼의 시 창작 과정에는 낭만주의적 태도와 고전주의적 태도가 어우러져 있는 것으로, 이것은 김종삼의 시가 무질서한 세계와의 관계성 아래 발생하는 것임을 말해준다. 즉 김종삼에게 시 창작은 세계의 혼돈에서 비롯되는 것이자 세계의 혼돈을 극복하기 위한 것으로 자리매김된다. '불쾌감'과 '노여움'으로부터 탈출하기 위한 것이나, 시 창작 과정에서 보여주는 치밀한 고전주의적 태도는 모두 동일하게 세계의 무질서를 극복하고 해소하기 위한 방편으로 귀결되는 것이다.

3.1. 유년 체험의 기록과 이질적 공간의 발견

김종삼의 시에 '소년', '아이'가 자주 등장한다는 것은 잘 알려져 있는 사실이다. 많은 논자들은 '유년'의 인물을 통해 김종삼이 추구하였던 절대순수의 세계, 환상의 세계를 언급하곤 하였다. '유년'의 인물은 시간적 거리로 인해 현실과 분리된 환상의 공간을 제시하는 계기가 되며,[12] 또한 이러한 때묻지 않은 '유년' 의 형상화는 삶의 근

11 김종삼, 「먼 시인의 영역」, 권명옥 편, 앞의 책, p.303.

원으로 회귀하는 의미를 지닌다는 것이다.[13] 실제로 '유년'의 기억은 하나의 특수한 '공간'으로 불리기도 한다. '유년'의 기록이 현실의 모순과 상처를 극복하는 계기로 작용하는 것도 이와 관련된다. '유년'은 인간에게 영원히 아름답고 순수한 세계로 기억되기 때문이다.

그러나 유년에 대한 이와 같은 관점은 다분히 선험적인 견해이다. 일반적으로 가장 아름답고 순수하게 기록되곤 하는 '유년'의 체험은 그러나 김종삼의 경우 선험적 사실과 다르게 나타나 있어 주목을 요한다. 유년의 기억을 다루는 김종삼의 시에는 그가 겪었을 어린 시절의 소외와 상처가 그대로 나타나 있다.

> 옛 이야기로서 고리타분하게 엮어지는 어렸을 제 이야기이다. 그맘때만 되면은 까닭이라곤 없이 재미롭지도 못했고 죽고 싶기만 하였다.
>
> 그 즈음에는 인간들에게는 염치라곤 없이 보이리만큼 너무 지나치게 아름다움이 풍요하였던 자연을 가까이 하면 할수록 그러하였다.
>
> 고양이란 놈은 고양이대로 쥐새끼란
> 놈은 쥐새끼대로 옹그러게 있었고

12 서영희, 「김종삼 시의 형식과 음악적 공간 연구」, 『어문론총』53호, 한국문학언어학회, 2010, p.391.

13 이승원은 「운동장」, 「동산」, 「글짓기」, 「아데라이데」 등의 시에서 김종삼이 고향의 모습을 떠올림으로써 인간의 아름다움과 훼손되지 않은 세계의 실상을 보여주고자 하였다고 한다. 이승원, 앞의 글, p.343.

강아지란 놈은 강아지대로 밤늦게까지
나를 따라 뛰어놀았다.

어렴풋이 어두워지며 달이 뜨는
수숫대로 만든 바주 울타리 너머에는
달이 오르고 낯익은 기침과 침 뱉는 소리도 울타리 사이를
그때면 간다.

풍식이란 놈의 하모니카는 귀에 못이 배기도록 매일같이
싫어지도록 들리어오곤 했다.

자라나서 알고 본즉 〈스와니江의 노래〉였다.

선율은 하늘 아래 저편에 만들어지는 능선 쪽으로 날아갔고.

내 할머니가 앉아 계시던 밭이랑과 나와 다른 사람들과의
먼 거리를 만들어주기도 하였다.

「쑥내음 속의 童話」[14] 부분

위의 시는 어린 시절의 기억을 다루고 있는 김종삼의 대표적인 시이다. 위의 시는 강아지, 고양이, 달, 수숫대, 풍식이, 할머니 등 유년의 따뜻한 기억이 묻어 있을 법한 소재들을 취하고 있다. 먼 기억 속

14 인용시는 권명옥 편의 『김종삼 전집』(나남, 2005)을 따른다.

에 있는 아득한 이들 소재를 통해 위 시는 현재와의 '먼 거리'를 보장받고 있는 것이 사실이다. 그러나 기억 속의 체험들은 결코 아름답지도 환상적이지도 않다는 것을 알 수 있다. 그것들은 '고리타분'하게 여겨졌으며 '재미롭지도 못했고' '싫었'던 것으로 기억되고 있다. 화자는 오히려 '죽고 싶기만 하였다'고 한다. 어린 시절의 '童話'는 쓰디쓴 '쑥내음'의 그것일 뿐이었음을 화자는 말하고 있다. '아름다움이 풍요하였던 자연'이 언급되고 있지만 그것은 아름다움 그 자체로서라기보다 '염치없는 인간'과 대비되는 것으로서 등장하는 것이다. 어린 시절의 자아에게는 '스와니강 노래'의 선율조차 '귀에 못이 배기도록' 지겹게 들리는 것이었음을 알 수 있다.

이러한 화자의 진술들은 위의 시에서 기록하고 있는 어린 시절의 기억들이 절대순수라거나 동심을 다루는 근원적인 것이라는 점과 거리가 멀다는 것을 말해준다. 어린 시절은 '웅크려져 있는 고양이나 쥐새끼'의 심상처럼 한껏 위축된 이미지를 하고 있다. 위 시의 화자에게 유년 시절은 소외와 권태로 얼룩진 어두운 세계였음을 알 수 있다.

이와 같은 기억 속에서 그러나 '선율'은 성질상 전혀 다른 것임을 화자는 말하고 있다. 화자는 '선율은 하늘 아래 저편에 만들어지는 능선 쪽으로 날아갔'다고 말하고 있거니와 이는 '선율'의 현실 공간과의 이질성과 차별성을 보여주는 대목이다. 화자는 저 멀리로 '날아갔'다고 함으로써 '선율'이 현실 공간과 구별되는 다른 공간의 것임을 암시적으로 나타내고 있다. 현실과 질적으로 다른 성질의 '선율'은 현실에 실재하는 거리距離를 뒤틀어 새로운 공간을 창출하는 어떤 것이다. '선율'이 '할머니가 앉아 계시던 밭이랑과 나와 다른 사람들과의 먼 거리를 만들어주기도 하였'던 것도 그 때문이다. 이러한 느낌은 실재 공간을 뒤트는 '선율'의 작용에 대한 지각에 해당한다. '선율'에 의해 만들어지는 다른 '거리距離'감, 다른 현실감은 '선율'이 현실과는 다른 공간을 점유하는 것에 대한 증거라 할 수 있다. 말하자면 '선율'은 '죽고 싶기만 하였'던 현실에 대해 이로부터 독립적이며 안정적인 위상학적 공간의 성격을 지니는 것에 해당한다.[15]

유년 시절의 불행했던 체험에 대한 기록은 위의 시에만 국한된 것이 아니다. 「墨畵」, 「스와니강이랑 요단강이랑」, 「文章修業」, 「부활절」, 「자동차가 다니던 철둑길」, 「운동장」, 「어둠 속에서 온 소리」 등은 '아이'가 화자 혹은 인물로 등장하는 유년 체험 기록의 시들로서 유년 시절이 순수와 행복이라기보다 어둡고 불행한 기억으로 이루어져 있는 것들임을 말해준다.

> 마지막 담 너머서 총 맞은 족제비가 빠르다.
> 〈집과 마당이 띄엄띄엄, 다듬이 소리가 나던 洞口〉
> 하늘은 바른 마음을 가진 사람들이 있다고 대낮을 펴고 있었다.
>
> 군데군데 잿더미는 아무렇지도 않았다.
> 못볼 것을 본 어린것의 손목을 잡고

15 위상학적 구조체의 탄생은 외부의 무한한 혼란과 카오스에 대항하는 성질을 지닌다. 그것은 무한한 상스(sens)에 대립하여 독자적이고 독립적인 질서를 구축하며 그에 따라 상대적인 에너지가(價)를 지니게 된다. 위상학적 구조체가 독자적인 밀도와 구조에 의해 에너지가를 지님에 따라 그것은 현실에 관한 자율적인 의미와 기능을 지니게 된다. 김종삼에게 어린 시절의 혼란 가운데 경험했던 '선율'의 기억은 특정 구조체가 지닌 이러한 위상학적 성격을 형성하는 데 단초를 마련한다.

섰던 할머니의 황혼마저 학살되었던
僻地이다.
그곳은 아직까지 빈사의 독수리가 그칠 사이 없이 선회하고
있었다.
원한이 뼈무더기로 쌓인 고혼의 이름들과 神의 이름을 빌려
號哭하는 것은 〈洞天江〉邊의 갈대뿐인가.

「어둠 속에서 온 소리」 전문

유년 시절이 그리움과 순수의 절대 공간이 된다고 하는 선험적 인식에 대해 위의 시는 전적으로 대립하고 있다. '총 맞은 족제비', '할머니의 황혼마저 학살되었던 僻地', '빈사의 독수리' 등의 표현은 화자의 유년시절이 공포와 죽음으로 얼룩진 것이었음을 암시한다. 시에서 그려진 현실은 비극으로 가득 차 있다. 화자는 이러한 유년 시절을 아름답거나 이상적으로 그리는 대신 어둡고 괴기스럽게 묘사하고 있다. '洞天江邊의 갈대'는 '원혼'들에 대한 비유적 심상에 해당하거니와 화자는 그가 살던 마을을 폐허와 학살의 현장으로 기억하고 있다. 이는 화자에게 유년 시절이 결코 평화와 행복을 보장하는 동심의 공간이 아니었음을 말해준다.

그런데 시에는 유년 시절의 비극적 현실을 다루었던 어두운 어조와 달리 밝은 어조로 채색되는 소재가 있는데 그것은 '다듬이 소리'와 '바른 마음을 가진 사람들'이다. '다듬이 소리'는 시에서 제시되어 있는 일련의 그로테스크한 이미지들과 다르게 고요와 평온의 느낌을 환기시킨다. '다듬이 소리가 나던 洞口'는 마치 독자를 아득하고 따뜻한 공간으로 인도하는 입구인 듯하다. 시인이 이 대목을 '〈 〉'부

호로 처리하는 것도 '다듬이 소리'가 일으키는 분위기를 현실적 분위기와 구별시키기 위한 것이라 볼 수 있다. '다듬이 소리'가 만드는 공간은 현실의 음울한 분위기와 다른 '괄호'쳐지는 공간이자, 비록 작은 공간이지만 현실의 참혹한 세계를 뒤트는 새로운 공간임을 알 수 있다.

'다듬이 소리'와 같은 이질적인 공간의 형성은 '바른 마음을 가진 사람들'에게서 동일하게 나타난다. 화자가 유난히 강조하고 있는 '바른 마음을 가진' 사람들이란 어두운 세계와 구별되는 존재로서 괴기스런 현실적 분위기와 대조되는 이미지로 나타난다. 이들이 환기시키는 '밝은' 이미지를 표상하기 위해 화자는 '하늘이 펴는 대낮'이라는 심상을 제시하고 있다. 곧 '바른 마음을 가진 사람들'은 '대낮'처럼 환하고 밝은 사람들이라는 것이다.

이처럼 시에는 서로 다른 성질을 지닌 공간들이 공존하고 있음을 알 수 있는데, 이들은 시에서 화해롭다기보다 오히려 부조화스럽고 매끄럽지 못하게 존재하고 있다. '다듬이 소리'는 괄호쳐지고 '대낮'은 마을의 비극을 더욱 강조하는 아이러니한 시간일 뿐이기 때문이다. '바른 마음을 가진 사람들' 또한 참혹한 현실 앞에서 무력할 따름이다. '다듬이 소리'나 '대낮'이 만드는 새롭고 이질적인 공간은 어두운 분위기와 병치된 채 있을 뿐 하나의 통일된 어조로 통합되지 않는다. 이는 이질적 공간들의 병존이란 현실의 아이러니하고 비극적인 사태를 더욱 강조하는 것일 뿐 이를 해소하는 데 전혀 기여하지 못 하는 상황을 있는 그대로 나타내주는 것이라 할 수 있다.

위의 유년 시절을 기록하는 데에서 나타나듯 김종삼의 세계를 인식하는 이러한 태도, 즉 세계 속에 혼재되어 있는 이질적인 공간들의 조각들을 부조화스럽게 제시하는 태도는 낯설다. 대부분의 경우 시인들은 자신이 지닌 단일한 세계관과 관점에 따라 통일된 이미지와 분위기를 빚어내기 때문이다. 일반적으로 시는 일정한 주제 의식 아래 그것을 지지하기 위한 동일한 이미지들을 통합적으로 제시하면서 이루어지는 것이다. 이에 비해 김종삼 시에 나타나는 이질적 분위기들의 병치는 독특한 시 창작 방법에 해당되는바, 특히 이러한 이질적 분위기들이 '선율'이나 '소리', '마음'이나 '빛' 등으로 묘사된다는 점은 이들 존재들에 의한 공간의 뒤틀기, 질적으로 다른 새로운 공간의 창출이라는 관점에서 이해될 수 있다.

3.2. 이질적 공간들의 병치와 리좀의 구조[16]

의미의 통일적 제시가 아닌 이질적 분위기들을 병치시키는 시 창작 방법은 카오스로부터 독립된 공간을 찾아나가는 과정 및 이들을 현실과의 연속체 속에 관계짓는 김종삼의 시적 태도를 보여준다. 김종삼의 의식이 포착한 이질적 공간들은 자율적 마루들을 구성하면서 또 다른 공간들과 공존, 연결된다. 가령 '선율'이나 '소리', '마음'이나 '빛' 등에 의해 현상하는 이질적 공간들을 포착함으로써 김종

16 리좀(rhizome)은 뿌리줄기 식물을 뜻하는 것으로 씨앗으로부터 시작해 위계질서를 지닌 나무구조와 대비되어 제시된다. 나무가 정확한 기원을 지니며 뿌리, 몸통, 줄기의 구조를 생성하면서 수직으로 성장하는 데 비해 리좀은 시작도 끝도 중심도 없는 망상조직을 가리킨다. 들뢰즈는 리좀 구조를 통해 수평적이고 일자에 의해 통합되지 않는 망상조직을 형상화한다. 리좀은 이질적인 것들과 접속되고 연결되는 성격을 지니며 항상 다른 어떤 지점과 연결 접속되어야 한다. 또한 리좀은 '하나'로도 '여럿'으로도 환원될 수 없는 다양체를 구성한다(장용순, 앞의 책, pp.102-6).

삼은 현실의 비극성을 있는 그대로 응시하는 동시에 미미하게 스쳐 지나가는 또 다른 성질의 공간을 연속적으로 제시하고 있다. 이는 김종삼이 세계의 부조화한 모습을 공간의 이질적 틀어짐의 현상을 통해 제시하는 것이라 할 수 있다.[17]

> 밤하늘 호숫가엔 한 가족이
> 앉아 있었다
> 평화스럽게 보이었다
>
> 가족 하나하나가 뒤로 자빠지고 있었다
> 크고 작은 인형 같은 시체들이다
>
> 횟가루가 묻어 있었다
>
> 언니가 동생 이름을 부르고 있다
> 모기 소리만하게

17 김종삼이 무질서한 현실 가운데 이질적인, 따라서 위상학적 공간을 창출함은 무질서에 대항하는 일 방법인 동시에, 현실에서 접한 이러한 이질적인 요소들을 현실에서의 맥락을 사상시킨 채 시의 일 요소로 끌어들이는 태도는 그의 시적 창작 원리를 가시적으로 보여준다 하겠다. 즉 김종삼은 현실에서의 이질적인 요소들을 작품의 여타 요소들과 논리적으로 어울리지 않다는 이유로 기각하는 대신 이들을 시의 요소로 도입하는데 이러한 태도야말로 그의 시의 특수성과 기괴함을 설명해주는 근거가 된다. 이는 현실과 창작 사이의 관계에 관한 독특한 모델이 아닐 수 없다. 왜냐하면 이것은 현실에 대한 완전한 모방도 완전한 상상도 아니기 때문이다. 김종삼이 보여주었듯 이질적 요소들을 병치시켜 이룬 시적 구조체를 리좀이라 부를 수 있으며 이 점은 현실성을 추상시키는 구조체의 위상학적 성질을 의미하는 대목이다.

아우슈뷔츠 라게르

「아우슈뷔츠 라게르」 전문

환상적 미학, 시의 예술성을 강조했던 김종삼은 흔히 비현실적 세계와 비인간적 세계를 추구한 시인으로 알려져 있지만, 김종삼의 시가 미학적으로 이해되는 것은 그가 소재를 다루는 방식에서 비롯되는 것이지 그의 시가 현실과 유리되었기 때문이 아니다. 분단과 전쟁 체험, 어두운 유년 체험을 지니고 있던 김종삼에게 현실은 결코 외면될 수 없는 사태였다.[18] 즉 김종삼의 경우 현실은 방법적으로 전유되는 것으로서, 결코 무화되는 것이 아니었다.

위의 시 역시 '가족'의 학살이 자행되었던 '아우슈뷔츠'를 소재로 하고 있는 다분히 현실지향적인 그것이다. 그러나 시에서 환기되는 분위기는 광포함보다는 고요함이다. 더욱이 첫 연의 '평화로운 밤하늘 호숫가'라는 사건의 배경은 참혹한 사건을 미학화시키는 기능을 갖는다. 그렇지만 이때 미학화된 배경은 시의 주된 사건과 조화를 이루지 않은 채 모자이크처럼 병치된다는 것을 알 수 있다. 배경은 사건의 비극성을 더욱 강조해주는 아이러니한 요소가 되며, 시는 오히려 '가족 하나하나가 뒤로 자빠진다'거나 '인형 같은 시체들'이라

18 김종삼 시에서 환상 공간이 비현실적으로 보이면서도 현실과 밀접한 관계를 갖고 있다는 데에는 많은 연구자들이 의견을 모으고 있다. 특히 김기택은 김종삼의 시가 비현실적으로 보이는 주된 이유는 부재의 세계, 비인간화 혹은 탈인간화의 세계를 다루기 때문이라 보고 있으며 환상 공간이 현실을 견디거나 극복하려는 의지로서의 추상세계 또는 초월적인 공간이라 설명하고 있다. 즉 김종삼 시의 환상적인 미학은 인간 부재나 탈인간화로 인해 비현실적인 것으로 보이지만 그것은 현실을 견디거나 극복하려는 의지를 통해 이루어진 것이므로 현실성과 진실성의 토대 위에서 구축된 것이다(김기택, 「김종삼 시에 나타난 현실인식방법 연구」, 한국시학연구12, 2005, pp.176-7).

는 그로테스크한 묘사들에 의해 짙은 악마성을 드러내고 있다. '횟가루가 묻어 있는 시체들'과 '언니가 동생을 부르는 모기 소리만한 목소리' 역시 상황의 긴박함과 공포감을 형상화해줄지언정 현실과 유리된 시의 예술성을 드러내는 것과 거리가 멀다.

김종삼이 위의 시에서 보여주고 있는 미학적 배경과 악마적 사건의 병치는 시를 환상미학화시키는 주된 요인이 되며, 때로 그것이 현실을 사실적이기보다는 미학적으로 제시함으로써 현실의 폭력성을 희석시킨다는 비판으로부터 자유롭지 못하다. 그러나 이는 김종삼이 구축한 현실 구현의 일 방법으로서, 현실을 소재로 하되 이를 다루는 방법상의 특수성에 해당한다. 김종삼은 자신이 세우고자 하는 일정한 사상이나 관점을 통해 사물들을 통일적으로 제시하는 대신, 사물들이 지니는 이질적 성격들을 점유하는 그대로의 공간들로 다면화시켜 관계짓는다. 대상들은 상호간 논리적 필연성에 의해 다루어지기보다 불연속과 연속의 구조 속에 전체적으로 제시된다. 즉 대상들은 일관된 관점에 의해 통일적으로 짜여지지 않고 세계에 놓여 있는 바 그대로 각각의 결들을 지닌 채 망상조직처럼 병치되는 것이다. 사태들이 서로 부조화스러우며 기괴하게 일그러져 있다는 인상도 이 점에서 비롯된다.

시를 형상화하는 이와 같은 방식은 현실주의적 관점에서 지니게 되는 목적성이 약화된다. 또한 이 점은 현실주의자들에 의해 윤리성이 떨어진다는 비판을 받게 된다. 그러나 이질적 사태들의 연속된 구조는 하나의 미학의 원리가 되며 다양한 국면들과 서로 다른 텍스츄어들이 복합적으로 뒤엉켜 있는 사태를 전체적으로 제시한다는 점에서 유의미하다. 실제로 실재하는 세계에는 단일한 사태만 있지 않다. 이 각각의 사태들은 주변 사태들에 무관심한 채 독립적인 결들을 유지하고 있다. 이들 사태들은 상대적으로 독립된 공간을 점유하며 나름의 무게와 조직을 이루고 있는 것이다. 때문에 다양한 이질적 사태들의 복합적 제시는 실재하는 현실의 객관적 제시이자 현실이 지니는 부조리와 비극을 더욱 고조시키는 유효한 미학적 원리에 해당한다. 김종삼이 보여주고 있는 시의 형상화 방법은 세계가 지니고 있는 아이러니적 성질을 있는 그대로 드러내는 것으로, 현실을 다루는 일관된 방식을 이루고 있다.

1947년 봄
심야
황해도 해주의 바다
이남과 이북의 경계선 용당포

사공은 조심 조심 노를 저어가고 있었다.
울음을 터뜨린 한 嬰兒를 삼킨 곳.
스무 몇 해나 지나서도 누구나 그 수심을 모른다.

「民間人」 전문

위 시는 '이남과 이북의 경계선'에서 목숨을 걸고 월남하는 '민간인'들의 긴박한 순간을 다루고 있다. '1947년' 분단의 상황에서 이북의 사람들은 아무런 전투력이 없는 '민간인'의 신분으로 월남해야 했음을 위 시는 보고하고 있다. 고요한 밤 잔잔한 강의 모습은 사건과는 하등 상관없는 배경처럼 보인다. 그러나 그것은 참혹한 사건을 일으키는 부조화한 배경이기도 하다. '울음을 터뜨린 영아'는 고요를 깨뜨리는 이유로 죽어야 했기 때문이다. '고요'에 거스르는 '아이의 울음'은 탈북하는 사람들의 목숨을 위태롭게 했던 것이다. 흔히 생명력의 상징이 되는 '아이의 울음'은 위 시의 경우 평온의 상징인 '강의 고요' 앞에서 뒤틀린다. 이는 아이러니적 상황에 해당하며 세계가 내포한 비극적 사건이다. '스무 몇 해나 지난' 시간적 간격이 있어도 지워지지 않는 기억은 강한 비극성을 나타낸다. 비극을 다루는 위 시의 화자의 어조는 '고요한 강'만큼이나 고요하고 잔잔하다. 서로 부조화하는 국면들이 뒤엉켜 비극이 야기되는 아이러니적 상황은 매우 빈번한 세계내적 현상인바, 시인은 이 속에 뒤엉켜 있는 이질적 국면들을 냉정한 어조를 통해 전체적으로 구조화시킴으로써 세계의 아이러니를 사실적으로 드러내주는 동시에 사태의 비극성을 더욱 고조시키는 효과를 일으킨다.

3.3. 음악과 시의 복합적 미학 공간

사태의 광포함을 일정한 목적 의식 아래 격앙된 어조로 전달하는 대신 냉정한 태도에 의해 복합적으로 구조화시키는 김종삼의 시적 형상화 방법은 현실과의 특수한 관계망을 형성한다. 그것은 현실을 직접적으로 반영하기보다는 현실을 구성적으로 반영하는 것이자, 현실과 이어지되 현실을 재구성하는 역할을 한다. 김종삼의 시는 그 자체로 위상학적 공간을 구성하는 것이다. 현실의 부분들은 관계 속에서 특정한 위치와 성격을 지닌 채 구조화된다. 그 속에서 강한 현실의 목소리 대신 이리저리 뒤틀린 망상의 조직이 그려진다. 김종삼은 현실을 고발하는 강한 목적성 대신 현실 내에 뒤엉킨 균열된 사태들을 다면체의 양상으로써 제시한다.

한편 전체 세계 속의 각 부분들이 단일한 목적성에 의해 소거되지 않은 채 서로 관계지워지고 변주되는 과정은 음악 공간에서 전개되는 현상과 유사하다. 음악 내에서 각각의 음들, 각각의 멜로디 단위가 관계 속에서 엉키고 변주되며 이들이 전체적인 망상의 조직을 구성하는 일은 김종삼의 시적 원리와 크게 다르지 않다. 이들은 모두 위상학적 공간을 구축하는 것이다. 음악은 현실을 재현하는 대신 현실을 재구성한다. 이 속에서 부분들은 다양하게 조합되며 거대한 망을 이룬다. 음악을 하나의 완전한 공간으로 여기고 그에 몰입되었던 김종삼의 경우 시는 음악과 동일한 이질적 요소들의 관계망으로 짜여진 망상 구조가 된다.

> 볼프강 아마데우스 모차르트의
> 아름다운 플루트 협주곡이
> 녹음이 짙어가는
> 초여름 햇볕 속에
> 어느 산간 지방에
> 어느 고원 지대에
> 가난하여도 착하게 사는 이들 사이에
> 떠오르고 있다
> 빛나고 있다
> 이런 때면 인간에게 불멸의 광명이라는
> 것이 무엇인가를

조그마치라도 알아낼 수는 없지만
그저 상쾌하기만 하다.

「음악」 전문

위 시는 김종삼에게 '음악'이 어떤 역할을 했는가를 잘 보여주고 있다. '모짜르트의 플루트 협주곡'을 듣고 있는 시적 화자는 '그저, 상쾌하기만 하다'고 말하고 있거니와, '음악'은 '가난하여도 착하게 사는 이들 사이에 떠오르는' 하나의 특수한 공간이 되고 있음을 알 수 있다. 이 특수한 공간은 현실이 가난과 비천함으로 가득차 있는 것에 비해 비현실적으로 느껴질 수도 있다. '음악'은 현실이 소거된 추상화된 공간인 것이다. 음악의 그러한 성격이 현실에 의해 피폐화된 김종삼에게 완전하고 안정된 공간으로 기능한 것은 물론이다. 음악은 '녹음이 짙어가는 초여름 햇볕'처럼 환하고 '어느 산간 지방, 어느 고원 지대'처럼 고상하다고 화자는 말한다. 화자에게 밝고 높은 분위기는 '음악'이 만들어주는 특수한 공간인 셈이다. 그러나 음악이 만드는 이러한 공간은 현실의 관점에서 볼 때 이질적이다. 그것은 현실을 뒤덮을 만큼 광범위한 것이 아닌, 협소하고 제한적인 공간이다. 그리고 그것은 '가난하여도 착하게 사는 이들 사이에' 비로소 '떠오르는' 실낱같고 연기같은 것이다. 그럼에도 '음악'이 주는 안식은 매우 큰 것이어서 화자는 '이런 때면 인간에게 불멸의 광명이라는 것이 무엇인가를' 생각하게 된다. 음악은 완전한 공간이되 현실에 있어서 이질적인 성질을 띠는 부분적인 것이다. 곧 '음악'은 김종삼에게 하나의 특이성을 지닌 마루를 형성한다.

'음악'이 김종삼에게 안식을 가져다주는 특수한 위상학적 공간의 역할을 하였듯이 그에 따라 김종삼은 현실 가운데에서 이와 같은 공간을 구축해 나간다. 그것은 현실의 부분들이 지닌 이질적 텍스츄어들을 관계 속에서 조직함으로써 현실을 재현하고 이를 비판하기보다 현실의 비극을 가로질러 가는 계기에 해당되었다. 특수한 공간을 구축하고 있는 음악은 현실의 속악과 광포와 구별되는 질서와 균형으로 이루어져 있던바, 김종삼의 시 창작 역시 부조리한 특정 현실을 집중적으로 문제제기하는 대신 현실의 다면체를 질서와 균형 속에 위치지운다. 많은 연구자들이 김종삼 시에서 교차와 대위적 구성[19]을 찾아낸 점도 이와 관련된다. 이는 현실의 사태들을 위상적으로 구조화시킴으로써 김종삼이 추구했던 질서와 균형적 조직의 반영이라 할 수 있다.

내용 없는 아름다움처럼

가난한 아희에게 온
서양 나라에서 온
아름다운 크리스마스 카드처럼

어린 羊들의 등성이에 반짝이는
진눈깨비처럼.

「북치는 소년」 전문

19 서영희는 김종삼 시에 나타나 있는 대위적 구성이 음악적 형식에 영향을 받은 것으로, 특히 대립되고 모순된 것의 통일을 지향하는 서양의 고전적 형식미와 관련되는 것으로 보고 있고(서영희, 앞의 글, pp.380-1), 이숭원 또한 교차와 대응을 이루는 시의 형식이 김종삼 시의 근간을 이루는 작시 원리임을 지적하며 이러한 대위적 구성과 음악적 형식 사이의 친연성을 강조한 바 있다(이숭원, 앞의 글, p.329).

환상 미학이 효과적으로 구현되어 있는 만큼 위의 시에는 현실의 감각이 거의 나타나 있지 않다는 것을 알 수 있다. '서양 나라에서 온 아름다운 크리스마스 카드'라거나 '어린 양들'의 소재는 미학화되어 있는 것으로 현실에서 쉽게 접할 수 없는 상상의 그것이다. 시는 처음부터 끝까지 일관되고 완결적으로 미적 감수성을 지향하고 있다. 특히 외부의 현실적 소재가 부재하므로 위의 시는 현실과의 단절 및 절대 순수의 유미주의적 태도에 닿아 있는 것으로도 해석된다. 그것은 곧 '내용없는 아름다움'의 시적 특질인 것이다.

그러나 김종삼 시세계의 전체적 구도 하에서 볼 때 이는 특수한 위상학적 공간을 구축하는 것으로 현실에 대한 구성적 반영에 해당하는 것임을 알 수 있다. 각각의 소재들은 실제 지니는 성격이 강조되는 대신 단지 점하는 위치에 의해 조직되고 결합된다. '가난한 아희', '서양 나라', '어린 양', '진눈깨비' 등은 실질적인 내용이나 의미가 고려되지 않은 채 무심하게 배치되고 연관된다. 이는 현실의 의미량이 소거된 채 이루어진 추상화의 양태라 할 수 있는바, 음악에서 이루어지는 위상적 관계가 이루어짐으로써 위 시는 고유의 환상적 분위기를 빚어내게 되었다.

현실로부터 양적 성격을 소거한 채 요소들을 배치하고 관계짓는 이러한 방식의 시 창작 방식은 그 결과 환상적 미학성을 창조하는 데 기여한다. 그러나 강조할 것은 시의 미학성이 현실과의 단절 하에 있는 것이 아니라는 점이다. 현실의 소재를 끌어들이는 동시에 관계의 요소로서 추상화시키는 과정 속엔 현실과의 연접延接과 이접離接이, 현실과의 연속과 불연속이 구성적으로 이루어져 있다. 그것은 현실과 이어져 있되 동시에 현실과 상대적으로 독립된 구성적 특질을 지니는 것으로서, 현실의 재현은 아니되 현실의 재구성이라 할 수 있기 때문이다. 말하자면 이러한 과정에 의해 탄생한 시들은 비극적 현실과 닿아 있는 것이면서 그것과 이질적인 새로운 공간이다. 김종삼의 시적 공간은 고유한 위상적 성격을 띤다. 김종삼에게 이러한 공간은 현실에서 경험할 수 없는 완전하고 이상적인 세계를 제공하게 된다. 그것은 이질적인 것들이 복합적으로 구축된 공간이자 균형과 질서가 갖추어진 조직된 세계이다. 그러한 공간은 환상이 되고 미학이 되는 동시에 현실과 분리되지 않는다는 점에서 윤리가 되는 공간이다.

김종삼의 시 가운데 이처럼 현실과의 상대적이고 이질적 공간 속에서 조화와 화해를 이루고 있는 경우들을 쉽게 찾을 수 있다. 「앤니로리」, 「序詩」, 「동트는 地平線」, 「꿈속의 나라」, 「올페」, 「虛空」, 「G.마이나」, 「드빗시 山莊」, 「헨젤과 그레텔」 등이 그것인데, 대부분 음악의 짧은 소절처럼 압축적으로 제시되어 있는 이들 시에서 현실적 의미가 제거된 채 조직과 결합에 의해 독특한 미학적 효과가 드러난다는 것을 알 수 있다. 이들 시에는 현실에 대한 위상학적인 성격을 지니는 김종삼의 시적 원리가 그대로 나타나 있다.

> 오라토리오 떠오를 때면 遼遠한 동안 된다
> 목초를 뜯는
> 몇 마리 양과
> 천공의
> 最古의 城
> 바라보는 동안 된다.
>
> 「헨젤과 그레텔」 전문

6행 1연으로 된 매우 짧은 위의 시는 매우 짜임새 있는 구성을 지니고 있음을 알 수 있다. 먼저 1행과 6행의 '~한 동안 된다'의 반복은 한 편의 시를 완결된 단일 구조로 구획짓는다는 것을 알 수 있다. 울림을 이루는 완성된 원형圓形의 공간이 형성된 것이다. 이 속에서 화자는 '목초를 뜯는 몇 마리 양과' '천공의 最古의 城'의 소재를 통해 역시 평화와 순결이 살아 있는 미와 윤리의 세계를 구축한다. 흔히 환상미학으로 명명된 이러한 세계는 현실과 구분되는 이질적이고 이상적인 세계가 아닐 수 있다.

시에서 구축하고 있는 이러한 공간은 '오라토리오'가 떠오르는 순간 환기되는 상상의 공간으로서, '음악'의 연장 아래서 이루어진 특수한 공간이기도 하다. 그것은 현실에 이어져 있으면서 현실과 단절되는 상대적 독립성을 지닌다. 즉 그것은 현실과 상대성의 관계 아래 놓인 위상학적 공간이 된다. 이러한 공간은 현실의 끝에서 촉발되는 동시에 현실과 다른 시간의 텍스츄어를 구성하고 있다. '오라토리오 떠오를 때면 遼遠한 동안 된다'고 말한 까닭도 여기에 있다. 그것은 특수한 시간과 공간으로 구축되었으므로 '동안'이라고 하는 시간의 공간적 개념으로 표현되기도 하고, 현실감의 부재로 인한 아득함 때문에 '요원한' 것이 되기도 한다.

김종삼 시의 환상 미학적 성격을 구명하면서 연구자들은 그 환상 공간이 비현실적으로 보이면서도 현실과 밀접한 관계를 갖고 있[20]는 것이자 현실에 대한 견딤과 극복의 의미를 지닌다고 하는 모순된 언급을 하곤 하였다. 그러나 이러한 모순된 언급 속엔 김종삼 시가

20 김기택, 앞의 글, p.175.

구축하고 있는 시적 공간의 이질성과 특수성, 즉 위상학적 성격이 함축되어 있는 것임을 알 수 있다. 그것은 현실과 절연되어 있는 것이 아니라 연접延接과 이접離接으로 이루어진 상대성을 지니는 것이다. 즉 그것은 현실에 닿아 있는 동시에 현실과 다른 시간과 공간성을, 따라서 독특한 텍스츄어를 지닌다. 이러한 성격이야말로 음악이 지니고 있는 공간이다. 요컨대 음악에 기대고 있던 김종삼은 그 시적 창작 원리에 있어서도 음악과 동일한 태도를 보여주고 있는 것이다.

4. 시의 위상학적 공간으로서의 기능과 효과

김종삼에게 시는 음악의 연장에 있는 것으로 음악에 의해 강하게 영향을 받은 것이다. 이 점은 김종삼의 시적 원리가 되어 그의 시를 구조화시켜 나갔다. 음악에 의한 영향은 한편으로 안정되고 완결된 질서를 형성하게 되었지만 다른 한편 질적으로 고유한 맥락을 지니는 것들의 의미를 사상한 채 이루어지는 것이었다. 현실적 맥락으로부터 의미의 양이 소거된 채 관계망을 짜고 있는 시는 역시 한편으로는 미학성을 드러내면서 다른 한편으로는 현실적 관점에서의 부조리와 부조화를 보이는 것이었다. 이에 따라 김종삼은 어떤 측면에서는 미학주의자이고 어떤 측면에서는 현실지향적인 모순된 관점에서 언급되었다.

이러한 문제점은 김종삼이 보여주었던 시 창작 상의 위상학적 접근에 의해 해소될 수 있다. '위상'이란 현실이라는 전체에 대한 또 따른 구성체로서 이 속에 현실의 특이점들을 위치지우고 관계짓는 성격의 공간을 의미하기 때문이다. 위상학적 관점에 의하면 하나의 구성물은 현실과 연결된 채 상대적으로 독립된 구조가 된다. 상대적으로 독립된 이러한 구조 속에서 특이점을 지닌 현실의 요소들은 현실의 의미량이 제거된 채 상호 연관되고 조직된다. 현실의 이질적인 요소들이 정서적 흥분 상태나 강조된 관점 없이 무심하게 접속되는 까닭도 위상학적 구조가 지니는 추상화의 성질에 기인한다.

그러나 이렇게 하여 배치되고 조직화된 현실의 이질적 요소들은 상대적으로 독립된 구조 속에서 현실에 대해 독특한 기능과 효과를 나타낸다. 상대적으로 독립되어 있다는 사실 자체가 현실을 향한 영향력을 발휘하게 됨을 의미한다. 그때의 효과는 대체로 음악처럼 안정되고 균형잡힌 구조체가 발휘하는 효과에 비견할 수 있을 것이다. 현실에 의한 위상으로 이루어진 구성물은 자체적으로 완전한 구조체이기 때문이다. 김종삼에게 음악과 거의 동일한 체험이 되었던 시는 음악과 마찬가지의 환상적이고 고요하며 균형있는 공간이 될 수 있었다. 그것은 현실의 재현이 아닌, 현실에 대한 상대적인 공간이었던 셈이다.

이제 남는 문제는 상대성을 지니고 있는 독립된 공간으로서의 구조체가 현실과의 관계 속에서 어떠한 상대성을 지니고 있는가 하는 점이다. 현실과의 연속과 불연속을 이룬 상대성의 공간은 현실에 대한 위상체이면서 고유한 위상학적 구성을 보이기 때문이다. 그러한 공간 특유의 위상학적 성격은 현실에 대해 어떤 경우 부정적이고 어떤 경우 긍정적이다. 또한 현실에 의해 일그러질 수 있으며 현실과 어울릴 수 있다. 상대적 공간이 발휘하는 이러한 다양한 결과들은 현실의 특이점들이 위상학적 구조체 속에서 어떻게 배치되는가에 달려 있을 것이다. 특이점들은 미분적인 관계 속에서 곡선이 되거나 특수한 형태가 된다. 위상적인 구조는 이러한 특이점들에 의해 결정된다.[21] 위상적인 구조체 내에서 요소들의 성질은 미분된 상태에서 드러나며 그것들은 미시적인 고유한 형태에 의해 위상적 구조체 및 현실에 효과와 기능을 발휘한다.

음악에 절대적인 영향을 받고 있던 김종삼의 경우 시는 음악과 유사한 효과를 발휘하고 있음을 알 수 있다. 음악에 몰입했던 김종삼은 음악에 의해 현실과 이질적 공간들을 찾아낼 수 있었고 또한 음악의 영향에 의해 이질적 요소들을 위상학적으로 구성할 수 있었다. 즉 음악은 김종삼에게 이질적 요소들을 복합적이고도 균형있게 조직하도록 하는 데 결정적인 영향을 끼쳤던 것이다. 이 때문에 그의 시는 가장 비극적인 사태를 다룰 때조차 고요할 수 있었고 현실의 남루한 사태를 다룰 때에도 환상적인 분위기를 드러낼 수 있었다. 김종삼에게 현실의 사태들은 특유의 의미량들이 배제된 추상적 상태에서 관계화 되었던 것이다. 김종삼에의 시에서 현실의 사태들은 오직 관계 속에서 배치됨으로써 독자적인 망상 구조를 펼쳐낸다.

분단과 전쟁, 유년기의 가난과 소외 등 현실로부터 깊은 상처를 입었던 김종삼에게 현실은 언제나 단절될 수 없는 세계였다. 현실은 외면하고자 해도 쉽게 지울 수 없는 세계임이 분명하다. 그러나 그러한 현실은 거듭 환기되고 재구성될 때라야 비로소 극복될 수 있는 성질의 것이다. 김종삼에게 위상학적 공간으로서 구축되었던 시는 현실과 이어져 있으면서 이질적인 상대성을 지닌 것이었다. 그것은

21 장용순, 앞의 책, p.84.

현실을 반영하되 현실의 실재감이 탈각된 추상적인 것이다. 그것은 현실을 맵핑mapping하는 위상학적인 것이다. 위상학적 질서 속에서 실재성들은 위치와 관계의 구조로 전환되는바, 이 속에서 현실들은 새롭게 재구성된다. 이는 현실의 직접적 반영이 아닌 구성적 반영으로서 김종삼 시에서 그것은 미학성과 현실성의 결합으로서의 시적 원리를 구현한다.

그리고 현실과의 상대성을 지닌 이러한 위상학적 공간 체험은 시적 주체에게 치유의 계기가 된다. 상대성 하에 구축된 세계는 부조화스런 요소들이나마 이들의 안정된 질서와 균형이 이루어진 공간이기 때문이다. 김종삼이 구축한 시의 위상학적 공간 역시 트라우마로 붕괴된 자아에게 치유의 근거로서 작용할 수 있었는데, 그것은 그러한 공간이 지녔던 음악적인 성격, 음악적인 안정된 질서의 구축에 기인할 것이다.

5. 치유의 계기로서의 위상학적 시

60년대 시단을 대표하는 시인으로서의 김종삼에게 현실은 외면할 수 없는 요소이었음에도 불구하고 김종삼의 시는 현실성보다는 미학성에 가깝고 반영성보다는 환상성에 가까운 것으로 평가되곤 하였다. 대부분의 논자들은 김종삼의 시는 현실과 유리된 환상 미학적 성격을 지니는 것으로 규정하곤 하였던 것이다. 그러나 이러한 관점은 곧이어 김종삼 시가 지닌 현실지향적 속성을 주장하는 의견들에 의해 부정되면서 김종삼이 과연 현실비판적인 시인인지 현실로부터 유리된 시인인지 혼란스럽게 하였다.

그러나 이러한 혼란과 모순은 김종삼이 보여주었던 시 창작 상의 원리를 통해 해소할 수 있다. 연속된 불행한 체험으로 현실에 깊이 매몰되었으면서 또한 바로 그 점 때문에 현실로부터 벗어나길 소망했던 김종삼의 고유한 이력을 볼 때 그의 시 창작 상의 원리는 이와 밀접한 관련이 있음을 짐작할 수 있다.

김종삼의 시에는 실제로 현실의 비극적인 사태들이 빈번하게 드러나 있다. 현실의 비극성은 심지어 유년기의 체험 속에서도 고스란히 담겨 있다. 그러나 김종삼은 현실의 비극성을 일정한 관점에 의해 통일적으로 재현하며 이를 비판적으로 드러내는 대신 현실 속에 스쳐지나가는 미세한 이질적 요소를 찾아내고 이를 현실의 한 부분으로 병치시킨다는 것을 알 수 있다. 이러한 태도는 유년기의 체험을 기록하는 시점부터 등장한 것으로 이후 계속적으로 그의 시 창작의 방법으로 이어진다. 김종삼은 현실과 이질적인 요소들을 다면적으로 포착하여 시를 구성하기 때문이다.

이질적 요소들을 다면체적으로 병치시키는 이러한 방법은 음악의 영향을 받은 것으로 보인다. 음악은 음악을 구성하는 여러 요소들을 조직 배치하면서 구성되기 때문이다. 특히 음악의 요소들은 현실로부터 추상화된 위상적 성질을 지닌 것이므로 음악은 현실과의 연접과 이접 속에 이루어진 상대적 공간으로서의 위상학적 성질을 띤다. 그리고 이러한 음악의 성격은 김종삼의 시에 이어져 시를 음악적 위상공간이 되는 데 기여한다.

음악적 위상 공간을 구축하는 김종삼의 시는 현실의 비극적 소재를 취하면서도 이를 재배치하는 과정에서 미학성과 안정된 균형

감을 드러낸다. 김종삼 시에서 현실성과 미학성이 모순적이고 양면적으로 드러났던 것 또한 이와 관련된다. 위상학적 원리를 지니면서 상대적 독립성을 지닌 김종삼의 시는 현실에 대한 영향력을 발휘하게 되는데, 무엇보다 음악의 안정된 구조와 동질성을 보이는 그의 시는 김종삼의 내면을 치유하는 기능으로 작용했음을 알 수 있다.

한국 현대시 사상 연구

제7장

오세영 시론에서의 '신화적 언어'의 의미

1. 오세영 문학의 초월성

오세영은 1960년대에 등단한 이후 이념 논쟁이 극에 달했던 7,80년대를 거치면서 오직 본질로서의 시의 정신을 통해 시대를 헤쳐 나갔던 인물에 속한다. 문단의 인맥이나 시대의 조류에 편승하는 대신 이들로부터 비켜서 있음으로써 단지 자신의 창조력과 신념으로 문학의 한 장章을 구축한 오세영은 시의 내면적 요소를 밝혀나가는 일에 주력하였다. 그 내면적 요소는 단순히 이념을 부정하고 시적 미장美匠들을 내세우는 예술론과 관련되는 것이 아니며 단지 관념과 철학을 강조하는 것도 아니다. 오세영의 문학 세계는 흔히 문단의 쟁점이 되곤 하였던 순수와 참여, 예술과 이념, 자율성과 현실성의 문제를 넘어서는 지점에서 형성되고 있거니와, 이 모두를 아우르고 또한 넘어선 자리에 그의 문학이 존재한다. 여기에서 비롯된 초월성 때문에 그를 향한 수다數多하고도 상반되기까지 한 일련의 평가들이 양산되었으리라 짐작할 수 있다.

오세영의 문학이 문단의 대립을 넘어서는 지점에 위치하고 있다는 사실은 그의 시론에 마련된 여러 진술들에서도 그 논리적 근거를 찾을 수 있다. 시와 현실과의 긴장관계를 논하는 부분이나[1] 이념의 수용은 자유의 견지에서 이루어져야 한다고 주장하는 것,[2] 시를 과학과 구분지어 규정하는 일,[3] 인간성의 관점에서 순수와 참여문학을 포괄할 것을 요구하는 일[4] 등이 그것이다. 오세영은 서로 융합되기 힘든 두 측면에 대해 공정하고도 초월적인 시선을 던져 이들을 서로 상승적으로 조화시킬 것을 제안한다. 그리고 이것이 그의 문학 세계의 본질이자 초월성이며 그가 문단의 일시적인 경향에 휘둘리지 않고 지속적인 세계를 구축할 수 있게 된 근거에 해당한다.

오세영의 시세계와 관련하여 지금까지의 연구자들에 의해 이루어진 사상과 서정의 조화[5]라든가 미학적 차원과 철학적 차원의 결합,[6] 일상적 세계와 형이상학의 통합[7] 등의 평가 또한 조화와 통합, 균형과 화해를 추구하는 오세영 문학의 특성을 논증하는 것이라 할 수 있다. 이러한 논의의 연장선상에 있는 본고는 오세영 문학의 화해와 통합이 시론에서 어떻게 구체화되고 있으며 이를 통해 논리적

1 오세영, 「시에 있어서의 현실」, 위의 책, pp.69-71.
2 오세영, 「문학과 이념」, 위의 책, p.117.
3 오세영, 「총체적 진리와 부분적 진리」, 위의 책, pp.169-70.
4 오세영, 「순수와 참여」, 위의 책, p.186.
5 김재홍, 「사랑과 존재의 형이상」, 『현대문학』, 1985.10, p.418.
6 이승원, 「모순의 인식과 존재의 탐색」, 『현대시학』, 1992.6, p.234.
7 고형진, 「정통시의 변주와 완전한 사랑노래」, 『문학과 의식』, 1998년 봄, p.79.

차원에서의 토대가 어떻게 확보되고 있는지를 탐색하고자 쓰여졌다. 이는 조화나 화해라는 말이 내포하기 마련인 논리의 상투성을 오세영 문학이 어떠한 방식으로 피해가고 있으며 동시에 오세영 문학의 초월성이 관념이나 형식 논리에 의한 것이 아니라 그만의 독자적 방법론에 의한 것임을 확인하는 일이 될 것이다.

2. 모순으로서의 총체적 진리

오세영의 시론을 고찰하기에 앞서 먼저 오세영의 시의 특징을 확인하는 일이 선행되어야 한다. 그의 시론은 일반적인 시의 원리에서부터 구체적인 형상화기법에 이르기까지 넓고도 세부적인 부분을 모두 망라하는 데서 비롯하거니와, 이 가운데 오세영의 시론을 보다 본질적으로 이해하기 위해서는 오세영 시의 핵심에 놓이는 구성 원리가 대립물의 상정과 이의 역설적 통합이라는 점에 주목할 필요가 있다. 이는 오세영이 초기의 아방가르드적 경향을 지나 존재론적 시세계를 구축하기 시작한 시기부터 보인 시적 특성과 관련되는 것으로 이미 오세영의 대표작이라 할 수 있을 「그릇」 연작시라든가 「무명연시」의 시편들, 혹은 『모순의 흙』이라든가 『불타는 물』과 같은 시집들의 표제 및 불교적 세계의 형상화를 통해 그 면면들을 드러내곤 하였다.[8] 여기에서 본고가 관심을 두는 부분은 오세영 시에 나타

8 오세영 시의 모순과 역설의 시학에 대하여는 김재홍, 「물과 불 또는 운명과 자유」, 『현대시학』, 1990.8, 최동호, 「욕망을 다스리는 영혼」, 『소설문학』, 1986.2, 조창환, 「존재의 모순, 그 영원한 질문」, 『현대시학』, 1989.3, 정효구, 「모순구조의 다양한

나 있는 이들 다양한 모순 구조가 단지 시의 미적 의장을 위해 의도된 것이 아니라는 점에 있다. 즉 이러한 모순과 역설의 미적 구성은 창작 원리에서부터 세계관을 관통하는 핵심에 해당하는 것으로 오세영 문학에서 보다 근본적인 의미망을 형성하고 있다는 점이다.

시의 이러한 양상과 관련하여 오세영의 시론에서 살펴볼 수 있는 것이 "시적 진리는 부분적 진리가 아니라 총체적 진리다"[9] 내지 "시는 논리적 진실이 아닌 비논리적 초월적 진실이다"[10]라는 명제다. 이들 명제는 오세영의 시세계가 구현하고 있는 모순과 역설의 미학을 단적으로 말해주고 있을 뿐 아니라 시를 이해하고 구축하는 데 있어 필요한 것이 이성이나 논리와 같은 과학적 사유가 아니라 이를 포괄하고 초월할 수 있는 또 다른 성질의 사유임을 강조하는 대목이다.

> 시적 진리가 총체적 진리이고 시의 본질이 대립되는 가치의 갈등에 있다면 총체적 진리는 또한 시에 내재한 가치들의 갈등에서 해명되지 않으면 안 될 것이다. 그런데 시에서 가치의 갈등은 모순의 관계가 조화됨에 의해서 궁극적인 가치의 완전성에 도달한다. 말하자면 '갈등하는 가치'가 '초월된 가치'로 가치 전환을 이룩하기 위해서는 모순이 해소되지 않고는 불가능 하다. (중략)
>
> 총체적 진리는 이렇게 서로 적대적이고 모순되는 가치, 즉 부분적 진리들이 그 모순의 관계에서 해방되어 조화된

의미」, 『문학정신』, 1986.12 등 참조.

9 오세영, 앞의 책, 「총체적 진리와 부분적 진리」, p.168.

10 위의 책, 「인간회복과 시」, p.112.

> 완전성을 이룩할 때 탄생하는 진리이다. 현실적으로는 모순되지만, 그 모순을 초월함으로써 완성에 이르는 진리, 그것은 조화의 진리이며 시적 진리라 할 수 있다. 이에 대해서 과학적 진리는 일방적이며 배타적이다. 그것은 부분적인 특징을 띠고 있기 때문에 모순의 조화나 초월 같은 것을 상상할 수 없다.[11]

위의 부분에서 언급하고 있는 부분적 진리란 '한 개의 패러다임을 통해서 사물을 바라보는' 과학적 사유에 의한 것이고 총체적 진리란 '한 사물이 지닌 모든 패러다임을 동시적으로 조망할 수 있는'[12] 포괄적이고 통합적 사유를 가리킨다. 전자가 근대와 더불어 인간의 사유를 지배하기 시작한 합리적이고 논리적 사유를 지시한다면 후자는 그와 같은 지배적인 사유에 의해 소외되고 억압되었던 구체적 현상의 세계에 해당된다. 전자의 사유는 진보와 발전이라 간주되는 과학과 더불어 보편적 진리라 인정된 반면 후자는 논리화되지 않는 까닭에 무질서하고 혼란스러운 세계로 여겨져 배척되었다. 이러한 관점에서 지금까지 후자의 세계는 전자의 사유에 의해 조명을 받을 때에만 또 그 한도 내에서 의미 있는 것으로 인정될 수 있었다. 즉 과학과 이성의 패러다임은 그 외의 다양한 사유의 형태들 위에 철저하게 군림하고자 하였던 것이다. 그러나 과학과 이성이 근대에 비로소 가치 있는 사유로 인정되어 그리 길지 않은 역사를 지니고 있다는 것

11 오세영, 「총체적 진리와 부분적 진리」, 위의 책, p.177.

12 위의 글, p.175.

과 그것에 의한 진리가 절대적일 수 없다는 사실을 알고 있는 현재로서는 이에 대해 오세영이 말한 '부분적 진리' 이상의 평가를 내릴 수가 없다. 그것은 시대에 의해 지지된 상대적 진리일 따름이며 명백하기 때문에 단순하고 단순하기 때문에 명백한, 한계 내의 진리이다.

시적 진리의 의미를 밝히고 있는 오세영은 과학적 사유가 지닌 한계를 분명하게 지적하면서 과학적 패러다임과 이를 넘어서는 무한한 지평 사이의 가치의 위계 구조를 뒤집는다. 세계는 논리화되기 때문에 진리인 것이 아니라 논리화될 수 없기 때문에 오히려 진실에 가깝다는 것이다. 과학적 진리에 대해 부분적 진리라는 진단을 내리는 오세영은 그동안 전제 권력을 행사한 이성과 논리가 시마저도 지배할 수는 없음을 주장한다. 그리고 시적 진리가 추구해야 할 세계의 드넓은 지평을 우리에게 펼쳐놓는다. 오세영이 제시한 명제에 의해 우리는 시적 진리란 혼란을 혼란 그대로 밝히되 그 속에서 상승과 고양의 길을 모색하는 것임을 시사받게 된다. 또한 시야말로 세계의 진실을 담아내는 그릇이자 과학적 사유의 한계까지도 끌어안을 수 있는 넓은 지평의 그것임을 엿보게 된다.

오세영은 예술의 영역에서 과학적 사유를 대표적으로 드러내는 것이 진,선,미를 구별하는 태도라고 말한다. 가령 예술을 오로지 '미'와 관련시키거나 단지 '진'과 관련시키는 양상은 과학의 '명백하고 변별적인 것'으로 보는 사유 방식이 문학과 예술의 범주에 적용되어 나타난 것이라는 점이다. 이때 '미'를 배타적으로 추구한다면 극단적인 유미주의자가 되고 '진'을 절대시하면 논리성, 사상성을 일면적으로 강조하는 이데올로그가 된다.[13] 오세영에 따르면 그러나 이들은 모두 시적 진리와 과학적 진리 사이의 변별점에 대해 무지한 경우에 해당된다. 시적 진리는 과학적 진리와 달리 어느 한 부분에만 국한된 단일 체계를 따르는 것이 아니라 진, 선, 미 모두를 아우르는 차원 높은 곳에서 얻어질 수 있는 것이다. 시적 진리에 관한 오세영의 이러한 규정은 일견 형식논리인 것처럼 보이지만 사실 예술성과 사회성을 둘러싼 우리 문단의 고질적인 대립 구도를 일거에 극복케 해주는 지혜를 담고 있다.

이어 오세영은 예술에서 진, 선, 미의 각 가치들이 조화롭게 융화되어 있는 상태, 즉 총체적 진리를 구현할 수 있는 방법으로 사물을 본질 그대로 담아낸다는 의미인 '구체성'을 제시한다. 여기에서 '구체성'이란 '사물 그 자체'[14]로서 유용성에 따른 어떠한 추상화도 이루어지지 않은 채 구현된 순수 존재를 뜻한다. 이는 사물이 도구적 층위, 물질로서의 층위, 개념의 층위 등 다수의 성질을 지니고 있으나 시적 진리를 위해서는 이들 층위가 한 부분으로 국한되는 것이 아니라 모두 어우러져 사물의 유일무이하고도 개성적인 면으로 드러나야 한다는 점을 밝히는 것이다. 이것이야말로 '구체성과 보편성의 상호 대립된 두 개념이 하나로 종합 통일되어 모순이 지양된 상태의 완전성'[15]을 의미하는 것이자 총체적 진실을 구현한 것으로 볼 수 있다는 것이다.

그러나 과학적이고 추상적인 사유에 길들여져 있는 현대의 일상인들이 사물의 고유하고도 개성적인 면과 조우하는 일은 결코 쉬운 일이 아니다. 이들은 사물의 본질에 다가가기에 앞서 치밀하게 짜여

13 위의 글, p.170.

14 위의 글, p.171.

15 위의 글, p.171.

있는 추상화의 그물들 속에 걸리기 마련이다. 즉 이성에 의한 추상적 사유는 사물을 그 자체로 인식하는 것에 대한 방해 요인이 된다. 하지만 사물의 본질적인 지대는 이성의 그물로 잡아 올릴 수 없는 무한하고 거대한 영역에 해당되며 이러한 무한 지대에 비해 과학적 사유는 빙산의 일각에 불과하다는 사실을 받아들인다면 사물을 보다 다른 관점으로 보는 것이 가능해진다. 사물의 본질에 닿고자 하는 이러한 시선이 곧 직관이다. 직관은 눈에 보이거나 논리로 이해될 수 있는 차원을 초월하여 얻어진 사물에 관한 깊은 통찰을 의미하는바, 이러한 시선에 의해 구현된 사물은 단순한 사물로서의 가치를 넘어 존재 자체가 된다.

또한 이 점에서 시적 직관에 의해 체현된 '구체성'은 존재로서의 사물을 제시해주는 것에 그치지 않고 사물을 존재이도록 해주는 광활한 우주적 세계를 함께 드러내게 된다. 본질로서의 사물은 일정하게 구획된 시간이나 공간 속에서 존재하는 것이 아니기 때문이다. 우주는 사물을 지금 여기에서 눈에 보이는 감각적 대상으로만 있게 하지 않고 무한한 시간과 공간에 걸친 낯설고 독특한 이야기를 빚어낸다. 이 눈에 보이는 대상과 눈에 보이지 않는 세계를 동시에 인지하며 이 어긋나는 층위의 비틀어진 사실을 있는 그대로 제시하는 것이 '시'가 되는 것이다. 이러한 관점에 서 있을 때 사물은 무변無邊의 세계에 대한 가장 직접적이고도 분명한 증거를 제공한다. 직관적으로 응시된 사물은 더 이상 감각적이거나 추상적이지 않은 채 자신의 내부에 지닌 무한하고 깊은 의미를 펼쳐내게 된다는 점에서 그러하다.

오세영의 시에 구현되어 있는 역설의 어법은 사물을 우주적 지평 속에서 존재론적으로 전유코자 하는 오세영 특유의 시관을 잘 드러내주고 있다. 예컨대 "지금 나는 맨발이다./ 베어지기를 기다리는 살이다./ 상처 깊숙히서 성숙하는 혼"(「그릇」)이나 "부르르 떠는 칼날 앞에서/ 서 있는 木刻人形,/ 너는 지금 목으로 칼을 받지만/ 너에겐 죽음이 곧 완성이다."(「칼」)라고 했을 때 여기에는 과학적이고 논리적인 사유와 시적 진실 사이의 거리가 고스란히 나타나 있음을 알 수 있다. 시간의 전후, 원인과 결과, 목적을 위한 행위라는 합리적인 관점에서 본다면 이들 시에서 형상화되고 있는 '베어지기를 기다린'다라든가 '죽음이 곧 완성'이라는 것은 어불성설에 해당될 것이나 이러한 역설적 진실이 있음으로써 시는 더욱 깊은 깨달음의 의미를 드러내고 있는 것이다.

오세영의 시는 모순과 역설의 어법이 사물을 중층적이고 우주적인 차원에서 통찰하였을 때 비롯되는 것임을 우리에게 보여준다. 사물은 직관에 의한 시인의 시선을 받음으로써 고정된 논리의 틀에 갇히거나 개체로 머물지 않고 그 자체로 무경계의 넓은 세계로 통하게 된다. 그곳은 과거와 현재, 미래가 부단히 이어지며 사물과 인간이 서로 조화를 이루는 세계다. 이곳에서 길어 올려진 시의 언어는 곧 총체적이고 본질적인 진실을 함의하게 되는 것이다.

3. '상상력'과 '신화적 공간'으로서의 언어

오세영은 총체적 진리를 찾아가는 과정, 즉 모순되는 다양한 계기들에 보다 깊은 의미의 관점에서 통일성을 부여하는 작업이야말로 삶을 통합하고 주체를 확립시키는 효과를 발휘한다고 말한다. 그것은 부조화하는 대상들을 조화시킴에 따라 자아가 의식적이든 무의식적이든 가치 지향적 행위를 하게 되기 때문에 그러하다.[16] 이 점에서 시가 총체적 진리를 구현한다는 것은 부조리와 모순을 그대로 방치하여 분열과 퇴폐를 조장하는 현대적 병폐와 대립하는 것이며 또한 문명 극복의지를 보이는 것이라 할 수 있다. 서정시의 원리에 포괄되는 이러한 시적 진리를 구하기 위해 시인은 사물을 둘러싼 거대한 세계에 몸을 던질 수 있는 과감함을 지녀야 한다. 그것은 합리화되고 편리한 논리의 세계로부터 자신을 끌어내어 낯설고 새로운 영역으로 투기할 수 있음을 뜻한다. 이러한 행위는 모험에 값하는 것이 아닐 수 없는데 이를 통해서라야 대상에게서 가장 우주적 상태의 얼굴을 찾아내는 것이 가능하다.

오세영의 시론에서 이에 해당하는 것이 곧 '상상력'이다. 그는 '상상력'을 '논리를 초월한 사고'로 정의하면서 논리적이거나 합리적인 사고와 구분되는 모순의 사고라고 한다.[17] 그가 '상상력'을 초월의 사고, 모순의 사고라 규정짓는 것은 상상력을 통해 획득되는 사유의 또 다른 경지를 밝히기 위해서이다. 상상력은 논리적 세계와 그 이면에 놓인 무한한 세계 사이를 건널 수 있게 해주는 매개가 되며 혼돈과 무질서의 세계에 질서와 통일을 부여할 수 있는 방법적 도구에 해당한다.

오세영의 시론에서 상상력의 중요성은 거듭 환기되고 있다. 오세영은 상상력이 '보편성과 구체성, 영원성과 현실성, 존재성과 사회

16 오세영, 「하고 싶은 이야기」, 위의 책, p.153.
17 오세영, 「시 창작의 원리」, 위의 책, p.42.

성을 일원화시킬 수 있는 것'[18]이며 '문학과 현실 사이에 놓인 거리를 지양'[19]시키고 '미학성과 철학성을 적절하게 결합'[20]시키는 요인이 된다고 말한다. 그런데 여기에는 상상력의 두 가지 측면의 계기가 한데 뒤섞여 있다. 하나는 대상에 대한 직관적 인식에 해당하며 다른 하나는 획득된 통찰을 언어의 미학적인 구조로 변용시키는 것이 그것이다. 상상력과 관련하여 제시된 언급들 가운데 '통찰에서 얻은 시적 진실을 감각적 인지가 가능한 상태로 구체화하고 체계화하는 힘'[21]이라든가 '사회적 현실을 단지 내용 혹은 소재로서 반영하지 않고 완결된 미학적 구조로 형상화시킬 수 있는 힘'[22]이라는 부연은 전자보다는 후자와 관련되어 있는 내용이다. 이어 오세영은 '이미지, 은유, 상징, 신화, 아이러니, 역설' 등의 구조적 언어들을 이에 대한 구체적인 형태로 제시하고 있다.

우리는 여기에서 오세영의 시론에서 가장 중요시되는 것 중의 하나인 상상력이 대상에 대한 인식과 표현 양 측면에서 주된 방법적 구실을 하는 것임을 알 수 있다. 오세영이 말하듯 상상력은 직관을 형성하여 대상을 가장 구체적이고 개성적으로 인식할 수 있게 해주는 한편 대상을 가장 미적으로 구조화하는 데 역시 기여하는 요소이다. 이 때문에 시에서 상상력을 중요시하고 그것의 역할을 명시하는 일은 반드시 필요하다. 문제는 오세영의 목소리가 상상력이 그 기능

18 오세영, 「현실과 영원 사이」, 위의 책, p.98.
19 오세영, 「시에 있어서의 현실」, 위의 책, p.70.
20 오세영, 「시의 예술성과 철학성」, 위의 책, p.62.
21 오세영, 「시 창작의 원리」, 위의 책, p.42.
22 오세영, 「시에 있어서의 현실」, 위의 책, p.70.

을 발휘하는 두 계기들 사이에서 어느 지점에서 발원하는가 하는 데에 있다. 이는 인식과 표현이 서로 분리될 수 없는 동시적 계기임에도 불구하고 어느 부분에 더 큰 의미와 가치를 부여하는가에 따라 시적 세계의 방향에서 큰 차이가 노정될 수 있다는 사실을 환기시킨다. 가령 후자를 강조할 경우 인식의 측면은 상대적으로 축소되어 시를 기교 및 기법의 차원으로 한계지우게 된다. 또한 이러한 경향이 극단화되어 나타날 때 문학은 자율성을 배타적으로 추구하는 예술지상주의가 될 수 있는 것이다.

그렇다면 상대적으로 인식의 측면을 중시할 경우 예술은 어떠한 양상으로 전개될까? 오세영 시론에서 다루어지고 있는 상상력의 범주에서 볼 때 표현 중심의 예술지상주의적 경향과 대척점에 놓이는 것은 현실성이나 사회성, 혹은 철학성이나 관념성과 같은 이념적인 성질의 것이 아니다. 오세영은 틈나는 대로 철학성을 주창하는 이념적 문학과 함께 예술의 미학성을 고집하는 부류를 동시적으로 비판하고 있거니와, 이는 상상력이 중요한 기능을 발휘하는 지점이 편향된 미학성이나 혹은 문학의 이념성 등속이 아니라 곧 시적 진리를 구하는 데 있음을 말해주는 대목이다.

> 예술이란 본래 아름다움을 추구하는 인간의 행위이면서도 거기에 반영된 작가의 세계관이나 인생관, 달리 말해 철학성이 항상 문제가 된다. (중략) 그럼에도 불구하고 시인들은 그들의 시 창작에서 대체로 두 가지 태도를 고집하는 것 같다. 하나는 시가 예술의 한 종류라는 사실에만 집착하여 사상성이나 철학성 따위에는 전혀 관심을 갖지 않고 오직 미적 세계

> 관만을 탐닉하는 경우이다. 그러나 여기서 '철학성'이란 본질적으로 삶의 가치를 향상시키고 어떤 의미로든 도덕성이라는 개념이 전제되지 않을 수 없는 까닭에 만일 시에서 예술성이나 미학성만을 고집하게 되면 궁극적으로 문학은 퇴폐적인 경지에 떨어지기 쉽다.[23]

평소 오세영은 이미지나 은유, 상징이나 신화 등의 언어의 미적 장치를 반복적으로 강조하는데 인용 부분을 통해 우리는 오세영이 미적 언어의 사용을 중시하되 그것을 배타적으로 고집하지 않는다는 점을 확인할 수 있다. 위의 글에서처럼 철학성이 강조되는 것을 보듯 미학적 형태들에 대한 옹호는 그 자체로 의미를 띤다기보다 관념을 일방적으로 강조할 뿐 예술성을 외면하는 시적 경향에 대한 비판으로서 제기된 것이다. 즉 그는 철학성을 중시하면서도 철학성이 단지 철학적 형태로만 표출되는 것을 부정했던 것이다. 말하자면 언어의 미적 구조에 대한 강조는 철학과 이념 등을 강조하는 문단의 편향성에 대한 질타와 극복의 의도를 띠고 이루어진 것으로, 이러한 정황은 오세영이 철학성 일변도와 미학성 일변도를 모두 경계하였음을 말해준다.

이로써 우리는 오세영의 시론에서 상상력이 표현의 측면보다는 인식의 측면에, 그러나 이와 동시에 표현이 방기되지 않은 부분에서 그 자리를 형성하고 있음을 알 수 있다. 오세영은 이에 대해 "시인에게 이미지나 은유, 신화의 창조는 그만큼 중요하다. 시인은 그것을

23 오세영, 「시의 예술성과 철학성」, 위의 책, p.61.

단지 미학적 목적에서만이 아니라 철학이나 이념을 반영하는 좀더 고차원적인 책략에서 운용해야 한다."[24]라고 말하고 있다.

이러한 논의는 오세영이 이념주의자가 아닌 까닭에 예술주의자로 인식되곤 하던 세태를 지양시키기 위해서라도 유용하다. 그는 참여론자가 아니었지만 그렇다고 순수론자도 아니었던 것이다. 그는 문단의 잘못된 경향에 대해 누구보다도 열성적으로 비판의 목소리를 드높였는데 이러한 그의 태도가 그를 순수론자로 혹은 예술주의자로 오인하게 만든 계기가 된 듯하다. 그러나 그는 그가 주장하여 마지않듯이 두 경향 모두에 속해 있지 않다. 그는 이러한 판도 자체를 초월해 있는 것이다.

그렇다면 그가 놓인 자리는 정확히 무엇이라 명명할 수 있을까? 철학이 예술과의 만남을 이루는 곳, 추상이 구체가 되고 현실이 영원이 되며 사회적 개체가 존재가 되는 곳은 어느 지점을 의미하는가. 우리는 그가 규정하고 있는 상상력의 개념이 대상에 대한 인식의 측면, 즉 직관의 영역과 표현의 측면 사이에 진동하면서 걸쳐져 있다는 사실에 주의할 필요가 있다.

이러한 관점에 섰을 때 오세영의 시론에서 '은유, 이미지, 상징, 신화, 역설, 아이러니' 등의 시적 장치들은 예술적 기교로서가 아니라 그 자체의 의미를 지닌다. 그것들은 그의 세계 전체를 이루는 것이자 따라서 그의 세계관이라고도 할 수 있기 때문이다. 이들 언어는 앞서 논의한 상상력과 그 내포와 외연을 공유하는 것으로서 대상에 대한 구체성에 의해, 즉 합리와 비합리의 모순 및 철학과 예술이 일

24 위의 글, p.64.

순간에 융해됨으로써 현상한다. 이러한 언어를 오세영은 '신화적 공간으로서의 언어'라고 명명하고 있다.

> 예술적 장인 의식으로 씌어진 시가 있는가 하면, 체험적 진실을 표출하는 데 관심을 둔 시가 있다. (중략) 시 역시 예술인 한 수사적 기교와 언어 건축의 아름다움을 나쁘다고 말할 순 없다. 그러나 현실적 삶의 진실이나 체험이 배제된 장인 의식에 생명이 깃들이기는 어렵다. 그것은 피가 돌지 않는 납 인형의 아름다움과 같을 것이다. 반면 **언어의 신화적 공간**(강조-인용자)이 창출해 내는 아름다움 없이 현실적 체험만으로 진정 예술의 경지에 도달한다는 것도 상상할 수 없다.[25]

위의 글은 오세영이 자신의 세계를 단지 기법적인 문학과 변별시키고자 어느 정도로 애썼는가를 짐작하게 한다. 오세영은 '예술적 장인 의식에 의한 시', 즉 '체험'이 전제되지 않은 시를 '생명이 없는' 문학이라 말한다. 여기에서 '체험'이란 물론 구체적이고 총체적인 세계이며 논리와 비논리가 한데 어우러진 모순의 세계를 지칭한다. 그러한 세계는 결코 논리적인 언어로 표출될 수 없다. '언어의 신화적 공간'은 기법도 아니고 논리도 아닌, 미학주의와 합리주의를 초월한 자리에 놓여 있는 것이다.

25 오세영, 「어려운 시와 쉬운 시」, 위의 책, p.79.

4. 신화적 세계와 성스러움의 정신 현상

'신화적 언어'란 지적이고 합리적인 것과 다른 형태의 사고를 이루는 것으로서 생생한 이미지로 전달되는 생명력이 풍부한 언어이다. 원초적 상징의 형식으로 나타나는 이 신화적 언어는 인간 자신과 세계를 매개해주며 궁극적으로 인간을 인간성의 근원과 직결시켜주는 기능을 한다.[26] 우리는 신화에서 다루는 원형적 이미지나 상황에 의해 일상적인 것에서 벗어나 영원과 연결되며 인간의 보편성에 이르게 된다. 곧 신화적 언어에 의해 인간은 세속적 현실로부터 분리되어 어떤 힘의 원천으로의 회귀가 가능해지게 된다.[27]

이러한 관점에서 볼 때 '이미지, 은유, 상징, 신화' 등의 미적 장치들이 '신화적 언어'가 될 수 있는 것은 이들 언어가 일으키는 독특한 경험 구조 때문임을 알 수 있다. 이것이 단순히 주지tenor를 매체vehicle로 대체하는 수준의 일이 아님은 물론이거니와, 오세영의 시론을 통해 살펴본 대로 시적 언어가 세계의 완전하고 총체적인 진실에 이르게 한다면 모순을 아우르는 이들 언어들이야말로 '신화적 언어'에 해당한다는 것을 알 수 있다. 다시말해 '이미지, 은유, 상징, 신화, 아이러니, 역설' 등의 언어 형태는 단지 미학적 기법에 속하는 것이 아니라 세계의 진리를 드러내는 인식을 포함하는 언어인 것이다. 그렇다면 이들 형태의 언어가 진리를 드러낸다는 점에서 신화적 언어라고 한다면 신화적 언어는 모두 이러한 형태의 언어여야만 하는가.

26 K.K.Ruthven, 『神話』(김명렬 역), 서울대출판부, 1987, pp.101-2.
27 위의 책, p.104.

종교 현상을 설명하는 자리에서 기호sign와 상징symbol을 구별하고 있는 엘리아데는 기호가 단일한 의미만을 전한다면 이에 비해 상징은 하나의 의미만 전하지 않는 '의미의 더미'를 이룬다고 전제하고 이 '의미의 더미'야말로 사물의 현존을 드러내줄 수 있는 조건이 된다고 말하고 있다. 사물이 특정한 의미가 아닌 다양한 의미들을 중층적으로 지닌 채라야 스스로 존재의의를 지닌다고 볼 때 기호가 의도적으로 사물의 의미를 조작하는 반면 상징은 사물을 자의적으로 해석하지 않음으로써 의미가 사물과 근원적으로 조화로울 수 있도록 한다는 것이다.[28] 이러한 상징은 이질적이고 갈등적인 삶의 부면들을 전체적인 구조로 수용하여 세계의 총체성을 드러내준다고 엘리아데는 말하고 있다.[29]

상징에 관한 엘리아데의 언급은 오세영이 제시하는 시적 언어와 비견할 수 있다. 총체적 진실을 드러내는 것이 시의 본질이라 여겼던 오세영은 이를 위해 여러 의미들을 통합하고 조화시키는 모순의 언어를 강조하였기 때문이다. 더욱이 이때 제시되는 모순의 언어는 세계에 총체적 질서를 부여하는 행위로서의 '은유화'라 부를 수 있다.[30] 세계는 본래 현재에만 국한되지 않은 영원한 역사적 실재이다. 때문에 아득한 태고부터 계속되어 온 이러한 경험들은 응축된 보편의 언어에 의해서만 비로소 수용될 수 있다. 이 점에서 볼 때 사물을 존재성 그대로 드러내고자 한다면 은유화가 필수불가결하다 할 수

28 정진홍, 『종교와 신화』, 살림, 2003, pp.35-7.

29 위의 책, p.39.

30 최승호, 「서정시의 미메시스적 읽기」, 『오세영의 시 깊이와 넓이』, 국학자료원, 2002, p.29.

있다. 결국 '이미지, 은유, 상징, 신화' 등의 은유화야말로 신화적 언어와 일치한다는 것을 알 수 있다. 이는 오세영이 신화를 언급하면서 신화 언어를 은유 구조로 해명하는 것과도 관련된다.

> 모든 신화는 존재의 근원적 질문에 대한 해답인데 그것은 논증적·설명적·직접적인 언사가 아니라 비유적·직관적·암시적인 이야기이다. 우리는 이를 신화적인 언어mythos라 부른다. (중략) 신화언어가 하나의 사물이며 통찰을 촉발시키는 매체라면 그것을 구현하는 방법에는 두 가지가 있을 수 있다. 소위 설화체(이야기, narrative)라 부르는 방법과 은유화 metaphoric라 부르는 방법이다. 이 둘은 비록 언어 형식에 있어서--전자가 행동과 사건의 기술이고 후자가 짤막한 주관적 자기 고백적 진술이라는 점에서--서로 다르지만 그 본질적 기능에 있어서는 동일하다. 양자 모두 개념이나 지식, 정보 따위를 직접 전달하지 않고 사물 제시를 통해 독자들을 간접적으로 깨우치기 때문이다. 그러한 의미에서 설화체도 넓은 의미로 하나의 은유라 할 수 있다.[31]

신화의 언어가 상징적, 비유적 암시적인 언어, 즉 은유화에 의해 그 성격이 지지되는 것이라면 이는 신화와 은유가 현상시키는 경험의 구조가 일치하기 때문이다. 은유의 언어는 합리적 세계가 논리화하지 못하는 사물의 본질적 의미를 총체적 세계 인식을 통해 통찰해

31 오세영, 「멀고도 먼길」, 앞의 책, pp.138-40.

내는 언어이다. 그것은 서로 모순된 질서를 화해시켜 승화와 구원을 이루어낸다.[32] 은유의 언어가 이러하기 때문에 은유는 자아로 하여금 신화가 구현하고자 하는 세계의 영원성과 존재의 근원성에 근접할 수 있게 한다. 결국 신화는 필연적으로 상징적이고 함축적인 은유의 언어가 되는 것이다.

은유의 언어가 신화의 언어이고 신화의 언어가 은유의 언어라는 사실은 시적 진리가 미적 영역을 넘어서는 보다 높은 차원에 놓여 있는 것임을 말해준다. 그것은 시적 진리가 총체적 진리라는 사실과 관련되는 것이며 또한 시적 진리가 불완전한 세계를 완성의 순간으로 고양시키는 우주적 힘을 제공한다는 점과도 상관한다. 이는 상징을 통해서 인간이 실존의 차원에서 경험할 수 있는 '성현(聖顯, hierophany)'[33]과 동일한 경험을 하게 된다고 말한 엘리아데의 통찰과도 일맥상통한다. 요컨대 시적 진리는 우리를 합리적이거나 비합리적이거나 일상적이거나 현실적인 것, 비루하거나 세속적인 것을 일시에 넘어설 수 있게 하는 깊은 영감과 직관을 가져다주는 것이다. 이 점에서 우리는 시적 진리를 속俗과 구별되는 성聖의 세계라 말할 수 있게 된다. 그리고 우리는 여기에 이르러 오세영이 "시詩는 신神이 없는 종교"[34]라고 말한 이유의 일단을 이해할 수 있게 된다.

32 오세영, 「현실과 영원 사이」, 위의 책, p.99.

33 M.Eliade,『성과 속』(이은봉 역), 한길사, 1998, p.49. 성현(聖顯), 즉 hierophanysms는 그리스어 hieros=신성한, phainomai=나타나다의 합성어로서 '어떤 성스러운 것이 우리에게 나타나는 것'을 의미한다. 엘리아데는 나무나 돌 등의 사물이 숭배된 것은 그것이 성현이기 때문이라고 하면서 종교의 역사가 많은 성현, 곧 성스러운 여러 실재의 현현으로 이루어져 있다고 말한다.

34 오세영, 「문명사의 위기와 시의 기능」,『시와 정신』, 2005.가을, p.18.

> 시는 본질적으로 종교적이니 세계를 지향해야 합니다. 그것은 과학이 부분적 진리partial truth를 추구하는 가치임에 비해서 시는 총체적 진리whole truth를 추구하는 가치인데 이는 본질적으로 종교의 영역에 속하는 문제이기 때문입니다.[35]
>
> *　*　*
>
> 부분적 진리란 논리적입니다. 그것은 대립된 가치들을 하나로 조화 혹은 통합시킬 수 없습니다. (중략) 그러므로 부분적 진리가 지배하는 세계는 삶의 갈등과 대립과 분열을 근본적으로 치유할 수 없습니다. 그러나 총체적 진실이 지배하는 세계는 다릅니다. 본질이 그러하듯 거기에서는 대립되고 적대적인 모든 것들이 하나로 조화 통일되기 때문입니다. 사랑과 미움이, 적과 친구가, 분노와 용서가 하나로 일원화됩니다. 그러므로 이같은 총체적 진실을 본질로 한 시가 인간의 분열되고 대립된 삶을 화해와 용서와 사랑의 삶으로 승화시킬 수 있다는 것은 너무도 당연하지 않습니까.[36]

위의 인용 부분은 은유의 언어가 신화의 언어이자 종교 지향적 언어가 될 수 있는 근거를 잘 말해주고 있다. 그것은 은유의 언어가 총체적이기 때문에 분열과 갈등의 상황을 극복하게 해준다는 점에서 비롯된다. 즉 은유는 종교가 그러하듯이 인간의 대립과 불완전함을 화해와 사랑으로 감싸안는 속성을 지닌다는 것이다. 은유로 구현된

35 위의 글, p.21.

36 위의 글, p.26.

총체적 진리 안에서 종교적 세계에서 경험할 수 있는 승화와 구원을 역시 체험할 수 있거니와 이는 시가 영원하고 우주적인 의미를 구현함으로써 자아를 실존적이고 진정한 자아로 변모시켜준다는 사실을 말해주는 것에 다름 아니다. 오세영은 이를 '시의 성스러움', '성스러움으로서의 시'[37]라 하고 있는바, 이 점에서 오세영은 시가 종교와 유사한 속성을 지닌다고 보는 것이다.

오세영은 '시의 성스러움', '성스러움으로서의 시'를 현대의 물질문명의 병폐와 관련시켜 매우 힘주어 주장하고 있다. 시가 신神이 그 존재성을 상실하고 종교적 믿음이 흔들리는 현대에서 과거 종교가 행하였던 역할과 기능을 대신해주어야 한다는 것이다. 시가 총체적 진리를 구현한다고 하는 언어의 속성상 신이 부재하는 자리에서도 '신적인 것, 성스러운 것의 존재'를 가능케 한다는 점에서 그러하다. 오세영은 시가 지닌 이러한 신적인 것, 성스러움을 통해 현대인들이 물신화된 삶으로부터 존엄한 존재로의 고양을 이룰 수 있다[38]고 말한다.

시적 진리는 총체적 진리요 총체적 진리를 구현하는 언어는 상상력을 통한 은유화의 언어라는 점, 그리고 은유화의 언어가 신화적 속성에 그 기반을 두며 시가 성스러움의 세계를 본령으로 한다고 하는 지금까지의 논의는 오세영의 시가 어떻게 불교적 세계관과 그 미학에 도달하게 되었는지를 가늠할 수 있게 해준다. 불교적 세계는 '신神'의 존재를 내세우지 않으면서도 승화와 고양으로서의 존재론

37 오세영, 「시와 성스러움」, 앞의 책, p.129.

38 위의 글, p.128.

을 추구한다. 오세영이 불교를 가리켜 '신이 없는 종교'[39]라고 한 것도 이 때문이다. 또한 불교에서의 선禪적 직관의 언어가 합리적이고 논리적인 언어와 무관한 초월적이고 총체적인 언어에 다름 아니라는 점을 고려할 수 있다. 언어와 본질의 측면에서 불교가 지닌 이러한 속성은 오세영이 추구하는 시적 세계와 일치하는 부분이 아닐 수 없다. 현대 문명에 대응하는 시와 불교의 역할을 논하는 자리에서 오세영 스스로도 시가 불교적 세계관의 도움을 받으리라[40]고 지적한 것도 이와 관련된다.

5. 오세영 시론의 문학사적 의의

아직까지 많은 조명을 받지 못한 오세영의 시론은 시의 본령에 관한 일반론을 다루는 동시에 시인 오세영의 시적 세계를 이해할 수 있는 실마리 역시 제공한다는 점에서 주목을 요한다. 오세영의 시론을 살펴봄으로써 그의 시에 드러나는 세계관과 미학 또한 짐작할 수 있게 되는 것이다.

그의 시와 시론이 대화적 관계 속에 놓여 있기 때문에 본고는 오세영 시론을 탐색하기 위한 범주로 '모순의 언어' 및 '총체적 진리'를 일차적으로 구할 수 있었다. 시적 진리는 총체적 진리를 지향하므로 세계를 모순과 역설 그대로 담아낼 수 있다는 점이 그것이다.

39 오세영, 「문명사의 위기와 시의 기능」, 위의 책, p.28.
40 위의 글, p.28.

총체적 진리를 추구하는 시인은 세계를 단일한 논리나 합리성에서 세계를 고찰하는 대신 시간과 공간의 중층적이고 우주적인 지평 속에서 통합적인 진실을 끌어낼 수 있어야 한다. 이러한 진실을 찾을 수 있는 것은 시인의 직관에 의해 가능한 것인데 시인으로 하여 직관을 지닐 수 있게 하는 방법적 도구에 해당하는 것이 상상력이다.

오세영의 시론에서 상상력은 매우 큰 의미와 비중을 지닌다. 오세영은 상상력을 시를 이룰 수 있는 가장 핵심적인 요소로 보고 있다. 즉 상상력은 세계에 대한 통찰에서부터 그것의 표현에 이르기까지 시 전체를 이끌어가는 힘을 제공하는 것으로 자리매김된다. 그런데 주의할 점은 오세영에게 통찰과 표현은 분리되지 않으며 표현은 통찰의 차원으로 끌어올려진다는 점이다. 즉 오세영은 표현을 철학 및 세계로부터 분리된 기교나 장식의 하나로 볼 것을 경계하면서 표현이 철학이 되고 철학이 표현이 되는 경지를 우리에게 열어보인다. 그것이 곧 신화의 세계이다. 신화는 그 자체로 우주론이며 또한 그 자체로 은유의 세계이다. 따라서 이 세계에서 표현은 인식과 통찰의 경지로 상승하여 그것과 일치할 수 있게 된다. 오세영은 이 세계를 거의 절대적으로 추구해나간다. 그는 모든 순간에 존재의 우주적 실체를 탐구하곤 하였고 이것이 곧 그의 시가 되었던 것이다.

신화적 세계에의 지향은 성스러움의 개념과 통한다. 성스러움은 신의 유무를 떠나 초월적이고 본질적인 존재의 자리를 마련해준다. 사실상 오세영이 추구하는 시적 본령은 궁극적으로 성스러움에 닿는다고 할 수 있다. 이는 그가 자신의 시를 통해 부단히 응전한 세계가 곧 우주적 진실에 속하는 것이었다는 점에서 유추할 수 있다. 오세영이 시적 기능을 종교와 연관시키는 것도 이 때문이다.

그의 시론은 우리 문단에 상당한 정도로 축적되어 온 정통 서정시에 대한 논리화라 할 수 있는데, 이는 그 동안의 시적 성과에 비해 상대적으로 빈약했던 서정시론을 정립한 것이라는 점에서 의미있는 업적이 아닐 수 없다. 특히 오세영은 이미지, 은유, 상징, 신화, 역설, 아이러니, 텐션 등의 미적 언어를 신비평적 개념으로부터 탈피시켜 신화적 의미로 자리매김하고 있다. 이는 서정시를 미적 자율성의 문학이라는 협소한 틀로써 보는 일반화된 편견을 불식시키는 계기를 마련하는 것이라는 점에서 높이 평가되어야 할 부분이다. 뿐만 아니라 이러한 그의 시도는 오랜 시간 우리 문단을 고착시켰던 문학의 순수와 참여, 자율성과 이념성이라는 오래되고 고질적인 구도를 와해시켜 한 차원 높은 문학의 지평을 열어줄 것이라는 점에서도 그 의의가 크다고 할 수 있다.

제8장

김동명의 전·후기 시의 '주체의식'의 양상

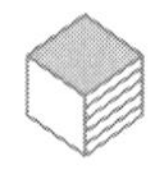

1. 김동명 시의 외연

김동명은 1923년 『개벽』지에 「당신이 만약 내게 門을 열어 주시면」, 「나는 보고 섰노라」, 「애달픈 記憶」을 발표하면서 등단한 이래, 시집으로 『나의 거문고』(1930), 『芭蕉』(1938), 『3·8線』(1947), 『하늘』(1948), 『眞珠灣』(1954), 『目擊者』(1957)와, 정치평론집 『敵과 同志』(1955), 『역사의 배후에서』(1958), 『나는 증언한다』(1964), 수필집 『世代의 挿花』(1959), 『모래위에 쓴 낙서』(1965)를 발간하는 등 결코 적지 않은 문필 활동을 하였다. 또한 그는 40대에 이르러 민주당 당원으로 활동하는 등 문필가로서의 삶 못지않은 정치가로서의 삶을 살았던 것으로 알려져 있다. 정치평론집 『敵과 同志』, 『역사의 배후에서』, 『나는 증언한다』는 정치가로서 활약하는 중 주로 이승만 독재와 박정희 군사 정권의 부당함에 대해 비판적으로 일갈一喝하는 정치적 논설들로 이루어진 것으로서, 김동명이 정치 현실에 깊이 관여했음을 실증해주고 있다.

그런데 김동명이 정치가로서 활동했던 점은 그에 대한 학계의 연구를 가로막는 요인이 되었던 것이 사실이다. 김동명의 정치가로서의 입지는 그에게 문학이 여기餘技에 불과한 것으로 간주하는 요인이 되었기 때문이다. 이와 함께 시작 활동을 왕성히 하였던 193,40년대에 동인 활동을 하지 않았던 점 역시 김동명을 학계 내에서 평가하는 데 인색하도록 하였다. 실제로 김동명에 대한 연구는 그가 상재한 시집의 양이나 그가 보여준 시세계의 성과에 비해 볼 때 매우 빈약한 것이라 할 수 있다. 김동명에 대한 연구는 지금까지 본격적으로 이루어지지 못하고 불과 몇 편의 논문만이 있을 뿐이기 때문이다.[1]

더욱이 당대 시풍을 반영하여 퇴폐적 감상주의적 성격을 띠던 첫 시집 『나의 거문고』가 보존조차 되어 있지 않은 상태인 점, 상대적으로 안정된 형상화를 보이고 있는 시집이 『芭蕉』와 『하늘』에 국한되며, 『3·8線』, 『眞珠灣』, 『目擊者』의 시편들은 시적 형상화면에서 생경하고 내용적으로도 현실 참여적 성격을 지니고 있다는 점은 김동명에 대한 학적 연구의 범위를 축소시키는 작용을 하였다. 이에 따라 김동명에 대한 일반인들의 인식은 「파초」라든가 「내마음」, 「수선화」 등의 완미한 서정시를 통해 이루어져 왔고 연구의 관점 또한 김동명을 전원시인으로 규정하는 것으로 일관해 왔다.

그러나 김동명에 관한 바른 연구의 관점은 오히려 현실참여적 시 및 그의 정치 활동의 측면을 중점적으로 아우르는 바탕 위에서 이루어져야 할 것이다. 김동명에게 있어서 현실에의 관심과 정치적 삶의

1 신익호, 「황혼의 변증법적 의미」, 『김동명의 시세계와 삶』(김종구 외, 한남대출판부, 1994), p.72.

태도는 매우 적극적인 것이었고 그것들은 오히려 김동명의 삶에서 그 무엇보다 본질적인 것으로 판단되기 때문이다. 김동명의 정치적 성향은 명예욕이나 권력욕에 기인한 것이 아니라 그의 내면화된 세계관에서 비롯된 것이라 할 수 있는데, 이는 시인으로서의 김동명을 이해할 때에도 중요한 요소로 간주해야 된다.

김동명이 지니고 있던 적극적인 정치 성향은 그가 단순히 자연을 소재로 삼은 전원시인이자 목가시인에 그치는 것이 아님을 암시한다. 193,40년대의 서정시가 보여주는 것처럼 김동명은 단지 자연을 관조하는 정적인 서정시인이 아니었던 것이다.[2] 대신 그는 그가 처한 환경이 어떠하든 간에 대단히 능동적이고 적극적이며 행동주의적인 모습을 보였던 인물이었음을 알 수 있다. 해방 전의 목가적인 시와 구별되는 『3·8線』, 『眞珠灣』, 『目擊者』는 각각 1947년 월남할 때 경험한 삶의 실상, 일본제국주의가 태평양전쟁을 일으키던 정황, 서울의 풍속 및 6·25 전쟁 상황을 소재로 다룸으로써 김동명의 관심이 곧바로 생생한 현실을 향해 있음을 말해주는바, 정치적 삶과 더불어 김동명의 이러한 현실지향적 성격은 그의 시세계에서 매우 분명하게 자리하고 있다. 그리고 이러한 현실지향성은 초기 그의 서정시의 성격을 규명하는 데도 중요한 요소로서 작용할 것이라고 추론할 수 있다.[3]

2 김동명을 관조적 서정시인으로만 볼 수 없다는 생각은 그의 시를 전체적으로 살펴본 경우 일반적으로 얻게 되는 관점이다. 김병욱의 「시인의 현실참여」(김종구 외, 앞의 책, pp.115-128), 임영환의 「김동명의 민족시적 성격」(김종구 외, 앞의 책, pp.177-194), 김병우의 「아버지 김동명에 관한 서한」(김종구 외, 앞의 책, pp.201-273) 등은 김동명의 행동주의적이고 실천적인 성격에 초점을 두고 쓰여진 논문들이다.

3 『나의 거문고』, 『芭蕉』, 『3·8線』, 『하늘』, 『眞珠灣』, 『目擊者』는 해방을 기점으로 전기시와 후기시로 나눌 수 있다. 전기의 시는 주로 자연을 소재로 한 목가적이고 서

실제로 그의 초기 서정시의 이해는 후기 현실주의적 시와 분리, 차별 하에 이루어지는 것이 아니라 연관성 아래 이루어질 수 있다. 김동명의 전기시와 후기시에는 소재와 상관없이 일관되게 김동명의 성격, 즉 그의 능동적이고 적극적인 성격이 반영되어 있는 것이다. 이점은 그가 일제라는 암담한 상황에 처해 있을 때에도 변함없이 발휘되었다. 이는 김동명의 초기 서정시가 단순히 정태적이고 관조적인 성격의 그것이 아님을 말해주는 논거가 될 것인데, 이에 대해 살펴봄으로써 김동명의 '주체의식'이 어떠하였는지를 이해할 수 있을 것이며 이와 함께 김동명이 추구했던 유토피아가 무엇이었는지를 짐작하게 될 것이다.

2. 동일성과 주체

흔히 목가적인 전기시와 참여적인 후기시로 나뉘는 김동명의 시세계가 실상은 능동적이고 적극적인 그의 성격면에서 일관성을 보이고 있다는 사실을 밝히기 위해 김동명이 초기 서정시에서 주로 사용하였던 수사가 은유라는 점에 주목해보아야 할 것이다.[4] 은유는 A

정적인 성격을 띠는 것으로, 전해지지 않는 『나의 거문고』(1930)를 비롯하여 『芭蕉』(1938)와 『하늘』(1948)이 이에 속하는 것으로 볼 수 있다. 『3·8線』(1947), 『眞珠灣』(1954), 『目擊者』(1957)는 주로 현실 체험을 바탕으로 한 것으로 후기시로 분류할 수 있다. 이 중 『하늘』은 1948년에 상재된 것으로 1947년에 발간된 『3·8線』보다 시기적으로 늦지만 실제 창작은 1936년에서 1941에 걸쳐 한 것이므로, 해방 전에 쓰여진 시라 할 수 있다. 또한 『眞珠灣』은 『3·8線』은 보다 늦게 발간되었지만 그 체험 내용은 그보다 이른 것이다.

4 김동명을 대중적인 시인으로 각인시켰던 요소 중 하나는 단연 그가 사용한 은유의

와 B라는 두 대상간의 유사성에 의한 전이transfer로 이루어지는 수사로서, 불가해하고 불명료한 A를 B가 지닌 구체성에 의해 확정하는 기능을 한다. 구체적이고 분명한 대상 B는 모호하고 이해하기 어려운 A를 확정짓고 규정지음으로써 A에 의미역을 부여해 준다고 말할 수 있다. A는 B에 의해 조명되고 B와의 간격으로 인한 긴장을 겪으며 B와의 강한 동일성의 울림을 이루게 된다. A와 B사이에는 동일시된 확장된 세계가 형성된다.

이러한 은유의 수사는 서정시의 본질적 성격을 지지해 준다고도 할 수 있다. 서정시는 자아와 세계 사이의 거리와 이질성을 극복하기 위해 발생하는 장르로서 내적 정서와 외적 대상 사이의 조화와 합일을 추구하는 동일성의 미학으로 이루어진다.[5] 서정시를 구성하는 언어 및 리듬은 자아와 세계 사이의 통합을 위해 구사된다. 이때 서로 구분되는 자아의 내면과 외적 세계 사이의 유사성과 이질성이라는 양면의 긴장으로 이루어지는 은유는 서정시가 추구하는 동일성의 시학에 직접적으로 닿아 있다.

한편 자아와 세계 사이의 통일을 추구한다는 점에서 동일성의 미학은 새로운 주체의 탄생을 이루는 계기가 된다. 동일성의 미학은 소외되고 분열된 자아에게 세계와의 화해의 기회를 제공함으로써 주관적 자아로 하여금 세계 내의 존재가 되도록 해준다. 동일성의 미학에 의해 자아는 상실과 패배를 넘어서서 세계 속에서 능동적이

수사법에 있다. 그는 "내마음은 호수"라는 싯귀로 잘 알려져 있으며 이 구절이 은유의 대명사가 되었던 점도 너무도 뚜렷한 사실이다. 이외에도 김동명이 은유의 수사를 구가했던 점은 어렵지 않게 확인할 수 있다.

5 서정시가 지니는 동일성의 미학의 측면에 대한 상세한 설명은 김준오의 시론(『시론–Poetics of Identity』, 문장, 1986)을 참조할 수 있다.

고 독자적인 주체로 정립된다. 곧 동일성의 미학에 의해 실현되는 서정적 자아는 분열과 소외를 극복한 통합된 자아이자 자아를 세계화시킨 능동적 주체이다.

더욱이 동일성의 세계를 추구하는 자아에게 은유의 수사는 지금 여기에 국한되지 않은 '너머'의 세계로의 확장을 경험하게 한다. '전이transfer'로써 성립되는 은유의 수사에는 A라는 국면으로부터 B라는 새로운 국면으로의 이동과 전환의 계기가 내포되어 있는바, 이는 A를 넘어서는over 그 이상의 세계에의 개시開示를 의미한다 할 수 있다. 동일성의 미학의 측면에서 은유가 세계를 향한 열림의 수사修辭이자 세계의 인식가능성에 대한 자신감의 표현이라는 말이 성립되는 것도 이 때문이다.[6]

은유를 동일성의 시학과 연관짓는 일은 은유를 단순한 수사법이 아닌 세계관의 의미로 이해할 수 있음을 시사한다. 동일성의 미학으로서의 은유는 미지의 세계를 이해할 수 있고 인식할 수 있다고 여기는 적극적이고 자신감 넘치는 자아의 의식을 반영한다. 은유의 사유를 실현하는 자아에게 세계는 자아가 능동적으로 다가가 자아의 것으로 전유할 수 있는 대상이 된다. 이러한 능동적 자아는 더 이상 세계에 의해 제한되지 않으며 오히려 세계를 열어 자기화하는 자유

6 은유와 환유는 수사의 구성원리에 의거하여 단순한 수사가 아닌 세계관의 측면에서 이해될 수 있다. 은유가 유사성을 바탕으로 한 동일성의 미학을 추구하는 것이라면 환유는 인접성을 바탕으로 한 비동일성의 미학을 추구하는 것이라는 점이다. 은유, 환유를 세계관의 측면에서 접근하면서 은유를 세계와 의미 추구의 정신 현상으로, 환유를 세계 부정과 의미 왜곡의 정신 현상으로 본 것은 오늘날 후기구조주의자들에 의해 이루어졌던바, 이에 따라 금동철은 '은유'가 미지의 세계에 대한 인식가능성을 통해 세계를 총체화하는 데 기여한다고 보고 있다. 금동철, 「은유」, 『시론』(최승호 외, 황금알, 2008), p.99.

를 체험한다. 또한 동일성의 미학을 실현하는 자아에게 세계는 더 이상 혼돈과 어둠 속에 유폐되어 있는 것이 아니라 언제나 유토피아의 가능성으로 열리게 된다. 세계는 능동적 자아에 의해 개시되며 능동적 자아에 의해 개선되는 유토피아 의식의 선상에 놓이게 된다.

이처럼 세계관으로서의 동일성 미학의 측면에 설 때 김동명이 전기시에서 주로 은유의 수사를 구가한 점은 후기시에 이르러 현실참여적인 면모를 보이는 점과 전혀 상반되지 않는다. 김동명의 초기 서정시에서 보이는 은유의 수사는 단순한 기법의 차원에 놓이는 것이 아니라 그의 세계관 및 세계를 향한 태도를 보여주는 것이며, 이 점은 후기시에 나타나 있는 현실 참여적인 태도와 연관되는 것이다. 즉 김동명에게 전기시의 서정적 시와 후기시의 참여적 시는 서로 구분되는 것이기보다 김동명의 내적 세계관에 의해 일관되게 이어지는 것이라 할 수 있다.[7] 그는 일관되게 자아를 세계내로 열어가고자 하였고 세계를 이해하고자 하였으며 세계를 향한 적극성을 바탕으로 세계를 자아의 의지에 따라 변화시키고자 하였다. 그는 일관되게 동일성의 미학을 구현함으로써 자신을 세계 속의 주체로 정립하고 나아가 현실 속에 자신의 유토피아적 비전을 실현하고자 하였던 것이다. 이점이 김동명의 세계가 단순한 관조적 서정시가 아니라 서정성과 참여성, 미학성과 사회성이라는 상반된 속성들이 결합되어 있는 것으로 보이는 이유이기도 할 것이다.[8]

7 물론 이것은 그의 행동적인 정치활동과도 맥락을 공유하는 것이다. 실제로 김동명은 '정치는 제2의 시'임을 역설하였다. 김종구 외, 앞의 책, p. 345.

8 장은영은 『김동명시선』(지식을 만드는 지식, 2012, p.129) 해설에서 김동명의 시 세계를 순수 서정과 현실 지향의 두 세계가 공존하면서 서로 교차하기도 하는 것으로 해명하고 있다.

그렇다면 전기에서 후기에 이르기까지 세계에 대한 김동명의 실천적인 행보는 시세계에 어떻게 나타나 있을까? 그가 추구한 이상적 세계의 실상은 무엇이고 이것의 실현을 위해 김동명이 보여주었던 시적 궤적들은 무엇이 있는가? 또한 그로부터 도출되는 김동명의 내적 성격은 무엇이라 할 수 있을까?

3. 전기시[9]의 수사와 이지적 주체

주로 자연을 소재로 하여 전원시이자 목가시로 분류되는 김동명의 전기시에는 자연의 다양한 대상들이 등장한다. '꽃'과 '풀' 등의 식물 이미지를 비롯한 '바다', '호수' 등의 물 이미지의 집중적 형상화는 김동명이 전기의 자연시에서 보이는 특성이라 할 수 있다.[10] 이외에도 김동명의 전기시에는 '새벽', '밤', '황혼', '가을'과 같은 시간 이미지와 '뜰', '서재', '영지'와 같은 공간 이미지가 나타나 있으며 '어머니', '성모마리아'와 같은 모성 이미지도 함께 나타나 있다. 이들 이미지들은 김동명에게 자신의 내적 정서를 외적으로 현현케 해

9 각주 4)에서 언급했던 것처럼 김동명의 시세계는 크게 전기와 후기로 나눌 수 있으며, 전기는 1923년 등단 이후 해방 전까지의 약 20여 년간의 시작 활동시기를 가리킨다. 시집으로는 『파초』와 『하늘』이 이 시기의 작품에 해당한다.

10 송재영은 김동명의 시에 파초, 수선화, 란, 작약, 해당화, 봉선화, 종려가지, 감람나무, 장미 등 숱한 식물성 이미지가 나타난다고 전제하면서 그러나 이러한 식물 이미지는 물의 이미지가 차지하는 비중에 미치지 못할 만큼 김동명 시에서 물의 이미지가 중요하다고 주장하고 있다(송재영, 「물의 상상체계」, 『김동명의 시세계와 삶』, 한남대출판부, 1994, p.58) 이로써 김동명의 시에는 다양한 자연 이미지들이 등장하여 김동명의 고도의 상상체계를 구축하고 있음을 짐작할 수 있다.

주는 은유적 기법에 의한 것들이다. 그러나 이러한 은유적 수사에는 기법적 차원에 국한되지 않는 시적 자아의 세계지향성이 함께 내포되어 있다. 김동명 시의 은유적 수사에는 김동명이 꿈꾸는 세계의 비전이 내밀하게 형상화되어 있는 것이다. 다시 말하면 김동명의 시에서 은유의 수사는 김동명이 자신의 유토피아를 구축하기 위한 상상적 구축물에 해당한다.

3.1. '꽃'의 은유와 세계지향성

김동명의 시에 '꽃'과 '풀' 등의 식물 이미지가 빈번히 쓰이고 있다는 점은 잘 알려진 사실이다. 그의 시에서 식물 이미지는 '파초', '수선화', '석죽화', '난초' 등 다양하다. 일반적으로 볼 때 시에서 '꽃'이 형상화되어 있는 경우는 매우 흔한 일이다. '꽃'은 아름다움으로 인해 시의 예술적 형상화에 있어 매우 흔히 등장하게 마련인 소재이다. 그러나 김동명의 경우 이들 '꽃'과 '풀' 등은 단지 미적 차원의 대상에 놓이는 것이 아님을 알 수 있다. 김동명은 단지 이들 대상을 아름다움의 현현체로 감상하고 관조하는 차원에 있지 않다.[11] 대신 김동명의 시에서 이들 이미지는 매우 정신화되어 있다. 김동명은 이들 대상에 자신의 적극적 정신 세계를 투영하고 있는 것이다.

11 신익호는 김동명의 자연시가 신석정, 김상용 등이 보인 것과 같은 자연을 관조하며 유유자적하는 자세의 그것과 다르다고 하면서, 전원 목가풍임에도 불구하고 단순히 유유자적하는 관조의 시풍이 아니라 그 서정성을 통해 시대의 현실의식을 자리매김한다는 점에서 김동명의 시를 높이 평가하고 있다. 신익호, 앞의 글, pp.71-2.

그대는 차디찬 意志의 날개로
끝없는 孤獨의 위를 날으는 애달픈 마음.

또한 그리고 그리다가 죽는
죽었다가 다시 또다시 죽는
가여운 넋은 아닐까.

부칠 곳 없는 情熱을
가슴 깊이 감추이고
찬 바람에 빙그레 웃는 적막한 얼굴이여!.

그대는 神의 創作集 속에서
가장 아름답게 빛나는
不滅의 小曲.

또한 나의 적은 愛人이니
아아 내 사랑 水仙花야!
나도 그대를 따라 저 눈길을 걸으리.

「水仙花」 전문[12]

위의 시에서 '수선화'는 단지 아름다움의 미적 정서를 느끼게 하는 관조의 대상이 아니라 화자의 의식이 적극적으로 투사된 정신화

12 이후 시는 김동명 사화집 『내마음』(신아사, 1964)에서 인용함.

된 대상임을 쉽게 알 수 있다. '수선화'는 인간 존재인 것처럼 의인화되어 있으면서 마치 화자의 이상적 인물형 혹은 자의식이 투영되어 있는 것처럼 보인다. '수선화'는 눈에 보이는 이미지대로의 피상적 차원에 놓이지 않고 지극히 내면화된 모습으로 그려지고 있는바, 그것은 '수선화'가 가령 '청초함'이라든가 가녀림 등 외적 이미지로 묘사되는 대신 '차디찬 의지'를 지닌 채 '고독'을 견디는 '애달픈 마음'의 주체, '그리움'에 사무친 '가여운 넋', '정열'을 품고 '찬바람에 빙그레 웃는 적막한 얼골' 등으로 표현되고 있는 데서 알 수 있다. '마음'이라든가 '넋', 혹은 '얼굴'과 같은 정신적 상상물로 '수선화'가 전유되고 있음은 그것이 화자 외부에 놓인 관조적이고 시각적인 대상이 아니라 내면적 의식의 산물임을 암시하는 것이며 특히 "나도 그대를 따라 저 눈길을 걸으리" 하였음은 '수선화'를 통해 삶의 의지를 다듬는 계기를 얻고 있음을 말해준다.

위의 시를 보더래도 김동명에게 '꽃'이라는 대상이 자아와 일정한 거리 아래 놓여 있는 사물이 아니라 자아의식이 적극적으로 투사되어 있는 자아화된 존재임을 알 수 있다. 김동명에게 '꽃'은 자아의 연장이자 상상적 창조물이다. 김동명은 '수선화'를 통해 자기의식을 구현하고 있으며 또한 '수선화'에 의해 인간형에 대한 자기의 비전을 실현하고 있다. 이 가운데 '神 의 創作集 속에서/ 가장 아름답게 빛나는/ 不滅의 小曲'으로서의 '수선화'란 그것이 김동명의 이상 세계 속에서 절대화된 의미를 지니는 매개물임을 말해준다. '나의 적은 애인'으로서의 '수선화'란 그것이 지닌 이러한 절대적 의미망을 의미하는 것이다. 말하자면 김동명은 '수선화'에 존재에 관한 자신의 이상적 의미망을 투과시키고 있는바, 이는 은유라는 수사를 통해 김동명이 보여주고 있는 자아의 확장이자 세계를 향한 그의 적극적이고 능동적인 지향의지에 해당함을 알 수 있다.

> 祖國을 언제 떠났노,
> 芭蕉의 꿈은 가련하다.
>
> 南國을 향한 불타는 鄕愁,
> 네의 넋은 修女보다도 더욱 외롭구나.
>
> 소낙비를 그리는 너는 情熱의 女人,
> 나는 샘물을 길어 네 발등에 붓는다.
>
> 이제 밤이 차다,
> 나는 또 너를 내 머리맡에 있게하마.
>
> 나는 즐겨 너를 위해 종이 되리니,
> 네의 그 드리운 치맛자락으로 우리의 겨울을 가리우자.
>
> 「芭蕉」 전문

위 시의 제재로 쓰이고 있는 '파초' 역시 김동명이 '수선화'를 통해 보여주고 있는 상상력의 궤적을 그대로 드러내고 있다. '파초'는 '꽃'의 연장선에 놓인 식물 이미지로서, '수선화'와 마찬가지로 김동명의 자기의식의 투영이라는 관점에서 그 의미를 이해할 수 있다. '파초'는 외부의 관조적 대상이라기보다 내면적 능동성에 의해 구현되고 있는 상상적 존재인 것이다. '넋'과 '꿈'의 주체로서의 '파초'는 시인에 의해 상상적으로 전유된 것이지 시각적 사물의 차원에 놓이는 것이 아님을 말해준다. 이는 김동명이 '파초'를 단지 미적 대상으로 감상하고 있는 것이 아니라 그것에 자신의 정신세계를 투사하여 자신의 이상을 구현하였음을 의미한다. '파초'가 의인화되어 등장하는 것도 이 때문이다. '파초'는 '조국'을 그리워하고, '가련한 꿈'을 꾸며 '남국', 즉 '조국을 향한 불타는 향수'를 지닌 내면의 존재가 되는 것이다. '파초'를 통해 자신의 의식을 투사함으로써 김동명은 자아를 세계 내 존재로 확장시키는 능동적이고 적극적인 자아가 된다. 그것은 김동명의 세계지향적 의식을 말해준다.

'파초'는 '수녀보다 더욱 외로운 넋'의 주체이자, '소낙비를 그리는 정열의 여인'로 그려지고 있다. 이는 '파초'가 더욱 가치부여된 의미망 속에 놓이고 있음을 의미하는바, '파초'는 시인에 의해 보다 절대화된 존재로서 의미를 얻고 있는 것이라 할 수 있다. 그것은 '수녀'처럼 순결하고 '정열의 여인'처럼 적극적인 존재이자, 이상실현을 추구하는 능동적인 존재임을 짐작할 수 있다.

여기에서 알 수 있듯 김동명은 자연을 단지 피동적으로 바라보는 대신 능동적으로 자신의 의식을 투사하고 있다. 자연 소재에는 김동명의 욕망과 의지, 꿈과 이상 등의 내면이 고스란히 담기게 된다. 즉 김동명은 자연을 매개로 하여 자신의 의식을 외부화하고 자아를 세계로 방향지운다는 것을 알 수 있다. 특히 '꽃'과 같은 식물 이미지는 더욱 가치화되어 절대적 존재로서의 의미망을 지닌다는 것 또한 알 수 있는데, 이는 '나는 또 널 내 머리맡에 있게 하마'라든가 '나는 즐겨 너를 위해 종이 되리니'와 같은 부분에서처럼 자아에 의해 그것이 긴밀히 추구되고 보존된다는 사실에서 이해될 수 있다.

김동명의 시에서 '꽃' 등의 식물 이미지가 절대화된 의미망 속에 구축되고 있으며, 때문에 시적 자아의 적극적 상호교섭과 지향성을 유도하는 것이라는 사실은 '꽃' 등의 식물 이미지가 왜 주로 여성성을 통해 나타나고 있는지 짐작케 해준다. 그것은 김동명의 시에서 간혹 구원의 대상으로 등장하는 '어머니'라든가 '성모마리아'[13]와 동일한 맥락에서 '꽃'의 의미를 이해해야 함을 의미한다.

3.2. '영토'에의 의지와 세계합일

'꽃' 등의 식물 이미지가 김동명의 자기의식이 투영된 것이자 절대적 의미망 속에 놓이는 것이라면 김동명이 이후 그와 같은 자신의 이상세계 구현을 위해 제시하는 상상의 궤적은 대상 및 세계와의 적극적인 상호 교섭이 이루어질 수 있는 장소, 곧 공간에의 추구라고 할 수 있다. 식물 이미지와 구별되어 또 다른 지점에서 빈번히 등장하고 있는 '호수', '바다', '뜰', '서재' 등이 그것인데 이들은 '새벽', '밤', '황혼' 등의 시간 이미지와 결합되어 공간 내에서 김동명이 추구하는 의식을 뚜렷하게 형상화시켜 주는 계기가 된다. 김동명은 시

13 "아기는 엄마를 찾어 집을 나섰습니다. 이 집에서 저 집으로, 이 마을에서 저 마을로--. 그리고 들이며 山으로까지 두루 찾어 헤매었습니다./ 그러나 엄마는 아무데도 안 계셨습니다. 아기는 하는수 없이 다시 집으로 돌아 왔습니다. 향혀 그 사이에 집에나 오셨나해서--"(「어머니」부분), "聖母마리아님!/ 당신의 눈엔 푸른 달빛이 고였습니다./ 한번 닿으면, 나의 머리털은 蒼鬱한 森林이 될것입니다./ 나는 거기서 일즈기 잃어버렸던 나의 새들을 찾을 수 있지 않겠습니까./ 오, 聖母마리아님! 그 눈을 들어 잠간 나를 보아 주십시오"(「聖母마리아의 肖像畵 앞에서」부분)

간 이미지에 둘러싸인 공간 속에서 적극적인 세계와의 교응과 교섭에의 의지를 보여주는바, 이는 김동명 시에서 공간이 차지하고 있는 의미를 말해준다 하겠다.

꽃씨를 얻어
花壇에 심는 뜻은
나의 領地를 가지려 함일다.
다음 날 盛裝한 아가씨들을 맞어,
나는
나의 날의 외로움을 잊으리.

「五月 小曲-꽃씨를 얻어」 부분

나의 書齋는 바다일다.
나의 航海의 가장 많은 時間을
나는 여기서 보낸다.
구석에 놓인 낡은 조그마한 寢臺,
그것은 冥想의 물결에 흔들리며
또한 잠의 微風이 품기며
앞으로 앞으로 나아가는 나의 적은 배일다.
때로 나는 孤獨의 실비에 옷을 적시며
갈매기모양 '마스트'에 날아와 앉는 憂鬱을 바라본다.
이름만인 冊장, 그 위엔 진달래가 시들었고,
天井에는 거미 줄, 壁 위엔 十五錢짜리 풍경화.
나는 여기에 傲然히 도사리고 앉어,

偉大한 '朝鮮文學史'의 한 '페-지'를 꾸민다.

「나의 書齋」 전문

'꽃'과 '나무'를 주된 제재로 삼는 김동명에게 '정원', '뜰', '화단' 등은 각별한 의미를 지닌다. 실제로 김동명이 "나의 뜰은 나의 즐거운 조그마한 家庭이오/ 나는 내 삶에서 오는 고달픔을 대개 여기서 쉬이오"[14] 라고 한 바도 있듯이 꽃과 나무를 가꿀 수 있는 정원은 김동명에게 최소한도로 주어진 자유와 행복의 공간이다. 그곳은 '외로움을 잊을' 수 있는 공간이자 상상과 꿈의 날개를 펼 수 있는 거의 유일한 낙원이다. 김동명에게 '정원'은 자아와 세계가 분리되지 않은 통합의 장소인 것이다.

김동명이 '정원'을 배경으로 하여 '꽃과 나무'를 시제로 삼은 사실은 우리 시사에서 김동명을 전원시인으로 규정하게 된 결정적 요인이다. 김동명이 '정원' 내에서 안식을 구한 것 역시 부정할 수 없는 사실이다. 그러나 그 점으로 인해 김동명을 소극적이고 은둔적인 인물로 단정짓기에는 김동명의 상상력과 의식이 매우 강건하고 활연하다. 그는 비록 '많은 時間을' '書齋'와 같은 폐쇄된 공간에서 '보낸다'고 말하지만 그곳은 패배와 슬픔에 젖어 있는 어둠의 장소가 결코 아니다. 오히려 '정원'과 '서재'와 같은 작은 공간은 그에게 안식을 줄 뿐만 아니라 그의 자아가 세계에 닿을 수 있는 통로에 해당하기도 한다. 위의 시 「나의 書齋」의 시적 자아는 이같이 좁고 누추한 공간에 '오연히 도사리고 앉아' '偉大한 '朝鮮文學史'의 한 '페-지'를

14 김동명, 「나의 뜰」, 『김동명 사화집-내마음』, 신아사, 1964, p.10.

꾸민다'고 말하거니와, 이는 김동명에게 이러한 공간이 좌절의 공간이 아니라 상상과 꿈이 펼쳐지는 희망의 공간임을 암시한다.

김동명이 자신의 좁은 '서재'를 가리켜 '바다'라는 은유적 수사로 명명한 것 역시 그에게 안식의 좁은 공간이 단순한 일상의 장소가 아니라 보다 너른 세계로 이어지는 활연한 상상의 지대임을 말해준다. 김동명에게 '정원', '뜰', '서재'와 같은 공간은 밀폐된 성질 그 자체로 남는 것이 아니라 세계와 대면할 수 있는 열린 공간이 된다. 김동명의 시세계에서 이들 공간이 '호수'라든가 '바다' 등의 공간과 만나는 것도 이러한 이유에서이다. 김동명에게 이들 공간은 세계와 통할 수 있는 자신의 '영토'가 되는 것이다. 위 인용시에서 시적 자아가 "꽃씨를 얻어/ 花壇에 심는 뜻은/ 나의 領地를 가지려 함일다"라고 말하는 것도 이와 관련된다. 김동명은 이들 영토를 점유하여 이를 바탕으로 세계와의 적극적인 소통과 교섭을 꾀하고자 하는 능동적이고 적극적인 의식을 보여준다. 요컨대 전원을 소재로 취하는 그의 시는 표면적으로 볼 때 정적이고 피동적인 것이나 내적 상상력을 살필 경우 이러한 견해가 곧 피상적 단견이었음을 알게 된다.

> 나의 가슴을 조그마한 港灣에 비길수 있다면
> 굽이굽이 드리 닫는 물결은
> 異國의 꿈을 싣고 오는 나의 나그네,
> 나의 마음은 네의 품 속에서 海草 같이 얼렁거린다.
>
> 「바다」 부분

여보,
우리가 萬一 저 湖水처럼 깊고 고요한 마음을 지닐 수 있다면,
별들은 반딧불처럼 날아와 우리의 가슴 속에 빠져 주겠지……

또,
우리가 萬一 저 湖水처럼 맑고 그윽한 가슴을 가질 수 있다면,
悲哀도 아름다운 물새처럼 고요히 우리의 마음 속에 깃드려 주겠지……

「湖水」 부분

'바다'와 '호수'는 '꽃과 나무' 못지않게 김동명의 주된 시적 이미지를 구성하고 있다. 이 또한 김동명을 신석정과 유사한 목가시인으로 인식하게 되는 요인이 되었던 것도 사실이다. 그러나 '바다' 등 물 이미지 역시 식물 이미지들과 마찬가지로 김동명의 적극적인 상상과 의식을 보여주는 매개가 된다. 물이미지와 식물이미지들은 서로 다른 질료로 이루어져 단지 자연이라는 소재적 차원의 공통점만을 지니고 있는 듯하지만 김동명의 상상체계를 구축하는 데 있어 일정한 상관성을 이루고 있다. 그것은 식물이미지가 궁극적인 구원상像을 이루고 있다면 물이미지는 그러한 대상에 다가가기 위한 터전이자 배경이 되고 있는 점에서 찾을 수 있다. 김동명은 '바다'와 '호수'에 주로 자신의 '마음'을 투영하고 이를 거점으로 하여 궁극적인 구원의 대상에 다다르고자 하는 상상체계를 보인다. 이때 세계 혹은 궁극의 대상에게로 다가가는 자아가 관조하거나 정태적인 자아가 아님은 물론이다. 김동명의 시에서 현상하는 자아가 전원을 배경으

로 하고 있으면서도 늘 능동적이고는 활동적인 까닭이 여기에 있다.

위 인용시 「호수」의 시적 자아가 "우리가 萬一 저 湖水처럼 깊고 고요한 마음을 지닐 수 있다면,/ 별들은 반딧불처럼 날아와 우리의 가슴 속에 빠저 주겠지……"하는 부분은 '호수'와 동일시된 자아의 '마음'이 유폐되는 것이 아니라 세계와 적극적인 교섭 아래 있는 성질의 것임을 보여준다. 김동명에게 자아의 '마음'은 '호수'와 같은 물 이미지를 띠면서 세계와의 소통의 지대로 전이된다. 위의 시 「바다」에서 역시 "나의 가슴을 조그마한 港灣에 비길수 있다면/ 굽이굽이 드리 닫는 물결은/ 異國의 꿈을 싣고 오는 나의 나그네"라고 말함으로써 시적 자아가 세계와의 적극적인 상호 교섭의 의지를 보이고 있음을 알 수 있다. 이러한 의식은 김동명의 가장 대표적인 시로 꼽을 수 있는 「내마음」에도 잘 드러나 있다.

내 마음은 湖水요.
그대 저어 오오.
나는 그대의 흰 그림자를 안고,
玉 같이
그대 뱃전에 부서지리다.

내 마음은 촛불이요.
그대 저 門을 닫어 주오.
나는 그대의 비단 옷자락에 떨며,
고요히
最後의 한 방울도 남김 없이 타오리다.

내 마음은 나그네요.
그대 피리를 불어 주오.
나는 달 아래 귀를 기우리며, 호젓이
나의 밤을 새이오리다.

내 마음은 落葉이요.
잠깐 그대의 뜰에 머므르게하오.
이제 바람이 일면 나는 또 나그네 같이, 외로히
그대를 떠나리다.

「내마음」 전문

위의 「내마음」은 가곡의 가사로 편곡되어 김동명의 다른 어떤 시보다도 매우 큰 대중적 반향을 일으킨 시이다. 특히 '내 마음은 호수요'라는 구절은 은유적 수사의 대표적인 예로서 널리 회자되고 있다. 이로 말미암아 김동명은 '호수처럼 잔잔한 마음의 소유자'와 같은 전원시인으로서의 이미지를 더욱 굳히게도 되었다.

그러나 김동명의 상상체계의 관점에서 볼 때 '내 마음'을 '호수'에 투영시킨 것은 그것이 단지 '잔잔함'과 '고요함'과 같은 정태적 차원에서 의미를 지니는 것이 아님을 알 수 있다. 김동명의 시세계에서 '호수'는 자아와 세계가 서로 만나고 소통하는 동적 지대에 해당하는 것이다. '그대 저어 오오', '나는 그대의 흰 그림자를 안고', '옥 같이 그대 뱃전에 부서지리라' 등 일련의 구절들은 모두 '그대'와의 능동적이고 적극적인 소통과 합일이 이루어지기를 바라는 소망을 담고 있는 것이다.

이러한 의식은 계속하여 반복되고 있다. 2연의 '나는 그대의 비단 옷자락에 떨며'라는 구절 역시 이러한 관점에서 이해될 수 있으며, 3연의 '내 마음은 나그네요, 그대 피리를 불어 주오'라든가 4연의 '그대의 뜰에 머므르게 하오' 등도 모두 같은 맥락에서 해석된다. 위 시의 시적 자아는 자기만의 밀폐된 공간에 머물러 있기보다 '호수', '타오르는 촛불', '나그네' 등의 존재가 되어 세계와 교섭하고 교응하고자 한다는 것을 알 수 있다.

이때 세계라 지칭할 수 있는 것은 '그대'이다. 시에서 시적 자아가 가장 간절하게 추구하는 대상인 '그대'는 1920년대 시적 어법에 비추어 '님'의 대체어라고도 볼 수 있는데, 김동명의 상상체계의 측면에 선다면 그것은 '꽃'의 연장이자 '성모마리아', '어머니'와 같은 구원의 여상이라고도 할 수 있다. 요컨대 그것은 시적 자아에게 절대화된 대상이며 그가 적극 소통하고 합일하고자 하는 세계인 것이다.

지금까지 김동명의 전기시를 살펴봄으로써 '꽃' 등의 식물이미지와 '호수' 등의 물이미지는 단순한 소재로서의 자연물로서 의미를 지니는 것이 아니라 세계와 교섭하고자 하는 김동명의 상상체계 속에서 그 의미를 획득하는 것임을 알 수 있었다. 김동명은 자연에 칩거하여 폐쇄적인 은둔자로서 살아갔던 인물이었다기보다 자신의 영역을 확보하고 그를 바탕으로 능동적이고 적극적으로 세계와 소통하고자 한 인물이었다. 이는 김동명이 당대 암담한 현실에 즉자적이고 피동적으로 놓여 있지 않았다는 것을 암시한다. 김동명은 당시의 사태를 냉철하게 이해하고 있었으며 그 속에서 그가 할 수 있는 일들을 정확하게 파악하고 있던 대단히 이지적인 주체였다. 모든 것이 제한적이었던 암울한 식민지 시대에 그는 오롯이 주체로 남을 수 있는 최소한의 영토를 구축하여 그곳에서 세계와의 능동적인 화합을 도모하고자 하였던 것이다. 그를 단지 자연을 노닐던 목가시인으로서 볼 수 없는 것도 이 때문이며, 해방 이후 그가 사회 현실의 전면에 나오게 된 것도 이와 관련된다.

4. 후기시의 어법과 비판적 지성

해방 이후 김동명은 일제의 태평양전쟁을 주된 제재로 삼고 있는 『眞珠灣』과 분단 상황에서 가족을 이끌고 3·8선을 넘을 때의 체험을 그린 『3·8線』, 그리고 6·25 전쟁 체험과 분단된 이후의 서울의 풍물을 다룬 『目擊者』를 차례로 발간하게 된다. 이들 시집들은 모두 처절하고 생생한 삶의 현장을 다루고 있는 것이어서 해방 이전의 시적 경향과 매우 다르게 인식되어왔고, 이점에서 김동명의 전, 후기를 구분짓는 근거가 되기도 하였다. 그러나 해방 전후의 김동명 시를 가르는 데 있어 시적 소재가 기준이 될 수는 있다 해도 시인의 의식의 층위를 살펴본다면 두 시기 사이엔 크게 차별이 없다는 판단이다. 그것은 김동명이 세계를 향해 능동적으로 임하고자 하였던 적극적이고 대자화된 주체였다는 점에서 그러하다. 또한 그점은 5,60년대 집권 정부가 보여준 반민주주의적이고 권위주의적인 정치 행태 앞에서 그가 한순간도 침묵하지 않고 비판적이고 실천적인 태도로 일관했다는 사실과도 관련된다. 김동명은 언제든 사태를 객관적으로 인식하였으며 그에 따라 우리 민족이 어떻게 나아가야 하는지를 이지적인 눈으로 통찰했던 자이다.

아득히 紺藍 물결 위에 뜬
한 포기 睡蓮花.

아름다운 꽃잎 속속드리
東方 歷史의 새 아츰이 깃 드려……

그대의 발길에 휘감기는 것은 물결이냐, 또한 그리움이냐,
꿈은 征邪의 旗幅에 쌓여 眞珠인양 빛난다.

(중략)

그러나 '때'는 그대의 奢侈로운 幻想 위에
언제 까지나 微笑만을 던지지는 않었다.

드디어 運命의 날은,
一九四一年도 다 저므러 十二月 八日.

아하, 이 어찐 爆音이뇨, 요란한 爆音 소리!
듣느냐, 저 壯快한 世紀의 '멜로디'를!

저 푸른 물결 위엔 어느새 燦爛한 불길이 오른다
비빈 눈으로 바라보기에도 얼마나 恍惚한 光景이냐!

그러나 '노크'도 없이 달려든 無禮한 訪問이기에

연다라 용솟음치는 불 기둥에 엉키는 憤怒는……

黑煙을 뚫고 치솟는 憤怒 속엔 世紀의 光明이 번득거려
아아, 莊嚴한 歷史의 前夜! 颱風은 드디어 터지도다!

「眞珠灣」 부분

「眞珠灣」은 태평양전쟁의 시작에 해당하는 일제의 '진주만' 공습을 다루고 있는 시이다. 시는 전반부에서 '진주만'을 '진주'와 같은 모습으로 미화시켜 묘사하고 있으되 후반부로 갈수록 전쟁의 급박함에 초점을 두고 있다. 김동명은 일본이 미국을 처음 공격한 이날을 '운명의 날'로 명명하면서 전쟁으로 인한 파괴적이고 참담한 모습을 그리고 있다.

한편 시에서 화자의 목소리는 두 가지로 갈라져 들린다. 하나는 진주만이 겪어야 했던 전쟁을 비극적인 정서로 담아내는 것이고 다른 하나는 오히려 전쟁을 기뻐하는 그것이다. 전자가 '분노'로 표출되는 것이라면 후자는 '壯快한 世紀의 멜로디'라는 구절에서 나타난다. 시의 화자는 '저 푸른 물결 위엔 어느새 燦爛한 불길이 오른다'고 말한다. 또한 그는 '爆音'을 가리켜 '恍惚한 光景'이라든가 '世紀의 光明'이라고도 말한다. '莊嚴한 歷史의 前夜', '颱風' 등 일련의 표현들은 모두 진주만 공습을 반기는 목소리에 해당한다.

시에서 이처럼 화자의 목소리가 분열되어 들리는 까닭은 무엇일까? 김동명의 아들 김병우는 회고의 글에서 창씨개명이 법적 강제성을 띠지 않았음에도 조선인들이 앞다투어 창씨개명을 하고 드는 상황을 상기하면서 김동명이 완고하게 창씨개명을 거부했던 자임을 증언하고 있다.[15] 김병우는 김동명이 일제의 진주만 기습을 곧 일제의 패망의 전조라고 판단하여 1941년 12월 8일 이날부터 일본 패망의 때를 기다리는 나날을 보내게 되었다고도 전한다.[16]

김동명의 아들의 전언에 기대면 위의 시에서 들리는 화자의 들뜬 목소리는 일제의 패망을 기대하는 희망의 어조임을 알 수 있다. 김동명은 누구도 당시 정세를 예측하지 못했던 때에 판세를 정확히 읽어내는 날카로운 통찰력을 지니고 있었던바, 이는 그가 매우 이지적인 주체였음을 말해주는 대목이다. 그리고 이러한 이지적 성격은 해방 후 미·소간 갈등으로 분단이 기정사실화 되자 월남을 결심하게 된 것으로도 나타났음을 알 수 있다.[17] 5번째 시집인 『3.8선』에서 김동명은 월남하는 당시의 어수선한 정황을 그리는 한편 이때부터 민주주의라든가 자유, 인권 등에 관한 관심을 시로 표현하기 시작하였다.

> 보퉁이는 목에 걸고
> 老, 弱 은 업고 지고,
> 지친 몸이 뫼기슭에 쓸어지니
> 찬 이슬에 젖는 것은

15 김병우, 「아버지 김동명에 관한 서한」, 김종구 외, 앞의 책, p.271.

16 위의 글, p.211. 김병우는 진주만 공습을 둘러싼 이와 같은 김동명의 판단이 매우 밝은 것이었음을 덧붙이고 있다. 이때 당시 파죽지세로 승전을 해오던 일제가 전쟁에 패하리라고는 감히 아무도 예견하지 못했었기 때문이다. 그러나 김동명은 전쟁이 터지는 순간부터 시집『진주만』을 위한 시작노트를 작성하였고 장차 도래할 신천지의 생활을 위한 대비를 하였다는 것이다.

17 엄창섭은 월남문인을 6·25이전과 이후로 나누고 있다. 6.25 이후의 월남이 주로 1.4후퇴 때 이루어졌다면 김동명의 월남은 1947년에 이루어졌다. 6.25 이전에 월남한 문인들로 김동명, 안수길, 임옥인, 황순원, 구상 등이 있다. 엄창섭, 「原典批評」, 김종구 외, 앞의 책, p. 283.

옷자락만이 아니리

城川江 堤防 위에는
때 아닌 밤 가마귀 떼.
淸, 羅津 五百키로에,
달포가 걸렸단다. 어린이의 죽음 앞에는
눈물 한 방울, 촛불 한 토막 없구나.
東本願寺 부처님도 加護를 잊으셨나
제집마냥 달려드는 밤손을 맞어
찢어지는 듯한 아낙네의 悲鳴도
못들은체 돌아 눕는 사나이의 마음!

아아 恩讎의 彼岸일다.
어이 견디리, 저 飢寒, 저 恥辱을!
나는 이 밤, 世紀의 樂章
'悲愴' 三重奏에 귀를 기우리며
서른 여섯 해의 원한을 잊는다.

「避難民1」 전문

위의 시는 해방직후 정치적 혼란기에 이북의 민중들이 3.8선을 넘겠다고 피난길을 떠나는 모습을 사실적으로 그리고 있다. 분단의 장벽이 고착되는 상황 속에서 민중들은 오랜 세월 정을 붙였던 삶의 터전을 뒤로 한 채 겨우 몸만을 챙겨 도망치듯 월남길에 오른다. 시는 월남을 향한 피난의 모습이 아비규환과 다르지 않음을 잘 묘사하고 있다. '목에 건 보퉁이', '업고 진 노약자들', 무방비로 일어나는 약탈과 겁탈, 소리없이 죽어나가는 피난민들, 기아와 추위 등을 보면서 화자는 '신'이 부재하는 절망적 상황에 절규한다.

역사의 그 어느때보다도 비참한 혼돈과 무질서를 겪으면서 김동명은 이를 현실주의적 어법으로 풀어내고 있다. 한때는 일제에 의한 공업화 정책에 의해 근대의 황금기를 누렸을 나진 청진 지구는 인해를 이루는 피난민들의 행렬로 초라하기 그지없다. '신의 가호'가 부재한 곳에서 죄악을 다스릴 만한 인간적 양심은 어디에서도 발휘되지 않는다. 시의 화자는 분단의 와중과 월남의 상황을 '치욕'이라 단정한다. 그러나 이 또한 곧이어 닥칠 전쟁에 비하면 가벼운 혼돈에 불과한 것이었을 터이다.

김동명이 해방 후 보여주고 있는 시적 경향은 이처럼 현실주의적인 것이다. 그는 현실의 정황을 사실적으로 묘사하고 있다. 이 시기 김동명의 주된 관심은 해방 이후의 혼돈의 상황에서 우리가 과연 '제대로 된 나라를 세울 수 있을 것인가'에 관한 것이었던바, 시적 소재는 민중들의 삶의 모습과 새로운 국가 건설을 위한 이념들에 관한 것들이었다.[18]

> 이 地方에 있어서 '자유'는 철저히 단속하는 禁制品의 하나다. 혹시 아편쟁이처럼 문을 닫어 걸고 조심 조심히 만저 보

18 이와 관련되는 시들로 「민주주의」, 「異邦」, 「자유」, 「인권」, 「1946년을 보내면서」 등이 있다. 그런데 이 시기 『3.8선』에서 보이는 어조는 이전 『진주만』의 「새나라의 구도」, 「새나라의 일꾼」, 「새나라의 환상」 등의 시에서 보였던 것과는 다소 상이하다. 후자의 것들이 새나라 건설을 향한 희망으로 차 있다면 전자의 시들에서는 민족의 이상을 실현해나가기에 현실의 상황이 여의치 않음을 비관하는 어조가 강하다.

는 일이 있다할지라도, 녀석들에게 들키기만 하는 날이면 罰보다도 천대가 더 지긋지긋하다.

아아, '레텔'도 화려한 저 '쇼-윈도우' 안에 陳列되어 있는 '自由'!

허나, 이 사람아! 그것은 商品이 아닐세. 다만 裝飾用으로--. 그러기에 손을 대서는 안된다네.

「自由」 전문

김동명이 30여 년간 고향으로 살아왔던 원산의 땅을 버리고 월남하게 된 데에는 '자유'라는 요인이 있었을 것이다. 김동명은 이북 땅을 지배하고 있던 공산체제에 동조하지 못하였으므로 대신 자유민주주의 이념을 찾아 남한을 선택하였던 것이다. 김동명을 월남하게 한 핵심적 이유는 곧 체제상의 문제였다. 김동명은 '민주주의', '자유', '인권' 등의 근대 민주주의 이념에 대한 철저한 신념을 가지고 있었던바, 이는 시집 『3.8선』의 시편들을 쓸 시기 이미 시에 강한 어조로 등장하기 시작한다.

그러나 이 시기에 쓰여진 이념적 내용의 시들은 대체로 비판적이고 비관적인 어조로 다루어지고 있다. 그것은 체제와 이념의 차이로 서로 반목 갈등하고 국토마저 분열되어갔던 당시의 정세에 대한 절망적인 심정을 반영하는 것이었다. 뿐만 아니라 그것은 그로 하여금 목숨을 걸고 월남을 하게 했던 남한의 자유민주주의가 허울만 있고 실체가 부재하다는 데서 오는 실망으로 인한 것이었다.

위의 시 또한 과장된 말만 있지 실제로는 '자유'가 부재하는 당시 남한의 정치적 상황을 풍자적인 어조로 드러내고 있다. 위 시의 화자는 '자유'가 '철저히 단속하는 禁制品'이라는 남한의 아이러니한 상황을 비판하고 있다. 남한에서 그러한 '자유'는 '레텔도 화려한 쇼-윈도우 안에 진열되어 있는' 그것일 뿐이라고 화자는 말한다. 실제로 사용되는 '상품'이 아니라 '장식품'일 따름인 남한 체제의 상황은 암담하기만 하다는 것을 알 수 있다.

이념에 따른 내실있는 사회를 만들어가기보다는 권력을 취하는 데만 혈안이 되어 있는 남한의 정치 상황에서 김동명이 겪은 것은 실망과 좌절뿐이었다. 김동명은 남한만의 정부를 세워가며 자유민주주의 체제를 부르짖었던 세력들이 실상은 이념 자체보다는 권력욕에 눈먼 이들이었음을 깨달아 가면서 현실을 향한 비판의 칼날을 세워가기 시작한다. 김동명이 이 당시 썼던 시편들을 비롯하여 이후 정열적으로 써나갔던 정치평론들은 모두 김동명의 현실에 대한 인식과 이에 대한 비판적 성찰에서 가능했던 것이다. 부조리한 현실들은 김동명에게 사회의 악으로 다가왔고 김동명은 이들을 외면하거나 이들에 타협해가지 않고 철저하게 비판적인 자세를 취한다는 것을 알 수 있다.

'쓰레기'와 市長 閣下가
단판 씨름 하는 거리.

歸屬財産을 파먹고,
구데기처럼 살이 찐 謀利꾼의 거리.

어디 없이 널린 똥과 오줌과 가래침이 실은
貪官汚吏 못지 않게 질색인 거리

소매치기 패도 제법
'빽'을 자랑한다는 거리

거지들도 곳잘, '중간파' 행세를 하는 거리

감투 市長은 여전히 흥성거려
거간꾼도 忠武路 金銀商 못지 않게 한 몫 본다는 거리

늙은이들이 하 망영을 부려
주춧돌이 다 흔들거린다는 거리

「서울 素描」 부분

1957년에 발간된 김동명의 마지막 시집 『目擊者』에 수록된 위의 시는 전쟁 이후 서울의 도시 풍경을 다루고 있다.[19] 김동명이 이 시기 서울 곳곳과 전국의 주요 도시를 주유하며 각지의 풍물을 그리고 있는데, 이때 김동명의 시선에는 주로 급격히 상업화되고 자본주의화된 도시 정황이 포착되어 있다. 김동명은 전쟁 후 이념의 각축이 사라지고 세계 도시와 동일한 모습으로 거듭 탄생되고 있는 도시의 모

19 논문에서 다룬 시들은 모두 김동명사화집 『내마음』에 수록된 것이다. 『내마음』에는 김동명의 6시집의 시편들이 발췌 수록되어 있는데 유독 『目擊者』는 『서울風物誌』라는 제목으로 엮여 있다.

습을 냉철하고도 비판적으로 묘사하고 있음을 알 수 있다.

위의 시 역시 자본주의에 젖어듦에 따라 온갖 부정과 부패가 창궐해가는 서울의 풍경을 냉소적인 어조로 다루고 있다. 권력과 돈과 허위에 사로잡혀가는 서울은 점차 부패한 자들로 가득 채워지고 있다. '쓰레기'가 넘쳐 나는 거리, '똥과 오줌과 가래침'이 질색인 거리는 자본에 길들여진 더러운 욕망이 만들어낸 것이다. 더욱이 서울의 역사는 부당하게도 歸屬財産을 파먹은 자리 위에 세워진 것에 다름 아니다. 서울의 부정한 역사는 비단 식민지 시대로만 국한되는 것이 아니라 그 이전 '탐관오리'가 들끓던 조선시대로까지 소급된다. 김동명은 이처럼 부정으로 건설된 '서울'을 '구데기처럼 살이 찐 謀利꾼의 거리'라고 신랄하게 조롱한다.

서울의 부패상을 그리는 김동명의 풍자적 어조는 현실을 인식하고 이를 냉철하게 성찰하는 비판적 지성에서 비롯된다. 격변의 역사 속에서 김동명은 추상적인 이상주의 대신 행동적인 현실주의를 취한다는 것을 알 수 있다. 김동명은 이념이 사라진 자리에 탐욕이 들어서는 현실을 보면서 이를 비판하였고 이후 정치평론을 통해 민족이 나아가야 할 이념적 방향을 제시하기 시작하였다.[20] 해방 후의 김동명의 이와 같은 태도는 냉철한 현실주의로부터 비롯된 것이자 현실 속에서 그의 이상적 비전을 실현하고자 하는 비판적 지성에 의한 것이라 할 수 있다.

20 김동명의 정치평론집 『적과 동지』와 『역사의 배후에서』에는 주로 김동명이 추구하였던 자유민주주의의 실질적 실천을 위한 논설들이 수록되어 있다. 김동명은 『적과 동지』의 서문에서 "우리의 정치적 현실은 적색전체주의에 대한 안티태제로서의 민주적 신체제를 위하여 보다 더 많은 문학, 예술인들의 지적 참여를 요구하나"고 하면서 그들의 참여가 있을 때 "민주주의적 사회를 건설"할 수 있다고 힘주어 말하고 있는바, 김동명은 그의 정치적 평론을 통해 진정한 민주주의 이념과 배치된다 하여 당시 독재정부에 대한 비판도 서슴지 않았다.

5. 강한 주체로서의 김동명

김동명은 흔히 1930년대 활동했던 전원시인이자 목가시인으로 규정되고 있으나 이것은 김동명에 대한 피상적인 이해에서 비롯된 것이다. 김동명은 해방 이후 주로 목가적 서정시보다는 현실참여적인 시를 썼고 실제로 정치가로서 활동하며 정치평론도 쓰는 등 대단히 활동적이고 실천적인 인물이었음을 알 수 있다.

이런 사실로 인해 김동명 시세계는 주로 전기시와 후기시로 구분되고 이들 사이엔 김동명의 이질적 면모가 강조되어 왔던 것도 사실이다. 그러나 김동명의 전기시를 살펴볼 때에도 김동명은 단순한 서정시인으로 보기에는 매우 강건하고 호연浩然한 시인이었음을 짐작할 수 있다. 그의 전기시는 매우 서정적이지만 그 내면을 들여다보면 단순히 자연에 안주하며 대상을 관조하는 정태적인 성격을 보여주는 대신 대상과의 적극적인 교섭과 상호 합일을 추구하고자 하는 능동적이고 적극적인 성격을 나타내고 있다. 특히 김동명은 '꽃' 등의 식물이미지를 통해 그의 절대적인 구원상을 이미지화하고 이에 다다르기 위한 적극적인 의지의 양태를 보인다고 할 수 있다. 이러한 점들은 그가 주로 구사하였던 '은유'의 수사법에 잘 구현되어 있는바, 그가 구사한 '은유'의 수사는 세계합일을 추구하였던 김동명의 능동적인 정신세계와 직접적으로 관련된다.

전기시에서 보이는 김동명의 능동적이고 적극적인 정신은 후기의 현실참여적인 시세계로 이어진다. 해방이후 김동명은 현실주의적인 어법으로 혼란스러웠던 당시 체험을 시적으로 형상화한다. 일제의 진주만공습과 태평양전쟁, 분단과 피난민들의 월남, 6.25전쟁과 급격히 자본주의화되는 도시 등이 이 시기의 주된 시적 소재가 되는데, 김동명은 당시의 현실 사태 및 국제 정세를 매우 냉철하게 인식하면서 이에 대한 비판적 태도를 보인다는 것을 알 수 있다. 김동명의 정확한 현실 인식과 투철한 비판적 지성은 이 시기 좌우의 이념에 편향되어 있던 어느 시인에게서도 쉽게 확인될 수 없던 것으로 우리 시사에서 매우 의미있는 부분이라 할 수 있다. 김동명은 우리에게 험난한 사태에 처해 이리저리 휩쓸리는 것이 아니라 대자화되고 적극적인 자세를 취함으로써 민족의 나아갈 바를 밝힌 강한 주체의 면모를 보여주는 것이다.

한국 현대시 사상 연구

제9장

김동명의 정치평론집에 나타난 '자유민주주의' 사상 고찰

1. 김동명의 정치평론집의 위상

1923년에 등단한 이래 6권의 시집과 2권의 수필집, 그리고 3권의 정치평론집을 발간한 김동명에게 글쓰기는 예술 활동의 매개체이자 사상가로서의 면모를 드러내는 계기에 해당하였다. 1920년대 상징주의 시풍을 담고 있는 『나의 거문고』(1930)를 비롯하여 서정 시인이자 전원시인으로서의 정체성을 보여준 『파초』(1938), 『하늘』(1948)이 김동명의 강한 예술가적 성격을 반영하고 있다면 태평양 전쟁과 해방 정국의 혼란스런 상황 및 6.25 전쟁과 피난 생활을 다루고 있는 『3.8선』(1947), 『진주만』(1954), 『목격자』(1957) 등의 현실참여적인 시집들과 『적과 동지』(1955), 『역사의 배후에서』(1958), 『나는 증언한다』(1964) 등의 정치평론집은 그의 사상가적 개성을 나타내는 것이라 할 수 있다. 우리에게 흔히 고아한 목가시인으로서 알려져 있는 김동명이지만 그의 방대한 양의 문필업적을 면밀히 살펴본다면 그를 단순히 관조적인 서정시인으로 이해할 수만은 없는 것이다. 세 권의 참여적인 시집들과 세 권의 본격 정치평론은 오히려 그를 강직한 사상가로서 보게 한다.

실제로 김동명은 일제말기 창씨개명을 거부하고 절필한 이력을 지니고 있으며 해방공간 시기에는 이북에서 조선민주당 당원으로서 정치활동을 하였음을 알 수 있다. 그의 수필 「월남기」에는 함흥지역의 도당위원장을 역임하다 김일성과 소련에 의해 정치적 탄압을 받고 비밀리에 월남하던 정황이 잘 그려져 있거니와[1] 그의 전기적 사실은 그를 현실에 안주하는 정적인 인물로 보게 하기보다 현실에 맞서는 행동적이고 실천적인 인물로 여기도록 한다. 그의 정치적 성향은 월남 후에도 계속되어 가열찬 정치평론을 쓰는 일과 초대 참의원을 역임하며 국회의원으로 활약하는 것으로 이어졌다. 김동명이 시인으로서만이 아니라 교육자와 언론인으로, 또 정치가로서 자리매김되고 있는 데에는 그의 이와 같은 행동적이고 실천적인 태도가 가로놓여 있다. 말하자면 그는 서정적 예술가이기 이전에 현실에 부딪히며 치열하게 삶을 살아간, 따라서 민족의 지도자적 역할을 다하고자 하였던 강인한 사상가에 해당하였던 것이다.

김동명을 바라보는 이러한 관점, 즉 그를 사상가적인 인물로 바라보는 일은 그의 예술가적 입지를 약화시키는 것으로 귀결되지는 않을 것이다. 김동명은 1930년대 신석정, 김상용과 더불어 전원시인으로서 입지를 인정받고 있으며 그의 아름다운 시는 가곡으로 편곡되

1 수필 「월남기」에 대한 상세한 해설은 장정룡의 「김동명 수필의 '월남'과 '피난' 표출양상」(『김동명문학연구』, 김동명학회, 2014, pp.27-63) 참조.

어 널리 애창되고 있다. 그러나 그는 2,30년대 초기 시작을 제외하고 현실정치에 더 큰 관심을 지녔으며 이로 말미암아 이 시기 누구도 행하지 않았던 생생한 참여적인 시의 영역을 개척해 보여주었다. 뿐만 아니라 그는 역시 누구도 시도하지 않았던 본격적인 정치평론의 성과를 우리에게 당당하게 보여주고 있다. 그의 이러한 현실참여의 성과물들은 후대로 하여금 당대의 긴박한 상황을 이해하고 그에 따른 바른 삶의 길이 무엇이었는가를 성찰하게 해주는 매우 중요한 역할을 하고 있음을 알 수 있다. 이러한 그의 사상가적 면모는 그의 예술가적 면모를 위축시키는 대신에 그의 예술을 보다 넓은 지평에서 해석하게 하는 계기가 될 것이다.[2]

사상가적인 측면에서 보았을 때 김동명은 누구보다도 예리하게 현실을 파악하고 단호하게 그에 대처했던 인물이었다. 그는 일제가 태평양 전쟁을 일으켰을 당시 어느 누구도 일제의 패망을 예상치 못하여 그에 조력하고 친일로 기울어졌을 때에 곧 있을 일제의 패망을 예견하고 사태를 관망했던 매우 날카로운 정치감각의 소유자였다. 그는 일제의 진주만 공습으로 인해 미국이 전쟁에 참여하게 될 것을 예측하였으며 이후 패망한 일제에 대해 우리 민족이 어떻게 대응해야 하는지를 계획했던 매우 탁월한 지성인이었다.[3] 이 점은 해방 이후 그의 실천적 행적에 그대로 귀결되는데 그것은 미국과 소련의 분

2 김동명의 사상가적 성격에 입각하여 시를 살펴볼 때 예술성 강한 그의 서정시에서 또한 확고한 주체에의 의지를 읽을 수 있게 된다. 김윤정, 「김동명 시에 나타난 주체의식 연구」, 『김동명문학연구』, 김동명학회, 2014, pp.179-206.

3 김동명의 아들 김병우 교수는 이때의 일을 언급하면서 이러한 정세판단에 의해 김동명이 장차 미래에 대한 대비를 위해 『진주만』 시작노트를 작성하였다고 증언하고 있다. 김병우, 「아버지 김동명에 관한 서한」, 『김동명의 시세계와 삶』, 한남대출판부, 1994, p.212.

할 통치가 이루어졌던 시기 조금도 지체 없이 자신의 신념에 바탕을 둔 정치활동을 펼치는 데에서 드러났다. 그가 함흥지역에서 조만식 계열의 조선민주당 당원이자 도당위원장으로서 활동을 한 것이 그것이라 할 수 있고 또한 자유민주주의 이념을 좇아 단신으로 월남을 단행한 사실이 그 점을 말해준다.

후기시집에서 알 수 있듯 김동명은 현실 인식에 있어서 매우 구체적이었으며 정치평론에서 드러나듯 그의 현실 대응 태도는 매우 비판적이고 합리적이었다. 이때 그는 자유민주주의자로서의 이념적 성격을 매우 뚜렷이 보이게 되는데 이것은 해방공간에서 좌우익을 비롯하여 중도 좌우파들 간에 수다한 이념의 각축이 벌어졌을 당시 김동명의 사상적 위치가 무엇이었으며 그것의 배경과 논리가 무엇인가를 이해하도록 해준다. 김동명은 확고하게 자유민주주의자를 대변하였는데, 이는 당시의 정치적 지형도 내에서 선명한 정치적 의미를 지니는 것이었다. 자유민주주의를 찾아 월남을 단행했던 만큼 김동명에게 자유민주주의는 그의 가족과 맞바꾼 절박한 것이었다. 이러한 절박함이 그를 분단 이후 본격 정치평론가가 되게끔 이끌어갔을 터이다.

김동명의 정치평론은 일관되게 그의 자유민주주의적 사상의 면모를 나타내고 있다. 그의 세 권에 달하는 정치 평론은 남한만의 단독 정부가 수립되고 6.25 전쟁이 발발하며 이후 이승만과 박정희에 의한 독재통치가 이루어지던 시절에 쓰여진 것들로서, 분단 이후 남한에서 자유민주주의를 어떻게 수립해가야 하는지를 소상하게 논설하고 있다. 그의 논설을 따라가면 당시 이승만과 박정희의 독재체제가 어떤 것이었으며 민주주의와는 얼마나 먼 것이었던가를 분명하게 파악할 수 있다. 그의 논설은 자유민주주의의 본질이 무엇이며 그것이 어떻게 독재주의 및 전체주의와 대립하는 것인지를 말해준다. 이 점에서 김동명의 정치평론은 매우 의미있는 업적임을 짐작할 수 있다. 이에 본고는 김동명의 세 권의 정치평론집을 읽으면서 그의 독재정권과의 투쟁의 양상을 살펴보고 그가 한국에 어떻게 자유민주주의를 정립해나가고자 하였는지를 살펴보고자 한다.

2. 김동명의 사상 형성 배경

강릉에서 태어난 김동명이 8세 때 어머니에 이끌려 원산으로 이주해 간 사실은 김동명의 사상 형성의 배경을 살펴볼 때 매우 주목할 만한 대목이다. 그의 어머니는 신사임당과 같은 평산 신씨로 김동명을 낙후된 지역에서 벗어나 진보된 신교육을 받게 하고 싶었거니와, 이러한 어머니의 의지는 어린 김동명의 손을 이끌고 당시 신문물이 가장 활발하게 유입돼 오던 지역 중 하나인 원산으로 이주하게 된 이유가 되었다. 원산은 인천, 서울, 평양, 함흥 등과 더불어 한반도에서 가장 활발하게 신학문을 받아들이던 지역이었다. 김동명이 원산을 찾게 된 것은 한마디로 신교육을 받기 위해서였다. 김동명은 원산으로 이주한 후 그의 어머니의 바람대로 신교육을 통해 '근대화의 새벽길'을 밟아가게 되었다.[4]

한편 김동명이 원산과 함흥을 오가며 선교사들이 설립한 학교에

4 김병우, 위의 글, pp.224-5.

서 신교육을 받았을 뿐 아니라 교원으로 재직하였고,[5] 일본에 가서 신학을 공부한다든가 관서지역에서 요청이 있는 대로 교회에 가서 신사상을 소개[6]하였던 이력들은 특히 김동명과 기독교의 관계가 매우 밀접하였음을 말해준다. 또한 김동명은 월남한 직후 한국신학대학교와 이화여대에서 교수로 재직하게 되는데 이화여대가 기독교계 미션스쿨이라는 점을 떠올릴 때 김동명의 의식 형성에 기독교가 어떤 영향을 미쳤는지 알 수 있다.

김동명이 근대화된 교육을 받기 위해 원산으로 이주를 하였고 또한 기독교를 매개로 관서 지역에까지 활동 영역을 펼치고 있었다는 점은 그의 사상이 당시 서북지역에 확산되어 있던 우익 민족주의 운동과 직결되고 있었음을 짐작하게 한다. 조선시대 정치 구조에서 소외되어 있었던 까닭에 문호개방 이후 서구의 신문물 수입에 진취적이었던 서북지역은 평안도를 중심으로 일제 강점기 우익 민족주의 운동의 본거지가 되어 독립운동을 전개하는 데 앞장섰다.[7] 근대 문

5 김동명이 원산에서 소학교를 졸업한 후 입학한 함흥의 영생중학교는 캐나다 장로회 소속의 선교사 마구례 목사에 의해 설립된 학교다. 김동명은 이곳 영생 중학교를 졸업(1920)한 뒤 홍남의 동진소학교와 평남의 강서소학교 등 여러 학교에서 교원(1921-1924)으로 있다가 일본의 청산학원에서 신학 공부를 하고 돌아와(1925-1928) 모교인 영생고보 교원 및 동광학원 원장(1934-1938)을 지내고 홍남중학교 교장으로 재직(1945-1946)하게 되는데, 이때 그는 홍남학생의거에 연루되어 구속되었다가 풀려난다. 그의 이력은 그가 개신교와 맺은 인연이 깊으며 개신교 중심의 우익민족주의 운동에 적극적으로 참여했음을 말해준다.

6 김병우, 앞의 글, p.224.

7 김건우, 『사상계와 1950년대 문학』, 소명출판, 2003, p.82. 김건우는 195,60년대 박정희 정권에 대한 저항운동을 이끌었던 『사상계』의 사상적 내용을 고찰하면서 서북지역 지식인들의 존재에 대해 주목하고 있거니와 서북지역 지식인들은 안창호의 홍사단과 수양동우회와 같은 조직체를 통해 일제 강점기 우익 민족주의 운동을 펼쳤으며 해방 이후엔 월남하여 남한의 정치 엘리트로 활동하게 되었음을 밝히고 있다. 이북출신 지식인 집단은 남한 내에서 정치 지도층으로서 뿐만 아니라 종교

물과 서구적 의식에 개방적이었던 이 지역의 지식인들은 해방 이후에는 김일성과 소련 군정에 맞서다 월남을 하기에 이르렀고 남한 내에서 단정 수립을 적극 지지하는가 하면 자유민주주의 체제를 옹호하는 정치적 입장을 보이게 된다. 김동명이 함남도당위원장으로 활동하던 조선민주당은 해방 후 조만식이 결성한 개신교 중심의 정당으로서, 이북지역에서 반탁운동을 이끌며 우익민족주의 노선을 걷다가 김일성에 의해 조만식을 비롯한 핵심 인사들이 숙청당하기에 이른다. 김동명 역시 이 시기 탄압을 받게 되어 도당위원장에서 물러나고 월남을 결심하게 된다.

김동명은 「월남기」에서 당시의 삼엄했던 분위기를 잘 보여주고 있다. 김동명 외에도 이 시기 조만식을 제외한 조선민주당 당원들은 상당수가 월남을 하고 남한에서 새로이 조선민주당을 조직하지만 이북 지역에 기반이 있던 조선민주당이 남한 내에서 큰 영향력을 끼칠 수는 없었다.[8] 김동명은 월남 후 기독교계 대학의 교수로 재직하면서 정치 평론을 쓰는 등 언론 활동을 하게 되는데, 그는 조선민주당 당원으로서 활동을 하지는 않되 남한에서 벌어진 좌우익 간 정치적 갈등이 있을 때마다 반탁 및 단정수립 등 이승만 중심의 우익계 정치 노선을 지지하게 된다는 것을 알 수 있다. 그의 정치평론에 나

계, 학계, 문예계, 경제계 등에서 두터운 사회지도층을 형성하였으며 미군정 하에서 단정수립을 주도하면서 이승만과 한민당을 지지하는 역할을 하게 된다. 이 시기 단정수립의 친위대를 자임하면서 극렬한 반공투쟁을 전개했던 서북청년단 역시 월남한 젊은 서북지식인들에 의해 결성된 것이라 할 수 있다.

8 이때 월남한 당원들 가운데 국회의원 후보로 출마하였다가 당선된 자는 이윤영 하나뿐이었다. 이윤영은 이승만 측근으로 제헌국회에 참여하게 된다. 이윤영을 비롯하여 한근조, 김병연 등 월남한 조선민주당 당원들은 남한에서 김구, 김성수, 이승만 등과 더불어 반탁운동을 전개하는 등 우익 정치 활동에 가담한다.

타난 바에 따르면 김동명이 지지했던 정당은 한민당에서 민국당, 민주당으로 이르는 계열임을 알 수 있다.[9]

김동명은 1956년에 쓰여진 그의 정치 평론 「민주당에 바람」[10]에서 한국민주당이 민주국민당으로, 그리고 민주당으로 계승되어 왔음을 전제하고, 이들이 3.1운동에 뿌리를 둔 항일투쟁의 핵심세력이자 '중간파의 모략과 단선반대의 온갖 장애를 물리치며' 공산주의에 대항한 준열한 집단이라고 묘사하고 있다. 그는 한민당이 친일파 소굴이라는 인식에 대해 당시 친일파가 아닌 자가 누구였으며 민족 반역의 현행범은 오히려 공산당이었다[11]는 근거로 이를 반박하고 있다. 또한 한민당이야말로 민중의 영도자이자 이승만 정권과 하지 정권에 대결한 정통 야당임을 주장하고 있다.

김동명의 한민당 지지는 그가 이북에서의 탄압을 피해 월남한 이력을 지니고 있었던 만큼 자연스러운 것이었다 할 수 있다. 한민당은 철저히 반공우익 이념의 대변자였으며 이러한 연장선에서 반탁운동과 단정수립을 적극 지지하는 세력에 해당되었기 때문이다. 가족을 놔두고 단신으로 월남을 강행한 김동명으로서 자유민주주의 이념에의 헌신은 필연적인 것이었을 터이다. 김동명의 한민당에 대한 옹호는 좌익측의 관점과는 극단적으로 대립하고 있었다. 그러나

9 한국민주당은 1945년 9월 송진우, 김성수, 장덕수, 조병옥, 윤보선 등에 의해 창당된 반공우익 보수주의적 정당으로 1948년 이승만의 단정수립론을 지지하였던 세력이다. 이후 1949년 2월 민주국민당으로 개편하고 1955년 민주당으로 계승된다. 4.19혁명 후 수립된 제2공화국에서 민주당 공천으로 참의원이 된 김동명이 민주당의 뿌리인 한민당의 정치 이념에 동조했으리라는 것은 쉽게 짐작할 수 있다.

10 김동명, 「민주당에 바람」, 『역사의 배후에서』, 신아사, 1958, pp.129-133.

11 위의 글, p.134.

그는 한민당의 항일투쟁의 연원이 3.1운동에 있음을 분명히 하고 그 직후 동아일보 등의 언론 활동을 통해 문화투쟁을 전개하였던 점을 부각시키고 있다. 실제로 한민당이 창당할 당시 창당 선언문을 통해 중경의 대한임시정부를 정부의 기원으로 삼을 것을 천명하였던 점[12]은 한민당의 이념적 성격을 이해하는 데 도움을 준다. 그러나 이후 한민당이 친일파 세력을 흡수함으로써 친일파 척결에 부정적이었고 토지개혁에 대단히 미온적이었던 까닭에 민중으로부터 외면받았던 정황을 상기할 때 김동명의 한민당 지지는 이북에서 겪었을 그의 특수한 경험에 비추어 이해해야 할 것이다. 개신교 우익민족주의자의 시각에서 체험한 김일성과 소련의 실태는 김동명을 명백한 반공주의자로 방향지웠을 것이기 때문이다.

김동명이 한민당을 옹호하였음에도 불구하고 김동명을 이해함에 있어 그를 정당논리의 측면에서만 접근하는 것은 옳지 않다. 그것은 김동명이 1960년 4.19혁명 이후 민주당 정권 하에서 참의원 시절을 겪었을 때에도 그가 민주당 정권을 전적으로 옹호하지는 않기 때문이다. 그는 줄곧 민주당의 장면 정권이 4.19 혁명을 계승하지 못하고 있다고 비판하면서 이후 도래하였던 5.16 군사 쿠데타 세력을 두고 '혁명의 완수를 위한 것으로 여겨'[13] 환호하는 모습을 보이고 있는 것이다. 물론 김동명은 박정희 군부가 쿠데타 이후 약속했던 대로

12 1945년 9월 16일 한민당의 창당대회 시 창당 선언문에는 "우리는 머지않아 해외의 개선동지들을 맞이하려 한다. 더욱이 인방중경에서 고전역투하던 대한임시정부를 중심으로 결집한 혁명동지들을 생각건대 (중략) 우리는 맹서한다. 중경의 대한임시정부는 광복 벽두의 우리 정부로서 맞이하려 한다"라고 명시되어 있다. 위키백과 http://ko.m.wikipedia.org〉wiki〉한국민주당

13 김동명, 「5.16을 당하고 난 소감」, 『나는 증언한다』, 신아사, 1964, p.362.

권력을 민정에게 이양하지 않는 모습을 보고 대단히 실망하면서 비판의 목소리를 드높인다. 이러한 점은 그가 어느 한 정당의 노선에 투항한다거나 권력에 추종하는 대신 자신의 확고한 신념에 따라 살아갔음을 말해준다.

그가 이승만 독재체제에 반대하여 한민당, 민주당을 옹호했다거나 일시적으로 5.16 군사 쿠데타를 지지했던 것, 그리고 동시에 민주당 정권을 비판하고 역시 군사 정부를 비난했던 것은 모두 김동명이 권력에 편향됨 없이 일관되게 자유민주주의라는 자신의 신념을 따랐음을 의미한다. 어릴 때부터 미션계 스쿨에서 수학하며 서구식 자유민주주의의 본질을 체험하였던 그는 자유민주주의의 개념, 그것의 내포와 외연을 몸으로 체득하였을 것이며 이것에 의거하여 월남을 감행, 이남에서의 자유민주주의 국가 세우기에 열정을 기울였던 것이다. 그의 시각에 따르면 한민당의 우익 노선은 민족주의에 입각한 자유민주주의의 그것이었고 그 점에서 이승만의 독재정권에 맞섰던 대표 야당이 될 수 있었다. 그러나 민주당이 정권을 잡게 되어 부패한 모습을 보이자 김동명은 이에 대해 또다시 비판을 멈추지 않았으며 새로이 등장한 박정희 세력에게 기대를 걸었다가 그들이 군사독재 성향을 드러내자 가열한 비판을 시작한다. 반면에 4.19 혁명은 김동명에게 지고지순의 절대적 가치로 남아있게 된다.[14]

14 김동명은 「4.19의 감격」(위의 책, pp.396-8)에서 "4.19는 내게 있어서 내 인생 최대의 감격이다. 실로 3.1의 흥분과 8.15의 환희를 한데 합친 것과도 같은 비중을 가지는 감격"이라며 4.19에 대한 소회를 밝히고 있다. 실제로 4.19 혁명의 중심 주체들은 2차 세계대전 후 신생 독립 국가들에 대한 미국의 자본주의·민주주의 지원 정책에 의해 교육되고 길러진 세대들임을 알 수 있다. 미국식 자유주의, 민주주의 교육에 의해 양성된 4.19 세대들은 이승만의 독재적이고도 부패한 정치 행태가 그들이 배운 교육적 내용과 너무도 달랐음을 인식하고 이에 대해 항거하게 된 것이다.

김동명의 이러한 일련의 모습은 그가 명실공히 자유민주주의자로서 이 땅에 진정한 자유민주주의를 건설하기를 열망했음을 나타낸다. 그는 이 나라의 권력자들이 자유민주주의의 허울을 뒤집어쓴 채 실질적으로는 권력의 유지에만 관심 있어 하는 작태를 괴로워하면서 독재정치 및 전체주의에 대한 사상투쟁을 전개하였다. 그에게 자유민주주의는 분단이라는 조건에 의해 언제나 양보되고 희생되어야 하는 정치적 이용물에 해당하는 것이 아니라, 어떤 조건에서도 강력하게 추진되어야 하는 절대적 명제였던 것이다. 그에게 자유민주주의는 남한 땅에서 지켜져야 하는 가장 숭고한 가치에 해당하였다. 그의 정치평론은 바로 이러한 자신의 자유민주주의에 대한 신념을 논리적으로 펼쳐나간 장이 되었던바, 그의 정치평론을 통해 진정한 자유민주주의의 개념에 대해 확인하게 된다.

3. 정치평론에 나타난 자유민주주의[15]의 본질

김병우는 아버지 김동명에 대해 술회하는 글에서 김동명이 우리나라에 깊이 박혀 있는 '왕조시대의 의식구조'야말로 민주주의의 적이라고 강조한 바 있다고 전하고 있다. 김동명은 왕조와 함께 왕조

이승원, 『민주주의』, 책세상, 2014, pp.99-100.

15 자유민주주의는 미군정 시대 이래 미국, 이승만, 한민당에 의해 주도되어 현재 우리나라 정치제도의 기원을 형성하고 있는 이념이다. 우리의 제헌헌법은 정치적으로 자유민주주의에 토대하여 성립되었다(민준기 외, 『한국의 정치』, 나남, 2008, pp.27-8). 미군정 시대에 기원을 두고 있는 자유민주주의는 파시즘과 전체주의에 대한 대항적 의미를 지니는 것이었다. 그러나 당시의 냉전체제를 감안할 때 그것은 실질적으로 반공주의를 가리키는 것이었다.

사회가 망한 것이 아니라 우리 의식 속에 건재함으로써 신분적 체제와 지배 권력의 배분 구조 속에 그대로 살아 있어 상하 윤리 체계를 형성하고 있다고 보았다는 것이다. 그것은 평등을 기본적 조직 원리로 하는 민주 사회에 파괴적으로 작용하고 있어 문제가 된다.[16]

김병우의 진술에 기대면 자유민주주의자 김동명에게 민주주의는 단순히 체제상의 문제가 아니라 정신과 문화적 차원에서부터 발원하는 근본적인 것에 속한다. 그런데 불행히도 수백 년 간 주자학적 왕조사회에 젖어 있던 우리로서는 의식에서부터 반민주적인 토대를 이루고 있다. 우리나라에 존재하는 권위주의적 상하윤리체계는 이러한 반민주주의적인 의식에서 비롯된 것인바, 이로 말미암아 우리나라에는 민주주의의 가장 기본적인 요건인 자유와 평등, 인간의 존엄성 등의 가치들이 지켜지기 힘들게 되었다. 이러한 관점에서 김동명의 첫 번째 정치평론집의 제목이 된『적과 동지』에서 '적'은 어느 특정한 개인이나 집단이 아니라 권력을 소유하고자 민주 이념에 반하는 모든 세력을 가리킨다.[17] 김병우에 의하면 8.15 이후 김동명의 가장 본질적인 싸움의 상대는 이들 민주주의의 적을 향한 것이었고 김동명은 민주주의의 정착을 위해 그의 온갖 열정을 바쳤음을 알 수 있다.

아버지에 대한 김병우의 평가는 김동명의 정치평론에서 파악할 수 있는 민주주의의 반의어가 독재체제[18]라는 점에 비추어 볼 때 매

16 김병우, 앞의 글, pp.253-5.

17 위의 글, pp.256-7.

18 김동명은 '민주정신에 있어 독재사상은 대천을 함께 할 수 없는 원수'라고 하면서 '인간의 존엄을 유예하는 데서 시작하고 탄압과 박해를 상투적 수단으로 취하는 독재주의는 범죄'라고 단언하고 있다.「적과 동지」,『적과 동지』, 창평사, 1955,

우 타당하다 할 것이다. 김동명에게 독재정치는 법과 질서를 뒤흔드는 것으로서 증오와 저주의 대상이었다. 정치평론에서 보이는 그의 이승만과 박정희 정권에 대한 신랄한 비판은 그들이 모두 국가의 헌법을 무시하고 온갖 폭력과 기만을 동원하여 자신들의 권력 쟁취에만 급급한 데서 비롯한 것이었다.

3.1. 김동명의 법의식과 민주주의의 기준

김동명에게 애국자와 반역자를 구분하는 기준은 ① 국가 헌법에의 태도 ② 민주주의 이념에의 충성 ③ 국가의 재산에 대한 태도[19]이다. 1954년에 쓰여진 「애국자냐 반역자냐」에서 밝힌 이러한 관점은 1952년 발췌개헌과 1954년 사사오입 개헌 과정에서 드러난 이승만의 권력욕에 대한 환멸의 정서를 나타내는 것이다. 여기에서 ② 민주주의 이념에의 충성이란 김동명에 의하면 '인민의 의사 표현 중시'의 의미를 띠는 것이므로, 이 항목 역시 자신의 권력 의지를 관철하기 위해 국민의 의사를 무시하고 폭력을 일삼았던 이승만의 작태를 겨냥하는 것이라 할 수 있다. 한 마디로 김동명에게 이승만은 반역자에 해당하는 자인데, 그것은 무엇보다 이승만이 종신대통령을 향한 야욕을 위해 제헌헌법을 멋대로 바꾸던 사태에 기인한 것이다.

김동명에게 제헌헌법은 "우리들 자신의 주체적 능동적 창의와 설계에 의한, 실로 민국만대의 복지와 권익을 약속하는 민주헌법"임에

p.62.

19 김동명, 「애국자냐 반역자냐」, 위의 책, p.292.

도 불구하고 현실정치는 이에 대해 "불법개헌, 공공연한 폭력선거, 공공연한 인권침해"[20]을 벌였다는 것이다. 헌법은 있으나마나 한 채 정치에 무관한 존재가 되었다. 당시 이승만의 사리사욕을 위해 자행되던 폭력선거, 불법선거, 그리고 무차별적 헌법 개정은 김동명의 관점에서 볼 때 국가의 근간을 뒤흔드는 통탄할 사태였다. 그에게 이승만 정권의 이러한 태도는 민족의 생존을 위협하는 일이었다. 이러한 사태 앞에서 김동명은 헌법 정신을 지킬 것을 호소하고 있다.[21]

김동명은 그의 정치평론 가운데 「법의 권위를 위하여」(『적과 동지』), 「정치파동 40일간의 회고」(『적과 동지』), 「애국자냐 반역자냐」(『적과 동지』), 「개헌조항에 관한 우리의 의의」(『적과 동지』), 「개헌안의 맹점」(『적과 동지』), 「개헌에 선행할 것」(『역사의 배후에서』), 「가책과 호소」(『역사의 배후에서』) 등에서 대의명분 없는 불법개헌 파동을 규탄하는 동시에 헌법수호에의 의지를 피력하고 있다. 그는 민주주의 국가의 기반이 되는 '법'의 엄중함을 거듭 강조하고 있다.

> '法'은 어디까지나 '法'이래야 한다. '法'을 움직이는 者는 '法' 이외에 있을 수 없다. '法'으로 하여금 먼저 '法'을 지키게 하라. 이것은 眞實로 '法' 精神의 至上命令인 것이다. 이 命令에 忠誠과 勇氣를 다할 수 있는 者만이 그 머리 위해 法帽를 얹되 스스로 辱됨이 없을 것이다. '法'의 '몽둥이'--法은 곧 理

20 김동명, 「가책과 호소」, 『역사의 배후에서』, 신아사, 1958, p.279.

21 "우리는 찾아 가져야 한다. 인권을! 자유를! 법을! 질서를! 공명선거를! 민주주의를! 헌법정신을! 도로 찾아야 한다. 어떤 박해와 희생이 있을지라도 이것만은 기어이 찾아야 한다." 위의 글, p.282.

性이요 良心이다. 그것이 몽둥이일 수 있을 때 그것은 벌써 法의 屍體임을 意味한다--로 敵을 때리기에 급한 저 獨裁國家의 醜惡한 犯行에 最大의 憤怒를 느낄 수 있는 者만이 '내 아비라도 法을 어기면 잡아 가두겠노라'는 '막사이사이'의 極言의 고마움을 알 수 있을 것이다.[22]

근대 민주주의 국가에서 법은 기존의 절대군주주의 체제를 넘어서기 위한 방편으로서 만들어진 기제다. 법은 특권적 주체가 권력을 절대적으로 소유할 수 없도록 하기 위해 만들어진 것으로서 민주주의 국가에서 권력은 어떤 개인이나 집단의 사유물이 아닌, 어떤 정치 사회적 세력이라도 모두 공적인 영역에서의 의사 결정 과정에 참여함으로써 획득할 수 있는 것이다. 법 앞에 평등하다는 근대 민주주의 이념에 의해 인민은 누구나 정치권력을 차지할 수 있는 시민으로서의 자격을 가지게 된다.[23]

법이 민주주의 국가의 구성원들에게 모두 평등하게 권리와 의무를 부여하는 장치이자 기제라 한다면 민주주의 국가의 질서와 기강은 모든 구성원들의 공통된 법 수호에 의해 지켜지는 것임이 자명하다. 법 수호의 의무로부터 어떤 구성원도 자유롭지 못하며 모든 구성원들이 법을 수호할 때라야 권력의 공평무사한 분배가 이루어질 것이다. 반면 힘을 빙자하여 이를 어기는 자가 있다면 그것은 민중에 대한 배반이자 국가에 대한 반역이 된다. 이 과정에서 민중에 대

22 김동명, 「법의 권위를 위하여」, 『적과 동지』, 창평사, 1955, p.176.

23 이들 항목들은 모두 근대 민주주의 정치체제의 특징을 말하고 있다. 이에 대해서는 이승원의 앞의 책, p.58.

한 폭력이 자행될 것이며 민중은 의사 결정 과정에서 소외될 것이다. 이는 법을 지키는 일이 민주주의 국가에서 어떤 의미를 지니는지를 명백히 말해주는 대목이다.

사정이 이러함에도 김동명이 이들 정치평론을 쓰던 1952-58년 당시는 이승만의 초법적 정치만행이 자행되던 시기로 형식적인 민주주의적 절차가 전혀 지켜지지 못하였다. 위의 인용글 역시 이승만 독재정치에 반대하는 인물을 처단하던 '서의원사건'을 다루고 있는 것으로 이승만의 불법적 정치가 민중의 기본적 인권조차 파괴하고 있음을 고발하고 있다. 이는 명백한 독재주의적 폭력과 횡포이며 이성과 상식이 붕괴되는 사태라 할 수 있다.

이처럼 민주주의의 기본적인 제도가 지켜지고 있지 못할 때 민중이 할 수 있는 일은 무엇일까? 선거를 비롯하여 합법적인 방식으로 권력의 횡포를 막아내지 못할 때 민중이 할 수 있는 선택은 장외투쟁 이외에 달리 없을 것이다. 4.19 혁명은 권력에 의해 법이 유명무실해지고 최소한의 형식적 민주주의마저 지켜지지 않은 것에 대한 민중의 심판에 해당하였다. 자유민주주의 이념에 투철했던 김동명이 4.19 혁명에 감격한 것은 물론이다. 이점에서 김동명이 이승만 정권을 향해 헌법 수호를 호소한 것은 지식인으로서의 최선의 양심있는 행위였다 할 수 있다.[24]

24 김동명은 1954년에 쓰여진 「개헌안의 맹점」(앞의 책, 1955, p.353)에서 "자유당의 개헌 조항(초대 대통령 중임제한 폐지를 위한 개헌-인용자 주)이 대의명분에 위배됨이 큼을 지적하면서 이에 국민의 이름으로 엄숙히 이를 거부한다."고 하면서 법의 엄중함에 대해 명시하고 있다.

3.2. 인민 주체로서의 민주주의에 대한 신념

4.19 혁명이 성공하자 김동명은 그것이 12년간의 독재의 아성을 무너뜨렸다며 매우 높이 평가했다. 그는 4.19 혁명이 '3.1운동의 흥분과 8.15의 환희를 합친 것과도 같은 비중을 가지는 감격'이라고 하면서도 이들보다 훨씬 가치 있는 것으로 보았다. 3.1봉기는 목적 달성에 실패하였고 8.15는 우리의 힘으로 이룩한 것이 아니라는 이유에서다. 이에 비해 4.19는 '상하 4천 년에 걸친 이 나라 오랜 역사에서 이 민족이 이룩한 가장 값지고 보람있는 사업'이었다.[25] 이승만의 독재정치에 강한 증오와 혐오를 느꼈던 만큼 김동명에게 4.19는 해방이자 구원에 해당하였다.

그러나 4.19 혁명에 의해 등장한 2공화국의 장면 정권에 대해 김동명은 또다시 실망하게 된다. 그것은 장면 정권 역시 권력을 장악한 직후에 이승만 정권과 다를 바 없는 부패한 모습을 보였기 때문이다. 그는 민주당이 자유당의 재판이라면서 민주 국가의 장래를 위해 장면 정권이 계속되는 것은 위험한 일이라고 주장하였다. 김동명은 4.19 혁명 이후 대부분의 국민들이 민주당 정권의 출현에 기대가 컸으나 혁명의 계승에 무관심한 민주당의 모습에 실망을 하였다고 진단하고 있다.[26]

이러한 이유로 김동명은 5.16 군사 쿠데타가 일어났을 때 이를 적극 환영하게 된다. 그는 쿠데타 세력을 '군사혁명'이라 칭하면서 그

25 김동명, 「4.19의 감격」, 앞의 책, 1964, p.396.

26 김동명, 「5.16을 당하고 난 소감」, 위의 책, p.360.

가 받은 충격과 감동을 숨기지 않았다. 김동명은 그것이 4.19 혁명의 완수를 위한 것으로 여겼다. 특히 쿠데타 세력이 경제제일주의와 반공주의를 표방한 것은 김동명의 신뢰를 얻는 데 일조하였다. 쿠데타는 무능한 장면 정권이 하지 못한 4.19의 계승과 정국 안정을 위해서 불가피한 사태였다면서 김동명은 이를 적극 지지한다. 그러나 시간이 지날수록 김동명은 이들 군사세력에 대해 불안과 두려움을 느끼게 된다.[27] 군사 정부가 그들의 약속과 달리 권력을 이양하지 않고 있었기 때문이다. 이때부터 김동명은 민정으로의 정권 이양을 강력히 주장하게 된다.

> 우리의 關心은 무엇보다도 이 나라 國體의 本質이요, 모든 國是의 根源이 되는 民主主義의 原理原則에 쏠릴 뿐이다. 다시 말하면, 民主主義란 政治的으로는 主權을 國民自身이 가지는 制度, 卽 이른바 '主權在民'을 鐵則으로 하는 것인데, '軍政'이란 두말한 것도 없이, 이러한 民主的 基本 原則에 違背되기 때문이다.
>
> 軍이 國家의 主權을 獨擅한다는 것은, 許多한 境遇에서, 보다 悲劇的이었다는 事實-歷史가 보여준-도 전혀 무시할 일은 못되지만은 우리의 경우에서는 반드시 그렇지는 않다. 異例的인 成功이었음은 아무도 의심하지 않는다. 다만 우리로서는 民主主義의 基本原則만은 경우의 如何를 莫論하고 지켜지기를 바라고 싶을 뿐이다.

27 김동명, 「민정으로 돌아가자」, 위의 책, p.418.

> 그런데 어디로보나, 民主國家임에 틀림없는 이 나라의 主權이, 비록 一時的나마, 그 主體인 國民의 손에서 떠났다는 것은 一大異變이요, 不祥事가 아닐 수 없다. 嚴格히 따진다면, 이 나라는 벌써 民主國家의 隊列에설 資格을 喪失했다고 할 수 있다.[28]

민주주의는 어원에서부터 '누가 통치의 주체인가'라는 문제를 제기하게 된다. 서구에서 부르주아 혁명으로부터 근대 민주주의가 탄생한 것은 통치의 주체가 절대군주가 아니라 시민이 되었던 점에서 비롯하였다. 그것은 절대군주로부터 떨어져 나온 권력이 시민에게 귀속되는 순간을 가리킨다. '인민주체'의 문제는 '어떠한 절차가 민주적인가'를 통한 '법'의 문제, 그리고 권력의 독점을 제한하는 '어떤 권력인가'의 문제와 함께 민주주의의 개념을 규정하는 질문이다.[29] 이승만이 절차상의 통치 방식 및 권력 독점의 측면에서 민주주의를 위반했다면 김동명이 본 박정희 정권은 통치 주체의 측면에서 문제가 되었다. 김동명은 '민정이란 진정한 의미의 인민에 의한 정치'임을 명시하면서 '조속한 시일 내에 정권이 민간인의 손으로 옮겨지기를 바란다'[30]고 촉구하고 있다. 인용글에서도 나타나듯이 김동명은

28 위의 글, pp.416-7.

29 이승원은 근대 민주주의의 개념이 '누가 통치의 주체인가', '어떠한 절차가 민주적인가'라는 전통적 문제의식 외에 '어떤 권력인가'라는 문제의식에 의해 성립된다고 본다. '어떤 권력인가'의 문제는 권력의 성격을 묻는 것으로 권력을 절대적으로 소유할 수 없게 된 상황과 관련된다(이승원, 앞의 책). 즉 첫 번째 질문이 인민 주체의 정치를, 두 번째 질문이 형식적 민주주의를 가리킨다면, 세 번째 질문은 권력의 반독점적 성질을 가리킨다. 요컨대 민주주의는 인민에 의해 반독점적이고 합법적으로 통치되는 정치체제를 의미한다.

쿠데타의 필요성을 긍정하면서도 이것이 장기화되는 것을 극도로 경계하고 있다. 이는 김동명이 '인권'을 핵심으로 하는 민주주의의 개념에 충실하고자 하였기 때문이다. 그에게 민주주의란 오직 '인민에 의한, 인민을 위한, 인민의' 것이라야 했기 때문이다. 군사정권은 통치 주체에 있어서 심각한 결격사유가 되는 것이다. 박 정권의 통치 주체에 관한 문제제기는 주로 군정 초기에 이루어지거니와 이를 다룬 글로 「비판정신의 앙양을 위하여」, 「민정으로 돌아가자」, 「민주원칙의 수호」, 「악법을 거부한다」, 「상처투성이의 민정」 등이 있다.

박정희 군사정권에 대한 김동명의 입장은 최초의 환영에서 차츰 군정 지속에 대한 불안, 그리고 그것의 전체주의화, 독재주의화에 대한 절망의 순서로 진행된다. 김동명이 지녔던 민주주의의 원칙에 대한 신념은 매우 공고하여서 그는 박정희 정권에 서서히 고개를 들었던 권력 독점과 절차상의 독재적 통치 방식에 대해 맹렬히 비난을 퍼붓기 시작하게 된다. '누구나 할 것 없이 정권만 손아귀에 넣으면 걷잡을 수 없이 썩어져 들어가기로 마련인 이 나라 비극적인 정치풍질'이라 한 김동명의 통탄은 점차적으로 박정희 정권의 권력의 독점화를 염두에 둔 것이다. 심지어 김동명은 '군정 시대에 비하면 이승만 시대마저 약과라는 생각'이 든다고 토로한다. 그는 박정희 정권 시대가 '숨도 제대로 쉴 수 없고, 금방이라도 질식할 듯하며 괴로움과 무서움에 사로잡혀야 할' 판국이라고 말하거니와,[31] 이는 박 정권이 통치 주체의 측면은 물론 절차상 합법성이라는 통치 방식, 그리

30 김동명, 「민정으로 돌아가자」, 앞의 책, p.416.
31 김동명, 「시국은 중대하다」, 위의 책, pp.473-4.

고 독점 금지라는 권력의 성질 등 모든 측면에서 민주주의를 위반하고 있음을 가리키고 있는 것이다.

그는 박정희 정권의 부정과 부패가 어느 시대보다 심하다고 하면서, 그 내용으로 박정희 정권이 독재 권력 유지를 위해 '중앙정보부'라는 비밀경찰기구를 조직하여 공포정치를 행하고 있다는 점, '정치정화법'을 만들어 정적을 사전에 꼼짝 못하게 하여 정권의 장기 안전을 기도하였다는 점, 박정희 정권이 군정정치를 합법화할 목적으로 일인정치의 제도화를 성문화하는 개헌안을 통과시켰던 점, 한국언론이 그 어느 시대보다도 창피할 정도로 억압되고 있다는 점 등을 지적한다.[32] 이에 따라 김동명은 박 정권을 향해 공화당, 중앙정보부를 해체하고 언론, 학원의 위축을 방지하며 법과 신의를 지킴으로써 민주주의를 유일한 신으로 삼을 것[33]을 주장하였다.

주지하듯이 박정희 정권은 권력주체로서의 민중에 대한 존중은 물론 자유와 평등을 위한 법적 기본 원칙을 무시한, 이승만을 능가한 초법적 독재권력이었다. 그에게 법은 민중의 권리를 위한 것이 아니라 자신의 권력을 위해 민중을 핍박하는 도구이자 수단에 불과했다. 민주주의를 현대의 신[34]으로 여기고 진정한 민주주의의 한국에서의 실현을 위해 고군분투하던 김동명에게 이러한 박정희 정권이 바르게 보였을 리 없다. 김동명은 박 정권이 보여주었던 반인권적, 반민주적 성격을 낱낱이 폭로하면서 박 정권을 향한 언론 투쟁을 전개하였다.

32 위의 글, pp.480-3.

33 위의 글, p.485.

34 김동명, 「신의 탄생」, 위의 책, p.440.

4. 김동명의 비판적 지성

개념적인 차원에서 볼 때 자유민주주의에서 자유주의와 민주주의는 상호 보완적 측면과 상충적 측면을 동시에 갖고 있다. 김한원에 의하면 자유주의는 정부 권력의 정도와 관련이 있고 민주주의는 이 권력을 누가 가지고 있는가와 관련이 있다. 최소한의 정부의 주도성과 국민의 절차적 주권참여가 이루어질 때 자유민주주의가 실현될 수 있다.[35] 이는 국민에게 주권이 있으면서 이것이 초법적 권력에 의해 침해되지 않는 것을 가리킨다. 따라서 자유민주주의란 오직 인민의 권리가 법적 형식에 의해 보장되는 체제를 의미하는 것이다.

대한민국은 자유민주주의 이념에 기대면서 성립된 것이 사실이지만 우리 역대 정권들은 반공주의의 의미만을 강조할 뿐 개념적 차원에서의 진정한 자유민주주의 실현에는 무관심했음을 알 수 있다. 이는 우리의 역대 보수 정권들이 반공주의를 자신의 권력 유지를 위해 이용한 혐의를 지니고 있음을 말해준다. 우리의 보수 정권들은 자유민주주의를 내세우면서 사실상 반공주의만을 강조할 뿐 인민 주권에 대해서는 외면했다. 자유민주주의가 정치의 발전과 인민의 권리를 위한 근거로서 사용되어야 함에도 불구하고 우리나라에서 그것은 반공을 위해 오히려 인민과 정치를 탄압하는 근거가 되었다.

우리나라에서 이러한 현상이 일어났던 것은 물론 정권의 자유민

35 김한원·정진영, 「자유주의·민주주의 그리고 한국」, 『자유주의: 시장과 정치』, 부키, 2006, pp.12-4.

주주의 호도 정책 탓이다. 이승만 정권이 인민의 의사에 따르는 척 하면서 온갖 정치쇼를 동원하여 법질서를 유린하였다고 한다면 박정희 정권은 민주주의의 기본 개념 자체를 짓밟으면서 주체로서의 인민 위에 군림하려 들었다. 박정희 정권에게 정치는 '권력에 의한, 권력을 위한, 권력의' 체제에 다름 아니었던 것이다. 이들의 정치에서 인민의 자리는 어디에도 없었으며 정의도 자유민주주의도 존재하지 않았다.

대한민국의 건설 초반에 있었던 이와 같은 자유민주주의 체제에 대한 위협은 많은 비판 세력을 낳는 결과를 가져왔다. 4.19 혁명을 비롯하여 197,80년대의 지식인들과 민중들의 저항이 그것이다. 이들의 투쟁은 민주주의 수호를 위한 양심적이고 적극적인 참여에 해당하였다. 그러나 이 땅에서 정권의 독재적 행태에 대한 민중들의 저항은 민주주의를 위한 투쟁으로서 존중되기보다 '종북'이라는 이름으로 매도당하기 마련이었다. 인권과 자유와 평등을 이야기할 때 반민주적 정권은 이들을 가리켜 자유민주주의로 규정하는 대신 공산주의라고 곡해하였던 것이다. 이는 우리의 역대 정권이 얼마나 자유민주주의의 개념에 무관심하며 자신들의 권력 유지에 급급하였는지 잘 말해준다.

김동명은 세 권에 달하는 그의 정치평론을 통해 자유민주주의의 본질에 대해 정열적으로 개진하고 있거니와, 김동명의 정치평론은 교과서 속에서만 배운 자유민주주의의 실제를 우리에게 새삼 상기시킨다. 월남한 정치가 김동명이 외친 자유민주주의가 '종북'이자 '공산주의'일 리 없다. 그의 민주주의를 향한 호소가 이 땅에 진정한 민주주의 정착을 위한 정의로운 투쟁이었음을 말해주는 대목이다.

더구나 그의 정치평론은 당대 사회, 정치의 현장 속에서 생산되었다는 점에서 강한 실천성을 띤다. 그의 정치평론에 주목해야 하는 이유가 여기에 있다.

5. 민주주의 사상가 김동명

우리는 김동명에게서 예술가의 모습만을 보지 않는다. 김동명은 예술가인 한편 저변에서부터 선 굵은 사상가에 해당되었기 때문이다. 그는 균형있고 냉철한 이성을 바탕으로 시대의 흐름을 인식하고 민족의 나아갈 바를 염려했던 비판적이고 예언자적인 지성인이었다.

어릴 때부터 서구적 신문물, 신교육에 접하였던 김동명은 자연스럽게 서구의 자유민주주의 이념에 노출될 수 있었고 개신교의 영향력 아래 해방 이후 우익 민족주의의 입장에서 공산주의 세력에 저항하는 활동을 하였다. 월남을 단행한 것은 이것이 빌미가 되어 김일성의 탄압을 받게 되었기 때문이다.

그가 월남 지식인이었다는 점은 그의 사상적 거점을 짐작하게 해준다. 반공주의와 자유민주주의가 그것이다. 월남 후 그는 철저히 반공주의와 자유민주주의 이념적 노선을 따르면서 미군정과 이승만, 한민당을 지지하게 된다. 그러나 주로 6.25 전쟁 직후부터 쓰여진 김동명의 정치평론은 그가 무조건적으로 이들을 지지한 것이 아니었음을 말해준다. 그의 정치평론에서 김동명은 매우 신랄하게 이승만 정권을 비판하기 때문이다. 그에게 문제되었던 것은 진정한 의미의 자유민주주의였지 권력도 그 무엇도 아니었던 것이다.

김동명은 세 권에 달하는 정치평론을 통해 역대 정권들의 실정에 대해 강력하게 비판한다. 그는 이승만의 독재정치와 장면 정권의 무능과 부패, 그리고 박정희의 군사 독재에 대해 매서운 비판을 아끼지 않는다. 이들은 공통적으로 권력에 들린 자들이었을 뿐 민주주의의 의미에 대해서는 무관심한 자들이었다. 정치평론을 통해 김동명은 이들의 부정을 낱낱이 고발하면서 자유민주주의의 진정한 의미에 대해 개진한다. 김동명의 소망은 오직 이 땅에 정의로운 사회, 진정한 자유민주주의를 뿌리내리는 일이었다.

한국 현대시 사상 연구

제10장

김동명의 일제말기 전쟁시를 통해 본 현실 인식과 저항성

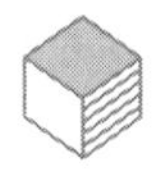

1. 김동명의 전쟁시의 범위

우리에게 무엇보다 「파초」와 「수선화」로 알려져 있는 김동명은 1930년대의 대표적인 전원시인이자 목가시인으로 규정될 뿐[1] 연구사적으로 볼 때 그 외의 외연에 대해서는 주목된 바가 거의 없다. 1923년 『개벽』지를 통해 등단한 그가 당시 유행했던 상징주의 시풍을 보여주다가 1930년대에 이르러서는 시대적 현실과 일정 정도 거리가 있는 정통 서정시에 주력하였고, 이 시기에 쓰여진 시가 현재까지도 회자될 만큼 우수한 것이었기에 이러한 인식은 어쩌면 자연

1 이러한 규정은 백철과 조연현에 의한 '소박한 감성과 목가적 서정'이라거나 '현실을 버리고 전원에 거하는 마음'이라는 언급(임영환, 「김동명의 민족시적 성격」(김병우 외, 『김동명의 시세계와 삶』, 한남대출판부, 1994, p.177)에 따른 것으로 이후 김동명에 대한 이해는 이러한 관점에서 고착된 감이 있다.

스러운 것이라 할 것이다. 그의 대표작에서 떠올릴 수 있는 것처럼 그의 주요 활동기인 1930년대에는 '꽃'이나 '나무', 혹은 '바다'와 '호수' 등의 자연을 소재로 한 시들이 다수를 차지하고 있다.[2] 그러나 김동명의 전체적 문학 세계를 이해할 때 많은 논자들은 그의 작품에 나타난 서정적 경향은 일부분에 해당한다는 점을 이구동성으로 강조하고 있다.[3]

실제로 김동명의 문학 작품은 『나의 거문고』(1930), 『파초』(1938), 『3.8선』(1947), 『하늘』(1948), 『진주만』(1954), 『목격자』(1957)의 시집과 세 권의 정치 평론집, 그리고 두 권의 수필집 등이 있거니와 이들은 해방을 기점으로 하여 초기와 후기로 구분되며 해방 이후의 작품들은 대부분 서정성보다는 현실 참여성이 두드러진다 하겠다.[4] 특히 195, 60년

2 김동명의 시에 등장하는 꽃의 종류는 수선화 이외에도 '접중화', '오랑캐꽃', '라일락', '백합화', '무궁화', '해당화', '장미' 등 다채롭다. 이들 꽃의 소재는 그의 작품들을 서정적으로 특성화한 대표적인 요소가 될 것이다. 그러나 그에게 '꽃'은 단지 아름다움의 대상을 바라보는 관조적 태도를 나타내는 것이 아니라 시인의 올곧고 강인한 마음을 형상화하는 매개로서 기능한다. '꽃'이 김동명의 수필에 등장한 양상에 주목한 연구로 장정룡의 「초허수필의 '꽃' 이미지와 그 지향성 고찰」(『심연수 학술세미나 논문총서Ⅱ』, 심연수선양사업위원회, 2013)이 있으며, 김동명 시에서의 '바다', '강', '냇물', '호수' 등의 '물' 이미지에 주목한 연구로 송재영의 「물의 상상체계」(김병우 외, 앞의 책)가 있다.

3 김동명에 관한 대표적 연구자라 할 수 있는 엄창섭은 초기 연구에서부터 일관되게 김동명을 전원시인으로 단정짓는 것의 문제점을 지적하면서 김동명이 민족의 불행에 누구보다도 괴로워하고 분노하였으며 조국을 위한 강한 신념을 이끌어갔던 지사형 시인임을 강조하였다. 이러한 연구에 엄창섭의 「원전비평」(김병우 외, 위의 책, p.275), 「초허의 시문학과 정체성의 고찰」(김동명학회편, 『김동명문학연구』Vol.1, 2014, pp.13-26), 「시대적 상황대처와 초허의 한글인식」(김동명학회편, 『김동명문학연구』Vol.2, 2015, pp.11-32)이 있고 이외에도 임영환의 앞의 글(p.179), 김윤정의 「김동명 시에 나타난 '주체의식' 연구」(김동명학회편, 『김동명문학연구』Vol.1, pp.179-210), 이미림의 「작가(시인)로서의 삶, 지식인(정치가)로서의 삶」(김동명학회편, 『김동명문학연구』Vol.2, pp.77-102) 등이 있다.

4 김동명 시의 시기 구분을 전기와 후기로 한다고 할 때 전기에는 『나의 거문고』, 『파

대에 쓰였던 정치평론들은 김동명이 현실도피적이고 소극적인 인물이 아니라 현실의 한가운데서 능동적이고 적극적으로 시대를 이끌어가고자 하였던 인물임을 명시적으로 보여준다. 즉 김동명을 바라보는 전원시로서의 서정성은 전기에 한정되는 경향일 뿐 전체적인 면에서 볼 때 그의 시세계는 후기의 현실주의 경향에 의해 더욱 특징화된다 할 수 있다. 이점은 김동명에게 있어서 시의 서정성 못지않게 현실주의적 성격도 중요한 것이자 이 둘 사이에는 단절과 연속이라는 양면성이 내재하고 있음을 말해준다.[5] 결국 김동명 문학세계를 올바르게 파악하기 위해서는 이 두 경향을 입체적이고도 총체적으로 살펴보아야 할 것이다.

김동명의 시세계를 해방 이전과 이후로 구분하고 전자에 『나의 거문고』, 『파초』, 『하늘』을 위치시키는 것은 발간 연도에 의해서라기보다 그것이 다루고 있는 내용의 성격에 기인한다. 이는 전후기의 구분이 발간시기가 아닌 시집에 다루는 내용이라든가 쓰여진 시기에 의해 이루어진다는 것을 나타낸다. 가령 『하늘』은 해방 이후에 발간되지만 실제로 쓰여진 시기는 1930년대여서 시적 경향이 서정성

초』, 『하늘』이 해당되며 후기에는 『진주만』, 『3.8선』, 『목격자』가 속한다고 할 수 있다. 그런데 이들 시집들은 그것이 다루고 있는 시대와 발간 연도가 순차적이지 않다는 점에 유의해야 한다. 가령 『하늘』은 해방 후인 1948년이 발간연도로 되어 있지만 실제 다루고 있는 내용은 1930년대의 그것이며 시의 정서 및 경향 역시 『파초』와 다르지 않다. 뿐만 아니라 『3.8선』은 『진주만』보다 먼저 발간되지만 다루고 있는 내용은 엄연히 태평양 전쟁을 소재로 하고 있는 『진주만』이 앞서 있다. 후기의 시에 있어서 내용에 따라 선후관계를 따진다면 『진주만』이 먼저이고, 월남 상황을 다루고 있는 『3.8선』과 6.25 전쟁을 다루고 있는 『목격자』가 그 뒤를 잇게 된다.

5 김윤정의 「김동명 시에 나타난 '주체의식' 연구」(앞의 책)는 김동명의 전기 후기가 '주체'적 측면에서 어떻게 상관되며 연속성을 지니는지를 고찰하고 있는 논문이다.

이 강한 『파초』와 같다. 또한 『진주만』은 1954년에 발간되지만 실제 내용은 태평양전쟁을 배경으로 하고 있다. 이러한 정황들을 따진다면 해방을 기점으로 하는 김동명 문학의 시기 구분은 다소 편의적이다 할 수 있다. 엄밀히 말해서 그것은 해방이라는 시대를 기점으로 한다기보다 서정성과 현실참여성을 구분하는 경계라고 할 수 있다.

본 연구에서 살펴보고자 하는 시는 김동명의 시 가운데 『하늘』에 수록되어 있는 「1936년을 맞는 노래」, 「1937년 점묘」, 「총후삼경」 등과 같은 현실주의적 시와 『진주만』의 시편들이다. 이들 시편들은 김동명의 시작詩作 구분의 관점에서 보면 전기와 후기에 걸쳐져 있는 것들이다. 그러나 이들은 김동명의 시 가운데 해방 이전의 '전쟁'을 중심으로 하는 현실주의 시들이라는 점에서 공통점을 지닌다. 『하늘』의 시들은 중일전쟁 전후에 쓰여진 것들이고 『진주만』은 태평양전쟁 시기에 쓰여진 것들이다. 이점에서 이들을 가리켜 일제 말기[6]에 쓰여진 김동명의 현실주의 경향의 시들이라 말할 수 있다.

서로 다른 시집에 속하는 시들이지만 이들은 '전쟁'을 소재로 취하고 있다는 점에서 동일한데, 이는 김동명의 서정성이 현실참여적 성격과 구분되면서도 사상적으로 그리 멀리 떨어져 있는 것이 아님

6 일제 강점기 가운데 암흑기라 불리는 일제 말기는 문단사적으로 말할 때 1941년 『문장』지 폐간을 기점으로 한다. 『문장』지가 폐간됨으로써 작가들은 우리말로 쓴 글을 발표할 지면을 상실하게 되었고, 곧이어 공식적인 매체에서의 조선어 사용 금지와 창씨개명 등의 동화정책이 시행되었기 때문이다. 그러나 일제침략사라는 정치적인 측면에서 볼 때 일제 말기는 중일전쟁 직후인 1938년이 된다. 김재용에 의하면 중일전쟁 중에서도 일제가 중국의 무한삼진을 함락시켰던 1938년 10월 이후가 그 시점이다. 이를 기점으로 일제의 파시즘이 준비되었으며 이에 따라 조선의 친일 양상이 본격화되었던 것이다. 김재용, 『협력과 저항』, 소명출판, 2004, p.3.

을 말해준다.[7] '전쟁'을 배경으로 하고 있는 이들 시편들에는 김동명의 현실 인식과 그에 대처하는 그의 태도가 잘 나타나 있다. 본고에서 다루게 될 시적 내용인 '전쟁'들은 일제의 군국주의적 파시즘 체제 하에서 전개된 것들로서, 이들 전쟁을 계기로 하여 국내 작가들의 대응 양상이 극적 양상을 띠게 되었다는 것은 잘 알려진 사실이다.[8] 김동명 역시 이들 '전쟁'을 계기로 그의 태도를 정해나간다는 점에서 여느 작가들과 다르지 않다. 그러나 창씨개명 거부와 절필로 드러나듯 김동명은 친일이 아닌 저항을 선택하게 된다.[9]

본고가 주목하는 것은 김동명이 이 시기 친일이 아닌 저항을 선택하게 된 내적 요인이다. 이 시기 대부분의 작가들이 친일 문학을 했던 것과 달리 김동명이 그와 다른 길을 걸을 수 있었던 것은 무엇에 기인하는가? 단순히 '민족주의'는 친일과 저항을 가름할 수 있는 기준이 될 수 있는가? 김동명의 일제말기 현실주의 시들을 살펴봄으로

7 본고에서 살펴보고자 하는 시편들은 발간연도에 의거할 때 창작 시점에 있어서 불명확한 면이 있지만 소재 및 정황상 해방 이전에 쓰여졌을 것으로 추정된다. 특히 『하늘』에 수록되어 있는 현실주의 시들은 시의 제목에서도 짐작할 수 있듯이 중일전쟁이라는 혼란스런 상황에 처하여 쓰여진 것으로 보인다. 이는 김동명이 가장 서정적인 시를 쓰고 있던 중에도 현실에 대한 관심을 놓지 않고 있었음을 말해준다. 이때의 현실이란 것도 민족의 운명을 가름하는 당시의 중요 정세와 관련된 것이다. 이는 김동명의 현실 의식이 얼마나 적극적이고 주체적인 것이었나를 짐작하게 한다.

8 김재용은 중일전쟁과 태평양전쟁이 일어났던 시기를 일제 말기라 보면서 이들을 계기로 국내 작가들의 일제에 대한 협력과 저항이 본격적으로 판가름되었다고 말하고 있다. 본격적인 친일문학이 형성되었던 시기가 이때라는 것이다. 마찬가지로 친일을 거부하는 저항문학이 생겼던 시점도 이때가 된다. 그의 저서 『협력과 저항』은 일제 말기 작가들의 협력과 저항의 양상을 사상 및 논리의 측면에서 갈래지어 해명하고 있어 주목된다.

9 이는 김동명의 아들 김병우 교수의 증언에 따른다(김병우, 「아버지 金東鳴에 관한 書翰」, 김병우 외, 앞의 책, p.211).

써 이러한 질문들에 대해 답하고 그의 사상적 특성을 확인하는 것이 이 글의 목적이라 할 수 있다.

2. 일제말 전쟁에 대한 관점

김재용은 일제말기 친일 문학이 일반적으로 알려져 있는 것처럼 강요에 의해서 이루어진 것이 아니라 철저히 자발적으로 이루어진 것이라고 전제하면서 당시 작가들에게 내재되어 있었던 친일의 내적 논리를 밝히고자 하였다.[10] 그는 당시 우리 지식인들의 일제 협력이 두 시기에 걸쳐 이루어졌다고 하는데, 그 하나가 중일전쟁 이후의 일이고 다른 하나가 태평양 전쟁에 즈음하여서라고 한다.[11] 당시 우리의 지식인들은 중일전쟁에서 일제가 패하고 조선이 독립될 것이라고 기대하였으나 1938년 10월 중국의 무한삼진이 함락됨에 따라 독립에의 희망을 버리고 일제에 편승하게 되었다는 판단이다. 김재용은 여기에 해당하는 작가로 이광수, 주요한 등을 들고 있다.[12]

또 한 차례 일제 협력이 일어났던 것은 1940년대 초반 일제가 대동아공영론을 앞세우면서 태평양전쟁을 일으켰던 시기이다. 흔히 암흑기로 알려져 있는 이때에 내선일체라든가 황국신민화 이데올로기가 확산되면서 일제에 의한 동화정책이 일어났음은 주지의 사

10 김재용 외, 『친일문학의 내적 논리』(역락, 2003), 김재용, 『협력과 저항』(소명출판, 2004).

11 김재용, 위의 책, 2004, pp.80-86.

12 위의 책, p.204.

실이다. 김재용에 의하면 이때의 친일 역시 자발적으로 이루어졌는데, 이때는 독일과 이탈리아, 일본을 중심으로 근대초극을 명분으로 하는 신체제론이 등장하였던 시기로서 국내의 많은 지식인들이 이러한 근대초극의 논리에 경도되었다는 것이다. 여기에 해당하는 작가는 주로 국제적 지식에 해박하였던 자들로 최재서가 그 대표적 인물이라 할 수 있다.[13]

일제에의 협력이 김재용의 판단처럼 강요가 아니라 자발적으로 이루어진 것이라면 친일 작가들에 대해 반민족주의자라고 규정하는 것만으로는 이들의 친일 요인에 대한 올바른 이해에 도달할 수 없다. 이광수는 자신의 협력이 조선 민중을 위한 것이었다고 말하고 있기 때문이다. 이광수는 창씨개명을 독려하였던 것이 조선 민족의 장래를 위한 것이었다고 말하고 있다.[14] 친일과 관련한 이광수의 이와 같은 태도는 민족주의의 기준이 모호해지도록 한다. 우리에겐 반민족주의적 행태로 여겨지는 것이 그에겐 어떻게 민족을 위한 일이 될 수 있었던가. 친일을 민족적인 행위로 여길 수 있던 것은 도대체 어떤 논리였나?

당시 지식인들은 일제가 중국에 승리하는 것을 보면서 일본의 근대사회가 봉건사회를 무너뜨리고 역사의 주인이 될 것이라고 확신하게 되었다고 한다. 더욱이 중국도 패망한 시점에 조선의 독립은 요원한 것이었으므로 한국의 지식인들은 일제에 협력함으로써 이

13 위의 책, p.204.

14 김재용, 위의 책, p.252. 서정주 역시 일제가 그토록 쉽게 패망하리라고는 상상할 수 없었다고 하면서, 일제에 협력한 것이 어떻게든 살아 견뎌야 했던 것이자 조선 민중의 죽음을 헛되이 하지 않기 위한 것이었다고 술회하고 있는 것이다. 서정주, 「창피한 이야기들」, 『서정주문학전집3』, 일지사, 1972, p.238.

권을 챙기는 것이 민족을 위한 일이라고 판단하였다는 것이다. 이때의 지식인들의 협력은 일제가 무소불위의 힘을 지니고 있다는 판단을 전제로 하는 것이었다. 중국과 같은 거대한 나라와 싸워서도 지지 않는 일제의 세력을 보면서 일제가 멸하리라고 생각할 수 있는 사람은 거의 없었을 것이다. 즉 당시 지식인들에게 근대의 문명화된 기술로 무장한 일본이야말로 영원한 제국을 건설할 만큼 위대한 세력으로 여겨졌다. 누구도 일본의 패망을 예측할 수 없었던 것이다.

물론 조선의 독립을 전제하지 않은 채 일제의 확장에 기여했던 이들 친일 작가들은 잘못된 것이다. 그들은 어떤 상황에서도 제국주의의 악마적 속성과 선을 긋고 조국의 독립을 도모해야 했다. 일제가 전제된 상태에서 조선의 번영과 독립은 허구라는 사실도 명확히 했어야 했다. 그러나 실제로 그들의 판단대로 일제가 패망하지 않았다면 그런 일제하에서 조선 민중이 살 수 있는 길을 모색하는 것은 그리 단순한 일이 아니었다. 무소불위의 일제의 힘 앞에서 무기력하고 차별받는 우리 민족이 살 수 있는 길은 그 힘에 동조하는 일이었을지 모른다. 친일 작가들의 판단대로 아무것도 가진 것 없는 조선인으로서는 일본이 내세웠던 동화정책에 따르고 그들의 전쟁에 협력함으로써 그나마 차별 완화, 처우 개선이라는 혜택을 끌어낼 수 있었을 것이라는 점이다.[15]

15 그러나 작가들의 이러한 판단과 계산은 매우 순진한 것이 아닐 수 없다. 일제는 내선일체론을 내세우면서 내선간의 결혼을 독려하는 등의 동화정책을 펼치지만 그것은 조선인이나 일본인 모두에게 가당치 않은 일로 여겨질 만큼 억지스러운 것이었다. 실제로 일본인들 가운데에는 조선인이 진정으로 일본에 동화될 것이라고 믿는 사람은 거의 없었다. 또한 경제적으로도 전쟁준비에 허덕이고 있던 일본으

대동아공영론을 내세우면서 제기된 신체제론 역시 당시 지식인들에겐 매력적인 논리였다. 주로 박태원과 최재서와 같이 서구 문화에 경도되었던 이들에게 수용되었던 신체제론은, 모순에 찬 근대 자본주의가 새로운 구상에 의해 비로소 초극될 수 있을 것이라는 신념을 내용으로 하였기 때문이다. 이러한 논리가 당시 독일과 일본의 파시즘을 일으켰고 그것이 2차 세계대전을 일으킨 것 또한 주지의 사실이다. 독일의 히틀러와 이탈리아의 무솔리니 그리고 일본의 군국주의는 모두 신체제라는 이름으로 프랑스 혁명으로부터 시작됐던 근대 자유주의적 자본주의의 초극을 표방하면서 등장하였던 것이다. 일제의 대동아공영론이 제시되었던 것도 이러한 맥락에서인바, 일제는 동양이 하나가 되어 서양 제국주의를 물리치는 것이야말로 근대의 초극에 해당한다고 선전하였다. 이러한 논리가 설득력이 있었다는 것은 당시 친일을 했건 하지 않았건 조선 사회 내부에서 동양론이 유행하였던 사실을 비추어 짐작할 수 있다. 그러나 근대 초극의 방법이 일제를 중심으로 한 대동아공영권 형성에 있다는 관점은 쉽게 비판될 수 있는 것이다. 그것은 또 다른 제국주의가 기존의 제국주의를 대체하는 것에 불과한 것이기 때문이다. 더욱이 대동아공영권을 이루는 방법이 타 국가에 대한 무력 침공에 의한 것이었던 점은 결코 용인될 수 없는 것이다.

이러한 정황들은 일제의 협력에 일정한 논리가 있을 수 있었다 할

로서는 조선인에게 처우를 개선할 만큼의 물적 기반을 가지고 있지 못하였다. 결국 동화정책은 조선인들을 전쟁에 끌어들이기 위한 이데올로기적 수단이었을 뿐 그것의 실현 가능성은 전혀 없었다고 할 수 있는 것이다. 내선간 결혼의 실상과 문제점에 대해서는 이상경, 「일제 말기 소설에 나타난 '내선결혼'의 층위」, 김재용 외, 『친일문학의 내적 논리』, 역락, 2003, pp.124-37 참조.

지라도 한계와 모순이 명백하였던 사실을 보여준다. 일제의 협력 논리는 조선 민족의 입장에서 이익을 이끌어낼 수 있는 부분이 있는 것처럼 보였지만 실질적인 측면에서 허구에 찬 이데올로기에 불과하였다. 상황이 그러함에도 일제의 정책에 동조하였던 것은 지식인들이 처했던 계급적 조건과 인식의 오류에 기인한다. 지식인들은 민중과 달리 일제에 의한 동화적 포즈의 대상이 될 수 있었고, 민중의 의식을 호도할 수 있는 위치에 있었기 때문에 일제에 의해 적극적으로 회유될 수 있었다.[16] 지식인들의 특성인 의식의 관념성 또한 일제의 이데올로기와 쉽게 융화될 여지가 있었다. 민족의 이익을 위해서라는 이해관계의 측면에서 접근하였던 이광수, 서정주 등의 의식이라든가 근대초극을 꿈꾸었던 최재서, 박태원 등의 논리는 객관적 현실에 대한 냉정한 인식이었다기보다 자신들의 허황된 주관적 신념에 해당되는 것들이었다.

당시 지식인들의 이러한 잘못된 판단이 친일 협력을 낳았다고 한다면 저항이 발생하는 지점은 어디일까? 당시 문학인들의 저항의 방식으로 크게 적극적 방식과 소극적 방식이 있고, 전자에는 이

16 일제의 현실 정책에 불만을 품고 끝까지 민족주의적 관점에서 저항을 할 수 있었던 계층은 중소상공업자라든가 하급관료 등의 소부르조아층이라기보다 노동자, 청년, 학생들이었다. 소부르조아층은 자신의 경제적 처지에 빠져 기회주의적 속성을 드러내기 쉬웠으며, 실제로 일제는 1944-5년의 전쟁상황에서도 조선인 관리 등 소부르조아 중간층들에게 처우 개선 등의 유화책을 실시하였다. 일제로서는 이들을 동화시켜 견인시키지 못하면 식민지 유지 자체가 불가능하다는 판단을 하였을 것이다. 반면 노동자, 청년, 학생 등은 일제의 유화책으로부터 소외된 계층이었으므로 현실을 보다 객관적으로 파악할 수 있었으며 이러한 현실을 타개할 수 있는 실질적인 사상을 절실하게 필요로 하였다. 변은진, 「일제 '사상전체제' 하 조선 민중의 불만과 저항의식」, 한일관계사연구논집 편찬위원회편, 『일제 강점기 한국인의 삶과 민족운동』, 경인문화사, 2005, pp.329-34.

육사, 윤동주가, 후자에는 김기림, 김영랑, 신석정, 이병기, 박목월, 조지훈, 박두진 등이 있음은 주지의 사실이다. 이러한 분류에 의하면 김동명의 입지에 주목하게 한다. 김동명 역시 이 시기 절필을 단행하였던 시인에 해당하기 때문이다. 절필이라는 상황은 이들이 창씨개명 역시 거부하였음을 의미한다. 당시 작가들이 협력 대신 저항을 선택하는 길은 결코 쉬운 일이 아니었다. 그것은 세계관의 철저함이 요구되었을 뿐만 아니라 기본적 생활이 해결되어야 한다는 문제도 있었기 때문이다. 문필이 유일한 생계유지의 수단이 되었을 경우 세계관이 아무리 올바르다 하였을지라도 일제에 협력하는 길 외에 선택할 수 있는 길은 찾기 힘들었다. 또한 세계관적인 측면에서 보았을 때에도 앞서 살펴보았듯 단순히 민족주의만으로 저항의 논리를 말할 수 없다. 이광수나 서정주의 경우를 보더라도 민족을 위한다는 논리로써 얼마든지 협력을 택할 수 있었기 때문이다.

그렇다면 김동명의 경우 생활적 문제를 차치하고 그가 협력 대신 저항을 선택하였던 세계관상의 특성은 무엇이었을까? 늘 조국 상실을 아파하고 분노하였으며 민족의 앞날을 염려하였던 그에게 있어서 협력을 유도하였던 당시의 다양한 논리를 외면할 수 있게 한 요인은 무엇이었을까? 김동명의 일제말기 전쟁을 소재로 하였던 현실주의 시들을 살펴보는 이유도 여기에 있다. 중일전쟁과 태평양 전쟁을 바라보면서 썼던 김동명의 시를 통해 김동명이 흔들림 없이 저항의 길을 걸을 수 있었던 요인을 확인할 수 있을 것이다.

3. 중일전쟁 시기의 현실 이해

앞서도 언급하였듯이 중일전쟁은 조선 독립의 가능성을 타진하는 기준이자 조선 독립을 위한 마지막 기회였다고 할 수 있다. 중일전쟁에서의 중국의 패배로 조선 작가들이 본격적으로 일제 협력에로 방향을 정하였던 사실을 볼 때 중일 전쟁에 대한 태도를 살펴보는 것은 그의 친일 여부를 가늠하는 방편이 될 것이다. 김동명은 중일전쟁을 전후로 하여 중국에서의 불안한 정세를 다루는 시들을 몇 편 남기고 있다. 주지하듯 일본은 만주사변을 시점으로 하여 중국을 지속적으로 침략해왔었고 1937년 노구교 사건을 터뜨림으로써 중일전쟁을 유도하였다. 당시 중국에서는 공산당의 모택동과 국민당의 장개석을 중심으로 항일 운동이 전개되어 있었고 팔로군을 비롯한 조선의 독립군들이 이들 운동에 참여하고 있었다. 이들의 항일 운동에 대한 소식이 조선으로 흘러들어왔었기 때문에 조선인들은 더욱 독립에의 희망을 버리지 않을 수 있었다. 그러나 노구교 사건이 일어난 후 장개석이 군사적 요충지로 삼아왔던 무한삼진이 함락하게 되자 많은 조선인들이 좌절을 겪게 된다. 흥미롭게도 김동명은 이러한 시점에 중국 일본 간의 전쟁에 관한 시를 썼다. 시기적으로 서정시를 쓰던 시점에 이러한 시를 썼던 사실은 김동명이 현실 정세에 얼마나 민감했던 자인가를 짐작하게 해주는 대목이다.

I 盧溝橋!
盧溝橋!
東方의 鬱憤을 진인

조그마한 '다이나마이트'!
잘 터졌다.
光榮이 있거라.
歷史는 네게 절하리.

Ⅱ 十九路軍
獅子는 잠이 든채 약간
꼬리를 들어 보였다.
모도들 얼골이 파랗게 질린다.
허나 놈은 다시 더 깊은 잠 속에 떠러진듯,
아모 기척이 없다.

"깨기전에 이 놈을 재작해야 한다……"
옳은 소견일른지도 모른다.
허나 위험한 소견일른지도 모른다.

Ⅴ 遷都
蔣 장군 閣下!
당신네는! 실레의 말일지는 모르나--
당신네 군대 보다도 오히려 더 비겁하구려.
허나 無意志도 이 경지에 이르고 보면,
하나의 戰略이 되는 수가 있을지도 모르렸다.

「一九三七年 點描」 부분

7개의 소제목으로 이루어진 위의 시는 「1937년 점묘」라는 제목에서도 짐작할 수 있듯이 1937년에 일어났던 일제의 중국침략을 배경으로 하고 있다. 위 시는 일본에 의해 조작된 '노구교' 사건이 빌미가 되어 중일전쟁이 발발했고 그 후 장개석 부대를 중심으로 전세가 출렁이던 상황을 묘사하고 있다. 시의 화자는 '노구교'를 '다이나마이트'라고 표현함으로써 그곳이 아시아의 화약고임을 암시하고 있으며, '잘 터졌다. 영광이 있거라. 역사는 네게 절 하리'라고 한 데서 알 수 있듯 중국과의 전쟁을 기화로 조선의 운명이 달라지기를 바라는 마음을 나타내고 있다. 조선의 정세 변화를 위해 중국에 기대를 걸고 있는 화자는 중국을 '사자'라고도 표현하고 있다. '사자'의 기침으로 '모도들 얼굴이 파랗게 질리'는 상황은 일본에게 중국이 대적하기에 결코 쉽지 않은 상대임을 나타내는 것이다.

그러나 화자의 간곡한 바람에도 불구하고 전개되었던 사태는 그다지 낙관적이지 않았다. 장개석 군대는 일본과의 여러 전투에서 패배하고 수도를 중경으로 옮기게 되었고 급기야 군사적 요충지였던 무한삼진을 함락당하였던 것이다. 위 시의 V연은 일본에게 밀려 '천도'하게 된 상황을 가리키고 있거니와 시에서 화자는 '당신네는 당신네 군대 보다도 오히려 더 비겁하다'고 말함으로써 장개석에 대한 실망을 감추지 않고 있다. 김동명은 장개석 군대의 패배가 무엇을 의미하는지 잘 알고 있었던 것이다. 그러나 그는 장개석 군대가 계속하여 밀리는 상황에서도 희망의 끈을 놓지 않으려 하고 있다. 그것은 V연의 마지막 부분인 '허나 무의지도 이 경지에 이르고 보면, 하나의 전략이 되는 수가 있을지도 모르렸다'에서의 완곡한 표현에서 잘 나타나 있다. 위 시는 중일전쟁이 시작된 시점부터 전황을 예의 주시하면서 조선의 운명을 마음 졸이며 가늠하였던 당시 김동명의 심정을 사실적으로 그리고 있다.

그러나 김동명의 이러한 사정과는 달리 국내 조선인들의 태도는 무척 실망스러운 것이었다. 지식인들 가운데 이미 일제 협력으로 태도의 방향을 정한 이들이 생겨났던 것처럼 민중들 역시 약삭빠르게 일제에 편승하는 모습을 보였기 때문이다. 김동명의 「世代의 歎息」은 이러한 세태에 대한 개탄의 목소리를 드높이고 있는 시이다.

> 祭壇 같이 위해 오던 '良心'을
> 헌 신짝 같이 아모 주저 없이 내던질수 있다는 것은
> 차라리 世代의 자랑일른지도 모른다.
> 行動의 自由를 위하연 상당히 거치장스러운 물건이므로……
> 허나 다못 푸른 하늘이 부끄러운게 슬프구나.
>
> 살 같이 아껴 오던 '節操'를
> 휴지 쪽 같이 아모 미련 없이 찢어버릴수 있다는 것은
> 異端者의 面目이 躍如하여 좋구나.
> 허나 娼女 앞에서도 다시는 高慢과 憐憫을 享樂할수 없다는
> 것은
> 또한 우리들의 紳士 淑女를 위하야 얼마나 서거푼 일이료.
>
> (중략)
>
> 世代의 曠野에 수 없이 넘어진

腐爛한 영혼의 死屍!
오뉴월에 썩는 고등어 냄새보다도 더 역하구나.

「世代의 歎息」 부분

위의 시를 통해 일본이 승기를 잡으면서 이에 편승하여 기생하려드는 부류들이 늘어나는 것을 보면서 김동명이 느낀 심정을 선명하게 확인할 수 있다. 김동명이 지적하고 있는 대로 그들은 눈앞의 이익을 위해 '양심'과 '절조'와 '영혼'을 모두 내던지는 기회주의자들에 해당한다. 이들을 향해 김동명이 보여주는 태도는 조롱과 풍자, 그리고 분노와 탄식이다. 위 시의 화자는 그들에게 '양심'은 '행동의 자유를 위하연 상당히 거치장스러운 물건'이라고 조롱하고 있다. '양심'을 '헌 신짝'처럼 버리는 그들은 김동명에게 매우 수치스러운 이들로 여겨진다. 김동명의 강직한 면모가 드러나는 대목이 아닐 수 없다.

두 번째 연 또한 '절조'를 버린 이들에 대한 비난으로 이루어져 있다. 화자는 그들을 날뛰는 속물들, 즉 '躍如하는 異端者'라 칭하고 있다. 1연에서의 '세대의 자랑'이라거나 2연에서의 '약여하여 좋구나' 등은 김동명의 아이러니적 어조를 잘 보여주고 있거니와 김동명의 냉철한 비판 의식은 친일 협력자들의 기회주의적 행태들에 대해 매우 이지적으로 일관하고 있다. 김동명의 차가운 반어의 어조는 사태에 대한 분노의 심정을 고조시키고 있다.

김동명의 세태에 대한 탄식은 마지막 연에서 '부란한 영혼의 사시'라는 섬뜩한 표현을 얻고 있다. '부패하고 썩어 문드러진 영혼의 시체'라는 뜻의 이러한 표현은 당시의 세태에 대해 김동명이 얼마나 분개하고 실망하였는지를 잘 보여준다. 좀처럼 냉정을 잃지 않았던 김동명이었지만 정세가 어려워졌다고 조국의 독립을 저버리는 협력자들의 행태는 용서될 수 없는 것이었다. 그는 이들의 행위를 가리켜 '오뉴월에 썩는 고등어 냄새보다도 더 역하구나'라며 일갈한다.

정세가 낙관할 수 없는 처지에 놓여 있다 할 때 식민지 민중들의 선택은 힘 있는 자의 편에 붙거나 여전히 지조를 지키는 길이 있다. 많은 이들이 전자의 길을 걷게 될 것이나 역사에서 승리자는 후자에 속하는 이들이었다. 조국의 독립이 이루어지지 않은 상황에서 '양심'과 '절조'와 '영혼'을 저버리지 않는 이들에게 유일한 선택지는 여전히 조국의 독립을 꿈꾸는 일일 것이며 조국의 독립을 가로막는 세력과 투쟁하는 길뿐이다. 김동명이 선택한 길은 바로 이에 속한다. 이는 김동명이 얼마나 강직하게 조선의 독립을 위한 한 길만을 바라보았는가를 알 수 있게 한다. 또한 이것은 김동명이 당시 일제에의 협력을 선택했던 자들과 매우 먼 거리에 놓여 있었음을 말해준다.

4. 태평양 전쟁 시기의 정세 인식

김동명의 아들 김병우의 증언에 의하면 일제가 진주만을 공격하면서 태평양 전쟁을 일으켰을 때 김동명이 쾌재를 불렀다고 한다. 진주만 공격이 미국의 개입을 유도할 것이고 그리 되면 전세가 반전되어 일제의 패망을 예견할 수 있었기 때문이다. 실제로 1941년 12월 기습적으로 진주만을 공격한 이후 일제는 초반의 상승세를 제외하고 소련과 미국, 영국, 중국, 호주 등의 연합군에 의해 패배를 거듭해나갔고 급기야 원자폭탄을 투하당하게 된다. 일본 천황의 무조건 항복 선언과 함께 조선의 해방이 이루어졌던 것도 이 때문이다.

김병우의 증언대로라면 세계 정세의 흐름을 판단하는 김동명의 판단력은 매우 뛰어난 것이었음을 알 수 있다. 1940년 10월 신체제론이 제시된 이후 이미 국내의 많은 지식인들이 일제의 전쟁논리에 현혹되어 협력에 열을 올리고 있던 시점에 김동명은 절필하고 와신상담하면서 냉정하게 때를 기다리고 있었던 것이다. 그리고 김동명의 판단은 적중했다. 친일 작가들에겐 일제가 마치 영원한 제국이라도 되는 것처럼 여겨졌으나 김동명은 이와 달리 일제의 최후를 예견하였고 이에 따라 독립된 조선의 국가에 대해 준비할 수 있었다.[17] 일제가 진주만을 침략했을 때 진주만을 미화하고 일제를 조롱하는 시를 쓸 수 있었던 것도 이 때문이다.

아득히 紺藍 물결 위에 뜬
한 포기 睡蓮花.

아름다운 꽃잎 속속드리

17 김병우는 당시의 상황을 다음과 같이 회고하고 있다. “1941년 12월 8일 그 분은 이 땅의 만물이 다시 소생할 것이라는 吉報에 접하게 됩니다. 태평양 전쟁이 터진 것입니다. 선친은 진주만 기습 소식을 듣자 이때부터 일본이 패망하는 때를 기다리는 나날을 보내게 됩니다. 오늘 이것은 하등 이상한 일이 아닐른지도 모르겠습니다. 그러나 韓人을 포함한 一억 일본 국민이 자욱한 神話의 안개 속에서 ‘神州(일본 땅의 別稱)’의 불가침을 믿으며 연일 破竹之勢의 決勝을 알리는 보도 속에서 ‘必勝의 신념’을 다지고 있던 당시 과연 일본의 失敗를 豫見한 사람이 몇 사람이나 있었겠습니까.” 김병우, 앞의 글, p.212.

東方 歷史의 새 아츰이 깃 드려……

그대의 발길에 휘감기는 것을 물결이냐, 또한 그리움이냐,
꿈은 征邪의 旗幅에 쌓여 眞珠인양 빛난다.

(중략)

드디어 運命의 날은,
一九四一年도 다 저므러 十二月 八日.

아하, 이 어찐 爆音이뇨, 요란한 爆音 소리!
듣느냐, 저 壯快한 世紀의 '멜로디'를!

저 푸른 물결 위엔 어느새 燦爛한 불길이 오른다.
비빈 눈으로 바라 보기에도 얼마나 恍惚한 光景이냐!

「眞珠灣」 부분

위 시에서 '진주만'을 문자 그대로 '眞珠'라 칭하면서 아름답게 묘사하고 있는 부분이나 진주만에 가해진 '폭격'을 '황홀'하고 '찬란'한 장면으로 그리는 것은 모두 김동명이 이 전쟁을 극도로 환영하고 있었음을 말해준다. 정세를 객관적으로 읽어내고 있었던 김동명에겐 이 전쟁이 의미하는 바가 너무도 명확했다. 만주사변과 중일전쟁을 거치면서 파죽지세의 위력을 보여줬던 일제가 과연 패망할 것이라고는 아무도 예측할 수 없던 이때 김동명의 시각엔 진주만에 들리

는 '폭음'은 '장쾌한 멜로디'가 될 수 있었다. 그만큼 김동명은 미국 개입의 결과 전쟁이 승리로 귀결될 것임을 확신했음을 알 수 있다. 진주만 공습의 날이 '운명의 날'이라 표현될 수 있던 것 역시 조선의 해방을 염두에 두었기 때문이다. 물론 시집 『진주만』의 발간이 1954년에 이루어졌으므로 이 시가 사후적으로 쓰였을 것이라는 추측도 가능하다. 그러나 그의 정세 인식과 당시 느꼈을 심정은 위 시와 다르지 않았을 것이다. 김병우의 증언은 미국 개입에 김동명이 얼마나 흥분하였는가를 말해주고 있는 것이다.[18]

그러나 사실 처음 진주만이 공격당했을 때 연합군의 상황은 그리 좋지 않았다. 전쟁은 아시아에서만 일어났던 것이 아니었기 때문이다. 영국과 소련은 유럽에서 독일의 나치 및 이탈리아와 겨루어야 했었고 미국은 전쟁 준비가 완전하지 않은 상태였다. 파시스트 독일과 이탈리아가 일으켰던 제국주의의 전쟁은 이미 유럽을 전쟁의 도가니로 몰아넣었고 영국과 소련, 프랑스, 네덜란드 등 유럽 연합군은 국력에 큰 피해를 입고 있었다. 따라서 중일전쟁을 통해 전투력을 단련한 일제가 미국을 처음 공습하였을 때 미국을 포함한 연합군은 고전할 수밖에 없었다. 그러던 상황이 역전되는 계기가 되었던 것이 미드웨이 해전이다. 미드웨이 해전은 1942년 6월 미국의 최전방지 미드웨이 섬에서 벌어진 전투로 미국에 의해 일본 해군이 궤멸되는 양상을 보였다. 이를 기점으로 일본의 전투력은 급격히 떨어졌

18 시집의 후기에서 김동명은 『진주만』의 시편들이 1945년 8월 15일 이후부터 1947년 봄 월남하기까지의 사이에 쓰여진 것이라 밝히고 있다. 실제로 시들이 쓰였던 시기가 김동명의 진술대로라 할지라도 시편들에는 해방 이전 당시의 김동명의 현실 인식들이 고스란히 형상화되고 있음을 알 수 있다. 더욱이 김병우는 『진주만』의 시작노트가 전쟁 당시 작성되었다고 말하고 있다.

고 미국이 태평양전쟁에서의 승기를 잡게 되었다. 이처럼 전설적인 미드웨이 해전을 김동명은 어김없이 시로써 포착하고 있다.

1.
단 숨에 '미뜨웨이'를 삼키고,
餘勢를 휘몰아 '하와이'를 무찌르자.

空想은 또 '스켈'처럼 미끄러저
다음 날 아츰 '쌘프란시스코' 上陸에 흥분한다.

이리하야 우리 '동 키호테'氏의 꿈은
'正宗' 기운 때문에 더욱 爛漫하다.

(중략)

2.
(중략)

이리하여 우리 '동 키호테'氏의 壯志는 드디어 '마스트'와 함께 꺾어지고

艨艟 五十餘의 精銳는 부러진 허리를 고요히,
千尋 海藻 위에 누이도다!

「미뜨웨이」 부분

위의 시는 크게 1과 2로 구성되어 있으며 1은 미드웨이를 침공하러 출정하는 일본 군대에 2는 이에 응대하며 일본군을 무찌르는 미군 군대에 초점이 맞춰져 있다. 태평양 전쟁의 역사 속에서 가장 극적이고 일제에게 가장 치명적이었던 미드웨이 해전은 지금까지도 회자되는 전투이다. 미국의 최전방을 점령함으로써 미국 본토를 견제하고자 하였던 일제는 미군에 역습을 당하면서 4척의 항공모함을 잃고 참패하게 된다. 미드웨이 해전을 계기로 전세는 일본으로부터 미국으로 기울어져 갔다.

위 시의 화자는 일제가 일으킨 무모한 공격을 조롱하며 그들을 '동 키호테'라 부르고 있다. '동 키호테'는 여러 현실적 조건들을 무시하면서 무리하게 행동을 하는 인물을 가리키거니와 미드웨이 해전에선 사령관이었던 야마모토 이소로쿠를 지칭하는 것이라 여겨진다.

김동명은 위의 시 외에도 「과딸카날島」를 쓰게 되는데 이 시 역시 미드웨이 해전과 더불어 연합군에게 중요한 전투였던 과달카날 전투를 내용으로 하고 있다. 이 전투에서 역시 일본군은 연합군에게 대패하고 퇴각하게 된다. 이 시에서 김동명은 '과달카날섬'을 가리켜 "풀 잎을 씹으며 코 피를 마시며 싸호다가 싸호다가/ 남방 永劫의 흙이 된 '神兵' 怨恨의 敗戰地"라 함으로써 일본군의 패배를 초점화하고 있다.

시집 『진주만』에 수록되어 있는 시들 가운데 이처럼 구체적인 전투를 시적 내용으로 취하였던 점은 김동명이 전세에 얼마나 민감하게 귀 기울였는지 말해준다. 전투의 내용을 사실적으로 전하면서 그는 정세의 흐름을 예의 주시하였고 이를 통해 조선의 앞날을 예측하고자 하였던 것이다. 객관적 정세에 대한 이러한 김동명의 관찰은 그가 얼마나 강한 현실주의자였는지 짐작하게 한다. 현실을 바라보는 이와 같은 객관적인 태도가 있었기에 김동명은 일본의 패망과 조선의 독립을 예견할 수 있을 정도의 통찰력을 지닐 수 있었다.

태평양 전쟁과 관련하여 이후 김동명은 패전국 일제를 풍자하는 「東京」, 「輓歌」 등의 시를 쓴다. 김동명에게 일제는 독일, 이탈리아와 더불어 역사의 '地下室'(「東京」)에 해당되는 것이었다. 그는 시 「東京」에서 '노구교 陳頭의 一發'이 '일제의 운명'을 가름하는 '서곡'이 되었다고 말하고 있다. 「輓歌」에서 역시 일제를 가리켜 '세기의 악령'이라 칭하면서 그들이 '모든 것을 잃고 잿더미위에 너머저 목이 메여 하는' 상황을 그리고 있다.

5. '새 나라'에 대한 구상

중일전쟁에서부터 태평양전쟁에 이르기까지의 전쟁 상황과 세계 정세를 시의 내용으로 다루던 김동명의 태도는 매우 현실주의적인 것이다. 김동명은 이러한 현실주의적 시에서 사태를 객관적이고 냉철하게 인식하는 모습을 보여준다. 현실주의적 시에서 나타난 것과 같이 당시 그에게 무엇보다 중요한 것은 파시즘의 출현과 그에 대응하는 연합국들이 벌이는 세계정세의 흐름이었고 이에 귀기울이는 것은 조국의 운명을 진단하는 일에 속하는 것이었다. 현실 사태에 대한 객관적인 이해야말로 민족의 앞날을 헤쳐나가는 데 있어서 가장 선행되어야 하는 일이었다. 그리고 현실에 대한 이와 같은 냉철하고 이지적인 태도에 있어서 당시 김동명을 넘어서는 자는 그리 많지 않았다. 이 시기 대다수 지식인들이 일제 협력에의 길을 걸었던 것을 볼 때 이 부분과 관련한 김동명에 대한 평가는 충분히 이루어져야 한다.

태평양 전쟁을 지켜보면서 김병우의 증언대로 김동명은 조국의 미래에 대해 준비를 하였던 듯하다.[19] 그것은 해방된 조국이 어떤 모습으로 건설되어야 하는가를 가늠하는 일에 해당되었다. 과거 조선의 봉건사회도 식민지도 아닌, 또한 파시즘과 제국주의와도 결별한 조선의 국체는 어떤 모습이 되어야 하는가. 같은 시집에서 김동명은 '새 나라'를 위한 '구도'를 계획하고 있었음을 알 수 있다.

> 連綿 四千年의 歷史를 꿰뚫어 흐르는
> '民族魂' 위에 터를 닦으라.
>
> 불 같이 뜨겁고 샘 같이 淨한 '同胞愛'의 갸륵한 마음씨로
> 주추 돌을 놓으라.
>
> '獨立 自主'의 굵고 둥굴고 미끈한 大理石 기둥을
> 華麗하게 다듬어 세우라.

19 "전쟁이 터지면서 선친은 시집 『眞珠灣』의 詩作 노트를 작성하는 한편 문필생활의 공백기를 이용해 장차의 신천지의 생활을 위한 준비를 하게 됩니다"(김병우의 앞의 글, p.212)라는 김병우의 증언에 기대면 이후 김동명은 함흥지역에서 조만식의 조선민주당 소속 함남도당위원장 직을 맡아 김일성과 소련 중심의 좌익에 대하여 우익 결집을 위한 활동을 하게 된다는 것을 알 수 있다. 곧이어 좌익에 의한 조선민주당의 탄압이 있었음은 주지의 사실이었고 이것이 김동명이 단신으로 월남하게 된 계기가 되었다.

世界史의 지향이요 新生活의 原理인 '民主主義'의 花岡石으로
빈 틈 없이 壁을 쌓으라.

지구가 구으는 동안 썩을 리 없는 '人類愛'의 大들뽀를
조심히 들어 올리라.

三千萬의 마음이 한테 뭉쳐, 비 바람 막어 내는
푸른 기와짱이 되라.

그리고 四面으로 돌아 가며 窓을 내되,
蒸溜水 같이 맑은 '理性'의 거울을 끼어 두라.

「새 나라의 構圖」 부분

연합군이 승리하여 소련과 미국이 한반도에 진주하고 그들에 의해 분할 통치가 이루어지던 시점, 해방의 기쁨도 잠시 우리 민족은 좌익 이념의 분쟁 속에서 혼란을 거듭하고 있었다. 세계 파시즘을 몰락시킨 중심 주체가 좌우익의 대변자인 미국과 소련이었으므로 그들에 의해 설정된 3.8선의 분단선이 한국에 이념상의 갈등을 가져오리라는 것은 명약관화한 일이었다. 그것이 우리 민족의 현대사의 시작이자 6.25전쟁과 분단고착화의 근원이 되었음은 주지의 사실이다.

흔히 해방공간이라 불리는 이 시기 한국의 지식인들은 어떤 나라를 건설할 것인가를 둘러싸고 좌우익간 많은 논의와 갈등을 이어갔다. 대부분의 지식인들은 각기 지닌 이념을 중심으로 하되 좌우익

분열 상황을 극복한 통합된 민족국가를 건설하기를 꿈꾸었다. 애초에 하나였던 민족이었으므로 그것이 이념에 의해 두 개의 국가가 될 것이라는 점은 그다지 현실성 있게 다가오지 않았을 것이다. 지식인들이 적극적으로 자신의 이념을 주장할 수 있었던 것도 그 때문이다. 그러나 분단은 확고한 현실이 되었는데 그 근원이 이미 해방 그 자체에 있었다는 것이야말로 냉혹한 현실이 아닐 수 없다. 독립이 자주적으로 이루어지지 못하였다는 점이 곧 민족 분단의 직접적 요인이었던 것이다.

김동명이 위의 시에서 '새 나라'의 근간으로 내세웠던 '민족혼', '동포애', '독립 자주', '민주주의', '인류애', '이성' 등은 이와 같은 현실 인식을 반영하고 있다. 민족이 하나 되어 자주적이고 독립된 나라를 형성하자고 하는 위 시의 전언은 우리나라의 국체와 관련하여 제시된 김동명의 이상이자 당시의 혼란과 분열 속에서 공중분해될 것 같은 요소들을 내용으로 하고 있다. 반드시 있어야 하지만 혼돈 속에서 사라질 위험에 찬 그러한 요소들을 호명하면서 김동명은 '새로운 국가의 구도'를 꾀하고 있다. 그가 제시하고 있는 바 새로운 국가는 이념에 의해 분단된 국가가 아닌, 동포애로 이루어진 민족혼의 그것이고 외세의 외압이 사라진 자주 독립의 국가이다. 그리고 냉철한 이성을 바탕으로 국가적 민주주의와 세계적 인류애를 실현하는 나라이다. 한 마디로 그것은 민족주의적 단일국가이자 민족통일이 전제된 민주주의이고, 세계와 나란히 하는 독립국가를 의미한다. 위 시를 통해 김동명은 나라만들기의 가장 근원적 지점에서 가장 온전한 국체를 제시하고 있음을 알 수 있다. 민족을 중심으로 한 단일하고 독립된 나라의 건설, 그리고 그것을 단위로 하는 인류애의 공유야말로 당시 김동명에겐 세계를 전쟁으로 휘몰아갔던 파시즘을 진정으로 극복하는 길에 해당되었다. 그러나 김동명의 바램과 달리 우리 민족은 좌우익 간 세계열강의 대립 속에서 그들의 입장을 반영하듯 그대로 피흘리며 찢기고 만다.

6. 민족적 저항의 요인

지금까지 김동명의 일제말기 전쟁을 소재로 한 현실주의 시를 중심으로 살펴봄으로써 그의 일제에의 저항의 요인 및 논리를 확인해 보았다. 일제 말 많은 시인들이 파시즘화한 거대 일제에 협력하는 길을 선택하였던 반면 김동명은 절연히 이를 거부하고 저항이라는 올곧은 길을 걷게 되는데, 이것의 요인이 전쟁을 바라보는 김동명의 태도에 나타나 있다고 보았기 때문이다. 실제로 김동명은 본격적인 친일 작가가 생겨나기 시작했던 중일전쟁의 시기에 이를 기회주의적으로 수용하는 대신 강인한 지조를 잃지 않았다. 그는 중국을 이기고 거대 제국이 되어가는 일본이 마치 자국이라도 되는 것처럼 여겨 이에 편승하는 기회주의자들을 보면서 역겨운 심정을 감추지 않고 있다. 그가 보여주었던 확고한 민족주의와 지사다운 지조야말로 중국의 패배에도 흔들리지 않고 일제에의 협력을 거부할 수 있었던 요인이다.

김동명이 끝까지 저항의 길을 갈 수 있었던 또 다른 요인은 태평양 전쟁 당시에 보여주었던 그의 냉철한 현실 인식 태도이다. 김동명이 당시 많은 지식인들이 그랬던 것처럼 서양에 맞서는 동양 중심의 세계 건설을 내세웠던 신체제론에 현혹되지 않고 끝까지 지조를 지킬 수 있었던 것은 그의 굳건한 지사적 민족주의도 그 요인이었지만 무엇보다 국제 정세의 흐름을 읽어내는 매서운 통찰력에 기인한다. 일제의 진주만 공습과 미국의 참전으로 일제의 몰락을 예견하였던 김동명의 냉철한 현실 인식력은 김동명이 일제의 전쟁놀이에 부화뇌동하지 않을 수 있었던 결정적 요인이라 할 수 있다. 이 시기 수많은 지식인들이 일제의 전쟁을 옹호하면서 광적으로 이에 협력하였다면 김동명은 냉정하게 현실을 주지하면서 일제의 몰락과 조국의 독립을 내다보고 있었다. 이 시기 이루어진 그의 절필은 김동명이 일제말기 협력 대신 저항의 길을 걸었음을 나타낸다.

일제의 몰락을 예상하면서 김동명은 조국의 독립에 대해 준비하게 된다. 그리고 해방 후 그가 그린 조국의 모습은 민족주의와 민주주의가 결합된 국가라 할 수 있다. 그것은 통합된 민족을 바탕으로 민주주의를 실현하는 국가를 의미한다. 이것은 지금 단순히 관념적인 이상주의로 비쳐질지 모르겠으나 당시로서는 가장 현실적인 것이자 가장 이성적인 것이었다. 소련과 미국이라는 좌우익의 대변자가 분할 점령한 당시 한반도에서는 민족의 통합이야말로 가장 위태롭고 가장 절대적인 문제였기 때문이다. 그러나 역사는 김동명이 꿈꾸었던 국가와는 다르게 진행되어 민족의 분할이 기정사실화 되었고 그 후 그는 월남을 하게 된다.

제11장

물物자체[1]에 이르는 도정으로서의 김춘수의 무의미시론

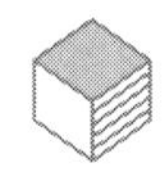

1. 언어의식과 무의미시

김춘수는 서정 시인인가 혹은 모더니즘 시인인가? 꽃과 나무 등의 자연을 소재로 취하면서 시단에 모습을 드러낸 이후 첫 시집 『구름과 장미』(1948)로부터 『늪』(1950), 『기旗』(1951), 『인인燐人』(1953), 『꽃의 소묘』(1959)를 차례로 발간하기까지 약 10여 년간 이러한 흐름을 이어오던 김춘수의 면모는 단연 정통적 순수 서정 시인으로서의 모습이다. 그간 「꽃」, 「꽃의 소묘」, 「꽃을 위한 서시」, 「나목과 시」 등의 '꽃'

1 칸트 용어인 '물자체(物自體)'는 일반적으로 현실 외부에 존재하는 결코 포착할 수 없는 실체, 절대관념이나 이데아의 의미로 사용되지만 본고에서는 '물자체'를 중의적 의미로 사용하기로 한다. 하나는 칸트 식의 절대관념이라는 측면이고 다른 하나는 실제 현실에서 경험되는 사물성이라는 의미로서이다. 김춘수는 절대관념을 판단유보하고 언어의 물질화를 추구해 가는데 본고에서는 그것이 결국 절대관념에 이르기 위한 도정에 해당한다는 것을 밝힐 것이다. 따라서 본고에서 물자체는 현상계의 감각적 물질성과 절대관념이 서로 융합하는 의미가 된다.

의 연작시가 쓰여졌던바, 여기에서 김춘수는 사물의 존재론적 의미를 서정적이고 정갈한 언어로 아름답게 형상화하였다. '꽃'을 소재로 한 그의 시는 사랑의 의미로도 읽혔고 고독한 자아의 존재론적 탐색으로도 읽혔으며 세계에 대한 서정적 언표로도 읽힌 것이 사실이다. 그는 누구보다도 빼어난 순수 서정시인으로 다가왔던 것이다.

그러나 그의 시의 기저에는 항상 형이상학적이고 관념적인 질문이 깔려 있었다. 10여 년간 그의 관심은 언어와 사물 사이의 관계에 집중되어 있었다. 그는 언어는 사물의 존재론적 실체를 온전히 드러낼 수 있는 것인가, 언어는 세계의 진리를 얼마만큼 실현할 수 있는가에 대해 끊임없이 질문하면서 시를 썼다. 따라서 김춘수에게 '꽃'은 단순히 시적 자아의 마음을 설레게 하였던 서정적 대상으로서의 사물이 아니라 상정된 세계의 본질, 흔히 이데아라든가 진리로 이해되곤 하는 궁극의 세계를 대변하는 기호이자 이를 현상시키는 언어의 가능성을 가늠하는 매개체에 해당되었다. 김춘수의 관심의 중심에는 언제나 언어의 직능, 즉 세계를 수용할 수 있는 범위에 관한 언어의 능력이 가로놓여 있었던 것이다.

이는 액면 그대로 볼 때 기표로서의 언어가 기의로서의 세계를 어느 정도의 함량으로 담아낼 수 있는가의 문제인 언어의 기호로서의 기능을 묻는 것이라 할 수 있다. 여기에는 속성 자체가 관념적인 언어가 구체적이고 감각적인 대상을 얼마만큼 현시顯示할 수 있는가에 관한 관점이 놓여 있으며,[2] 형상화를 추구하는 시적 언어의 성질과

2 조강석은 "언어의 의미는 관념적일 수밖에 없는 이상 가능하면 구체적, 감각적 언어로 그러한 관념, 즉 의미를 전달하려는 의도는 근본적으로 모순"이라는 박이문의 말을 인용하면서 시적 예술의 허망함에 대해 시사하고 있다. 조강석, 「김춘수

기능에 관한 문제의식이 배면에 깔려 있다. 그런 점에서 김춘수의 언어에 대한 관심은 충분히 공감될 수 있는 것이자 유의미한 것이었다. 그런데 김춘수의 관심은 이러한 언어의 기호적 직능에만 국한되어 있는 것이 아니라는 데 문제가 있다. 그의 관심은 세계 자체에 있었던 것이다. 세계가 과연 본질이라 할 진리와 이데아라는 것을 지니고 있는 것인가. 세계는 과연 언어가 힘을 기울여 인식하고 명명해야 할 진리의 지대를 가지고 있는가가 그것이다. 김춘수는 단순히 의미를 담지해야 하는 언어의 능력과 한계에 관해 질문을 던졌던 것이 아니라 세계의 진리가능성에 대해 의문을 품고 있었던 것이다.[3] 요컨대 그의 관심은 언어와 사물의 관계뿐만 아니라 언어와 사물 각각에 대해 놓여 있는 것이다. 언어는 무엇인가와 세계는 무엇인가에 관한 각각의 문제가 김춘수의 질문에 해당한다.

이러한 김춘수의 문제의식은 흔히 일컬어지는 '무의미시'에서 그 전모가 드러난다. 1969년 『타령조·기타』로 가장 먼저 모습을 드러낸 소위 '무의미시'는[4] 김춘수의 자술에 의하면 40대로 접어들던 시점

시의 언어의식 전개과정 연구」, 『한국시학연구』31, 2011.8. p.92.

3 김춘수의 절대진리에 대한 일관된 관심이 초기에만 한정된 것이 아니라 무의미시를 쓰던 후기에도 지속적으로 있었던 점은 많은 논자들이 인정하는 바이다. 남기혁은 김춘수의 무의미시론이 지속적으로 '절대'(관념, 의미, 신, 이데아 등)에 대해 관심을 기울이고 있다(남기혁, 「김춘수의 무의미시론 연구」, 『한국 현대시의 비판적 연구』, 월인, 2001, p.197)고 하였으며, 조강석 역시 김춘수의 서술적 이미지가 보편이나 실재가 존재하지 않는다는 회의론이라기보다는 언어를 통해 그 실재의 전모를 파악하기 어렵다는 언어적 불가지론일 뿐이라고 말하고 있다(위의 글, p.96).

4 정효구는 김춘수의 시를 3기로 나눌 수 있다고 보고 1기가 『구름과 장미』(1948)부터 『타령조·기타』(1969), 2기가 『타령조·기타』부터 『처용단장』(1991), 3기가 『서서 잠자는 숲』(1993)부터 그 이후의 시에 각각 해당한다고 한 바 있다(「김춘수 시의 변모 과정 연구」, 『개신어문연구』13집, 1996, pp.421-459). 이러한 구분에 따라

인 1960년대 초반부터 지녔던 관념에 대한 회의로부터 비롯된다. 이 시기 김춘수는 지난 10여 년간의 시작 방법에 대해 회의하며 「타령조」 연작시를 쓰고 있었고, 때마침 주목되던 김수영의 영향[5]으로 자신의 실험을 더욱 극단으로 추구하게 된다. '관념에 대한 절망을 전제한 이미지 위주의 아주 서술적인 시세계'[6]인 무의미시는 이러한 배경에서 시도된다.

한편 여기에서 주의할 것은 '무의미시'를 썼던 것이 초기시에 대한 변화에 해당하는 것이 사실이지만 이것이 초기시를 썼을 당시 지녔던 문제의식의 변화에서 비롯된 것은 아니라는 점이다. 즉 무의미시에 이르러서도 김춘수가 초기의 10여 년간 지녔던 '언어가 세계를 드러낼 수 있는가'에 대한 문제의식은 그대로 유효하다는 것이다.

본고에서 다루고자 하는 시의 시기는 2기인 『타령조·기타』에서부터 『처용단장』까지라 할 수 있다.

5 김춘수가 무의미시를 쓰던 당시 그는 "이 무렵 국내 시인으로 나에게 압력을 준 시인이 있다. 고 김수영 씨다. 내가 「타령조」 연작시를 쓰고 있는 동안 그는 만만찮은 일을 벌이고 있었다"라고 하면서 김수영 시인에게 강한 자의식을 느꼈던 바 있음을 고백한 바 있거니와(김춘수, 「거듭되는 회의」, 『김춘수 시론 전집 1』, 현대문학, 2004, p.488), 김춘수가 김수영에게 느꼈던 대타의식은 대부분의 연구자들에게 김춘수의 무의미시를 해석하는 주된 근거로 작용하곤 하였다.

6 위의 글, p.488. '관념이란 시를 받쳐줄 수 있는 기둥일 수 있을까 하는 회의'(p.487)에서 시작된 이 시기의 김춘수의 시는 관념을 드러내는 것을 거부하는 순수히 서술적인 이미지로 이루어졌다. 김춘수가 '이미지의 기능면을 중심으로 해서 살펴본 이미지의 두 유형'인 비유적 이미지와 서술적 이미지 가운데서 추구된 서술적 이미지는 관념을 배제한 것인 까닭에 가장 생생하고 구체적인 것에 해당한다. 이는 곧 김춘수가 구하고자 한 가장 시다운 바 의미항으로부터 극단적으로 멀리 떨어진 즉물(卽物)의 시가 된다. 김춘수는 「대상의 붕괴」라는 글에서 이 시기 그가 가졌던 시에 대한 욕망을 "나는 시에서는 충분히 구체적이고 싶다. 맛있는 담배를 실컷 피우고 싶다. 관념을 말하고 싶지 않다. 배제하고 싶을 뿐이다. 그대로의 주어진 생을 시에서 즐기고 싶다"(pp.547-8)라고 표현함으로써 시를 통해 그가 추구하였던 것이 구체성, 실재성임을 보여주고 있다.

하이데거의 표현대로 언어가 존재를 드러낼 수 있는가, 언어가 사물의 이데아를 현현시킬 수 있는가 하는 문제가 초기시의 문제였다면, 이러한 문제의식은 후기에 이르러서도 일관되게 유지되고 있던 것이다. 무의미시는 이러한 질문에 대한 김춘수의 독창적인 답에 해당한다.

그런데 대부분의 연구는 김춘수가 무의미시에서 보인 관념에 대한 부정이 세계의 본질에 대한 회의에 해당한다는 데서 출발한다. 이들 연구는 무의미시가 의미의 소거를 내세우면서 등장하였던 점에 착안하여 김춘수가 후기에 이르러 세계에 대한 불가지론과 언어의 직능 포기라는 허무주의적 사태로 기울었다고 판단한다. 이들 연구는 '무의미시'의 개념을 문자 그대로의 '의미'와의 관련성에서 고구하는바, 따라서 무의미시는 다분히 심리상 무의식적 충동에 의해 쓰여져 결국 해체시와 유사한 계열에 놓이게 되었다고 진단한다. 이는 철저한 허무주의에 해당되며 전적으로 언어의 한계를 규정하는 것이다. 언어는 의미도 그 무엇도 담을 수 없는 말 그대로의 '무의미한' 것이 된다.

그러나 김춘수가 정작 문제시한 것이 무엇이고 추구하고자 한 것이 무엇인가를 면밀히 따라간다면 무의미시를 바라보는 관점은 매우 다른 것이 될 수 있다. 무의미시론은 같은 시기 쓰여진 시를 통해서가 아니라 시론 그 자체로써 탐색해 갈 때 그 논리가 분명해진다. 김춘수가 경계하고자 하였던 '관념'은 정확히 무엇을 가리키는가? 김춘수가 김수영에 의한 자극의 결과 시도하게 되었고, 특히 역사로 인한 폭력으로부터의 도피를 위해 추구한 무의미시는 어떤 의미를 지니는 것인가? 이들 질문은 김춘수의 무의미시가 세계의 진리 가능성을 부정하고 언어의 무능력을 주장하는 손쉬운 과정 대신 언어의 사물성을 통해 세계의 진리를 드러내고자 하였던 다른 경로에 속한다는 관점 위에 놓여 있다.

2. 관념의 배제와 사물성의 언어

김춘수는 1976년 발행한 『의미와 무의미』[7]에서 1960년대 이후 줄곧 쓰고 있던 '무의미시'에 대한 자신의 시론을 전개하고 있다. 그는 여기에서 자신이 시도한 무의미시의 개념과 형태, 그리고 시적 지향을 집중적으로 밝히고 있다. 무의미시를 이해하기 위해 먼저 김춘수가 무의미시에서 추구한 것이 의미의 무화가 아니라는 점을 거듭 강조하고 있다는 대목에 주목할 필요가 있다.

> (무의미시는-인용자) '무의미'라고 하는 것과는 전연 다르다. 어휘나 센텐스를 두고 하는 말이 아니라, 한편의 시작품을 두고 하는 말이다. 한 편의 시작품 속에 논리적 모순이 있는 센텐스가 여러 곳 있기 때문에 무의미하다는 것은 아니다. 그런 데가 한 군데도 없더라도 상관없다. 그러니까 이 경우에는 '무의미'라는 말의 차원을 전연 다른 데서 찾아야 한다. 이

7 김춘수의 무의미시에 대한 시론은 『김춘수 시론 전집1』(현대문학, 2004, pp.485-656)에 수록되어 있거니와 그의 무의미시에 대한 의견은 대부분 여기에 개진되어 있다. 그는 여기에서 그가 무의미시를 쓰게 된 계기 및 그의 언어에 대한 지향을 비교적 상세하게 제시하고 있다. 따라서 김춘수가 추구한 무의미시의 의미를 온전하게 밝히기 위해서는 이에 대해 면밀히 고찰해야 할 것이다.

> 경우에는 반 고흐처럼 무언인가 의미를 덮어씌울 그런 대상이 없어졌다는 뜻으로 새겨야 한다.[8]

> 시를 대하는 나의 안목이 관념을 시에서 완전히 배제해버리는 것을 좋다고 생각하는 쪽으로 점점 기울어져가고 있다. 극단의 경우 시는 난센스가 되어도 좋을 것으로 생각하고 있다. (중략) 나는 어떤 시구가 무의미하기를 바라는 것이 아니고, 다만 어떤 시구를 시적인 것으로 만드는 것은 그 시구가 표현하는 의미가 아니라는 것을 결론한다.[9]

김춘수의 무의미시를 이해하기 위해 일반적으로 연구자들이 따르는 길은 그것의 개념이 '의미'와 반대된다는 점에 착목하는 일이었다. 의미를 부정하기 때문에 무의미시가 된다는 것이다. 세계에 진리는 부재하며 인식가능성 또한 회의됨에 따라 시에서 의미를 구하는 일은 부정되어야 한다. 이 점에서 무의미시는 그 용어가 암시하듯 의미의 해체가 이루어진 채 비논리와 무의식으로 이루어져 있는 것이며 이러한 시도로 말미암아 시인에겐 자유와 해방이 주어진다는 논리다. 이러한 논리는 우리에게 낯선 것이 아니다. 이는 언어에 대한 자의식으로부터 출발하여 권위와 의미에 대해 해체를 시도하였던 포스트모더니즘 시들에서 흔히 접할 수 있는 사태이기 때문이다. 김춘수가 무의미시를 쓰게 된 계기가 김수영에 대한 자의식과

8 김춘수, 「대상·무의미·자유」, 앞의 책, p.522.
9 김춘수, 「유년시에 대하여」, 앞의 책, p.644.

역사로부터 말미암은 폭력으로부터 도피하기 위한 것이라는 정황[10]은 이러한 논리를 더욱 공고하게 해준다. 더욱이 『타령조·기타』 이후 나타났던 김춘수의 의미 소통이 어려울 정도의 난해했던 시적 경향은 이러한 논리에 의해 김춘수 시를 해석하게끔 유도하는 것이 사실이다.

그러나 인용 부분은 이러한 일반적인 접근법이 매우 피상적인 것이자 김춘수의 의도를 오히려 왜곡하는 것임을 말해준다. 시에서의 의미가 해체될 정도의 논리 부정은 위의 글에서 말한 바와 같이 '극단의 경우'일 뿐이지 본질적인 사태는 아니다. 그것은 시도된 무의미시의 결과일 뿐 목표가 아니라는 것이다. 위의 글에서 강조하고 있듯 무의미시의 개념은 '기호논리이나 의미론'에서와 같은 문제가 아닌 '전연 다른 차원'의 것이다. 이는 무의미시가 해체의 입장과 같이 의미를 부정하는 차원에 놓이는 것이 아님을 가리킨다. 대신 그것은 시에서 중요한 것이 무엇인가를 우회적으로 말하고 있는 것이다. 김춘수에 의하면 시에서 중요한 요소는 적어도 '의미'가 될 수 없다. 의미가 시의 기능을 결정하는 것이 아니라는 것이다. 여기에서 '의미'는 김춘수가 초기시의 전환 시점에 그토록 경계하고자 하였던 '관념'과 맥을 같이 하는 것이다. 요컨대 시를 시답게 하는 것은 관념이나 의미가 아닌 그 무엇이다. 그렇다면 그것은 무엇인가?

이를 설명하는 것이 그의 무의미시론의 내용에 다름 아니거니와,

10 김춘수는 무의미시의 일종인 「처용단장」 등 '처용' 모티프 시에 관해 언급하면서 그것이 일제말기 및 6.25 전쟁 때 겪었던 젊은 시절의 폭력을 심리적으로 극복하기 위한 것이자 '역사=이데올로기=폭력'으로부터 도피하기 위한 것이라고 말하고 있다. 「처용, 그 끝없는 변용」, 『김춘수 시론전집 2』, 현대문학, 2004, pp.149-159.

그가 이미지를 강조하면서 그 중 서술적 이미지를 옹호하는 대목은 그가 제시한 시의 중요 요소 중 일 부분에 속하는 것이라 할 수 있다. 그는 초기부터의 자신의 시가 '선험의 세계를 유영하는 플라토니즘'[11]에 가까웠다고 자기반성하면서 앞으로의 시는 '판단을 괄호 안에 집어넣는 상태, 판단 중지·판단 유보의 현상학적 망설임의 상태'에서 쓰여져야 한다고 말하고 있다. 김춘수가 제기하는 판단중지의 상태는 세계의 진리가 부재한다는 관점과는 사실상 거리가 있는 것이다. 이것은 후설이 현상학적 환원을 시도하면서 순수의식을 얻고자 한 것과 다르지 않은 태도로서, 진리에 대해 보다 타당하고 책임 있는 자세를 지녀야 한다는 입장이다.[12] 이점은 김춘수가 진리를 부정한 것이 아니라 진리에 대한 강한 염결성을 나타내는 것이라 할 수 있다. 따라서 김춘수가 시에서 관념을 경계한 것은 세계의 진리 여부와 상관없이 단지 세계의 진리에 대한 인식의 한계를 말하는 것이자 동시에 인식의 한계 내에서의 언어의 기호화를 가리키는 것이다. 특히 후설이 판단의 괄호치기를 통해 얻은 순수 의식은 김춘수의 경우 시적 언어의 순수성으로 굴절되어 제기된다. 이때의 순수한

11 김춘수, 「유추로서의 장미」, 앞의 책, p.531.

12 판단중지는 주어진 사태와 관련된 판단의 효력을 정지시키는 의식의 중립화(Neutralisierung) 작용이다. 그것은 우리 앞에 펼쳐진 세계가 존재한다는 자연스러운 확신, 이른바 자연적 태도의 타당성을 방법적으로 무력화시키는 것으로, 자연스러운 믿음이 사실은 엄밀한 의미에서 정당화되지 않은 믿음일 수 있다는 사실에 기인한다(박승억, 「현상학적 판단중지와 가능세계」, 『철학과 현상학 연구』43, 2009.11, pp.2-3). 김춘수의 판단중지는 말 그대로 후설이 세계의 진리 가운데 알 수 없는 부분에 대해 성급한 재단 대신 괄호치기를 시도함으로써 판단을 유보하는 것을 의미하는 것으로, 이는 세계의 진리 부재라든가 진리에 대한 불가지론과 무관한 것이자 오히려 세계의 진리를 전제하되 그 가운데 가장 타당한 진리를 받아들이겠다는 진리에 대해 매우 엄격해지는 태도를 나타낸다.

언어가 '사물적 이미지'의 개념에서 짐작할 수 있듯 기호의 지시성을 떠나 최대한 질료로서의 생생함과 구체성을 띠는 것이다.

그는 여기에서 두 가지를 동시에 시도하는 것이라 할 수 있는데, 하나는 세계의 진리에 대한 인식의 한계를 있는 그대로 인정하는 일과 또 하나는 시적 언어의 요건에 관한 극단적인 접근으로서의 언어의 구체화, 사물화가 그것이다.[13] 따라서 그가 애초에 제기한 '관념'에의 경계는 이 두 가지가 동시적으로 중첩되어 있다고 볼 수 있다. 김춘수가 시적 언어의 사물화를 추구한 것은 관념을 배제하겠다는 의도이지만 여기엔 알 수 없는 진리 영역에 대해 경계를 긋겠다는 의미도 포함되어 있다. 김춘수는 언어가 사물화가 되는 만큼에 한해서 세계의 진리가 드러난다고 믿은 듯하다. 김춘수에겐 사물화된 언어야말로 한계 내에서의 진리의 구현인 셈이다. 이점에서 무의미시의 시적 언어란 세계의 진리를 부정하는 것이 아니라 오직 진리인 경우에만 국한되어 표현되는 것이라는 역설이 성립한다.

한편 시적 언어가 사물성을 지향하는 일은 시가 폭력적인 역사나 이데올로기로부터의 도피에 해당한다는 명제와 모순되지 않는다. 일본 유학시 겪었던 구속 사건이 정신적 상처로 작용함으로써 그에게 역사와 이데올로기, 폭력 사이에 등식이 성립되었고, 이로부터의 탈출이 시의 방향이 되었다는 김춘수의 진술은 1960년대 사회 풍토와 맞물려 참여, 순수의 이분법적 도식을 낳는 데 결정적으로 기여하였다. 김춘수가 말한 이러한 배경과 더불어 의미로부터 벗어난 무

13 남기혁은 김춘수의 무의미시가 언어를 사물화한 것으로 보면서 대상의 재현으로부터 벗어난 이것으로 인해 김춘수가 자유를 발견할 수 있었다고 한다. 남기혁, 앞의 글, p.185.

의미시는 현실문제를 주제로 담았던 참여시에 비해 '순수'하고 '자유'롭게 인식된 것은 자연스러운 일이다. 이에 따라 김춘수의 입장은 순수론을 대변하는 것으로, 김수영의 입장은 참여론을 대변하는 것으로 구획되었고, 이러한 구도 속에서 현실과 역사로부터의 도피와 해방을 의미하는 순수론이 퇴영적인 것으로 이해되었던 것 역시 사실이다. 그러나 김춘수의 태도는 표면적으로 볼 때 역사로부터의 도피와 해방에 해당하지만 인식적 측면에서 본다면 그리 간단한 문제가 아니다. 관념에의 배제를 시도하였던 이 시기 김춘수에게 역사와 이데올로기는 여전히 의미 판단에 대한 괄호치기가 이루어져야 하는 영역에 해당되었기 때문이다. 진리에 관한 염결성을 지니고 있던 김춘수에게 진리의 불확실성을 내포하고 있는 역사와 이데올로기는 판단 유보가 요구되는 관념적 대상에 속하였다. 특히 역사와 이데올로기를 폭력으로 기억하고 있던 김춘수에게 현실 참여는 결코 쉽게 따를 수 있는 일이 아니었을 것이다. 요컨대 역사와 이데올로기를 바탕으로 한 참여시는 김춘수가 세계 진리에 대해 추구했던 의식의 순수성이라는 관점과 극단적으로 대립하는 것이었다. 김춘수가 김수영의 시를 훌륭하게 보면서도 그에 함께 할 수 없었던 것은 김춘수의 문제의식을 따를 때 전혀 이상한 것이 아니다.

이는 김춘수가 지향하였던 진리에의 엄격성과 시의 순수 의식이 현실에의 참여와 행동적 차원에서는 대립하지만 진리의 차원에서는 대립하는 사태가 아님을 말해준다. 시에서 확정되지 않은 관념과 대결하고 언어의 즉물성을 통해 순수 의식을 구현하는 일은 허구와 거짓을 경계한 것이었고 이에 대한 노력은 언어야말로 세계의 진리를 구현할 때라야 비로소 인간의 구원과 사회의 정의를 실현할 것이라는 믿음을 나타내는 것이다. 이런 점에서 사물의 언어를 통해 순수 의식을 구하고자 하였던 김춘수의 의도가 표면적으로 역사나 이데올로기로부터의 도피에 해당한다고 해서 그것이 주체성과 책임의식의 포기에 해당하는 것은 아니라는 것을 알 수 있다. 이는 시의 사물성을 추구한 김춘수의 입장이 참여논리와 이분법적으로 구분된 채 흑백논리에 의해 판단될 성질의 것이 아니라는 점을 말해준다.

실제로 김춘수는 「처용단장」의 창작 동기가 윤리적인 데 있다고 하면서 "악惡의 문제-악을 어떻게 대하고 처리해야 할 것인가"[14]에 대한 답을 구하는 과정에서 무의미시가 쓰여졌다고 말하고 있다. 이는 무의미시가 일정한 사회적 동기로부터 탄생한 것이자 일정하게 사회적 기능을 염두에 두고 시도된 것임을 짐작하게 한다. 비록 그것이 당시 '나 혼자만의 탈출로 우선 생각'[15]되었을지라도 그것은 단순히 몰역사성을 의미하는 것이 아니라 김춘수가 독자적으로 고수한 부정적인 사회와의 투쟁이자 구원의 방법에 해당하였다.

3. 입자로 구현되는 리듬 언어의 즉물성卽物性

진리에 대한 염결성에 따른 순수 의식을 드러내는 언어가 사물시라고 보았던 김춘수에게 '사물적 이미지'는 언어의 즉물성을 위한 일 요소이자 일 과정이었을 뿐 궁극적인 목표는 아니었다. 물론 김

14 김춘수, 「'처용삼장'에 대하여」, 앞의 책, p.646.
15 김춘수, 「처용, 그 끝없는 변용」, 『김춘수 시론 전집 2』, p.150.

춘수는 세계의 진리가 무엇인가에 대한 적극적인 탐색보다는 순수의식에 대응하는 시적 언어란 무엇인가를 찾는 데 더욱 관심을 모은다. 그에게 세계의 진리는 여전히 괄호 속에서 에포케의 상태에 놓여 있으며 오직 문제는 언어의 사물성을 극대화시키는 데 있었다. 이는 김춘수가 시인으로서의 자의식을 바탕으로 언어의 속성을 보다 중점적으로 탐색하였던 사정을 말해주는 것이다. 물론 김춘수에게 언어의 순수성을 추구하는 일은 진리의 순수성을 구하는 일과 배치되는 일이 아니었다. 오히려 그에게 양 측면은 동전의 양면처럼 서로 일치하는 것이었다. 김춘수에게 언어의 사물성을 극대화시키는 일은 그 자체로 세계의 진리를 드러내는 가장 확고하고 타당한 길에 해당되었던바, 언어의 사물화의 양은 진리의 양과 비례하는 것이다. 이러한 관점에서 사물화된 언어는 '존재의 진리가 왜곡되지 않으면서 모범적으로 생기하는 시원적인 것'[16]이라 할 수 있다.

그렇다면 김춘수가 그토록 완성시키고자 하였던 시의 즉물성, 한 치의 허위나 허기虛氣의 개입 없이 순수성을 구현할 수 있는 길은 무

16 판단불가능한 진리의 영역에 괄호치는 대신 김춘수가 적극적으로 사유한 대상은 언어이다. 그는 세계에 관해 알 수 없는 만큼 언어를 통해 진리의 통로를 구하게 된다. 시인이었던 까닭에 언어는 그가 가장 능숙하게 다룰 수 있는 영역이었기 때문이다. 불확실한 부분들을 지워나가면서 만나게 된 언어는 따라서 순수 진리에 해당하는 것이 된다. 이 지점에서 김춘수는 다시 한 번 존재의 언어를 구축하고자 하였던 하이데거와 만나게 된다. 김춘수와 마찬가지로 시가 형이상학적이고 미학적인 표상에 사로잡히는 것을 경계하고 존재의 진리와 시원의 언어를 추구하였던 하이데거는 횔덜린을 통해 신과 존재의 음성을 전달하는 신의 사제로서의 시인의 모습을 보게 된다. 하이데거에게 시는 형이상학에 의해 로고스의 변질 현상이 일어나기 이전의 본래적이고 원천적인 언어를 창조해야 하는 것이다. 하이데거는 그것이 궁핍한 시대의 시인의 역할이라고 보았다(윤병렬, 「시인은 신의 성스러운 사제인가?」, 『철학과 현상학 연구』43, 200911, pp.26-34). 이는 하이데거의 문제의식과 김춘수의 문제의식이 다르지 않다는 것을 의미한다. 이에 대해 김춘수는 자신의 방식대로 답을 찾아가고 있던 것이라 할 수 있다.

엇인가? 사물적 이미지를 거쳐 김춘수가 나아간 더욱 극대화된 언어의 사물성의 지평은 무엇인가?

> 대상이 없어졌으니까 그것과 씨름할 필요도 없어졌다. 다만 있는 것은 왕양한 자유와 대상이 없어졌다는 불안뿐이다. 풍경이라도 좋고 사회라도 좋고 신이라도 좋다. 그것들로부터 어떤 구속을 받고 있어야 긴장이 생기고, 긴장이 있는 동안은 이 세상에는 의미가 있게 된다. 의미가 없는데도 시를 쓸 수 있을까? '무의미 시'에는 항상 이러한 의문이 뒤따르게 마련이다. (중략) 시는 진보하는 것이 아니라 진화한다는 것이라는 가설이 성립된다고 한다면, 어떤 시는 언어의 속성을 전연 바꾸어놓을 수도 있지 않을까? 언어에서 의미를 배제하고 언어와 언어의 배합, 또는 충돌에서 빚어지는 음색이나 의미의 그림자나 그것들이 암시하는 제2의 자연 같은 것으로 말이다. 이런 일들은 대상과 의미를 잃음으로써 가능하다고 한다면, '무의미 시'는 가장 순수한 예술이 되려는 본능에서였다고도 할 수 있을는지 모른다[17]

김춘수에게 대상과 의미의 붕괴는 현실, 사회의 구속으로부터의 자유이자 방임이고 유희에 속하지만 그것은 동시에 불안과 허무이기도 하다. 의미와 대상에 연루될 때라야 인간이 안심이 되고 정체성을 느낄 수 있는 반면 어떤 것과의 끈도 놓아버린 상태에서는 지표를 모

17 「대상·무의미·자유」, 앞의 책, pp.522-3.

르는 데서 오는 불안이 자리잡는다. 김춘수가 '허무'라고 말하는 이 상태에서 '그의 의식 속에서는 어떤 가치도 가지지 못하며 자기가 말하고 싶은 대상도 잃게 된다'[18] 흔히 초기시의 구도에 따라 세계에 대한 불가지론의 맥락에서 일종의 니힐리즘으로 인식되는 '허무'는 위의 인용글에 의하면 불교적 의미의 공空의 지대와 유사한 것일 뿐 이념태로서의 허무주의와는 무관한 것으로 보인다. 그것은 말 그대로 '기성의 가치관'과 '편견'이 모두 소거되고 헛된 관념과 의미가 괄호쳐진 상태에 놓이는 의식의 순수 무無의 지평에 다름 아니다. 그곳은 세속과의 인연이 끊어져 불안하지만 세속과의 절연으로 말미암아 새로운 가능성이 시작되는 지대이기도 하다. 이와 관련하여 김춘수가 '보다 넓은 시야가 갑자기 펼쳐진다'고 말한 까닭도 여기에 있다. 김춘수에게 '허무'는 무가치하고 덧없다는 의미가 아니라 '말에 의미가 없어진 상태에서 생겨난 구멍'이자 '영원'[19]의 빛깔에 해당하는 것이다. 이런 상태는 김춘수에 의해 '글자를 의식하지 않는 교외별전敎外別傳의 상태에 들어가고 싶다'[20]는 말로 표현되고 있다.

언어가 관념을 나르는 수단이나 매개가 되는 것이 아니라 그 자체로서 물질성을 띠도록 하기 위해 김춘수가 가장 먼저 시도한 것은 주지하듯 서술적 이미지의 시다. 이 시기의 시작 태도를 두고 김춘수는 일종의 '언롱'이라고 하면서 '의미를 일부러 붙여보기도 하고 의미를 빼버리기도 하는 수련'[21]으로서 시를 썼다고 술회한다. 그런

18 위의 글, p.524.
19 「허무, 그 논리의 역설」, 위의 책, pp.537-8.
20 「대상의 붕괴」, 위의 책, p.552.
21 「늦은 트레이닝」, 위의 책, p.533.

데 그는 서술적 이미지의 시가 그가 추구하는 시의 궁극이라고는 보지 않았다. 오히려 그는 "이미지를 지워버릴 것. 이미지의 소멸-이미지와 이미지의 연결이 아니라(연결은 통일을 뜻한다), 한 이미지가 다른 한 이미지를 뭉개버리는 일, 그러니까 한 이미지를 다른 한 이미지로 하여금 소멸해가게 하는 동시에 그 스스로도 다음의 제3의 그것에 의하여 꺼져가야 한다. 그것의 되풀이는 리듬을 낳는다"[22]고 함으로써 서술적 이미지의 실험 이후에 도달할 수 있는 시의 단계에 대해 언급하고 있다. 그리고 그것이 리듬의 언어에 해당한다고 말하고 있다. '리듬'은 시의 즉물성을 구현하는 이미지 외의 요소이자 이미지를 넘어서는 것이며 관념으로부터 해방된 시의 가장 최종적인 단계와 관련된다. 김춘수는 '뜻을 가지고 있지 않'은 까닭에 '뜻으로부터 우리를 해방시켜 주는' 리듬이야말로 시의 순수성의 극단에 놓여 있는 '구원'의 길이 된다고 여긴다. 재현할 대상 없이 쓰여진 서술적 이미지조차도 의미를 환기시키는 반면 리듬에는 일말의 그러한 요소가 없다고 생각한 점은 순수 의식을 찾던 김춘수에게 리듬이 어떤 의미를 지니는 것이었는지 짐작하게 해준다.

김춘수가 '리듬'을 시의 순수성을 구현하는 최종 계기이자 탈의미성과 즉물성을 보장하는 시의 핵심적인 요소로 보는 데에는 '음악'의 영향이 작용한 듯하다. 그는 특히 모차르트의 음악이 '대상이 없다는 것은 분명한데 그의 음악은 너무나 음악'이라고 하면서 '시의 진화란 음악과 마찬가지로 대상과 의미가 완전히 배제된 상태에서 빚어지는 제2의 자연 같은 것'임을 주장하고 있다. 김춘수는 기호의

22 「이미지의 소멸」, 위의 책, p.546.

의미 지시성을 초월하여 음악처럼 순수히 '쉬임 없는 파동만 있는'[23] 리듬의 언어야말로 자체로서 물物이 되는 상태이자 진화된 언어에 속한다고 보았다. 시에서 리듬은 음악의 순수성만큼 순수한 언어로서 김춘수가 구하던 진리 개시의 양태에 해당한다.

시적 언어에서 관념을 제거하고 즉물성을 실현해가고자 하였던 김춘수의 노정은 관념적으로 사유 속에서만 진행되어 온 것이 아니다. 그는 시의 언어가 어떤 속성을 지니고 있으며 무엇을 할 수 있는가를 치열하게 고민하면서 이를 시적 실험을 통해 실천하였다. 김수영의 참여시학에 대립하고 있는 그의 언어 실험은 순수 질료의 시가 인간과 사회에 무엇을 할 수 있는가를 탐색하는 것과 다르지 않다. 순수 질료의 시는 인간과 사회에 미만한 관념의 폭력을 제어할 힘을 지니는 것인가. 그것은 세계의 진리에 관한 정당한 인식을 보여줄 것인가. 그것은 김춘수가 말한 대로 폭력과 허위로부터의 구원의 길이 될 수 있을 것인가. 이는 진리가 왜곡되지 않은 채 개시되기를 소망하였던 김춘수의 순수질료의 시가 김춘수의 의도대로 윤리적 차원에서 실효성을 지니는지를 묻는 질문들이다.

4. 주문의 언어와 신의 현시顯示

세계에 관한 순수 의식을 순수 질료의 언어로 구축하고자 하였던 김춘수에게 이데아는 단지 회의되고 판단이 유보되었을 뿐 부정되

23 김춘수, 「대상·무의미·자유」, 위의 책, p.522.

거나 불가지의 대상이 되는 것이 아니었음을 알 수 있다. 그는 매우 완고하게 왜곡되지 않은 진리를 얻고자 하였고 이를 역시 왜곡되지 않는 언어로 표현하고자 하였다. 이러한 태도는 회의에 회의를 거듭한 결과 더 이상 의심되지 않는 사태에서 진리를 구하고자 하는 철학자다운 면모이자 세계에 대해 사유하는 매우 정당한 자세라 할 수 있다. 그러한 그에게 이데아는 부재하는 대신 더욱더 절대적으로 존재하는 것이었다. 김춘수가 '어떤 관념은 말의 피안에 있다는 것도 눈치채게 되었다'거나 '말의 피안에 있는 것을 나는 알고 싶었다'[24] 고 하였던 대목은 이데아에 대한 그의 입장을 암시해준다. '현실을 일단 폐허로 만들어놓고 비재의 세계를 엿볼 수 있게 하겠다는 의지의 기수'[25]라고 자칭하였던 그에게 세계의 이데아는 언제나 도달하고자 하였던 절대 세계였다. 그가 의미를 경계하고 즉물의 언어를 구하고자 한 것도 결국 절대 세계에 도달하기 위한 방법에 속하는 것이었다.

이런 관점에 서면 무의미시 시기에 이르러 초기 시의 구도는 언어와 존재의 단절로 말미암아 붕괴된 것이 아니라 초기와는 다른 방법으로써 지속되었다고 판단할 수 있다. 그가 관념을 부정하였다고 해서 그 부정의 대상을 세계 전체로 확대하는 일은 김춘수의 의도와 무의미시의 의미를 제대로 판단하지 못한 것이다. 김춘수가 시적 언어에서 시도한 의미와 관념의 배제는 세계를 부정하는 것이 아니라 미지의 세계를 기지既知의 것인 양 호도하는 잘못된 관념을 겨냥한

24 김춘수, 「유추로서의 장미」, 위의 책, p.532.

25 위의 글, p.536.

것이었던 셈이다. 요컨대 김춘수의 무의미시는 이데아를 부정하기 위한 것이 아니라 오히려 언어를 통해 세계의 이데아에 도달하기 위한 치열한 모색 가운데 놓이는 것이었다.

한편 리듬의 언어는 이후 '주문으로서의 시'로 나아간다. 김춘수는 시 「하늘수박」에서 이미지를 버리고 주문을 얻으려고 해보았다고 하거니와,[26] 그는 이미지로부터 해방되어 '염불을 외우는 것이 하나의 리듬을 타는 것'이라고 말한다.[27] 그는 '이미지만으로는 시가 되지만, 리듬만으로는 주문이 될' 것이라면서 시가 이미지로 머무는 동안은 구원이 되지는 않을 것이라고 덧붙인다. 이는 그에게 서술적 이미지는 즉물적 언어를 구현하기 위한 실험의 과정에서 빚어진 것인 반면 그가 궁극적으로 나아가고자 한 지평은 그 자체로 순수 질료가 되고 사물성이 되는 '리듬'의 언어에 있는 것임을 말해준다.

그렇다면 의미를 초월하고 이미지를 초월하여 구원의 지점에 다다른 리듬의 언어의 함의는 무엇인가? 언어의 즉물화를 구현하면서 언어의 순수한 절대지점에 도달한 리듬의 언어는 세계와의 지평 속에서 어떠한 의미망을 지니는 것인가? 이러한 질문은 앞서 리듬으로서의 시가 구원이 된다고 말한 김춘수의 의식을 묻는 것과 다르지 않다. 역사와 이데올로기로부터의 탈출의 경로이되 세계의 악惡에 대처하는 한 방편이기도 하였던 언어의 최종 단계로서의 리듬의 언어는 즉물성의 정도에 따라 세계에 진리를 드러낼 것이다. 왜곡된 관념을 제거하고 구현된 언어가 파동만 남은 리듬의 언어라고 하는

26 김춘수, 「대상의 붕괴」, 위의 책, p.551.

27 김춘수, 「이미지의 소멸」, 위의 책, p.546.

김춘수의 논법대로라면 리듬의 언어는 즉물성의 정도만큼 세계의 모습을 띤 언어라 할 수 있을 것이다. 가령 그것은 '더 이상 지워버릴 수 없는' 까닭에 '행동이고 논리'가 되는 언어에 해당한다.[28]

> 존재의 비밀은 이름 붙일 수 없는 데에 있다. 이런 확신은 나를 선禪의 세계로 데리고 간다. 불립문자·교외별전·직시인심·견성성불-어느 하나를 떼어놓고 바라보아도 언어가 발디딜 틈은 없다. 말이 존재의 집이라고 한 것은 로고스를 신으로 모신 유럽인들의 착각일는지도 모른다. 신은 그것이 인간의 능력 밖에 있는 이상은 인간의 말 속에 완전히 담아질 수는 없다. 언제나 신의 많은 부분은 말(인간이 만든) 밖으로 비어져나가고 있다. 우리는 결국 신을 말 속에서 가지지 못한다는 것이 된다. 그것은 결국 하나의 사물도 말속에서는 가지지 못한다는 것이 된다. 그런 안타까운 표정이 곧 말일는지도 모른다.[29]

인용글에서 김춘수가 강조한 것은 언어의 한계다. 언어에는 존재도 로고스도 신도 담아질 수 없다는 것이다. 이는 절대 관념을 담아낼 수 없다는 말의 능력의 한계를 신랄하게 토로하는 것이다. 물론 여기에서 제시되는 언어와 말이란 의미를 담는 일상의 언어에 해당하는 것으로 지금까지 그가 추구하여 온 즉물성으로서의 리듬의 언

28 김춘수, 「이미지의 소멸」, 위의 책, p.547.
29 김춘수, 「존재를 길어 올리는 두레박」, 앞의 책, p.156.

어와 대척점에 놓이는 것이다. 한편 위의 글은 김춘수가 세계의 본질로서 신神을 설정하고 있다는 면에서 주목을 요한다. 김춘수는 위의 글에서 신神은 인간의 능력 밖에 있는 완전하고 탈인간적인 존재임을 암시한다. 즉 김춘수에게 신은 인간의 능력으로 포착할 수 없지만 인간이 최대한 포착하려고 하는 대상이라 할 수 있다. 이런 점에서 신은 그에게 항상적으로 문제시되는 존재였음을 재차 확인할 수 있다.

신에 관한 이 같은 관점은 김춘수가 언어의 마지막 경계에서 리듬의 언어를 발견하였다는 사실을 새삼 상기시킨다. 김춘수는 의미 소거를 거듭한 끝에 최종적으로 리듬의 언어를 발견하였던바, 이것은 인간의 언어 가운데 가장 순수한 단계로서의 음악과 유사한 파동의 언어이자 분해된 음운에 이르는 소리의 지대에 놓여 있는 언어다.[30] 의미를 매개로 한 인간적 차원으로부터 가장 멀리 떨어져 있다는 점에서 리듬의 언어[31]는 신과 조우하는 가능의 지평을 암시한다. 그것은 신을 담을 수 있는 최소 지대인 것이다. 이 시점에서 김춘수가 '이미지를 버리고 주문을 얻으려고 해보았다'[32]고 한 것은 이미지마저

30 이것은 이 시기의 대표작인 『처용단장』에 등장하는 음운의 언어를 떠올리게 한다. 음절이 해체되고 음운으로써 이루어진 이 시기의 시적 언어는 의미가 들어설 틈이 없는 언어이자, 언어가 탄생할 당시의 시원적인 상태와 관련된다. 실제로 훈민정음 제작 시 대왕 세종이 의미가 아닌 소리를 겨냥한 차원에서 음운을 만들었던 정황(정음 해례의 정인지 서문은 "천지자연의 소리가 있으면 반드시 천지자연의 문채가 있으니 그러므로 옛사람이 소리로 인하여 문자를 만들어서 그것으로 만물의 뜻을 통하고 그것으로 三才의 이치를 실었다"고 함으로써 소리를 따라 제작된 음운이 비로소 만물과 통하는 것임을 말하고 있다, 이정호, 『훈민정음의 구조원리』, 아세아문화사, 1975, p.3)은 김춘수가 추구한 언어의 경지가 어느 지대에 놓이는 것인지 짐작하게 한다.

31 이를 언어의 원시적 탄생 시기에 발견하였던 소리의 언어와 같은 것으로 보아도 무방할 것이다.

초월한 리듬의 언어가 곧 신과 만나는 언어, 곧 주문의 언어의 가능성을 지님을 의미하는 것이다. 리듬의 언어는 신에 이르는 좁은문에 해당하였던 것이다. 김춘수가 리듬의 언어를 가리켜 '구원에 연결된다'[33]고 말한 까닭도 여기에 있다. 리듬의 언어가 공空의 지대라 할 수 있는 '허무虛無'에서 발원한 것이자 '불립문자·교외별전'의 언어와 동일시되고 결국 시인을 선禪의 세계로 데리고 간다고 한다는 대목은 모두 리듬의 언어가 구원의 의미망과 직접적으로 닿아 있는 것임을 말해준다. 김춘수는 인간 세계의 극한 지점에 놓인 언어에서 비로소 신과 마주할 수 있는 구원의 언어를 발견하거니와 이는 의미를 분쇄한 최종의 언어이자 최대한의 즉물성의 언어다.

이처럼 절대관념인 신과 조응하는 주문의 언어는 김춘수에 의해 발견된 매우 독특한 지평에 속한 것이라 할 수 있다. 그것은 지금까지 전혀 조명되지 않았던 언어의 기능이거니와 이는 언어의 직능에 관해 철저하게 질문하였던 김춘수의 독창적이고 치밀한 태도에서 비롯된 성과라 할 수 있다. 리듬의 언어가 주문의 언어가 되고 이것이 구원의 언어가 되는 과정의 논리는 언어의 기능에 대한 새로운 가능성을 여는 계기가 될 것이다. 김춘수에 의해 언어는 기호의 차원을 벗어나 물物자체가 되어 세계와 만나는 지대를 열어 보이게 되었기 때문이다. 김춘수의 논리를 따르게 되면 이러한 언어의 기능은 폭력으로 미만한 조악한 세계로부터의 탈출구이자, 세계의 진리와 화해할 수 구원의 길과 관련된다. 그것은 마치 폭력으로 인한 정신

32 김춘수, 「대상의 붕괴」, 앞의 책, p.551.
33 김춘수, 「이미지의 소멸」, p.546.

적 상처로 고통받았던 김춘수에게 '처용'이 '환한 빛'[34]으로 다가왔던 것과 다르지 않은 것이다.

5. 언어의 진화를 위한 무의미시론

김춘수의 무의미시에 대한 관심은 김춘수가 언어의 기능 및 시적 언어의 속성에 관해 집요하게 탐구했던 사실에 기인한다 해도 과언이 아니다. 김춘수는 언어에 관한 의식을 끈질기게 탐색해갔던 자로서 우리 시단에서 매우 독특하고 드문 시인에 속한다. 그는 시의 언어가 무엇인가를 질문하는 동시에 세계의 본질에 대해서도 의심의 긴장을 놓지 않았다. 무의미시가 우리에게 충격으로 다가왔던 것은 이들 질문에 대한 김춘수의 대답이 매우 극단적이었기 때문일 것이다. 김춘수는 먼저 시에서 관념을 모두 제거하기를 시도하는데 이것이 서술적 이미지의 시 형태로 표현되었음은 주지의 사실이다.

무의미시가 보인 의미의 소거와 난해성, 그리고 논리성의 파괴는 연구자들로 하여금 그것을 의미를 지닌 시들과 반대되는 것으로 보도록 하는 요인이 되었다. 그러나 무의미시에 대한 이해는 그것이 철저하고도 일관되게 언어의 기능에 대해 질문하는 것에 해당한다는 점을 인식할 때 가능해진다. 김춘수는 무의미시를 통해 단지 의미를 부정하는 방법을 시도한 것이 아니라 시에서 관념을 지워감으로써 언어가 기호로부터 물질이 되어가는 과정을 확인하고자 한 것

34 김춘수, 「처용, 그 끝없는 변용」, 앞의 책, p.151.

이다.

물질이 되는 언어는 구체적인 언어이자 생생한 언어요, 김춘수의 표현을 따르면 즉물성의 언어다. 기호가 아닌 물질로서의 언어는 이처럼 생생함을 실현함으로써 세계의 본질을 현시하게 된다. 세계의 본질은 언제나 인간에게 비가시적이고 미지의 것이므로 이에 대한 판단은 늘 유보되고 중지될 수밖에 없다. 이때 즉물성의 언어는 그것이 물物인 정도만큼 세계를 드러낸다. 이 점에서 김춘수의 무의미시는 언어의 물질성을 구하는 일에 해당하는 것이자 동시에 미지의 세계를 구현하는 방편에 속하는 것이다.

즉물적 언어를 통해 현현하는 세계를 보겠다는 그의 의지는 급기야 서술적 이미지마저도 초월한 순수 입자의 언어를 만나게 된다. 리듬의 언어가 그것이다. 리듬만으로 된 언어에 관념이 끼어들 여지는 조금도 없어 보인다. 김춘수에게 그것은 가장 물질화된 언어이자 가장 순수한 언어다. 김춘수는 이러한 리듬의 언어에서 안식과 구원을 느낀다. 이는 리듬만으로 된 언어야말로 가장 탈인간적이며 동시에 신에 가장 가까워진다는 점에서 그러하다. 이 지점에서 김춘수가 주문의 언어를 떠올리는 것은 매우 논리적이라 할 수 있다. 인간적인 관념을 소거한 세계의 끝에서 만난 주문의 언어는 김춘수에게 구원을 느끼게 한다. 이때의 언어는 최대한의 즉물성이 구현된 물자체의 언어라 할 수 있는바, 이것이 주문의 언어인 것은 언어를 통해 신과 조우할 수 있다는 점에서 그러하다.

본고는 김춘수의 무의미시론을 면밀하게 따라가면서 김춘수의 문제의식과 논리를 복원하는 데 할애되어 있다. 시의 난해함 못지않게 무의미시론이 지닌 난해함은 김춘수의 의식을 왜곡하기 십상이다. 이점은 그간 무의미시에 대한 연구가 크게 진전되지 못하였고 또 곡해되는 경우가 많았다는 것을 설명해준다. 김춘수가 언어에 대해 끊임없이 질문하며 기호의 언어에서 사물의 언어로의 탐색 과정을 보여준 일은 우리 시사에서 매우 중한 성과에 해당한다. 서술적 이미지로서의 무의미시가 그 중간에 놓이는데 이 역시 문제적인 시도에 해당하지만 김춘수가 리듬의 언어를 통해 궁극성을 체험하였다는 것은 시의 음악으로서의 가능성과 입자로서 언어가 되는 새로운 경지를 개시한 것이라는 점에서 주목할 만한 것이다. 언어에 관한 치열한 자의식을 전개한 김춘수를 통해 언어는 곧 진화의 일 관점을 만나게 된 것이다.

한국 현대시 사상 연구

제12장

김춘수 '무의미시'의 제의祭儀적 성격

1. '무의미시'의 절대성

김춘수의 시작 세계를 『구름과 장미』가 발간된 1948년 이후 20여 년간을 초기, 제 7시집 『타령조·기타』이 발간된 1969년부터 1991년 『처용단장』 시기까지를 중기, 그리고 1993년의 『서서 잠자는 숲』 이후를 후기로 구분할 때[1] 그 중 중기에 해당하는 시기는 김춘수에게 매우 각별하다. 그것은 김춘수가 초기부터 지녀온 언어와 존재의 관계에 관한 질문, 즉 언어가 흔히 이데아라 하는 세계의 실체를 얼마만큼 드러낼 수 있는가에 관한 김춘수의 끈질긴 질문이 중기에 이르러 다른 형태로 모습을 드러냈다는 점에 기인한다.[2] 언어와 존재에

1 김춘수의 시세계에 대한 이러한 구분은 정효구의 관점에 따른다. 정효구, 「김춘수 시의 변모 과정 연구」, 『개신어문연구』13집, 1996, pp.421-459.

2 초기 김춘수의 대표적 연작시라고 할 만한 「꽃」, 「꽃의 소묘」, 「꽃을 위한 서시」 등

관한 집요한 형이상학적 질문은 제 7시집 이후 새로운 국면으로 구체화되기 시작하였던 것이다.

소위 '무의미시'를 썼던 기간인 중기가 초기에 제기하였던 질문의 다른 형태로의 구체화 국면이라 한 것은 초기와 중기 사이를 단절이나 분리가 아니라 연속으로 본다는 의미를 지닌다. 김춘수의 초기의 문제의식은 중기에까지 동일하게 이어졌으며 다만 시적 형태면에서 다른 양상으로 표현되었다. 김춘수의 언어의 기능에 대한 초기의 물음은 중기에 이르러서도 폐기되지 않은 채 지속적으로 관념화되었던 것이다.

이러한 관점은 중기에 쓰여진 시가 '무의미시'[3]였다는 점에서 부연을 요구한다. 중기의 '무의미시'를 통해 김춘수는 '서술적 이미지'[4]를 전면화시켰던바, 이로써 '무의미시'는 언어의 기능에 대해 부정하고 회의한 결과 시도된 것이라는 점에 대체적인 동의가 이루어졌기 때문이다. 연구자들은 '무의미시'가 의미를 배제한 것이라고 봄으로써 중기 시가 초기의 문제의식을 파기하고 언어의 직능을 포

'꽃'을 모티프로 한 시들에서 김춘수는 '꽃'을 세계의 본질로 상정하고 시적 언어가 이데아로서의 꽃의 실체를 어느 정도로 구현할 수 있는가를 고찰하는 관념적인 시를 쓰고 있다.

3 김춘수는 중기의 '무의미시'에 대한 자신의 논리를 1976년에 발행된 시론집『의미와 무의미』에서 비교적 상세히 밝히고 있다. 그의 시론은『김춘수시론전집 I, II』(현대문학, 2004) 참조.

4 '서술적 이미지'는 김춘수의 용어로 비유적 이미지와 달리 관념을 지향하지 않는 것이다. 그것은 의미를 위해서 쓰이는 대신 이미지 자체가 목적이 된다는 점에서 순수한 것이다. 서술적 이미지는 대상을 전제로 하지 않기 때문에 대상으로부터 자유로운 상태가 된다. 김춘수는 서술적 이미지를 통해 일종의 방심상태에 이를 수 있다고 하였다. 김춘수,「한국 현대시의 계보」,『김춘수시론전집 I』, 현대문학, 2004, pp.506-16.

기한 것이라는 허무주의적 입장에 섰던 것이다. 이는 김춘수 시세계에 있어서 초기와 중기 사이의 전환과 단절을 전제하는 것이다.

그러나 김춘수에게 '무의미시'는 김춘수 스스로 그것이 '무의미라고 하는 것과는 전연 다르다'[5]고 말하고 있듯 단순히 의미를 배제하는 것이 아니다. '무의미시'의 의미는 좀더 정교하게 고구되어야 하는데, 그것은 흔히 짐작하듯 무의미시가 해체라는 함의를 지니는 것이 아니라 '관념적 언어는 세계의 본질을 드러낼 수 없다'는 규정을 내포하게 된다는 점에서 그러하다. 실제로 김춘수는 '서술적 이미지'로부터 시작하여 '리듬의 언어', '주문의 언어'로까지 나아가고 있거니와[6] 이러한 과정은 보다 철저하게 언어에서 관념을 지워나감으로써 세계의 순수 본질에 도달하기 위한 도정에 해당한다. 김춘수는 '리듬의 언어'가 이미지마저도 지운 자유와 해방의 언어에 해당한다고 하였고, '주문의 언어'는 신과 조우할 수 있는 궁극의 언어라 하였다.[7] 이러한 언어들은 모두 언어의 기능과 관련된 논의를 이어나간 것이라 할 수 있다. 김춘수의 중기시가 각별하다고 말했던 것은 이처럼 언어의 기능에 관한 초기의 질문이 중기에 이르러 특수하고 구체적인 형태로 구현되었다는 점에 기인한다.

김춘수가 궁극적으로 도달한 언어가 순수한 언어이자 신의 언어

5 김춘수, 「대상·무의미·자유」, 위의 책, p.523.

6 의미와 관념을 배제한 '서술적 이미지'를 실험한 이후 김춘수는 이미지마저도 소멸시킨 '리듬의 언어'를 시도한다. 그는 '리듬'이 이미지를 넘어선 것이자 관념으로부터 해방된 최종적인 단계의 언어라 보았다. 그리고 리듬만으로 된 언어를 '주문의 언어'라 하였다. 김춘수, 「대상의 붕괴」, 위의 책, p.551.

7 김춘수 무의미시의 '서술적 이미지', '리듬의 언어', '주문의 언어'의 전개과정과 신과의 관계에 관해서는 김윤정의 「물物자체에 이르는 도정으로서의 김춘수의 무의미시론 연구」, 『한민족어문학』 71집, 한민족어문학회, 2015.8, pp.699-703 참조.

라는 점에 착목하여 본고는 중기에 해당하는 김춘수의 무의미시가 어떻게 일상성을 탈피하고 절대성에 닿아있는지를 밝히고자 한다. 『타령조·기타』와 『처용단장』으로 대표되는 김춘수의 중기시는 주지하듯 일반적인 시와 다른 양상을 보이고 있다. '서술적 이미지'로 나타나는 이 시기의 시는 비논리와 탈인과성으로 인해 난해성을 띠고 있으며 '리듬의 언어'의 단계에 이르면 김춘수는 음운을 모두 분해하는 시도를 하거나 노래 형태의 시를 보여주는데, 이러한 경향들은 매우 실험적인 것들이다. 본고는 이러한 김춘수의 시도들이 모두 그가 시론에서 밝히고 있듯 언어의 순수성을 구현하고 궁극의 경지인 신에 이르는 과정에 해당함을 전제하고 이러한 점에서 김춘수의 중기시가 필연적으로 제의祭儀적 성격을 띠게 됨을 고찰하고자 한다.

2. '무의미시'의 초월적 성격

중기에 이르러 김춘수가 보여준 언어 실험이 일차적으로 관념의 소거에 방향을 두고 있다는 것은 존재와 언어의 관계에 관한 형이상학적 탐구 외에도 김춘수가 놓여 있던 심리적 역사적 정황과 관련을 맺고 있다. 그것은 많은 연구자들이 언급하고 있듯이 김춘수가 경험했던 정치적 억압에 기인하는 것으로[8] 특히 일제 강점기 때 학생신분으로 겪었던 구속경험은 김춘수에게 씻을 수 없는 트라우마를 남길 정도로 혹독하게 각인된다. 이후 김춘수는 역사 및 이데올로기를

8 조강석, 「김춘수 시의 언어의식 전개과정 연구」, 『한국시학연구』 31집, 한국시학회, 2011.8, p.108.

폭력 일반으로 여기게 되거니와, 시에서 관념을 지우고자 하였던 점은 언어를 통해 개입될 수 있는 역사와 이데올로기의 흔적들을 원천적으로 차단하기 위한 방편에 해당되었다.[9]

김춘수의 무의미시 실험과 그것의 의도를 연관시켜 이해하는 일은 그의 무의미시의 의미를 판별하는 데 매우 중요한 요소라 할 수 있다. 이는 김춘수의 무의미시가 많은 연구자들의 관점이 그러하듯 언어의 허무의식이라든가 서구적 해체주의의 맥락에 놓여 있는 것이 아님을 짐작케 한다. 더욱이 김춘수가 무의미시를 통해 실험하였던 '서술적 이미지', '리듬의 언어', '주문의 언어'에 이르는 궤적은 그가 해체를 위한 해체를 시도한 것이 아니라 궁극적인 무엇에 도달하기 위해 불가불 해체의 과정을 겪었음을 말해준다. 김춘수에게 '서술적 이미지'를 포함하여 '리듬의 언어'와 '주문의 언어'는 모두 순수한 언어를 획득하기 위한 단계들로서 궁극적으로 세계의 본질과 '신'이라고 하는 절대적 존재와 조우하기 위한 매개에 해당한다. 이는 '서술적 이미지', '리듬의 언어', '주문의 언어' 등의 실험이 언어의 기능에 대한 탐구 과정을 보여주는 것인 동시에 역사와 이데올로기로부터 벗어나고자 하는 김춘수의 의도를 내포하는 것임을 의미한다. 특히 신과 조응하는 '주문의 언어'[10]는 김춘수의 논리대로 역사와 이데올로기로부터 벗어난 순수한 언어라 할 수 있다. 그것은

9 김종태는 김춘수의 처용 연작시가 외부 세계의 폭력에 의한 상처와 소외의식을 처용의 인고주의와 해학을 통해 극복하고자 하는 의도로서 쓰여진 것이며, 서술적 이미지로 나타났던 김춘수의 자유연상기법은 현실상황의 리얼리티를 파괴하고 해체하기 위한 방법이었다고 보고 있다. 김종태, 「김춘수 '처용연작'의 시의식 연구」, 『우리말글』 28호, 우리말글학회, 2003.8, p.163.

10 김윤정, 앞의 논문, p.703.

의미를 지니지 않으므로 순수한 것이 아니라 의미로부터 초월한 것이므로 순수성을 지니는 것이다.

김춘수의 언어가 의미의 초월을 통해 순수성을 획득하고 있다는 관점은 무의미시의 제의적 성격을 논하게 한다. 주지하듯 제의는 초월적 존재, 즉 신과의 소통을 꾀하는 것으로서 원시 문화 및 현대의 종교에 남아있는 의식儀式의 형태를 가리킨다. 그것이 의식儀式의 일 형태라는 점에서 제의는 일정한 관습과 목적을 지니게 되며, 특히 신과의 소통을 꾀한다는 점에서 여타의 의식儀式들과 구분된다. 인류의 원시 문화는 많은 부분에서 제의의 관습들을 구동하여 왔고 이들은 현대 문화 속에서 다양한 양상으로 그 흔적이 보존되어 있다. 그럼에도 현대에서의 신과의 소통이라는 초현실적 사태에 대한 회의는 제의의 관습과 기능을 약화시켜온 것이 사실이다. 기능적으로 말할 때 신을 향한 의식儀式으로서의 제의는 인간적 속성을 넘어서게 한다는 점에서 초월성과 관련된다. 그것은 인간으로 하여금 인간적인 것, 즉 일상적이고 세속적인 것으로부터 신적이고 성스러운 것으로의 변화를 유도하는 기능을 지니는 것이라 할 수 있다. 신비한 존재나 힘들과 관계맺는 것으로서의 제의[11]는 현실 너머의 존재에 기댐으로써 현실의 문제와 한계를 넘어서고자 하는 인간의 욕망을 나타낸다. 따라서 제의는 세속의 인간과 신성의 절대자 사이를 매개하는 양식적 행위임을 알 수 있다. 엘리아데가 세계 안에는 성스러운 것과 그렇지 않은 두 가지 균질하지 않은 존재 양식이 있어 인간은 성스러운 경험을 통해 존재론적이고 절대적인 실재를 계시 받는다

11 오세정, 『신화·제의·문학』, 제이앤씨, 2007, p.185.

고 한 것[12]은 인간에게 제의가 지닌 초월의 의미를 잘 말해주고 있다.

제의는 제의를 행하는 주체의 재생을 목표로 한다. 제의를 통해 주체는 혼돈과 죽음을 넘어 안정과 질서를 바라게 된다. 제의에서 요구되는 희생양은 절대자에게 바쳐지는 제물로서 주체가 처한 현실적 문제들, 현실의 혼돈과 죄를 대속하도록 하는 제의의 대상이다.[13] 희생양의 존재로 인해 인간은 신과 매개되며 인간이 처한 현실적 고통들은 해결의 계기를 얻게 된다. 제의가 지닌 이러한 원리와 구조는 김춘수의 무의미시를 제의의 관점에서 보게 한다. 김춘수가 보여주고 있는 언어의 순수성을 향한 궤적들, '서술적 이미지' 시에서 나타나는 탈일상성 및 '파동'만 남은 '리듬의 언어', 그리고 신에 다다르고자 하는 '주문의 언어'는 제의에서 행하는 탈속과 신성에의 의지에 닿아 있기 때문이다. 역사와 이데올로기의 압박감에 시달리던 김춘수에게 언어는 그것을 매개로 혼돈과 무질서를 거쳐 안녕과 초월에 이르게 되는 기제가 된다. 김춘수는 씻김굿을 행하듯 언어를 혼돈의 한가운데로 밀어넣고 그것을 살해한 후[14] 그속에서 가장 순수한 형태를 발견하게 된다. 김춘수는 그렇게 하여 건져올린 언어가 신에 다가간 주문의 언어라고 말하거니와, 김춘수는 이러한 과정을 통해 세속이 부과한 상처로부터 벗어나 재생과 구원에 이르게 된다.[15]

12 Mircea Eliade, 『성과 속』, 이은봉 역, 한길사, 1998, pp.51-7.

13 오세정, 앞의 책, pp.185-6.

14 『처용단장』에 나타나는 '서술적 이미지'의 의미 파괴 및 음운의 분해 양상은 일종의 언어 살해라 볼 수 있다.

15 오세정은 제의의 6요소로 '제의의 주체와 객체, 제의의 대상, 제의의 시공간, 방법, 의도'를 들고 있다(오세정, 앞의 책, p.185). 주체는 제의의 거행자, 객체는 신, 제의

김춘수의 무의미시 실험을 통해 보여준 성과 속의 변증법적 과정은 제의 내에서 그의 언어가 지닌 두 가지 차원을 나타낸다. 하나는 인간적인 세계에 속하는 동시에 피흘림을 겪게 된다는 점에서 언어에 내재하는 희생제물적 측면이고 다른 하나는 실제 제의 속에서 구현되는 언어의 방법적 형태로서의 측면이다. 전자가 제의의 대상, 즉 '희생양' 모티프에 해당하는 것으로 언어 파괴 실험과 관련된다면 후자는 언어를 특수하게 다루는 제의의 방법적 성격과 관련된다. 이것은 김춘수의 시에서 독특한 시적 형태와 구조를 요구하게 된다. 김춘수의 중기시에는 이 두 가지 측면의 언어 양상이 동시적으로 나타난다고 할 수 있다.[16] 김춘수는 자신의 언어를 파괴함으로써 절대순수의 경지로 나아가고자 하고 있을 뿐만 아니라 시적 공간 내에서 독특한 언어 구조를 빚어냄으로써 그의 시가 제의에 적합한 형태와 도구가 되도록 의도하고 있는 것이다. 중기에 김춘수가 보여주는 언어 실험은 이 두 가지 측면에서 착종된 채 이루어지고 있으며 제의의 대상 및 제의의 방법이라는 중기시의 언어적 두 성질은 그의 시가 제의적 공간이 되도록 하는 데 기여한다는 것을 알 수 있다.

의 대상은 희생제물을 가리킨다. 이러한 틀에서 보면 김춘수의 무의미시는 '시적 자아, 신, 언어, 시적 공간, 시적 구조, 구원'을 6가지 측면의 제의의 요소에 대응시킬 수 있다. 김춘수의 경우 희생양의 요소에 해당하는 것은 '언어'다. 김춘수 중기시의 파괴되는 '언어'는 카오스와 코스모스 사이에 놓이는 것으로서 시적 자아라는 제의의 주체를 구원과 초월에 이르게 하는 매개가 된다.

16 김종태는 김춘수의 중기의 대표작 『처용연작』에는 김춘수의 의도처럼 완전한 이미지의 소멸이나 의미의 파괴가 이루어진 것은 아니라고 하면서, 여기에는 다분히 창작가의 의도에 따른 해석이 끼어들고 있다는 지적을 하고 있다(김종태, 앞의 논문, p.160). 김종태의 분석은 김춘수의 중기시에 이미 파괴 외에 또 다른 언어적 형태와 기능이 존재하고 있음을 시사하고 있다.

3. 제의적 공간과 '무의미시'

3.1. 제의적 시쓰기로서의 『처용단장』

김춘수는 자신의 시적 언어를 자신의 관점에 따라 일정하게 방향지워갔다. 그는 마치 연금술사가 실험실에서 연구를 하듯 언어 실험을 하였다. 따라서 그의 시의 바탕에는 일정 시기에 따른 그의 의도와 관점이 가로놓여 있다. 시에서 관념을 배제하고자 하였음에도 정작 그의 언어 실험이 김춘수의 확고한 관념에 따른 것이라는 점은 아이러니하지 않을 수 없다. 중기의 김춘수의 시에는 시론에서 설파한 그대로의 언어실험이 이루어져 있거니와, 중기시는 관념 제거와 순수 언어의 회복에의 의지에 따라 그가 노정하였던 전 과정들, '서술적 이미지'의 시도 및 '리듬의 언어', '주문의 언어' 등의 양상이 계기적으로 나타나고 있음을 알 수 있다.

김춘수에게 '서술적 이미지'의 시도는 중기의 대표작 『처용단장』에서 본격적으로 이루어진다. 1991년에 단행본으로 발간된 『처용단장』은 김춘수에 의하면 60년대 후반부터 20여 년에 걸쳐 쓰여진 총 4부의 긴 연작시로서, 1부 「눈, 바다, 산다화山茶花」, 2부 「들리는 소리」, 3부 「메아리」, 4부 「뱀의 발」로 구성되어 있다. 『처용단장』을 구성하고 있는 각각의 부분들은 김춘수의 서술적 이미지가 단지 대상의 무화라는 이미지 실험 자체에 머물러 있는 것이 아니라 파괴와 재생이라는 거대한 제의적 기획 속에 놓여 있는 것임을 말해준다. 『처용단장』에서 김춘수가 보여준 '서술적 이미지'의 시도는 시적 자아가 처한 혼돈의 국면으로부터 비롯하여 파괴와 정화, 갱생과 상승에의 의지 등 제의에서 추구하는 모든 국면들과 관련되어 있다.

> 3
> 꿈이던가,
> 여순 감옥에서
> 단재 선생을 뵈었다.
> 땅 밑인데도
> 들창 곁에 벚나무가 한 그루
> 서 있었다.
> 벚나무는 가을이라 잎이 지고 있었다.
> 조선사람은 무정부주의자가 되어야 하네
> 되어야 하네 하시며
> 울고 계셨다.
> 단재 선생의 눈물은 발을 따뜻하게 해주고 발을
> 시리게도 했다.
> 인왕산이 보이고
> 하늘이 등꽃빛이라고도 하셨다.
> 나는 그때 세다가야서セタガヤ署
> 감방에 있었다.
> 땅 밑인데도
> 들창 곁에 벚나무가 한 그루
> 서 있었다.
> 벚나무는 가을이라 잎이 지고 있었다.
> 나도 단재 선생처럼 한 번

울어보고 싶었지만, 내 눈에는 아직
인왕산도 등꽃빛 하늘도
보이지가 않았다.

5

요코하마ヨコハマ헌병대가지빛검붉은벽돌담을끼고달아나던 요코하마헌병대헌병군조모軍曺某에게나를넘겨주고달아나던박승줄로박살내게하고목도木刀로박살내게하고욕조에서기氣를절絕하게하고달아나던 창씨創氏한일본성姓을등에짊어지고숨이차서쉼표도못찍고띄어쓰기도까먹고달아나던식민지반도출신고학생헌병보補야스다ヤスタ모의뒤통수에박힌눈 개라고부르는인간의두개의 눈 가엾어라어느쪽도동공이없는

「제3부 메아리」(『처용단장』)[17] 부분

김춘수가 시적 언어에서 관념을 경계한 것은 관념 속에 이데올로기가 개재될 수 있다는 데 기인한다. 그는 역사와 이데올로기에 의한 관념의 흔적이 존재를 억압하고 언어를 오염시키는 요인이라 생각하였다. 언어에 대한 이같은 염결성이 그의 전기적 사실에서 비롯된 것도 잘 알려진 사실이다. 『처용단장』 3부에는 일제 말기 학생 신분으로서 김춘수가 겪었던 영어囹圄 체험이 그려져 있다. 시론 「처용, 그 끝없는 변용」에서 김춘수는 '처용'을 통한 '인고주의적 해학'이

17 김춘수, 『김춘수시전집』, 현대문학, 2004, pp.560-3. 이후 시 인용은 특별한 경우를 제외하고 페이지 제시 없이 이 자료를 활용하기로 한다.

일제말과 6.25 때 겪은 폭력 체험을 극복하기 위한 방편이 되었다고 말한 바 있거니와[18] 그러한 정황이 『처용단장』에 그대로 나타나 있는 것이다. 위 시의 화자가 되고 있는 김춘수는 위 시에서 일본의 헌병에 잡혀 '세다가야서'의 감옥에서 보내야 했던 고통에 찬 상황을 전달하고 있다. 당시 겪었을 모진 고문과 학대는 김춘수의 '몸과 자존심을 짓밟아버리는 것'[19]으로 위 시는 그때의 체험이 김춘수에게 어떤 영향을 미쳤는지 짐작하게 한다. 위 시에 나타나 있듯 의식을 넘어서 있는 무의식의 사태는 한계 상황에 처한 김춘수의 의식 파괴의 사정을 암시한다.

자신의 트라우마를 극복하기 위해 '처용'을 모티프로 취하는 한편 무의식의 시를 쓰는 김춘수의 행위는 무엇을 말해주는가? 그것은 단지 해체를 위한 해체라거나 언어유희에 그치는 것이 아니라 상승과 치유를 목표로 하는 것임을 알 수 있다. 김춘수에게 '처용' 모티프를 취한 것과 무의식의 시를 쓴 것은 기능면에서 일치하는 것이다. 두 가지 기제가 모두 정화와 갱생을 의도하는 제의적 함의를 띤다는 것이다. 시몬느 비에른느는 제의의 대표적 양태인 통과제의의 원리에 대해 고찰하면서 그것의 목표가 주체의 영적 변화에 있는 통과제의는 제의 과정 중 꿈과 환각이나 엑스타시나 트랜스 상태와 같은 의사 무의식 상태를 유도한다고 말하고 있다. 그것은 주체의 근본 인격을 제거하고 존재를 소멸시키는 행위로서 이를 거침으로써 주체는 새로운 육신과 영을 얻게 된다는 것이다. 이러한 영혼의 정화의

18 김춘수, 「처용, 그 끝없는 변용」, 『김춘수시론전집Ⅱ』, 현대문학, 2004, pp.148-9.
19 위의 글, p.148.

식을 위해 주체는 오랜 단식과 금욕을 요구받게 되며 의식의 해체라는 제의적 살인을 거치게 된다. 요컨대 무의식은 의식의 새로운 탄생을 위해 의도적으로 하강이 요구되는 죽음과 암흑의 지대인 것이다.[20]

이러한 관점에 서면 김춘수가 '처용'을 모티프로 하면서 무의식의 시를 썼던 이유를 짐작할 수 있게 된다. 또한 『처용단장』이 '처용단장'이라는 제목을 제시하면서도 정작 역신疫神을 쫓는 구마 사제驅魔司祭 역할을 하고 있는 '처용'의 설화를 전면화하는 대신 시의 양상을 서술적 이미지라든가 무의식의 시로 이어가고 있는 이유를 이해할 수 있게 된다. 그것은 모두 김춘수가 의도하였던 트라우마의 치유에 놓여 있는 것으로 김춘수에게는 『처용단장』이라는 시쓰기 자체가 자신의 영혼의 재생을 위한 제의적 행위에 해당되는 것임을 알 수 있다. 이는 『처용단장』의 1부에 등장하는 중심 이미지가 '눈', '바다', '산다화'라는 점과도 직접적으로 관련된다.

> 1
> 바다가 왼종일
> 생쥐 같은 눈을 뜨고 있었다.
> 이따금
> 바람은 한려수도에서 불어오고
> 느릅나무 어린 잎들이
> 가늘게 몸을 흔들곤 하였다.

20 Simone Vierne, 『통과제의와 문학』, 이재실 역, 문학동네, 1996, pp.25-40.

날이 저물자
내 늑골과 늑골 사이
홈을 파고
거머리가 우는 소리를 나는 들었다.
베꼬니아의
붉고 붉은 꽃잎이 지고 있었다.

2
3월에도 눈이 오고 있었다.
눈은
라일락의 새순을 적시고
피어나는 산다화를 적시고 있었다.
미처 벗지 못한 겨울 털옷 속의
일찍 눈을 뜨는 남쪽 바다.
그날 밤 잠들기 전에
물개의 수컷이 우는 소리를 나는 들었다.
3월에 오는 눈은 송이가 크고
깊은 수렁에서처럼
피어나는 산다화의
보얀 목덜미를 적시고 있었다.

「제1부 눈, 바다, 산다화山茶花」(『처용단장』) 부분

『처용단장』의 1부의 시들은 김춘수의 난해시이자 서술적 이미지를 대표하는 시로 자주 인용되곤 하는 것들이다. 의미의 논리성이라

든가 인과성이 지켜지지 않으며 대상이 부재한 채 이미지들이 연쇄되어 있다는 점에서 이들은 해체적 모더니즘시의 관점에서 이해되곤 하였다. 김춘수가 스스로 명명한 무의미시라든가 서술적 이미지의 시에 속한다는 사실도 쉽게 알 수 있다. 그러나 중요한 것은 이들 시의 양태가 어떠한가가 아니라 이러한 시의 양태가 왜 발생하였는가에 있을 것이다. 그리고 이는 시에 중점적으로 등장하는 '눈', '바다', '산다화'의 이미지가 지닌 원형 상징적 의미를 판별할 때 가늠할 수 있게 된다.

'눈', '바다', '산다화'는 김춘수가 말한 대로 비유적 이미지이기보다는 서술적 이미지에 속한다. 그것은 의식의 차원에서가 아닌 무의식적 차원에서의 순수 이미지에 해당한다. 즉 김춘수에게 그것들은 눈에 보이는 대상에 대한 관념화에 따른 것이 아니라 '원초적 혼돈'[21] 내에서 길어진 순수 의식의 편린을 제시한다. 이러한 관점에 설 때 '눈'은 자아가 처한 고통스런 상황의 극복을, '바다'는 퇴영적이고 회귀적 공간[22]을, '산다화'는 회복과 재생의 의미를 띠게 된다. 김춘수

21 위의 책, p.43.

22 『처용단장』의 3부의 시 가운데 "외할머니는 통영을/ 퇴영이라고 하셨다./ 오늘은 뉘더라/ 얼굴이 하나 지워지고 있다./ 눈썹 밑에 눈이 없고/ 눈 밑에 코가 없고/ 입은 옆으로 비스듬히 올라앉아 있다./ 외할머니의 퇴영은 통영이 아니랄까봐/ 오늘은 아침부터 물새가 울고/ 세다가야서 감방은 (나를 달랜다고)/ 들창 곁에 욕지欲知 앞바다만한 바다를 하나 띄우고 있다"에서는 통영 '바다'가 '퇴영(退嬰)'과 무화의 공간이자 치유와 갱생의 공간임을 나타내고 있다. 김춘수에게 그의 고향인 통영 바다는 회귀와 재생의 공간이었고 '처용'이 동해용(東海龍)의 아들이었던 점에서 '처용' 자체였다. 김춘수는 이 시기 '바다'를 묘사하면서 "바다는 자라고 있었고 자라는 동안 죽기도 하고 깨어나기도 했다. 죽은 바다를 어떤 사내가 한쪽 손에 들고 있기도 하고, 산유화가 질 무렵, 다 자란 바다가 발가벗고 내 앞에 드러눕기도 하였다"면서 '바다'의 원형적 공간성에 대해 말하고 있다(김춘수, 「처용, 그 끝없는 변용」, 앞의 책, p.150).

에게 이들 이미지들은 대상화된 것이 아닌 원형적 이미지로서 그가 처한 의식의 혼돈과 원초적 상태를 짐작하게 해주는 계기가 된다. 김춘수는 이들 이미지를 무질서하게 제시하고 있는데 이속에서 그는 카오스와 같은 원초적 상황을 바탕으로 자아의 새로운 정립과 완성을 꾀하고 있다는 것을 알 수 있다.

실제로 위 시에 등장하고 있는 시적 자아는 '늑골과 늑골 사이 홈을 파고 거머리가 우는' 해체된 상태에 처한 채 온갖 혼돈과 고통에 내맡겨져 있다. '바다'는 '왼종일 새앙쥐 같은 눈을 뜨고' 자아를 헤집어 놓는 '바람'을 불어 보낸다. '바다'가 이루는 원초적 공간 속에 뒤엉겨 있는 자아는 의식의 상실을 겪고 있다. '나'는 성충이 되기 전의 애벌레처럼 끝없이 '잠'에 빠져 있다. '나'는 죽음과 같은 상태에서 겨우 '눈이 내리'거나 '개동백 붉은 열매가 익'어가거나 '베고니아의 붉은 꽃잎이 지'거나 '눈이 산다화를 적시'거나 하는 것들을 보고 있다. '눈'과 '꽃'들의 향연을 보면서도 '나'는 여전히 '수렁'처럼 깊은 '잠'에 빠져 있다. '나'는 '벽이 걸어오'는, 혹은 '늙은 홰나무가 걸어오'는 듯한 의식의 퇴행을 겪으며 미궁과 같은 카오스에 던져져 있는 것이다. 이 원초적인 존재가 꿈꿀 수 있는 것은 죽음과 생명이 소용돌이치는 '바다'의 회귀성[23]과 하늘로부터 부여되는 '새눈'에 힘입어 '나비'처럼 혹은 '꽃'처럼 재생하는 일이다. 『처용단장』 1부의 시는 이처럼 코스모스 이전의 회귀적 공간 속에서 재생을 꿈꾸는 자

23 서영희는 『처용단장』에서 '바다'가 현실의 시간으로부터 도피하여 자아의 분열되고 파편화된 상태를 회복하고 통합하기 위한 무시간적 공간이라 보고, 이런 점에서 김춘수에게 '바다'는 새로운 시공간을 창출해내는 장소로서의 기능을 지닌다고 한다. 서영희, 「김춘수의 '처용단장'에 나타난 시간의식」, 『한민족어문학』 61집, 한민족어문학회, 2012.8, p.17.

아의 모습을 밀도 있게 그리고 있다. 이 시에서 김춘수는 의식과 육체의 해체가 이루어진 자아 및 '바다', '눈', '산다화' 등의 원형적 이미지를 등장시켜 통과제의적 공간을 형성하고 있음을 알 수 있다.

이와 같이 제의성은 치유와 재생을 위한 목적 아래 육체와 의식의 파괴라는 시련과 인내의 과정, 그리고 초월자의 힘을 빌어 이루어지는 갱생의 과정을 내포하게 된다. 위의 시에서 해신海神 '처용'을 상징하고 있는 '바다'[24]는 죽음과 탄생이라는 회귀적 공간을 제공함으로써 의식 이전에 놓인 혼돈의 시적 자아에게 재생의 길을 마련한다. 세속과 구별된 원초적 공간에서 이루어지는 고통과 희생의 의식儀式은 자아에게 있어 갱생을 위한 필수적 과정이 된다. 이러한 과정을 거친 자는 비속한 세계로부터 벗어나 신성한 세계로 진입할 수 있게 된다. 이로써 자아의 영혼의 고양과 상승이 가능해지며 비로소 자아는 회복과 재생의 체험을 하게 된다.

3.2. 시적 언어의 제의성

김춘수가 자신의 시적 언어에 관해 성찰하는 가운데 시의 제의적 기능을 탐색하였던 점은 그가 시의 대사회적 기능에 대해 외면하지 않았던 점을 말해준다.[25] 김춘수는 김수영의 참여시가 세상에 나왔

24 각주 22) 참조.

25 오세정은 당면한 문제를 해결하기 위한 방식으로 세 가지를 구분하면서, 법적인 해결방식, 정치적 해결방식, 제의적 해결 방식을 제시한다(오세정, 앞의 책, p.184). 앞의 두 가지 방식이 실제적이고 직접적인 해결이라면 제의적 해결 방식은 신비한 존재나 힘과의 관계를 통해 변화를 요구하게 되는 정신적이고 영적인 해결 방법이라 할 수 있다. 고대로부터 비롯된 이러한 해결책은 현대에 이르러 종교나 예술, 문화의 영역에서 일정 정도 잔존하고 있다고 본다.

을 때 김수영의 시를 높이 평가하면서도 그것을 따르는 대신 언어의 본질에 대해 천착하였는데 이것은 김춘수가 지녔던 언어에 대한 나름의 윤리의식을 드러내는 것이자 김수영과는 다른 측면에서의 시의 사회적 기능을 염두에 둔 것이었음을 알 수 있다.[26] 그리고 그것은 시적 언어의 순수성을 회복하는 것에 해당하였다. 김춘수에게 언어에서 의미와 관념을 부정하는 한편 언어로부터 순수성을 구하는 일은 시를 구원의 방편으로 삼아 폭력으로 희생된 자아를 갱생에 이르게 하는 길이 된다. 이점이 김춘수의 무의미시가 비롯된 동기이자 출발점이라 할 수 있거니와 김춘수가 언어를 파괴하는 것은 궁극적으로 언어의 순수성에 도달하기 위한 제의적 행위의 일종이었다는 것을 알 수 있다.

> 39
> ㅕㄱㅅㅏㄴㅡㄴ
> 눈썹이없는아이가눈썹이없는아이를울린다.
> 역사를
> 심판해야한다 ㅣㄴㄱㅏㄴㅣ
> 심판해야한다고 니콜라이 베르쟈에프는

26 김춘수는 현대를 폭력의 시대라 보고 폭력을 심리적으로 극복할 수 있는 길을 모색하였던바, 그것이 곧 '처용'의 '인고주의적 해학'을 통한 것임을 말하고 있다. 김춘수는 그 길이 패배주의이거나 현실 도피의 성격을 띠는 것임을 의식하면서도 이 길을 밀고나갔음을 알 수 있다. '처용'이 자신에게 윤리적 존재였다고 하였던 것도 이러한 맥락에서다(김춘수, 「처용, 그 끝없는 변용」, 앞의 책, p.149). '처용'의 인고주의란 결국 그가 「처용·기타에 대하여」(김춘수, 『김춘수 시론전집 I』, 현대문학, 2004, p.635)에서 말한 '스토이시즘'에 해당하는 것일 터이다. 김춘수의 해설은 그의 금욕과 인고가 제의성의 관점에서 이해될 수 있음을 시사한다.

이데올로기의솜사탕이다
바보야
하늘수박은올리브빛이다바보야

ㅎㅏㄴㅡㄹㅅㅜㅂㅏㄱ ㅡㄴ한여름이다ㅂㅏㅂㅗㅑ
올리브 열매는 내년 ㄱㅏ ㅡㄹㅣㄷㅏㅂㅏㅂㅗㅑ
ㅜㅉㅣㅅㅏㄹㄲㅗㅂㅏㅂㅗㅑ
ㅣ바보야,
역사가 ㅕㄱㅅㅏㄱㅏ하면서
ㅣㅂㅏㅂㅗㅑ

「제3부 메아리」(『처용단장』) 부분

김춘수는『처용단장』에서 서술적 이미지를 시도하는 것에서 그치지 않고 음절을 파괴하고 분해시키는 매우 이색적인 행위를 보여주고 있다. 이러한 그의 시도로 '역사'와 '인간'의 어휘는 그 의미와 무게를 상실하고 '하늘수박', '가을', '바보'와 마찬가지의 어휘군에 속하게 되는 것을 보게 된다. '역사'의 언어 해체는 김춘수가 평소 역사와 이데올로기와 폭력을 같은 의미로 여기고 이에 대한 극복을 꾀하였던 점에 비추어 볼 때 매우 의미심장하다. 김춘수는 음운 분해를 통해 의미 해체를 유도하고 있는 것이다. 이점에서 김춘수가 보이는 이러한 행위는 마치 퍼포먼스와 같은 기능을 지닌다 하겠다. 김춘수의 음운의 해체로 인해 '역사'와 '인간'과 같은 관념의 언어는 '하늘수박', '가을', '바보'와 같은 무관념의 언어와 등가가 된다는 것을 알 수 있다.

이는 김춘수의 언어 파괴가 언어의 순수성 회복에 대한 지향성을 위해 이루어졌음을 말해준다. 또한 음운 파괴를 단순한 해체나 유희의 차원에서 이해할 수 없음을 말해주는 대목이다. 그것은 김춘수가 『처용단장』의 시쓰기에서 이미 보여주고 있듯 궁극적인 갱생에 도달하기 위한 시련과 인고의 희생제의적 과정에 해당하는 것이라 볼 수 있다. 영혼의 정화를 통해 신성을 얻고자 하는 자아가 육신이 파괴되는 고통을 체험해야 하는 것처럼 언어 역시 순수성을 획득하기 위해 의미 해체라는 죽음의 과정이 요구된다. 말하자면 위 시의 음운 분해는 언어의 정화를 위한 희생제의적 일 과정에 속하는 것이다. 김춘수의 의도대로라면 이렇게 이루어진 정화된 언어는 역사와 이데올로기성이 탈각된 순수한 언어로 거듭나 타인을 억압하지 않는 비폭력의 언어가 된다.

그런데 정화되고 순수한 언어를 향한 김춘수의 언어 실험은 여기에서 멈추지 않는다. 김춘수는 순수한 언어의 모델을 이미 음악에서 보고 있었기 때문이다. 김춘수에게 음악은 서술적 이미지나 분해된 음운보다도 더 진전된 자리에서 순수성을 지니는 것이었으므로[27] 김춘수는 이 지점에서 '리듬의 언어'를 떠올리게 된다. 그에게 리듬의 언어는 이미지마저도 초월하여 있는, 뜻으로부터 벗어난 해방의 언어가 된다.[28] 김춘수에게 '타령조' 연작시와 같은 노래 형태의 시가 쓰여지는 것도 이 지점에서이다.

27 김춘수, 「대상·무의미·자유」, 위의 책, p.523.
28 김춘수, 「이미지의 소멸」, 위의 책, p.546.

어머니,
미지의 산하를
너울거리는 봄바다의 수소이온
의 어머니,
춘하추동 자라는
당신의 음모陰毛
의 아마존강 유역에서
오늘밤
눈에 불을 켜고 암흑으로 투신한 악어는
악어는 내일 아침 꽃필
수련화 꽃잎
의 달님 같은 어머니,
미지의 산하를
너울거리는 봄바다의 산소이온
의 어머니,

「타령조·12」(『꽃의 소묘』)[29] 전문

위의 시는 크게 4개의 마디로 구분되는 노래의 구조를 띠고 있다. 1행~4행, 5행~8행, 9행~12행, 13행~15행은 각각 '의 어머니', '오늘밤', '의 달님 같은 어머니', '의 어머니'로 종결되면서 반복과 변화의

29 전집에 소개된 김춘수의 「타령조」 연작시는 1편부터 9편까지는 1969년 간행된 『타령조·기타』에, 10편부터 13편은 1977년에 간행된 시선집 『꽃의 소묘』에 실려 있다. 『타령조·기타』의 후기에서 김춘수가 밝힌 바에 따르면 「타령조」 연작시는 50편 정도가 있는 것으로 보이지만 전집에 수록된 것은 이들 13편으로 추려진다.

리듬을 보인다. 각각의 마디 내에서의 대응 행들은 마치 노래가 소절의 단위를 일정하게 고르듯 일정한 길이를 유지하고 있으며 첫째 마디와 넷째 마디는 수미상관으로 동일 어구의 반복이 이루어져 있다. 이러한 구조는 노래의 양상을 그대로 나타내는 것임을 알 수 있다. 더욱이 김춘수는 '너울거리는', '자라는', '수련화', '달님같은' 등에서처럼 유음을 활용함으로써 리듬성을 강조하고 있다.

위의 시와 같은 노래의 구조는 여타의 「타령조」 연작시에도 유사하게 나타나 있다. 이들 연작시는 공통적으로 수미상관의 구성 속에서 일정 어구가 후렴구처럼 반복되는 형태를 보이고 있다. 김춘수에 의하면 「타령조」는 1960년대 상반기에 쓰여진 것으로 '장타령이 가진 넋두리와 리듬을 현대 한국의 상황하에 재생시켜 보고자 하'[30]는 의도에서 시도된 것이다. 「타령조」는 노래의 리듬을 구현하고자 한 것이다.[31]

1960년대 초반부터 김춘수는 그의 표현대로 '무의미시'라는 '매우 아슬아슬한 실험적 태도를 고집'[32]하여 왔거니와 그는 '서술적 이미지' 실험에서 그치지 않고 이미지조차도 무화시키려는 '탈脫이미지이자 초超이미지'[33]를 시도하였다. 그것이 곧 '리듬'의 언어다. '리듬'과 관련하여 김춘수는 이미지로부터도 벗어날 수 있을 때 의미로부

30 김춘수, 「『타령조·기타』 후기」, 『김춘수시전집』, 현대문학, 2004, p.253.

31 김춘수가 시도했던 노래 형태의 시는 「타령조」 연작시에만 국한되어 나타나지 않는다. 「타령조」 외에 이 시기 쓰였던 「더 많은 앵초」, 「못」, 「하늘수박」 등 시선집 『꽃의 소묘』(1977)와 『남천南天』(1977)에 수록된 시들은 대부분 이와 같은 노래의 구조를 이루고 있다.

32 김춘수, 「『의미와 무의미』 자서」, 『김춘수시론전집 I』, 현대문학, 2004, p.485.

33 김춘수, 「이미지의 소멸」, 위의 책, p.546.

터 해방될 수 있다고 여겼고 그것을 '구원'이라 일컬었다. '이미지는 뜻이 그리는 상이지만 리듬은 뜻을 가지고 있지 않'[34]기 때문이라는 것인데, 이처럼 이미지로부터 해방되어 '연상의 쉬임 없는 파동만 있'을 때 '비로소 현기증 나는 자유와 만나게 된다'[35]고 김춘수는 말하고 있다. 김춘수는 이러한 상태를 가리키며 시를 넘어선 경지, 즉 '염불'이자 '주문'[36]의 경지에 해당한다고 하였다. 김춘수에게 이미지의 다음 단계에서 시도되었던 '리듬'의 언어는 곧 '주문'의 지평에 속하는 것이다.[37]

김춘수의 이러한 설명은 그가 「타령조」 등에서 시도했던 노래 형태의 시가 어떤 함의를 지니는지 짐작할 수 있게 해준다. 이 시기에 쓰여진 노래의 시는 비단 「타령조」에만 국한되지 않고 매우 안정된 형태로 나타나거니와 이 시기 그의 노래조의 시들 가운데 반복의 구성이 극대화되어 나타나는 경우 실제로 그것들이 김춘수가 말한 '주문'과 유사한 형태를 보이고 있음을 알 수 있다.

> 메콩강은 흘러서 바다로 가나,
> 메콩강은 흘러서 바다로 가나,
> 부산 제1부두에서
> 귀뚜라미 한 마리가 울고 있다.

34 위의 글, p.546.

35 김춘수, 「대상·무의미·자유」, 위의 책, p.522.

36 김춘수, 앞의 글, p.546.

37 실제로 김춘수는 '이미지를 버리고 주문을 얻으려고 해보았다'고 고백한다. 김춘수, 「대상의 붕괴」, 위의 책, p.551.

가을이 오면 어디로 가나,
가을이 오면 어디로 가나,
여름을 먼저 울자, 여름을 먼저 울자.
「잠자는 처용」(『남천』[38]) 전문

여황산아 여황산아, 네가 대낮에
낮달을 안고 누웠구나.
머리칼 다 빠지고
눈도 귀도 먹었구나.
충무시 동호동
배꽃이 새로 피는데
여황산아 여황산아, 네가 대낮에
낮달을 안고 누웠구나.
바래지고 사그라지고, 낮달은
네 품에서 오래오래 살았구나.
「낮달」(『남천』)[39] 전문

위의 시들은 1970년대 중반에 쓰여진 것으로 「타령조」 연작시 이후 작품들에 해당한다. 매우 간결한 형태의 위의 시들은 「타령조」의 시들보다도 의미의 무화와 음악성의 강조가 더욱 두드러진다는 것을 알 수 있다. 위의 시들에는 의미의 인과성이라든가 논리성은 말

38 김춘수, 『김춘수시전집』, 현대문학, 2004, p.363.
39 위의 책, p.368.

할 것도 없고 최소한의 의미의 구체성도 부여되어 있지 않다. 반면 어구는 매우 짤막하게 구성된 채 반복적으로 처리되어 있다. 짧은 소절의 이와 같은 반복 양상은 일반적인 시에서는 찾아보기 힘든 구성이다. 이처럼 의미의 전개가 사라지고 음악적인 어구의 반복만이 이루어지고 있는 위의 시는 김춘수가 말한 것처럼 '리듬의 언어'가 '염불'이나 '주문의 언어'가 되는 상황을 상기시킨다. 이들은 김춘수가 시의 구절로 차용한 '엘리엘리나마사막다니/나마사막다니'(「못」)[40] 라든가 불교에서 널리 퍼져 있는 '나무아미타불 관세음보살' 등과 같은 종교의 진언처럼 단편적인 뜻과 리드미컬한 소절을 지닌 채 읊조리는 것만으로도 안정과 평강이 주어지는 효과를 나타내 보인다.

시가 종교는 아니므로 완전한 진언眞言을 구사하지는 않았으되 김춘수가 보여주고 있는 위와 같은 시적 양태는 김춘수의 실험적 의도를 짐작하게 해주는 대목이다. 그는 시가 언어로 이루어진 까닭에 지닐 수 있는 의미의 일상성을 부정함으로써 보다 순수하고 초월적인 경지에 이르고자 하였음을 알 수 있다. 이는 김춘수에게 '노래'의 시가 매우 큰 의미를 지닌다는 것을 말해준다. 그것이 '구원'과 관련된다는 점에서 그러하다.

'노래'가 '구원'이 되는 것은 일차적으로 김춘수의 설명대로 의미로부터의 해방이라는 차원에서 해명될 수 있다. 김춘수에게 '의미'가 언제나 관념이자 역사고 이데올로기이자 폭력이었던 만큼 의미의 소거가 자유와 구원이 된다는 점은 쉽게 유추가능하다. 그러나 이것은 동시에 '성聖과 속俗'의 관계망 속에서 이해될 수 있는 것이

40 위의 책, p.349. '나의 하나님 어찌하여 나를 버리시나이까'의 뜻으로 예수가 죽기 직전 부르짖은 말이다.

다. 김춘수에게 역사와 이데올로기는 세속적인 것으로서 초월적인 힘에 의해 격리되고 배제되어야 하는 차원의 것에 해당한다. 이때의 초월적 힘이란 신이기도 하고 신과 마주하는 인간의 정신적이고 영적인 능력이기도 하거니와 이즈음 김춘수의 의식을 사로잡았던 것이 '처용'이었던 점은 주목할 만하다. '처용'이 역신疫神을 쫓아냈던 우리의 전통 설화 속 선신善神이었던 까닭에 김춘수는 '처용'의 정신을 빌어 현실을 초월하고자 하였던 셈이다. 이 과정에서 자아의 해체와 분열이라는 시련이 요구되었음은 이미 살펴본 대로다. 요컨대 무의미시를 실험하는 과정에서 김춘수가 보여주었던 자아 양상 및 실험의 단계들은 모두 시련을 통해 재생을 꾀한다고 하는 제의적 양상에 귀속되는 것이라 할 수 있다. 이러한 관점은 김춘수가 시도한 '노래'의 시가 '주문'의 언어로 귀결될 수 있었던 사정을 해명해준다.

제의에서 '노래'는 주술의 일종으로 인간과 신을 소통시켜 주는 언어에 해당한다. 제의의 '노래'는 고유한 음색과 리듬을 바탕으로 신을 감응시키는 희원을 담고 있다. 이는 일상적인 것과 인간적인 것을 초월해 있다. 김춘수가 '처용'을 통해 빌고자 했던 정신이 '인고주의적 해학'이었던 점은 그가 무의미시를 통해 궁극적으로 구하고자 했던 것이 무엇이었는가를 뚜렷이 말해준다. 이는 향가인 '처용가'가 실제로 제의를 위한 주술적 노래였다는 사실에서도 확인되는 바,[41] 그것은 곧 치유와 구원이었던 것이다. 이처럼 '서술적 이미지' 단계 이후 김춘수가 보여준 '리듬의 언어'는 '노래'로 형태화되는데

41 최선경, 『향가의 제의적 이해』, 한국학술정보, 2006, p.21.

이때의 '노래'는 인간과 신을 이어주는 '주문의 언어'가 된다는 것이다. '노래'로서의 독특한 시적 구조는 제의의 방법으로서 기능하는 셈이다. 요컨대 김춘수는 언어를 파괴하거나 순수화함으로써 언어가 제의의 방편이 될 수 있도록 의도하고 있다. 김춘수는 탈의미를 거친 순수한 언어를 통해 세계의 폭력을 극복하고 신성한 세계에 도달하고자 하였다. 이로써 김춘수의 무의미시는 속된 현실로부터 벗어나 신성의 세계에 도달하기 위한 제의의 일 양상이었음을 알 수 있다.

4. 치유와 재생의 '무의미시'

김춘수의 무의미시는 단순히 의미의 해체라는 포스트 모더니즘적 기획에 해당되는 대신 치유와 재생이라는 보다 높은 차원으로 귀결된다. 그것은 김춘수가 무의미시를 쓰게 된 이유가 정치적 폭력에 의한 트라우마를 극복하기 위해서였다는 점과 그의 무의미시가 '서술적 이미지'의 차원에서 그치는 것이 아니라 '리듬의 언어', '주문의 언어' 등 보다 순수한 언어를 향한 단계를 밟아갔다는 점에서 짐작된다.

김춘수의 무의미시가 궁극에 있어 주문의 언어가 되고 신과 소통하는 언어가 되고자 한다는 점에서 이를 제의성의 측면에서 고찰할 수 있다. 제의는 인간과 신의 소통을 통해 인간의 영혼을 고양시키는 의도를 지닌 의식儀式이다. 제의에서 주체가 겪는 시련과 인내의 고통스런 과정은 육신의 죽음이라는 상징적 의미를 띠게 된다. 주체는 세속적인 세계로부터 격리된 채 미궁과 같은 혼돈의 원초적 지대로 진입하게 되며 이속에서 의식의 파괴 및 무의식으로의 하강을 겪게 된다. 영혼을 정화시키는 계기가 되는 이러한 과정을 거침으로써 주체는 치유와 재생을 경험하게 된다.

김춘수의 『처용단장』에서 드러나는 자아의 무의식적 상태는 제의에서 겪게 되는 원초적 혼돈의 상태를 나타낸다. 김춘수의 의식의 파괴는 제의적 공간에서 벌어지는 퇴행의 양상에 해당한다. 김춘수에게 회귀의 제의적 공간이 되어준 것은 '바다'다. 김춘수에게 '바다'는 죽음과 생명이 공존하는 경계의 공간이자 '처용'이라는 신을 상징한다. '바다'를 중심이미지로 삼고 있는 『처용단장』은 파괴와 죽음을 거쳐 치유와 재생이 이루어지는 과정을 형상화하고 있다.

한편 『처용단장』에 나타나는 서술적 이미지와 음운 분해 양상은 언어 살해라는 희생양 모티프의 의미를 지닌다. 희생제물은 제의의 필수적 요소로 역시 신과 인간을 매개해 주는 역할을 한다. 이외에도 김춘수 시에 나타나는 제의의 요소는 『타령조』 연작시에 나타나 있는 '노래' 형태의 시적 구조이다. 김춘수의 시에서 발견되는 '노래'는 그가 시론에서 말한 '리듬의 언어' 및 '주문의 언어'와 관련된다. '노래' 구조의 시들 가운데 의미의 소거가 극대화된 시들은 종교적 진언과 유사한 형태가 된다. 김춘수의 '노래'의 시를 '주문의 언어'라고 할 수 있는 것도 이 때문이다.

결국 김춘수가 무의미시를 통해 보여준 자아의 양상과 언어의 실험들은 모두 제의 과정에서 요구되는 요소들임을 알 수 있다. 특히 김춘수가 보여준 언어적 실험들, 언어를 파괴한다거나 '노래'의 시적 형태를 구축한 일은 언어를 희생제물로 삼는 측면과 언어를 제의의 방법으로 간주하는 두 가지 측면을 동시에 나타내고 있다. 김춘수는 언어를 매개로 하여 정치적 폭력을 극복하고 새로운 자아로 거듭나고자 하였다. 이러한 점들은 김춘수의 무의미시가 자아의 치유와 갱생을 위한 제의적 시쓰기의 시공간에 해당되었음을 말해준다.

한국 현대시 사상 연구

제13장

파동역학[1]의 가능성에서 본 김춘수의 '무의미시'

1. 시와 시론의 상보성

1948년 첫시집 『구름과 장미』를 발간한 이래 2002년 『쉰 한 편의 비가』를 낼 때까지 50여 년간 시작 활동을 하였던 김춘수는 치열하고 쉼 없는 사색을 통해 존재와 언어에 관한 답을 찾고자 하였던 시인이다.

1 파동은 모든 물질의 기본 원리로서 그 자체로 진동 에너지를 지닌다. 그러한 점에서 파동과 역학은 동시에 언급될 수 있는 개념이다. 파동은 그 내부에 역학을 포함하게 된다. 그러나 역학을 말할 때 파동이 작용하는 플랫폼인 매질의 변화를 문제로 삼아야 한다. 파동역학의 측면에서 김춘수의 무의미시 역시 매질의 변화를 지향한다. 이때의 매질은 시를 수용하는 플랫폼인 인체이다. 시의 파동은 인체에 작용하는 것이며 인체 내에서 파동은 인체의 변화를 일으킨다. 따라서 시가 일으키는 파동역학을 이해하기 위해서는 인체의 플랫폼, 즉 인체가 어떤 운영체제를 가짐으로써 파동을 흡수할 때 어떻게 변화하는가 살펴야 한다. 본고에서는 김춘수의 무의미시론에 나타난 입론을 정밀하게 따라감으로써 그의 무의미시가 파동역학의 관점에서 고찰될 수 있음을 제시하고, 향후 파동역학의 학문적 가능성을 가늠하고자 쓰여졌다. 파동으로서의 시와 인체와의 관련성에 관한 구체적 연구는 추후의 연구로 미뤄야 함을 밝힌다.

김춘수는 제 1기인 1948년경부터 약 10여 년간 '꽃'을 소재로 하여 언어의 기능에 관해 질문하였고, 제2기에 접어드는 1969년의 『타령조·기타』에서부터는 시에서 의미를 배제하는 소위 '무의미시'를 쓰게 된다. 이후 『남천』(1977)을 거쳐 『처용단장』(1991)에 이르기까지 20여년의 기간 동안 무의미시를 쓰는 한편 그들 시에 대한 시론인 무의미시론을 쓰면서 김춘수는 자신의 세계를 탄탄하게 구축하게 된다.[2]

김춘수가 등단 초부터 보여주었던 '존재를 드러내는 언어의 직능'에 관한 문제제기는 2기인 무의미시에 이르러 김춘수 특유의 답을 찾게 된다. 그것은 무의미시가 존재 현현의 기능에 있어서의 언어의 무기력과 불가능성에 대한 응답이 아니라 존재 자체를 향한 순수 언어의 회복 의지로써 답변된 것과 관련된다.[3] 「꽃」이라는 시로 대변되듯 '언어는 존재를 구현할 수 있는가'의 초기의 집요한 질문에 대해 김춘수는 2기의 '무의미'의 시에서 '언어는 존재를 드러낼 수 없다'보다 '언어는 존재를 알 수 있는 만큼만 드러낸다'고 하는 존재와 언어에 관한 염결廉潔적 태도를 나타낸다.[4]

2 김춘수의 제3기는 『처용단장』(1991) 이후의 『서서 잠자는 숲』(1993), 『들림, 도스도옙스키』(1997), 『거울 속의 천사』(2001) 등의 시집을 출간하던 시기에 해당한다.

3 지금까지 김춘수의 무의미시론과 무의미시를 바라보는 관점은 대체로 언어 해체적 의미에 놓여 있었다. 무의미시의 시기에 이르러 김춘수는 언어가 세계의 본질을 드러낼 수 있는가와 관련된 초기의 문제의식을 버리게 되었으며 그에 따라 의미 부재의 서술적 이미지의 세계, 의미 해체의 세계로 기울어지게 되었다는 것이다. 이에 비해 무의미시 시기에 이르러서도 초기의 문제의식이 지속되고 있다는 관점으로는 남기혁의 「김춘수의 무의미시론 연구」(『한국 현대시의 비판적 연구』, 월인, 2001, pp.145-78), 조강석의 「김춘수 시의 언어의식 전개과정 연구」(『한국시학연구』 31, 2011.8, pp.91-116), 김윤정의 「물(物) 자체에 이르는 도정으로서의 김춘수의 무의미시론 연구」(『한민족어문학』71, 2015.12, pp.683-708) 등이 있다.

4 김윤정, 위의 글, pp.683-708.

김춘수는 시적 언어가 순수한 것이어야 하며 그만큼 세계의 순수성을 담아내야 한다고 생각했다. 시적 언어의 순수성이란 본질에 해당하는 세계의 순수성을 담아내는 한에서 보장되는 것이다. 여기에 불확실한 세계는 끼어들 수 없다. 김춘수에게 불확실한 세계는 언어에 있어서의 관념의 함량에 해당한다. 관념으로 이루어진 언어는 곧 불가지한 세계에 대한 불확정적인 인식을 드러낼 뿐이다. 김춘수에 의하면 관념적 언어는 순수한 언어가 아니며 세계의 본질과도 상관없는 것이 된다. 언어에 관한 이러한 관점은 언어의 순수성에 관한 매우 엄격한 태도를 나타낸다. 결국 무의미시를 통해 김춘수가 제시하고자 하였던 것은 언어의 불능이 아니라 언어의 순수성이었으며, 그의 무의미시에 대한 실험은 언어에서 순수성을 구현하는 과정에 해당하는 것이었다. 무의미시에서 김춘수가 시도했던 서술적 이미지, 그리고 그러한 이미지마저도 제거한 리듬의 언어에 이르는 일련의 과정은 해체적 언어를 구현하는 과정이 아닌 언어의 순수성을 획득하기 위한 과정[5]이라 할 수 있다.

김춘수의 무의미시에 관한 이와 같은 관점은 『타령조·기타』, 『처용단장』 등의 실험적 시만으로 쉽게 유추될 수 있는 것이 아니다. 「타령조」 연작시라든가 『처용단장』이 보여주고 있는 시의 난해성을 통해 독자가 얻을 수 있는 정보는 그리 많지 않다. 대신 김춘수는 시와 함께 자신의 시론을 병행하여 썼거니와, 이점은 독자로 하여금 그의 시를 이해하는 토대를 제공하게 된다. 물론 무의미시에 관한 김춘수의 시론 역시 매우 독특하고 실험적인 것이어서 무의미시의 의미를

5 위의 글, pp.697-700.

선명하게 파악하기란 결코 쉬운 일이 아니다. 김춘수의 시와 시론에 관한 연구가 더욱 면밀하고도 활발히 이루어져야 하는 이유가 여기에 있다. 본고에서는 김춘수의 시와 시론이 서로 상보적이라는 전제하에 이 두 담론을 연관 지으면서 그의 시적 실험이 어떤 의미를 지니는가를 고찰하고자 한다.

2. 무의미시론의 관점

김춘수가 스스로 '무의미 시'라고 명명하면서[6] 제 2기의 시에 대해 언급한 시론은 대부분 『의미와 무의미』(1976)에 수록되어 있다. 김춘수는 이 시론집의 자서自序에서 그러한 시론 작업을 '10년 가까이' 해왔음을, 자신의 '(무의미시의-인용자주) 시작 의도에 대하여 독자 측의 오해가 있을까봐' 행하였다고 말하고 있다. 덧붙여 그는 '약 10년 가까운 세월 동안 매우 아슬아슬한 실험적 태도를 고집해왔'음을 고백하고 있다. 말하자면 『의미와 무의미』는 김춘수의 무의미시에 대한 해설에 해당한다. 「타령조」 연작시 이후 20여 년간 쓰여진 그의 무의미시의 의미를 보다 정확하게 이해하기 위해 김춘수의 시론을 근거로 삼아야 하는 것도 이 때문이다.

이 시론에서 김춘수는 시가 순수해지는 과정에 대해 언급하고 있다. 그는 먼저 한국 현대시에 나타난 이미지의 계보를 분류하면서 비유적 이미지에 비해 서술적 이미지가 더 순수하다고 말한다. 둘을

6 김춘수, 「대상·이미지·자유」, 『김춘수 시론전집 I』, 현대문학, 2004, p.524.

구분하는 기준은 대상의 유무이다. 김춘수는 후자의 전형적 시로 이상李箱의 것을 들고 있으며 시가 이미지의 배열만으로 이루어져 있을 뿐 대상에 의한 의미가 소거되어 있다는 점에서 순수하다고 말하고 있다.[7] 김춘수는 대상을 잃은 언어와 이미지는 대상으로부터 자유로워지게 되는데, 이렇게 자유를 얻게 된 언어와 이미지는 시인의 실존 바로 그것[8]이라고 함으로써 시의 순수성에 관해 해명한다. 김춘수에 의하면 이러한 시는 1930년대의 이상에서 시작하여 50년대에 이르기까지 하나의 경향을 유지하고 있으며, 그가 시도한 이미지 배열의 시 역시 여기에 속하는 것임을 알 수 있다.

그런데 김춘수는 '이미지를 위한 이미지'[9]인 서술적 이미지를 즉물적으로 써보겠다고 노력하는 과정, 즉 이미지를 배열하고 충돌시키는 과정을 거듭하여 거치는 동안 의미는 배제되는 대신 음색과 리듬이 남는다고 말하고 있다. 또한 김춘수는 그것이 탈脫이미지이자 초超이미지이며, 뜻을 가지지 않는 까닭에 뜻으로부터 우리를 해방시킨다는 점에서 구원이 된다고 말하고 있다.[10] 이는 그가 이미지 실험마저 자유와 해방을 위한 일 단계로 여기고 있음을 말해주는바, 이후 그는 이미지를 파괴하고 그 속에서 얻어지는 긴장으로써 리듬을 얻고자 하였다.[11] 그는 언어가 시를 쓰고 이미지가 시를 쓰는 일종의 방심상태에 처할 때 자유를 얻게 되며,[12] 그와 같은 허무의 순간

7 김춘수, 「한국 현대시의 계보」, 위의 책, pp.506-16.

8 위의 글, p.516.

9 김춘수, 「의미에서 무의미까지」, 위의 책, p.534.

10 김춘수, 「이미지의 소멸」, 위의 책, p.546.

11 위의 글, p.551.

팽이가 돌아가는 현기증나는 긴장상태[13]에서 시가 쓰여진다고 하거니와, 이때 얻어지는 뜻으로부터 해방된 순수 리듬은 그 자체로 주문이나 염불에 방불한다고 말한다"[14] 요컨대 김춘수에게 완전한 구원은 이와 같은 단계, 곧 이미지를 넘어서서 도달한 순수 리듬의 단계에 해당한다.

> 이미지를 지워버릴 것. 이미지의 소멸-이미지와 이미지의 연결이 아니라(연결은 통일을 뜻한다). 한 이미지가 다른 한 이미지를 뭉개버리는 일, 그러니까 한 이미지를 다른 한 이미지로 하여금 소멸해가게 하는 동시에 그 스스로도 다음의 제3의 그것에 의하여 꺼져가야 한다. 그것의 되풀이는 리듬을 낳는다. 리듬까지 지워버릴 수는 없다. 그것은 무無의 소용돌이다. 이리하여 시는 행동이고 논리다. 동양인의 숙명일는지 모른다.[15]

인용글은 김춘수의 무의미시가 쓰여지는 과정과 그것의 의미에 대해 집약하고 있다. 김춘수의 무의미시는 분명 이미지를 실험적으로 다루는 과정에서 발생하는 것이다. 대상과 의미를 지니지 않는 서술적 이미지의 유희적 배열을 행할 때 무의미시가 이루어진다. 그

12 김춘수, 「현대시의 계보」, 위의 책, p.516.
13 김춘수, 「의미에서 무의미까지」, 위의 책, p.539.
14 "이미지만으로는 시가 되지만, 리듬만으로는 주문이 될 뿐이다." 김춘수, 「이미지의 소멸」, 위의 책, p.546.
15 위의 글, pp.546-7쪽.

것이야말로 공空이고 무無의 순간이다. 그런데 이미지의 유희의 과정에서 의미는 소멸하지만 결국 소멸하지 않고 남는 것이 있으니 그것이 리듬이라는 것이다. 유희의 리듬이 그것일 터이다. 그것은 의미와 뜻이 없는 점에서 관념의 부재이지만 유희의 운동력은 지니고 있다는 점에서 물리적으로 실재한다. 위의 글에서 '시는 행동이고 논리다'라고 말한 것도 이와 관련된다. 시가 '행동'이 되는 것은 시가 행사하는 물리적 영향력을 가리키는 것이며, 의미의 부재 속에서 시에 남게 되는 기능이 이것이 된다는 점에서 '논리'적이다. 이에 따르면 시는 가장 자유로워지는 순간에 가장 기능적이 된다. 의미가 부재하는 가운데 마지막까지 남는 것이 있다면 그것은 시의 물리적 영향력이요, 이때 발휘되는 시의 물리적 기능은 가장 순수한 것이 된다. 무無의 시가 세계의 본질이자 진리라 할 수 있는 것도 이 지점에서 가능해진다.

'리듬'이 김춘수 스스로 '일종의 언롱'[16]이라고 말한 이미지의 실험과 유희에 의해 빚어지는 것이라 할 때 그것은 '연상의 쉬임 없는 파동'[17]과 같은 것이 된다. 그것은 역시 이미지를 배열시키고 실험하는 과정에서의 운동의 흔적이자 물리적 차원에서 드러나는 시의 속성에 해당하는 것이다. '리듬'이 시의 '행동이자 논리'인 것처럼 '파동'도 그러하다. 무의미 시에서의 '리듬'은 곧 이미지와 이미지를 이어가는 힘으로서의 '파동'과 동일한 것이다. 김춘수가 무의미시를 통해 의미를 지우고 대상을 지우고 이미지를 지우며 마지막까지 남

16 김춘수, 「늦은 트레이닝」, 위의 책, p.533.

17 김춘수, 「대상·무의미·자유」, 위의 책, p.522.

게 한 유일한 것은 '리듬'이자 '파동'인 셈이다. 마지막에 남은 '리듬'과 '파동'은 이때 시의 유일한 기능으로 작용하면서, 시를 '행동'이 되게 하는 운동력이자 물리력이 된다.

김춘수는 이미지를 초월한 '리듬'을 '염불'이라든가 '주문'과 동궤에 두면서,[18] 실제로 「하늘수박」에 이르러 '이미지를 버리고 주문을 얻으려'[19]는 실험을 하게 된다. 그에게 이미지는 버려져야 하는 '넌센스'에 해당하는 반면 이 모든 것이 소멸한 자리에서 만나게 되는 '리듬'은 허무이자 자유가 된다. 그런데 이때의 허무와 자유는 세상의 끝이 아니라 다른 지평이 열리는 지대이기도 하다. 허무와 자유는 그 자체의 이유로도 '구원'이 되지만 동시에 '행동'이라는 시의 기능이 발휘되는 또 다른 차원의 시작이 된다. 김춘수가 '리듬'을 '염불'과 '주문'으로 치환하고 실제 '주문'으로서의 시를 시도한 이유도 여기에 있다. 그에게 '허무'는 그것으로 끝나는 것이 아니고 '언젠가는 초극되어야 할 것'이자, '갑자기 보다 넓은 시야를 펼쳐내'는 계기에 해당되었던 것이다.[20] '무의미시'가 놓이는 지대도 바로 이곳이다.

그렇다면 김춘수가 시도하였듯 '염불'과 '주문'으로서, 혹은 '리듬'으로서 도모하고자 하였던 시의 '행동'은 무엇이었을까? 그가 말하듯 의미가 소멸된 마당에 펼쳐진 '허무의 초극'은 어떻게 이루어지는 것이었을까? 실제로 그가 의미를 지닌 언어를 버리고 들어가고자 하였던 '교외별전敎外別傳의 상태'[21]는 무엇을 의미하는가? 이들 질문에

18 각주 10)참조.

19 김춘수, 「대상의 붕괴」, 앞의 책, p.551.

20 김춘수, 「대상·무의미·자유」, 위의 책, p.524.

21 김춘수, 「대상의 붕괴」, 위의 책, p.552.

대한 답을 구하기 위해 우리가 찾아야 할 대상은 다름 아니라 김춘수의 '무의미시'이다. '무의미시'와 함께 쓰여진 시론이 이와 같은 것이라면 시론에서 지향하는 세계 역시 시에서 펼쳐질 것이기 때문이다.

3. 파동으로서의 무의미시

'리듬'이 운동력과 물리력으로 기능하는 현상을 연구하는 주된 분야는 음악치료학이다. 음악치료학에서 볼 때 강도와 속도를 다루는 과정에서의 '리듬'은 분노, 좌절, 충동과 같은 과격한 정서를 조절·통제하는 데 효과적으로 작용한다.[22] 음악에서의 리듬적 요소는 에너지를 다루는 것으로서, 인간의 생리적 반응 및 신체 리듬과 깊은 관계를 지닌다.[23] 정서와 심리 치료 시에 음악이 리듬 연주를 활용하는 것도 이 때문이다. 더욱이 인간에게 청각적 자극을 수용하는 능력은 단어나 소리의 의미를 해석하고 이해하는 능력보다 앞서[24]기 때문에 음악에서의 '리듬'은 비언어적 맥락 속에서 보다 자유롭게 환자의 무의식에 적용될 수 있다.[25]

동양에서 역시 음악을 인간의 성정性情을 회복하고 다스리는 매개로 여겨 치도治道의 원리로 삼았음은 잘 알려진 사실이다.[26] 이 때문

22 정현주, 『음악치료학의 이해와 적용』, 이화여대출판부, 2005, p.166.
23 위의 책, p.197.
24 위의 책, p.169.
25 정영조 편, 『음악치료』, 하나의학사, 2001, p.77.
26 조남권·김종수 역, 『동양의 음악사상 樂記』, 민속원, 2000, p.26.

에 동양에서는 아름다운 곡조를 연주하여 마음의 평정을 이루고자 하였다. 특히 동양에서는 여러 다양한 성질의 마음들에 어울리는 소리가 있으며[27] 이들 소리의 조화에 의한 마음의 균형을 이루는 데 주력하였다. 오행생극五行生剋의 이론에서 상생상극의 기운을 사용하여 정서와 정신을 조절하고, 여기에 '궁상각치우'와 같은 오행의 음계 또한 활용될 수 있다고 말한 것도 이와 관련한다. 아름다운 소리는 인간의 생리파동과 비슷해서 사람의 생리 활동을 촉진시키는 생명의 소리이고, 시끄러운 소리는 사람의 생리 활동을 거꾸로 일어나게 하는 죽음의 소리로 여겼던 점[28]도 음악이 인간에게 미치는 기능, 즉 음악이 정서 조절에 미치는 영향을 가리키고 있는 것이라 할 수 있다.

이러한 관점들은 모두 리듬과 곡조, 소리와 같은 비언어적 요소들이 무용한 것이기는커녕 오히려 더욱 근본적으로 인간의 정서와 인체의 생리에 영향력을 끼치는 주요 요소임을 말해주고 있다. 의미를 지니지 않지만 파동[29]의 성질을 띠는 이들 요소들은 그 자체로 에너

27 예악에서는 마음과 소리의 관련성을 다음과 같이 예시한다. 슬픈 마음: 메마른 소리, 즐거운 마음: 완만한 소리, 기쁜 마음: 퍼지는 소리, 성난 마음: 거친 소리, 공경의 마음: 곧은 소리, 사랑하는 마음: 온화한 소리 등이 그것이다. 위의 책, p.24.

28 이성환·김기현, 『주역의 과학과 道』, 정신세계사, 2002, p.107.

29 파동은 일정한 파장과 진폭을 지닌 물결 형태의 에너지를 가리킨다. 파동은 양자역학이 정립됨에 따라 모든 물질과 현상을 나타내는 기본적인 원리에 해당하는 것으로 알려졌으며, 물질과 현상이 나타내는 파동의 성질에 의해 이들은 모두 에너지를 띠는 존재임이 밝혀졌다. 모든 물질과 현상이 파동으로 존재하는 가운데 파동의 성질이 극대화되어 나타나는 것이 있다면 그것은 소리이다. 소리는 공기라는 매질을 따라 이동하는 물리적 에너지로서 형상 자체가 파동과 일치한다. 이점에서 소리를 다루는 리듬과 음악에서 파동의 성질을 판별하는 것은 가장 주요한 일에 해당한다. 음악치료학의 존재는 파동이 인체에 작용함으로써 인체를 변화시키는 역학적 에너지에 해당함을 말해주는바, 이에 힘입어 시에서의 소리의 파동

지로 기능하면서 적극적으로 인체에 작용하여 인체 에너지장을 변화시키는 요인이 되는 것이다.[30] 일정한 고저와 흐름을 지니고 있는 파동은 그 성질 여하에 따라 생명의 에너지도 파괴의 에너지도 될 수 있다.

3.1. 노래의 파동

김춘수의 무의미시론이 그 대상으로 하고 있는 무의미시는 『타령조·기타』(1969) 및 시선집 『꽃의 소묘』(1977)에 수록된 「타령조」 연작시를 비롯하여 『남천南天』(1977)과 『비에 젖은 달』(1980), 『처용단장』(1991) 등의 시편들에 해당한다. 이 시기는 김춘수에게 제2기에 해당하는 기간으로 초기의 시적 경향과 판이한 모습을 보이고 있다. 이 시기의 시편들에는 소위 서술적 이미지의 요소와 리듬의 요소가 교차하면서 뒤섞여 있다. 그 중 서술적 이미지가 강조되어 있는 경우가 있는 반면 리듬의 요소가 두드러지면서 노래와 같은 안정된 구조를 보이는 시편들도 있음을 알 수 있다.

한편 김춘수는 『타령조·기타』의 후기에서 "(「타령조」를 통해-인용자 주) 장타령場打令이 가진 넋두리와 리듬을 현대 한국의 상황하에서 재생시켜 보고 싶었다"라고 말하고 있거니와, 이는 김춘수가

을 판별함으로써 그것의 에너지를 규명해내는 작업을 행할 수 있을 것이다.

30 시의 리듬이 파동 에너지가 될 수 있는 것은 소리 내어 시를 읽을 때는 물론이고 묵독을 할 때에도 가능하다. 시는 그것이 시각적으로 읽힌다 하더라도 청각적 정보로 바뀌어서 뇌의 중추에 연결된다. 즉 우리들은 묵독을 할 때 시야에서 입력되는 문자 정보를 다시 한 번 머릿속에서 '소리내어' 외고 있다. 시야에 들어온 문자정보는 음성정보로 바꾸어서 처리된다는 것이다. 이런 뇌의 속삭임을 추창(追唱)이라 한다. 시노하라 요시토시, 고선윤 역, 『청각뇌』, 중앙생활사, 2006, p.133.

무의미시에서 '리듬'을 얼마나 중요하게 생각하였는지 짐작하게 해주는 대목이다. 무의미시론에서 살펴본 바 있듯 김춘수에게 시의 '리듬'은 서술적 이미지 너머에 있는 무의미시의 한 국면에 해당하는 것이다. 그렇다면 이 시기 김춘수의 시들 중 '리듬'만이 남은, 즉 시의 의미적 요소가 최대한 제거된 채 순수히 '리듬'이 강조되어 있는 시에는 어떤 것이 있는가?[31]

> 사랑이여, 너는
> 어둠의 변두리를 돌고 돌다가
> 새벽녘에사
> 그리운 그이의
> 겨우 콧잔등이나 입언저리를 발견하고
> 먼동이 틀 때까지 눈이 밝아 오다가
> 눈이 밝아 오다가, 이른 아침에
> 파이프나 입에 물고
> 어슬렁 어슬렁 집을 나간 그이가
> 밤, 자정이 넘도록 돌아오지 않는다면
> 어둠의 변두리를 돌고 돌다가
> 먼동이 틀 때까지 사랑이여, 너는

31 파동역학은 리듬과 분리되지 않는다. 파동역학을 도입함으로써 기존 시에서의 리듬의 기능이 명확해질 것이며, 이것이 시의 기능적 측면을 조명하게 될 것이다. 그런 의미에서 파동 역학은 시의 기존 개념을 변화시키는 것이 아니라 시의 기능을 확인하고 이를 이론화하는 데 기여한다. 김춘수의 무의미시론이 의미 있는 것 또한 시의 원초적 상태에 다가감으로써 시의 본질과 개념을 정립하고 있다는 데 있다. 김춘수의 무의미시론의 관점에서 보면 기존의 가장 리듬에 충실한 시야말로 시의 본질에 가장 합당한 시라 할 수 있다.

얼마만큼 달아서 병이 되는가,
병이 되며는
무당을 불러다 굿을 하는가.
넋이야 넋이로다 넋반에 담고
타고동동打鼓冬冬 타고동동 구슬채찍 휘두르며
역귀신役鬼神하는가,
아니면, 모가지에 칼을 쓴 춘향이처럼
머리칼 열 발이나 풀어뜨리고
저승의 산하山河나 바라보는가,
사랑이여, 너는
어둠의 변두리를 돌고 돌다가……

「타령조·1」[32] 전문

시집의 후기에서 김춘수는 「타령조」 연작시를 50여 편 지었다고 말하고 있거니와, 이것은 무의미시를 쓰던 시기 김춘수가 가장 중점적으로 쓴 시들 중 하나이다. 물론 시집에 수록된 것은 13편 정도이다. 그런데 이들 시는 구조상 공통점을 지니고 있어 주목된다. 그것은 각 시편들에서 일정한 마디를 중심으로 변화를 동반한 반복의 형태를 띠고 있다는 점에서 그러하다.[33] 이들 시는 마디의 변형과 반복을 통해 시가 연속적으로 순환하고 있다는 느낌을 주고 있으며 첫째

32 김춘수, 『김춘수시전집』, 현대문학, 2004, 213쪽. 이후 언급되는 시는 『김춘수시전집』에서 인용.

33 「타령조」 연작시의 노래 구조에 관해서는 김윤정의 「김춘수 '무의미시'의 제의적 성격 연구」(『한국시학연구』 제47집, 한국시학회, 2016.8, pp.279-80) 참조.

마디와 마지막 마디는 아예 전체를 감싸안듯 수미쌍관의 구조를 띠고 있다. 위의 시편 역시 '사랑이여, 너는/ 어둠의 변두리를 돌고 돌다가'의 어구를 중심으로 해서 3개의 마디로 이루어져 있으며 첫째 마디와 셋째 마디는 어김없이 일치하는 모양을 띠고 있다. 둘째 마디에서는 '사랑이여, 너는'과 '어둠의 변두리를 돌고 돌다가'의 위치가 서로 뒤바뀌면서 반복 속에서의 변화의 묘를 살리고 있다. 이들 3개의 마디는 서로 구분되는 듯하면서도 맺고 끊음 없이 자연스럽게 이어져 있음으로써 시가 한 편의 완결된 노래처럼 느껴지도록 한다. 노래를 부르는 듯 막힘없이, 그러면서도 일정 어구의 반복으로 이루어진 시가 「타령조」의 시편들이다. 특히 위의 시에서는 '눈이 밝아 오다가/ 눈이 밝아 오다가'라든가 '어슬렁어슬렁', '넋이야 넋이로다 넋반에 담고', '타고동동 타고동동'에서처럼 동일한 구절을 반복함으로써 리듬성을 강조하고 있다. 이외에도 'ㄹ'음에 대한 빈번한 사용, 2행 내지 3행마다 반복되는 '-가' 종결어미의 사용 등은 시의 음악성을 고조시키고 있다.

이처럼 노래 구조를 띠는 시의 파동의 형태를 측정하기 위해 오실로스코프(파형측정기)를 사용할 수 있다. 오실로스코프는 소리에 대응하여 즉각적으로 파형을 나타내는 기기이다. 인용한 김춘수의 「타령조·1」을 포함하여 이 시기 쓰여진 노래 구조의 시들의 파형을 측정했을 시 전반적으로 안정적인 물결파가 나타나는 것을 확인할 수 있다. 다만 발음되는 음운에 따라 완만성의 정도에서 차이가 나는데 'ㅅ' 음운이라든가 거센소리의 발음 시 날카로운 파장이 이는 반면 'ㄹ'과 같은 유음에서는 매끄럽고 완만한 파장이 일어난다. 또한 모음 가운데에서도 'ㅜ'음일 경우 크고 부드러운 싸인파가 확연하게

나타난다.[34]

스스로 '장타령이 가진 넋두리와 리듬을 재생하고자 하였다'고 말하였듯 김춘수는 「타령조」 연작시를 쓰면서 리듬에 매우 세심한 배려를 기울인 것으로 보인다. 그는 마음속의 리듬을 살려 그것을 반영하듯 시를 써내려갔으며 이때 언어는 그것의 흐름을 재현하는 도구로서 기능하였다. 말하자면 이때의 언어는 의미나 뜻을 담아내는 상징적 매체이기 이전에 소리라는 물리적 현상을 표현하는 청각적 매체이자 물질에 해당되는 것이다. 이는 김춘수가 시에서 의미와 관념을 배제한 후 순수의 지평으로 도달해가고자 하였던 바램에 닿아있는 것이다. 이점에서 '무의미시는 가장 순수한 예술이 되려는 본능에서'[35] 쓰여진 것이며 '철저한 실재주의의 입장'에 놓여 있는 것이라 할 수 있다.[36] 김춘수는 관념에서 벗어난 이러한 언어가 오랜 언어의 속성에서 벗어난 자유의 언어이자 '진화'된 언어라고 말하고 있다.[37]

「타령조」 연작시 이외에도 의미가 아닌 리듬의 매체로서 표현되는 경우는 무의미시를 쓰던 시기 시의 대부분을 차지한다. 이들 시에서 김춘수는 그가 제시하듯 "언어에서 의미를 배제하고 언어와 언어의 배합, 또는 충돌에서 빚어지는 음색이나 의미의 그림자나 그것들이 암시하는 제2의 자연 같은 것"[38]을 추구하고 있었던 것이다.

34 김춘수 시의 노래구조의 시의 파형을 측정하기 위해 오실로스코프라는 모바일의 애플리케이션을 활용하였다. 소리의 보다 정확한 파형을 측정하기 위해 추후의 연구에서는 보다 정밀하게 제작된 파형측정기를 사용할 수 있을 것으로 본다.

35 김춘수, 「대상·무의미·자유」, 앞의 책, p.523.

36 김춘수, 「대상의 붕괴」, 위의 책, p.548.

37 김춘수, 「대상·무의미·자유」, 위의 책, p.523.

38 위의 글, p.523.

사과나무의 천阡의 사과알이
하늘로 깊숙이 떨어지고 있고
뚝 뚝 뚝 떨어지고 있고
금붕어의 지느러미를 움직이게 하는
어항에는 크나큰 바다가 있고
바다가 너울거리는 녹음綠陰이 있다.
그런가 하면
비에 젖는 섣달의 산다화가 있고
부러진 못이 되어
길바닥을 딩구는 사랑도 있다.

「시·Ⅲ」 전문

위의 시는 단형短形으로 되어 있는데, 이처럼 짧은 형태의 시는 이 시기의 시들에서 보편적인 것에 속한다. 이는 초기의 김춘수의 시의 형태와는 상당히 다른 것이다. 초기의 시들에서는 의미와 관념을 이끌어가는 데 주력하였던 만큼 의미를 전개시키기 위한 장형화가 불가피하였다면, 이 시기의 시들에서는 이러한 경향으로부터 벗어나 있다. 이 시기의 시들에서 김춘수가 의도하였던 것은 시의 음악성이었고, 그것은 위 시에서도 단적으로 나타난다. '하늘로 떨어지는 사과알', '어항의 금붕어', '바다의 녹음', '비에 젖는 산다화', '길바닥을 딩구는 사랑' 등은 위 시에서 어떠한 의미의 연관도 없이 단지 이미지로만 존재할 뿐이며 그것들 역시 이미지의 관련성이라든가 인과성은 배제된 채 우연적인 배열과 충돌만이 이루어져 있을 따름이다. 시론에서 김춘수가 말한 바 있던 서술적 이미지의 나열이 그것인데 이 또한 김춘수의 궁극적인 지향은 아니어서 그는 이미지의 충돌에서 오는 물리력과 운동력을 시의 중심에 두고 있음을 알 수 있다. 그것이 곧 리듬인 셈이다. 김춘수는 의미 없는 이미지들을 나열시키면서 그들의 나열의 과정에 의해 발생하는 음악성을 살리는 데 주력하고 있다. '떨어지고 있고'와 '뚝 뚝 뚝 떨어지고 있고'의 반복음, '바다가 있고/ 바다가 너울거리는 녹음이 있다'에서의 변형과 확장이 개입된 반복, 그리고 '-고' 종결어미를 활용한 어감에의 배려는 이미지들의 충돌 너머에서 발생하는 선명한 리듬성이다. 또한 그는 한 개의 행에서 주로 3음보의 단위를 만들어냄으로써 음악성을 더욱 안정화시키고 있다. 이들 음악성을 통해 김춘수는 한 편의 완결된 리듬구조를 이루고 있음을 알 수 있다. 이와 같이 형성된 리듬은 곧 파동이 된다는 점에서 인체에 직접적으로 영향을 미치는 에너지로 기능하게 된다.[39]

모든 물질이 파동을 띠고 있는 가운데 우리에게 가장 낯익은 파동인 소리는 인간에게 시각적 촉각적 자극보다 더 강한 자극을 주는 경우가 많거니와,[40] 소리는 가장 원시적 단계의 의사소통 요소로서 무의식과 같은 심층적 단계에서 인간의 정신에 작용하게 된다.[41] 파

39 소리는 파동이고 파동은 음악을 만들어낸다. 자연에는 수많은 차원의 진동이 있으며 그러한 진동이 퍼져 나갈 때 그것은 파동이 된다. 파동은 자연의 온갖 변화를 일으켜서 힘을 전달하고 세계를 변화시킨다. 이는 마치 음악이 악기에서 나와 공기중으로 전달되면서 사람의 귀로 들어가 사람의 심정을 울리고 새로운 감정과 생각을 불러일으키는 예술적 과정과 일맥상통한다. 소리를 다루는 이러한 음향학 연구는 진동의 이해를 통해 물리학에 기여하게 되었다(구자현, 『음악과 과학의 만남』, 경성대출판사, 2013, p.146). 이러한 관점은 김춘수의 리듬이 파동과 직결된다는 사실과, 파동을 추구하는 그의 시가 노래의 형태로 현상하게 되었던 요인에 대해 말해준다.

40 정영조 편, 앞의 책, p.12.

41 이는 달리 말하면 인간을 퇴행 상태로 돌이키는 것이라 할 수 있다. 여기에서 퇴행

동 에너지로서의 소리가 지닌 이러한 성질은 김춘수가 언어에서 의미와 관념이라는 고차원적인 기능을 배제하고 도달하고자 했던 언어의 가장 순수하고 물질적인 지평과 관련된다. 김춘수는 그의 무의미시가 지향하였던 대로 대상의 부재, 관념과 뜻의 배제, 나아가 이미지마저 소멸된 허무虛無의 지대엔 '자유의 심연'만이 남게 되며 그것을 가리켜 '연상의 쉬임 없는 파동이 있을 뿐'[42]이라고 말한 바 있거니와, 실제로 이 시기 김춘수가 만들어낸 안정된 노래 구조의 시편들은 파동 가운데서 가장 원만하고 부드러운 사인sin파[43]에 가까운 형태로 나타난다. 이같은 현상은 앞서 「타령조·1」의 경우 ㄹ과 같은 유음을 적극 활용한다든가 '-가'와 '-고'와 같은 완만한 종결어미 사용, 그리고 규칙적인 패턴의 음보율 시도 등에 의해 더욱 두드러지는 것으로 보인다.

3.2. 정음正音과 언어

김춘수가 무의미시를 통해 언어의 궁극적인 순수성을 찾아가는

이란 인간이 좌절감을 경험할 때마다 이전의 즐거운 경험을 했던 단계로 되돌아가려는 태도로서, 소리와 음악은 가장 원시적인 의사소통도구인 까닭에 퇴행유발기능을 지닌다고 알려져 있다. 즉 소리와 음악은 인간의 정신을 무의식과 같은 의식 이전의 단계로 되돌이켜 인간 정신의 강박구조를 깨뜨리는 기능을 한다. 소리와 음악이 정신 치료에 응용될 수 있는 이유도 여기에 있다. 위의 책, pp.16-9.

42 김춘수, 「대상·무의미·자유」, 앞의 책, p.522.

43 홀름헬츠는 모든 진동과 소리의 기본적인 형태로 조화진동을 제시한다. 조화진동은 모든 진동 중에서 가장 단순한 형태로서 시간을 변수로 하는 싸인 함수로 표현된다. 그에 의하면 세상의 온갖 복잡한 진동과 소리도 단순한 조화진동의 합으로 변환할 수 있다(구자현, 앞의 책, pp.147-8). 김춘수 시의 사인파의 파동 형태 역시 시 전체를 소리로 낭송함으로써 얻게 되는 음의 종합적 형태라 할 수 있다.

과정은 결국 언어의 가장 근원적이고 원시적인 차원과 만나는 계기가 된다. 김춘수의 무의미시에서 언어는 상징이나 기호가 아닌 사물 자체가 되었으며, 특히 김춘수는 시각이나 촉각대신 청각에 호소함으로써 소리로서의 언어, 파동으로서의 언어를 구현하게 되었다. 그의 무의미시가 서술적 이미지의 실험에서 그치는 것이 아니라 이미지 실험의 결과 야기되는 리듬 중심의 시가 될 수 있었던 것도 이 때문이다.

무의미시를 쓰던 기간 내내 김춘수의 시가 의미의 전개보다 음악성에 치중한 채 이루어졌다는 사실은 김춘수가 무의미시를 통해 추구하였던 것이 무엇이었던가를 선명하게 말해준다. 이미지의 소멸과 동시에 이루어진 리듬의 시를 통해 김춘수는 '무無'의 지대를 찾고자 하였고 그것은 가장 퇴영적이면서 물物적인 언어로 현상하는 것이었다. 그러나 김춘수는 언어의 그러한 성질이 결코 허무한 것이 아니라고 생각하였다. 김춘수에게 리듬만 남은 무無의 언어 지대는 새로운 지평이 시작되는 지점이기도 하였던 것이다. 그가 '이미지를 버리고 주문을 얻으려고 했'[44]던 것도 이 시점이다.

바보야, 우찌 살꼬
바보야,
하늘수박은 올리브빛이다 바보야,
바람이 자는가 자는가 하더니
눈이 내린다 바보야,

44 김춘수, 「대상의 붕괴」, 앞의 책, p.551.

우찌 살꼬 바보야,
하늘수박은 한여름이다 바보야,
올리브 열매는 내년가을이다 바보야,
우찌 살고 바보야,
이 바보야,

「하늘수박」 전문

위의 시는 김춘수가 그의 시론에서 말하듯 이미지마저도 소멸한 상태에서 시도하였다는 '주문'의 시에 해당한다. 위의 시가 수록된 『남천南天』(1977)의 시들은 대부분 위의 시처럼 길이와 형태상 모두 단조로운 양상을 띠고 있다. 그것은 「타령조」 연작시들과도 다른 양상으로서, 「타령조」 연작시가 보여주었던 일정한 마디가 변형과 확장을 이루면서 순환하듯 되풀이되는 노래 구조와도 구별된다. 대신 매우 간결한 위의 시는 변화되고 확장되기보다 짤막한 동일 어구가 맹목적으로 반복되는 양태를 나타낸다. 위 시에서 '바보야'는 어떤 행에서도 빠지지 않고 무조건적으로 거듭되고 있다. '우찌 살꼬 바보야'는 일정 간격으로 세 번 반복되는데 이것은 노래를 위해서라기보다 염불을 외듯 읊조리기 위해 있는 듯한 느낌이다. 말하자면 위의 시는 '바보야 우찌 살꼬 바보야'라고 하는 단순하면서도 음악적인 구절의 무한 반복으로 이루어진 독특한 형태의 시라 할 수 있다.[45]

45 김춘수가 실험하고 있는 이처럼 단순한 언어의 형태는 아이가 언어를 배우면서 소리로써 데이터를 처리해가는 과정을 떠올리게 한다. 아이는 소리를 발음하면서 뇌의 상호작용을 일으키고 신경과 인지의 구성을 이룩한다. 단순하고 반복적인 소리의 단위로서의 김춘수의 시가 소리로 전달될 때 뇌의 강박 구조를 변화시킬 수 있는 요건을 갖추게 된다. 소리와 뇌의 관계에 관해서는 아두아르도 푼셋, 『인

이러한 특성들은 위의 시가 일종의 '주문'의 시로서 실험되었던 정황을 나타낸다.

이 시 역시 파형측정기를 통해 파동의 형태를 측정할 수 있다. 소리의 가장 기본적인 단위는 음운이다. 음운 자체가 자체의 진동 에너지를 지닌다. 그리고 음운에 따라 완만하고 부드러운 싸인파에서 거칠고 날카로운 파장으로 다양한 형태로 나타난다. ㅅ, ㅆ의 마찰음과 ㅈ, ㅉ, ㅊ과 같은 파찰음이 발음될 시 거친 파장이 나타나게 되는데, 이 시에서 이러한 파장이 나타나는 구절은 '하늘수박은 올리브빛이다' 부분이다. 반면 '바보야'는 부드러운 파장을 나타내거니와 이것이 시의 각 구절을 반복적으로 감싸주면서 시를 전반적으로 안정화시킨다는 것을 알 수 있다.

모든 종교적 진언이 그러하겠지만 김춘수에게 역시 '주문'으로서의 시는 신神이라든가 우주宇宙와 같은 초월적 세계에 이르는 매개 역할을 하는 것으로 여겨진다. 그것은 그가 '불립문자·교외별전·직시인심·견성성불'의 경지란 언어가 끼어들 수 없는 세계를 가리킨다[46] 고 말하는 데서 짐작할 수 있다. '교외별전'을 통해 만나는 세계가 '선禪'의 세계라면 '주문'으로서의 시가 놓여 있는 지대 역시 그와 다르지 않다. 김춘수가 추구하였던 '주문'으로서의 시란 언어의 차원을 넘어선 비언어의 언어인 까닭이다.

실제로 종교에서 영성을 논할 때 초월적 존재를 체험하는 것으로 시각적인 이미지를 떠올리는 경우도 있지만 청각적인 것이 더 많이

간과 뇌에 관한 과학적인 보고서』, 유혜경 역, 새터, 2010, p.172.

46 김춘수, 「존재를 길어올리는 두레박」, 『김춘수시론전집Ⅱ』, 현대문학, 2004, p.156.

보고되는 것으로 알려져 있다. 많은 샤머니즘 전통에서 영적인 실체와의 접촉에서 청각적 체험은 구체적인 메시지를 전달받는다는 점에서 시각적 체험을 능가한다. 그리고 이같은 청각적 체험의 강조는 음악이 영혼에까지 영향을 미친다는 생각으로 이어진다.[47] 이런 점에 입각한다면 김춘수가 리듬을 추구하였던 일과 그 과정에서 주문으로서의 시에 닿게 되었다는 점은 매우 자연스럽게 연결된다. 더욱이 김춘수가 위의 시에서 시도하였던 주문의 시가 보여준 파동의 형태가 안정적으로 반복되는 사인파라는 점은 그것이 영혼에 미치는 영향이 무엇일까도 짐작하게 한다.

시작 초기부터 언어와 존재의 관계를 탐색하면서 언어가 과연 이데아를 드러낼 수 있는가 질문하였던 김춘수에게 이처럼 언어는 이데아에 도달하기 위해서라도 버려야 하는 것으로 여겨졌던바, 이에 따라 언어를 비언어로 만드는 일련의 실험의 끝에서 만나게 된 것이 신과 마주하는 존재의 심연이자 이데아의 한 부분이라는 점은 논리적으로 타당하다. 요컨대 김춘수에게 '주문'으로서의 시는 세계의 본질과 진리로서의 세계[48]에 도달하기 위한 매개이자 수단에 해당하는 것이다. 김춘수가 언어에 관해 지녔던 이와 같은 관점을 이해한다면 그가 의미를 해체하는 과정에서 문자를 음운의 단위로 낱낱이 분해하였던 작업[49]의 의미 또한 재인식될 수 있다.

47 구자현, 『소리의 얼굴들』, 경북대출판부, 2015. pp.73-5.

48 흔히 이데아로 이해되는 이러한 세계는 김춘수가 초기부터 일관되게 지향하고 탐구해온 절대적인 세계라 할 수 있다. 그것은 앞의 글(156쪽)에서 '신(神)'으로서 지칭되고 있다.

49 김윤정은 「김춘수 '무의미시'의 제의적 성격 연구」(앞의 책, pp.277-8)에서 이를 치유와 초월을 위한 시련이라고 하는 희생제의적 과정으로 보았다.

바보야
하늘수박은올리브빛이다바보야
,

역사는
바람이 자는가 자는가 하더니
눈이 내린다 바보야
우찌 살꼬 바보야
우찌살꼬 ㅂㅏㅂㅗㅑ
,

ㅎㅏㄴㅡㄹㅅㅜㅂㅏㄱㅡㄴ한여름이다ㅂㅏㅂㅗㅑ
,
올리브 열매는 내년 ㄱㅏ ㅡㄹㅣㄷㅏㅂㅏㅂㅗㅑ
,
ㅜㅉㅣㅅㅏㄹㄲㅗㅂㅏㅂㅗㅑ
ㅣ바보야,
역사가 ㅕㄱㅅㅏㄱㅏ하면서
ㅣㅂㅏㅂㅗㅑ

「처용단장 - 3부 메아리 39장」 부분

앞의 「하늘수박」과 유사한 모티브를 사용하되 서술 기법에서 확연하게 다른 위의 인용시는 장시 『처용단장』 가운데 3부의 한 부분이다. 서술적 이미지 및 언어의 유희와 함께 한 편의 거대한 드라마처럼 펼쳐지는 『처용단장』은 바다의 신 '처용'을 매개로 한 일종의 무가巫歌로 다가온다. 그만큼 『처용단장』은 신화적 상상력을 바탕으로 인간이 겪는 시련과 그것의 극복을 다루고 있다. 『처용단장』에서 보여주는 원시적이고 퇴영적인 혼돈은 자아를 근원으로 회귀시켜 재생의 길로 이르게 하기 위한 기제에 해당한다 할 수 있다.[50]

그런데 시에서 원초적인 혼돈은 시의 공간적 배경이나 정서적 상태에만 드러나는 것이 아니다. 그것은 위의 인용시에서 알 수 있듯 언어에서도 나타나기 때문이다. 김춘수의 시에서 위의 인용 부분과 같은 언어의 근원적 해체가 일어났던 경우는 없었거니와, 이것은 『처용단장』 전반에서 보여주고 있는 퇴영적 상태와 같은 맥락에 놓이는 것이다. 인용 부분에서 나타난 언어 해체는 언어의 가장 원시적인 단계에까지 다다른 것으로서, 김춘수는 위에서처럼 언어를 자음과 모음으로 분해하여 언어가 탄생되는 시점으로까지 회귀시키고 있음을 알 수 있다. 물론 이러한 작업은 김춘수에게 관념과 의미, 역사와 이념을 파괴하는 방법에 해당되는 것이다. 언어의 분해는 무의미시에 도달하기 위한 일 과정이었던 것이다. 그러나 언어의 분해가 이루어지고 문자가 음운으로 회귀함으로써 언어는 대번에 새로운 지평에 놓이게 되었다. 그것은 언어가 소리가 되는 사태와 관련된다. 음운으로서의 언어는 결코 상징과 기호라는 고차원적 의미를 띠지 않는다. 대신 음운으로서의 언어는 소리라는 물질이자 파동이라는 물리적 에너지에 다름 아니게 된다. 이는 언어의 가장 원초적이고 퇴영적인 상태에 해당하는 것이다.

50 김윤정, 위의 글, p.275.

실제로 훈민정음을 창제할 당시 세종은 구강 구조에 따른 소리의 성질에 따라 음운을 만들어냈다. 어금닛소리牙, 혓소리舌, 입술소리脣, 잇소리齒, 목구멍소리喉의 구분에 따른 자음의 음운들은 발음의 위치 및 발음기관의 모양과 관련해서 만든 매우 물리적인 성질의 것이다. 소리의 현상으로써 만들어진 음운은 그 자체로 물질에 속한다. 이는 음운이 지닌 가장 원초적인 성질과 관련한다. 그러나 가장 원시적이고 퇴영적인 의사소통의 요소[51]라는 점에서 소리로서의 음운은 역설적으로 세계의 가장 본질적인 차원에 놓인다고도 말할 수 있다. 소리로서의 음운은 그 자체로 파동 에너지가 되기 때문이다. 파동 에너지는 모든 물질의 가장 기본적인 원리이자 세계를 구성하는 가장 본질적인 요소이다. 모든 예술이 음악을 지향한다는 명제는 음악이 본원적으로 지니는 파동 역학의 성질에서 기인하는 것이다. 다시 말해 파동은 예술의 순수성과 세계의 원시성을 대변하는 요소라 할 수 있다.

음운의 파동 에너지로서의 성질은 훈민정음이 '정음正音'이라는 관점 하에 우주의 소리를 담아내려는 의도로써 제작되었다는 점과도 일맥상통한다. 훈민정음의 해례본에 따르면 '아설순치후'의 소리들은 오행의 '목화토금수木火土金水'의 성질에 그대로 대응되는 것이다.[52] 또한 훈민정음의 모음 역시 하늘을 나타내는 '·'와 땅을 나타

51 각주 36) 참조.

52 어금닛소리(ㄱ)는 '얽히고 긴' 성질을 지니므로 木의 기운에 해당하며, 혓소리(ㄴ)는 '구르면서 나는' 성질을 지니므로 火의 기운에 해당하며, 입술소리(ㅁ)는 '머금고 넓은' 성질을 지니므로 土의 기운에 해당하며, 잇소리(ㅅ)는 '굳고 끊어지는' 성질을 지니므로 金의 기운에 해당하며, 목구멍소리(ㅇ)는 '깊숙하고 물기어린' 성질을 지니므로 水의 기운에 해당한다. 이들 각각의 소리는 오음으로도 가늠할 수 있는데 어금닛소리는 각(角)의 음, 혓소리는 치의 음, 입술소리는 궁(宮)의 음, 잇소

내는 'ㅡ', 사람을 나타내는 'ㅣ'의 조합에 의해 형성되게 함으로써, 인간의 소리가 천지에 퍼지고 우주와 조화를 이루도록 꾀하였다 하겠다.[53] 이같은 훈민정음의 제작 의도와 원리는 음운이 소리의 차원에 놓인 물적 언어이자 우주적 에너지를 지닌 파동에 다름 아니라는 사실을 말해준다.

음운과 관련한 이러한 사실들은 김춘수가 행한 언어 분해가 해체라는 허무의 극단에 이르는 것이 아니라 허무의 초극이라는 새로운 지평으로 나아가는 행위임을 암시한다. 소리의 차원으로 하강한 물질적 언어는 바로 그것을 매개로 하여 우주의 원리가 되기 때문이다. 소리로서의 물질적 언어는 그 자체로 퇴영적인 것으로 보이지만 소리를 통해 우주에 합류하게 된다는 심원한 의미를 지닌다는 것을 알 수 있다.

4. 무의미시의 초월의 의미

의미와 관념을 제거하고 순수한 물物이 되고자 시도하였던 김춘수의 무의미시는 여러 층위의 문제의식을 내포하고 있는 것이다. 먼저 그것은 초기부터 질문하였던 언어가 존재, 즉 소위 이데아를 표상할 수 있을까에 대한 답을 찾는 일에 해당하였다. 그가 불립문자의 경지로 나아가고자 하였던 것은 언어와 세계 사이에 놓인 심연을

리는 상(商)의 음, 목구멍소리는 우(羽)의 음에 대응한다. 이정호, 『훈민정음의 구조원리: 그 역학적 연구』, 아세아문화사, 1975, p.137.

53 위의 책, pp.139-43.

확인하는 데서 비롯하였던바, 언어는 이데아를 표상할 수 없다는 인식이 여기에 놓여 있음을 알 수 있다. 그러나 그것은 언어가 의미와 관념의 도구가 되는 상징과 기호의 언어일 경우에 한해서 그러한 것이다. 김춘수의 논리에 따르면 언어가 그와 같은 고차원적인 성질로부터 벗어나 비언어가 될 때 이데아와 만날 가능성을 열게 된다.

둘째 무의미시는 김춘수의 개인사적 경험 및 트라우마와 관련되는 것이다. 시와 언어에서 의미와 관념을 지움으로써 김춘수는 역사와 이데올로기가 부과하는 억압에서 해방되고자 하였다. 특히 통영의 '바다'를 신화적 공간으로 삼아 갱생과 치유를 얻고자 하였음은 김춘수에게 무의미시가 해방의 매개로서 기능하였음을 알 수 있다. 무의미시가 제의적 성격을 지닌다는 점은 이러한 관점에서 비롯한다.[54]

셋째 무의미시는 시적 언어의 특수한 지평을 여는 계기가 되었다. 무의미시에서 시도하였던 무의미의 언어, 대상 부재의 서술적 이미지의 시도는 소위 해체시에 대한 이론적 근거가 되었을 뿐만 아니라 한국 현대시에 해체시의 도도한 흐름을 낳는 동력으로 작용하였다.

넷째 김춘수는 서술적 이미지의 실험에서 그치지 않고 그것에서 비롯되는 물리적 운동력에 주목함으로써 시적 언어의 또 다른 차원을 열고 있다. 김춘수가 '리듬'이라 말한 것은 단지 시의 전통적 개념에서의 운율을 의미하는 것이 아니다. '리듬'을 '파동'이라 언급함으로써 김춘수는 시적 언어를 물리적 에너지의 차원에 새로이 위치 지웠음을 알 수 있다. 시적 언어가 소리의 차원으로 하강하게 되는 것

54 김윤정, 앞의 글, 2016.8, pp.263-88.

도 이러한 측면과 관련된다. 소리로서 현상하는 언어는 파동을 지닌 에너지가 되어 우주의 일부분이 된다. 김춘수는 이러한 언어에서 주문과의 유사성을 떠올렸다. 염불 혹은 주문의 언어는 단순성과 반복성을 특징으로 하지만 동시에 신과의 교감이라는 초월적인 의미를 지닌다. 언어가 소리의 차원에서 우주와 조화하는 일은 주문이 신과 교감하는 사태와 논리구조상 상통한다. 물론 김춘수의 시적 언어가 종교에서의 진언일 리 없다. 그러나 비언어의 언어, 교외별전의 언어로써 이데아와 조우하고자 하였던 정황은 김춘수가 언어와 존재에 관한 질문을 극한까지 이끌어 갔음을 보여준다는 점에서 주목을 요한다.

한편 김춘수가 '리듬'의 언어야말로 '행동이자 논리'라 하였던 점에서 물리적 운동력으로서의 '리듬'이 일정한 기능으로 발휘된다는 사실을 알 수 있다. 그것은 '리듬'이 파동에너지인 까닭에 야기되는 물리력이다. 그런데 이것은 비단 우주와의 교감이라는 형이상학적인 성질에 국한되는 것이 아니라 인체에 미치는 실질적인 영향력을 가리킨다. 파동에너지로서의 '리듬'은 앞서 언급하였듯 음악이 일으키는 정신 구조의 변화에 상응할 만하다. '리듬'은 파동 형태의 에너지를 지님에 따라 인체의 에너지장을 변화시키는 힘이 되는 것이다. 예컨대 안정된 '리듬'과 같은 좋은 소리에 의해 인체의 에너지장이 변화하고 정신의 강박적 구조 역시 치유될 수 있다. '리듬'이 '행동'이 되는 사태란 이를 가리키는바, 이것이 무의미시의 다섯 번째 의미 층위에 해당한다.

무의미시가 지닌 이와 같은 의미들은 무의미시가 내포하는 초월의 의미에 대해 환기시킨다. 김춘수에게 무의미시는 개인적일 뿐 아니라 집단적인 의미를 지니는 것이었다. 그것은 김춘수 개인의 치유의 계기가 되었음은 물론이고 언어의 순수성을 회복한다는 점에서 대사회적인 것이기 때문이다. 관념이 지니는 허위를 탈각하고 소리라는 물적 성질을 획득한 언어가 야기하는 인체와 정신의 변화는 그 자체로서 치유와 구원의 계기에 해당될 것이다. 무의미시의 초월성은 이데아와의 조우라는 형이상학적 의미망을 지니는 것에서 그치지 않고 이처럼 실질적인 차원에 자리하는 것이다.

5. 치유를 위한 파동에너지

지금까지 김춘수의 무의미시론과 무의미시가 상보적이라는 전제 아래 무의미시에 구현되어 있는 언어의 속성이 무엇인가를 살펴보았다. 무의미시론에 의하면 김춘수의 무의미시는 비단 의미의 해체와 대상 부재의 이미지를 실험하는 데서 그치는 것이 아니라 '리듬'의 양상으로 현상하는 것이다. 이는 김춘수의 무의미시를 파동의 일현상으로서 보게 하는 근거가 된다.

음악의 본질이 파동이라는 점 때문에 이를 이용해 정신의 강박 구조를 치료하는 음악치료학이라는 분야도 생겨났거니와, 김춘수의 무의미시가 '리듬'을 추구한다는 점은 그것이 소리로서 각인되게 됨에 따라 인체에 직접적으로 영향을 미치는 파동에너지에 해당한다는 사실을 말해준다. 실제로 노래의 구조로 이루어진 김춘수의 무의미시의 파동의 형태를 측정해본다면 대체로 완만한 싸인sin파를 형성하고 있음을 확인할 수 있게 되는데, 이러한 파형은 인체에 안정적으로 작용하는 좋은 소리이자 좋은 에너지가 된다. 김춘수는 사력을 다해 무의미시가 노래의 구조가 되도록 하였음을 짐작할 수 있다.

'리듬'으로서의 무의미시는 김춘수에게 주문이나 염불의 차원으로까지 나아갈 수 있는 성질의 것이었다. 그것은 김춘수가 「하늘수박」을 통해 주문을 실험하였던 점에서도 확인될 수 있는바, 노래 구조의 시에서 단순성과 음악성을 더욱 강조함으로써 김춘수는 주문으로서의 시를 시도하였다. 언어의 비의미성을 확대함에 따라 생겨난 주문으로서의 시는 김춘수에게 선禪의 세계에서 말하는 교외별전, 불립문자와 같은 차원에 놓이는 것이었다. 이는 무의미시가 지닌 초월성을 암시하는 것이다. 또한 이점은 김춘수가 언어를 분해함으로써 상징으로서의 언어를 해체하고 소리로서의 언어를 구현하고자 하였던 시도와도 관련된다. 훈민정음이 그러했듯 무의미시는 소리라는 성질에 의해 우주의 일부가 될 수 있게 된 것이다.

'리듬'을 주장함에 따라 파동역학의 관점에서 고찰하는 것이 가능한 무의미시는 인체 에너지장에 영향을 미치는 물리력을 지닐 뿐만 아니라 소리라는 성질에 의해 우주와 합일하는 계기 또한 된다. 이는 무의미시가 지니는 초월성을 가리키는 것으로, 김춘수는 무의미시를 통해 자신의 강박적 정신의 치유는 물론이고 언어의 순수성을 꾀함으로써 언어의 대사회적 기능 또한 회복하고자 하였음을 알 수 있다.

찾아보기

[ㅅ]

[ㅇ]

[G]

[숫자]